读 出 不 一 样 的 名 著

打造质感阅读
dazaozhiganyuedu

部编版
语文新课标必读丛书

| 顾振彪　主编 |

鲁滨孙漂流记

［英］丹尼尔·笛福／著　　唐荫荪／译

全国百佳图书出版单位
吉林出版集团股份有限公司

图书在版编目（CIP）数据

鲁滨孙漂流记 /（英）丹尼尔·笛福著；唐荫荪译
. -- 长春：吉林出版集团股份有限公司，2018.3
（语文新课标必读丛书）
ISBN 978-7-5581-4614-5

Ⅰ.①鲁… Ⅱ.①丹…②唐… Ⅲ.①长篇小说—英国—近代 Ⅳ.①I561.44

中国版本图书馆CIP数据核字(2018)第015887号

鲁滨孙漂流记
LUBINSUN PIAOLIU JI

著　　者：	（英）丹尼尔·笛福
译　　者：	唐荫荪
主　　编：	顾振彪
责任编辑：	王芳芳　孟程程
技术编辑：	王会莲
封面设计：	大胡小桃设计工作室
开　　本：	710mm×1000mm　1/16
字　　数：	260千字
印　　张：	16
版　　次：	2018年3月第1版
印　　次：	2019年3月第2次印刷

出　　版：吉林出版集团股份有限公司
发　　行：吉林出版集团外语教育有限公司
地　　址：长春市福祉大路与生态大街交汇龙腾国际大厦B座7层
电　　话：总编办　0431-81629929
　　　　　发行部　0431-81629927　0431-81629921（Fax）
网　　址：www.360hours.com
印　　刷：天津旭非印刷有限公司

ISBN 978-7-5581-4614-5　　　　定　价：29.80元
版权所有　侵权必究　　　　举报电话：0431-81629929

前　言

早在新中国成立初期，叶圣陶先生就指出："阅读要养成习惯才有实用，所以课外阅读的鼓励与指导必须配合着教材随时进行。换句话说，课外书也该认作一项教材。"很清楚，课外书与教科书都是教材，共同担负着培养学生良好的读书习惯的任务，课外阅读切不可忽视。

人们常说课外阅读可以增进知识，提高能力。这话不错，不过还有更重要的，是养成良好的读书习惯，使读书成为一种基本的生活方式。在日常生活中，我们可以看到，阅读素养较高的一些同学，不论在候车室里、火车上、公交车里，还是在公园里、广场上，都手拿书本，专注阅读。读书已经是这些同学的生活方式。然而，还有很多同学没有养成良好的读书习惯。多年来，党和政府大张旗鼓地倡导全民阅读，营造书香社会，力求越来越多的公民养成阅读习惯，以提高全体国民的素质。这是21世纪建成新时代社会主义强国的不可或缺的一环。这件事首先从学生抓起。青少年学生的课外阅读，事关青少年的整体素质，也事关国家的百年大计。

这套《语文新课标必读丛书》适应了中小学生课外阅读的需要。尽管书店、地摊上标着"学生读物"的书籍琳琅满目，不过这套书自有特色。

遵照课程标准，针对学生需要，精选经典名著。选用寓言、故事等想象性的作品，供小学低年级同学阅读；选用生动形象、故事性强的作品，供小学高年级同学阅读；选用内容复杂、结构宏大的长篇巨著，供中学同学阅读。这些作品，都经课程标准指定或推荐，尤其是从同学们的阅读心理出发，势必受到同学们的欢迎，有利于同学们养成良好的读书习惯。

选用最佳版本，由专家团队导读。经典名著往往版本众多，但是优劣不一。这套丛书经严格筛选，仔细把关，选用最佳版本：外国作品，译者为名家；中国古典作品，校注者为专家。经典名著的导读文字，由专家团队撰写。对名著的重点、难点和精彩之处，作点评、旁批和简析。要言不烦、一语中的。足以激发同学们的阅读兴趣和积极性，拉近同学们与经典名著的距离，指引同学们进入名著的艺术境界，与大师们对话，从而丰富素养、熏陶感情、净化心灵。

配备音频，便于收听。每本名著都配有10~20分钟的音频文件，同学们扫描二维码即可收听，灵活便捷。音频内容提纲挈领，对全书进行解读。同学们听了抑扬顿挫的朗读，可以更好地走进名著的艺术世界，把握名著的精髓。

采用精美插图，设计新颖版式。译著中采用外国绘画大师绘制的原版插图，其中多数插图在国内图书中首次出现。国内图书中采用著名画家绘制的插图，其中多数插图早已为公众有口皆碑。文字与插图珠联璧合。全书朴素雅致，美观大方。

如此富有特色的图书，怎不令人喜爱？同学们！一书在手，伴你们终身前行，它将助你们养成良好的读书习惯，使读书成为你们的生活方式；助你们开阔胸襟，滋养心灵，提升精神境界。

导　读

写作背景

丹尼尔·笛福（1660—1731）出生在英国伦敦一个信奉新教的家庭，按照父母的安排，他本应成为一名教士。但从21岁开始他先后投身于工商业，参与政治甚至间谍活动，还写文章办刊物，发过财，入过狱，经历非比寻常。1704年，一个名叫塞尔柯克的苏格兰水手在一条海船上叛乱，被船长丢弃在一个无人的荒岛上，四年后才获救，返回英国。这件事在当时英国社会引起很大反响。笛福深受启发，由此产生创作"鲁滨孙漂流记"的冲动。笛福以塞尔柯克的传奇故事为蓝本，把自己多年来的海上经历和人生体验倾注在小说中，并充分运用丰富的想象进行文学加工，使"鲁滨孙"成为当时中小资产阶级心目中的英雄人物。他成功地塑造了西方文学中的第一个理想化的新兴资产者形象，也使《鲁滨孙漂流记》这部脍炙人口的小说在世界文学史上占据重要的一席之地。

名著快读

小说以日记体形式，用第一人称叙述，鲁滨孙海上漂流历程和他的创业史是全书的主要线索。小说在情节上有三个部分：第一部分是鲁滨孙离家出走后的三次远航,以及在巴西购置了种植园;第二部分也是小说的主体,是鲁滨孙流落荒岛的生活经历;第三部分是回到英国后的种种遭遇。

全书最精彩处是第二部分,1659年,鲁滨孙乘船前往南美洲,途中遭遇大风大浪,船上的桅杆被吹断了,船也翻了,同伴们全都葬身大海,只有他一个人被海浪卷到了荒岛上。那里到处是乱石野草,他又冷又饿,沦落到这种地方,怎么活下去呢?鲁滨孙没有气馁,而是利用火药和枪支在岛上安顿下来。然而,他从破船上搬下来的食物很快就吃光了,要想活下去,就得想办法。他每天拿着枪,带着狗到森林里去打猎,或到海边去捕鱼,并且把捕到的山羊圈养起来。后来他竟有了成群的山羊,可以常喝羊奶、吃羊肉。接着,他又开始播种麦子,结出了十几个穗子。他用这点儿麦种反复种收,到了第四年,终于吃到了自己种的粮食。就这样,鲁滨孙用自己的双手,凭着开辟新天地的热情,创建了自己的小王国。

鲁滨孙在荒岛上生活了25年之后,终于有一天从30多个野人手中救出了一个将被屠杀的人。鲁滨孙给获救的野人取名"星期五",因为这一天是星期五。他用《圣经》教化星期五。星期五很快成为他的好帮手、忠心的仆人和知心的朋友,并渐渐学会了说话。他们愉快地生活在岛上,扩大了粮食种植面积,又增加了几个羊圈,晒了更多的葡萄干。他一方面积极开发荒岛,俨然以"总督"自居;另一方面积极寻求离开荒岛的机会。终于有一天清晨,鲁滨孙发现一艘英国船只停泊在附近。原来这艘船上发生了叛乱,水手们绑架了船长。鲁滨孙和星期五救出了船长,并乘这艘船在海上航行半年后,回到了英国。

艺术魅力

《鲁滨孙漂流记》的艺术魅力主要体现在以下几个方面:

首先,笛福在世界文学画廊中成功塑造了第一个资产阶级正面典型形象。笛福摆脱古典主义的束缚,直接取材于现实,以中小资产阶级人物和他们的生活为描写对象,讲述鲁滨孙通过个人努力,依靠自己的智慧和勇敢战胜困难,创建自己生存王国的故事。笛福之前的小说很少写现实中的中下层人物，这本书一反以前的写作风格，第一次从真人真事入手，直接描写逼真的生活百态，享有"英国现实主义之父"的美誉。笛福正是靠这部作品在世界文坛中脱颖而出，鲁滨孙也成为与困难抗争的典型模范。

其次，笛福采用第一人称和回忆录的形式叙述故事，让人觉得真实可信。在现实主义小说发展初期，这种形式便于作家驾驭，给读者一种听故事的感觉。缺点是容易平铺直叙，结构过于简单，出场人物不多。

再次，笛福把细节描写作为主要艺术手法来刻画人物性格，包括每次行动的细节描写、心理活动的细节描写。鲁滨孙在荒岛上生活，他用非常具体的真实数据和细节加以描写，为读者营造了极强的真实画面。如，笛福写鲁滨孙花费了许多时间，做了第一只独木舟，因为事先没有考虑到如何将它运到河里去，结果不能使用。他又顽强地开始造第二只。他所列举的细节，以至于整个事件都显得非常真实，让读者觉得是可能发生的。读者感到在那种环境里鲁滨孙的行为都是有理由的、可能的。

最后，在语言方面，小说多为人物独白，语言明白晓畅、朴素生动。笛福认为语言的美主要在于用易解、明显和习用的文字，使每位读者都能正确地理解原意。小说叙述也正是使用这种语言，所以读者在阅读中感到跟听故事一样，身临其境，自然流畅，看不到任何雕琢的痕迹。

人物名片

鲁滨孙　鲁滨孙（Robinson Crusoe）是一个充满创业激情的人，他坚毅理性，敢于同恶劣的环境做斗争。在荒无人烟的孤岛上生活了25年，直至最后3年星期五的出现。面对人生困境，鲁滨孙的所作所为，显示了一个硬汉子的坚毅性格与英雄本色，体现了资产阶级上升时期的创业精神和开拓精神。鲁滨孙又是个资产者和殖民者，因此也具有掠夺占有的本性。更为重要的是，鲁滨孙真实地反映了在新的生产力与生产关系下产生的新人形象。这个人物是典型的，因为它典型地概括了当时社会所出现的这种新人物的思想、感情和性格。诚如马克思所说："他一方面是封建社会诸形态解体下的产物；另一方面又是16世纪以来新发展的生产力的产物。"

星期五　星期五（鲁滨孙给野人起的名字）是被异族捕获，当成祭祀品的野人。鲁滨孙从野人手中救出了他。鲁滨孙用《圣经》和火枪开导教化他，使他逐渐走向文明。星期五是一个淳朴的仆人，忠诚的朋友，智慧的勇者。他知恩图报，忠诚，有责任心，适应能力强，他和鲁滨孙相伴，施展不同的技能在岛上度过了多年。星期五的到来让鲁滨孙圆了"总督"梦和归家梦。

目 录

鲁滨孙漂流记　　　1

考点精选　　　235

我于1632年出生在约克市的一个上等家庭。我原本不是英国人，我父亲本来住在德国的不来梅市，迁居到英国后，开初住在赫尔市，在那里经商赚了一大笔钱，后来便放弃商业，在约克市安了家。住到约克市之后，他娶了我母亲。我母亲娘家姓鲁滨孙，是英国一个上流社会家庭。这样，我的名字也就叫鲁滨孙·克鲁兹纳。但由于英国话通常产生的传讹，现在人家都叫我们"克罗索"，而且就是我们自己称呼自己或是书写姓名时，也都将"克鲁兹纳"改成了"克罗索"。这样，我的同伴们也就经常这样称呼我了。

我本来有两个哥哥，一个是驻佛兰德斯①英国步兵团的中校，这支部队以前曾由著名的洛克哈特上校统率过。我这个哥哥后来在敦刻尔克附近一次对西班牙人的战斗中阵亡。我第二个哥哥的遭遇怎么样，我一无所知，正如我爸妈不知道我后来的遭遇如何一样。

我在家里是老三，又没学过哪一行，因此我脑子里很早就充满着各种漫无边际的想法。我年老的爸爸也曾让我受过相当的教育，从家庭教育以至通常的乡村免费学校教育。他打算让我学法律，但我除了想当海员之外，对其他工作都不满意。我的这种爱好，使得我强烈反抗我爸的意志，不，是他的命令；也不听我妈和友人们对我的恳求和规劝。我那种天生的嗜好似乎命中注定了我日后的不幸生活。

我爸是个聪明而沉着的人，他预见到我的意图，对我提出了严肃而中肯的忠告。一天上午，他将我唤到他那因患痛风病而蛰居不

---

① 佛兰德斯，旧时地区名，位于今法国北部，临多佛尔海峡，15—17世纪，归属西班牙统治。（本书注文凡未注明者均为译注，以下不一一说明）

这个开头直白、平实，作者成功地运用第一人称的写法，以鲁滨孙自己的口吻，开掘了"人类的世俗生活"这个重大的主题，娓娓道出人类的日常生活，开篇即可窥见这部小说被誉为英国文学的"第一部现实主义小说"的缘由。

出的卧室里，就这个问题非常热情地对我进行了一番劝诫。他问我，除开我那想在外面东游西荡的嗜好，我还有什么更充足的理由要离乡背井到外面去混呢？他说，留在家乡，我可以被引荐去从事一项好的职业，并且有希望凭自己的勤勉和刻苦奋斗来增加财富，过上舒适愉快的生活。他告诉我说，那些到海外去冒险、去经营企业而发迹和走不平常的道路使自己在事业上出名的人，要么就是些一文不名的穷光蛋，要么就是些腰缠万贯的大阔佬。我相较于这两种情况来说，是比上不足、比下有余。我是处于中间状况，或者可说是处于下层生活的上层地位。凭他长期的生活经验，他发现中间阶层是世上最好的阶层，最适合于人们享福。它不会遭遇劳动阶层的那种艰难、困苦、悲惨和不幸，也没有上层社会人士常有的那种因骄傲、奢侈、野心和忌妒而产生的烦恼和困惑。他还告诉我，我只要通过一件事，就可以断定自己所处的地位是幸福的，那就是，我们所处的这种生活境况令所有不是我们这一阶层的人羡慕不已，有些帝王也常悲叹因出身于高贵门第所带来的不幸后果，总希望能置身于极卑极贱与至尊至贵这两种极端之间；有的聪明人在向上帝祈祷别让他太穷也别让他太富①时，就声称中层阶级的生活是真正幸福的恰当标准。

他嘱咐我说，只要我留心观察，我就会发现，无论上等人还是下等人，他们在生活中都有灾难和不幸，而中间阶层的人却很少有这种不幸，也不会经受他们那种枯荣盛衰的无常变化；不但如此，中间阶层的人还不会遭受到像那些阔佬因耽于骄奢淫逸、挥霍浪费的不道德生活而遭受到的许许多多精神上的忧虑和不安，也不会遭受到像那些劳苦大众因终年劳累、缺衣少食而自然造成的疲劳和困乏。他说，处于中间阶层的地位，就是为了要得到各种好处和各种享受，悠闲与富裕是与一个中产家庭相陪衬的。他还说，克制、适度、恬静、交游，所有一切适意的消遣，所有一切称心的享受，全是老天爷对处于中间阶层人们的赐福。处于这个阶层的人，平静、顺利而安乐地度过一生，不会因体力或脑力的劳苦而窘迫不安，不会为了每天的面包而过那种奴隶般的

> 作者借父亲之口，引导读者去思考中产阶级的生活。在鲁滨孙之父看来，中产阶级井井有条、勤勉踏实，再也没有什么比出生在英国的中产阶级家庭更幸运的事情了。富豪和穷人都令人怜悯，都受着狂躁和不安的情绪影响。卑微与豪奢的中间状态最好，所以，当一位中产阶级的青年不幸被冒险的爱好所"腐蚀"，那会是一件可悲的事情。

---

① 此处当指雅基的儿子亚古珥，他曾向上帝祈祷说："……使我也不贫穷、也不富足；……"（见《圣经·旧约·箴言》第30章第8节）

生活，或为窘困的生活环境所苦恼，使身心得不到安定；也不会因忌妒的激情或为追名逐利的野心和强烈的贪欲而受折磨。他们只是在舒适的环境里安安静静地度过一生，品尝着生活的甜美而绝无苦头，感受着他们的生活幸福无比，而且每天的具体生活经历，使他们更加明显地感受到这一点。

说了这些之后，他又以极其慈祥的态度诚恳地规劝我，要我别逞年轻人的那种盛气，别让自己陷入苦境，而这种苦境，无论从天理来讲也好，还是从我所处的家庭地位来讲也好，都是可以预先防止的。他说现在我不必为生计问题操心，他会为我好好安排，尽力让我完全进入刚才他向我介绍过的那种生活境况。他又说，要是日后我过不上舒适愉快的生活，那只是由于我的命运或是我的过错阻碍我不能达到那一点，他没有任何责任，因为当他知道我做出的决定会危害我自己时，他曾尽到了向我提出警告的责任。总而言之，他的意思是：如果我愿遵照他的指示，留在家里，他就会为我做许多有益于我的事，他绝不会怂恿我离开家，以免对我日后的不幸负有责任。说到最后时，他要我以我哥哥为戒。当年我爸也曾同样诚恳地规劝过我哥哥，叫他不要去参加同低地国家①的战争，但没有说服他，青年人的那种强烈愿望怂恿他去参了军，并在那里阵亡。他还说，虽然他会不停地为我祈祷，但他敢说，如果我要走这愚蠢的一步，上帝也不会来保佑我，而等我到了穷途末路、无人救助时，我才会有时间反思当初没能接受他的忠告。

后来，我注意到了他跟我谈话中的那最后一段话，觉得确实带有预言性质，虽然，我猜想我爸当时并不知道他那些话真会不幸而言中。我注意到了当时他脸上老泪纵横，尤其是在谈到我那个阵亡的哥哥的时候；而当他谈到我日后会因求助无人而后悔没听他的忠告时，他甚至激动得停止了谈话，他说他的心里已充满忧伤，再也无法对我说什么了。

我爸的谈话使我受到真诚的感动，确实，听到这样的话谁又能不受感动呢？于是我下决心再也不去想到海外去的事，接受我爸的忠告，留在家里。可是，天哪！没几天时间，我这个决心就消逝得精光。简单说来，在几个星期以后，为了防止我爸对我进一步纠缠，我决定跑得离他远远的。然而，我却并没有在我的决心开始怂恿我时就趁热打铁，赶紧行事，而是趁我认为我妈比平时高兴的时刻，告诉她我的想法只是一心想到海外去看世界，其他的事我都无心

---

① 低地国家，旧时地区名，大致包括今日的荷兰、比利时、卢森堡及法国北部阿图瓦地区的一小部分。当时的佛兰德斯处于这一地区。

去过问，我爸最好答应我去，以免迫使我得不到他的同意而离开。我已经是十八岁的人了，现在再去当个商业学徒或是律师的秘书都已经太晚，要是我去干那种行当，我一定干不到头，肯定不到时候我就会从老板那里跑开，跑到海外去。要是她愿去跟我爸说一声，让他同意我到海外去做一次航行，等我回来时若觉得航行这玩意儿没多大意思而对它再不感兴趣，那我就不再往外面跑了，保证用双倍的勤奋来赎回我所失去的时间。

我的这些话激起了我妈极大的愤怒。她说她知道拿这类话同我爸去说是不会有什么效果的，因为我爸对答应这种事情就会对我造成极大的损害这种利害关系知道得过于清楚；我妈还表示不理解，为什么在我跟我爸进行了那样一次谈话之后，我还会产生这种想法，而据她所知，我爸平时对我的态度又总是那样和蔼、温存。总之，她说如果我自甘堕落，就没有人会来帮助我。我不指望他们二老答应我这件事情。至于她自己对这件事的态度，那就是她决不会伸手帮助我走向毁灭。这样，就杜绝了我以后说这样的话——当时我爸本来是不同意的，可我妈同意了。

虽然我妈口头上拒绝将我的话转达给我爸，但后来我听说她还是将我的话全部告诉了他。我爸听了之后，显得十分担心，叹了口气，对我妈说："这孩子要是待在家里，本来可以很幸福的，但如果他要到海外去，那就会是世上最为不幸的人。我是不会答应他去的。"

在这以后不到一年时间，我从家里挣脱出来了。滞留在家里的那段时间里，我对爸妈要我确定一种职业的建议，继续顽固地不予理睬，并且经常劝告我爸妈，叫他们不要贸然决定，反对我的爱好而怂恿我去做别的事。一天，我偶然到了赫尔市。那时，我心里根本没有打算要出逃。但到了那里之后，遇见我的一位同伴，他正打算坐他父亲的船由海路到伦敦去。他怂恿我也跟他一道去，并且以平常船上招引水手的方式引诱我，说不收我一文钱的船费。于是我便没跟我爸妈商量，甚至也没给他们捎个信去，只是听其自然让他们得知我离开的消息；我没有向上帝祈求赐福，也没有请求我爸的祝福，我没有考虑当时的境况和以后的结果，就在1651年9月1日，天知道，那是个不吉利的时日，踏上了那艘开往伦敦的轮船。我相信，从来没有哪个青年

> 十七世纪的英国资产阶级与新贵族乃至各阶层的人民群众，很多人都是清教徒，作者笛福也如此。清教徒信奉加尔文主义，认为《圣经》是唯一最高权威，强调所有信徒在上帝面前一律平等。鲁滨孙在此将"向上帝祈求赐福"放在"请求我爸的祝福"之前，体现出其宗教信仰精神。

冒险家一生遇到灾难的时间比我开始得更早，持续的时间比我更长。我们所乘的那艘船刚驶出亨伯河入海的河口，风力就加大，海面上掀起了骇人的巨浪。我以前从没坐过海船，因此，身体有说不出的难受，心里又有无穷的恐惧。这时我开始严肃地思考我这次的行为，我想老天爷因我淘气地离开老家，放弃自己的职责而对我进行的惩罚是多么公平。这时，以前我爸妈对我的所有规劝、我爸的眼泪、我妈的恳求，都重又涌现在我心头；我的良心（当时它还没有变得像后来那样冷酷无情）在不停地责备我不听忠告，不履行自己对上帝和对我爸的职责。

在这段时间内风暴愈来愈猛，在我从未到过的海面上，波浪滔天，虽然它还不及从这以后我曾经历过的多次风暴那样凶，也不及几天之后我所见到的那次风暴那样猛，但对我这个从来不知道航海是怎么一回事的年轻水手来说，这已经叫我够受的了。我料想每一个海浪都会将我们吞没。我觉得我们的船每次降到浪谷里之后，我们就再也浮不上来了。在苦恼中，我曾多次立下誓言和下定决心，表示如果在这次航行中碰上好运能活下来，如果我的双脚能够再次踏上陆地，我就立即回到家里，走到我爸身旁，在有生之年再也不去乘船了；表示我愿接受他的忠告，以后再也不像这次这样自讨苦吃了。现在我清楚地知道了他那关于中间地位的经验之谈的优点，他一生生活得何等舒适、何等愉快，从没遭遇过海上的风暴或陆地上的烦恼。于是我决定要像个真正的回头浪子，回到家里去，到我爸身边去。

这种深明事理的冷静的想法，在风暴发生的整个过程中，甚至在风暴过去之后的一段时间内，都在我脑海里盘旋。第二天，风变小了，海平静了，我对航海生活习惯了一些。可是我还是感到有点晕船，所以一整天我都是晕乎乎的。到了傍晚，天空放晴了，风也完全平息了，接着来的是一个迷人的黄昏。当天傍晚的落日和次日早上的日出，都显得清清楚楚，阳光照在风平浪静的海面上，漂亮极了，这是我一生第一次见到这么动人的景象。

晚上我睡得很好，现在再也不感到晕船了，心里只觉得高兴，望着这大海，它在一天以前还是那么汹涌吓人，可在这么短的时间内就变得如此平静可爱了，这使我感到奇怪。正在这时，那位引诱我离开陆地的同伴怕我心里老怀着那些正统的想法，便走到我身旁。"咳，鲍勃，"他拍了拍我的肩膀说，"事情过去以后好些了吗？昨晚刮那么一丝丝风时，我敢断定你给吓坏了，不是么？""什么，你说是一丝丝风？"我说，"那可是一场可怕的风暴呢。""一场风暴，你这傻蛋，"他回答说，"你把那就说成风暴？嗨，那完全算不了什么。只要我们有坚实的船和足够行船的水面，我们就根本不把昨天的那种风放在眼里。鲍勃，你还是个新水手。来，让我们调制一杯香甜混合饮料，喝了之后，我们就会把那些恼人的事统统忘掉的。你没见眼下天气多好！"将我的故事糟糕的那一部分说得简单些，就是我们走了所有水手都走过的那条老路。混合饮料制好后，我被灌得大醉，而那一夜的花天酒地的生活，将我对以往行为的所有懊悔、所有反思，以及对未来的一切决心，全部淹没了。一句话，当风暴过去，海面恢复平静之后，当我那慌乱的思想过去之后，当那种怕被大海吞没的恐惧和忧虑被我忘记之后，我脑子里那原有的思潮又复位了。我完全忘了我在苦恼时发出的誓言和做出的承诺。确实我发现有时我脑子里也存在着反省的余地，这时那些严肃的想法便又不由自主地回到头脑中来，但我却尽力甩掉它们，从它们中惊醒过来，就像从一种不正常的精神状态中惊醒过来一样。我专门去饮酒，去参加聚会，很快我就制伏了那些旧病（我这样称呼它们）的复发。这样，在五六天时间内，我就跟任何一个决心不愿让良心来烦扰自己的青年人一样，完全控制住了自己的良心。就因为这一点，我还得遭受另一次磨难，而上帝也像平时遇到这种情况时所做出的处置一样，弃我于不顾，一点也不宽宥我。因为我要是不愿将这次的遭遇看作一种解救，那下一次再遇到灾难时，就连我们中最坏、最顽固的坏蛋也将承认是遇到了危险，而且会祈求上帝保佑。

在海上航行到第六天，我们来到了一处叫作雅茅斯的海上停泊港口。由于是逆风行船，气候稳定，因此自那场风暴之后我们航行得并不远。我们不得已，只好在这里抛锚。停留在这儿之后，接连七八天都是从西南方向吹来的逆风；在这段时间内，大批从纽卡斯尔①开来的船只都来到这同一停泊处抛锚，因为这港口是来往船只的必经之地，它们都要在这里等候能开进泰晤士河的顺风。

我们本不该在这里停泊这样长的时间，而应当乘着涨潮的当儿驶进河口，怎奈风确实刮得太紧，而且当我们停下来四五天之后，风越发刮得紧了。然而，我们停泊的这个地方素称良港，我们的锚抛得好，船上的基本装备又结实，因此我们的人一点也不担心会有什么危险，只是按照海上生活的方式休息、娱乐来消磨时间。但在第八天早晨，风力加大，于是我们全船人一齐动手将中桅落下，将

---

① 纽卡斯尔，英格兰东北部港市，1080年因建新城堡而得名，16世纪以后为英国主要煤港。

每样东西都藏好或捆紧，这样船就可以尽可能容易地驾驶了。到晌午，海面涌起很高的浪头，我们的船首几次没入水中，装入了好几个浪头的水，有一两次我们以为我们的锚要被海浪掀脱了。这时，我们的船老板命令抛下紧急备用大锚；这样，我们的船头便抛下了两只锚，而且将锚索放到最大长度。

一时间海上刮起了可怕的风暴，这时甚至在那些水手们的脸上，我也开始看到了惊恐的神色。船老板虽然警惕地留心着保护船只安全的工作，但当他在我身旁的船长室进进出出时，我听到他几次自言自语地轻声说"主啊，发发慈悲吧，我们都要遇难了，我们都要毁灭了"这样的话。当我第一次看到大伙儿这样慌张忙乱时，我发愣了，呆呆地躺在船尾我睡的船舱里，当时的心情是无法描述的。我这时思想上并没有再一次产生前次遇险时产生的那种懊悔，因为我思想上已经轻视它，并且顽强地反抗它。我认为死亡的痛苦已经过去，这次将不会像上次那样使人惊恐难挨。但是，当船老板本人如我在上文所说的那样从我身旁走过，并且说我们都将遇难时，我又感到恐惧万分。我翻身起床，走出船舱，往船外一望，只见到一幅我从未见过的可怕景象：海面上的浪涛涌起像山一样高，每隔三四分钟，浪头就要朝我们的船上冲击下来一次。我向能见到的周围一望，除了笼罩在我们周围的那种悲惨景象之外，我什么都见不到。停泊在我们附近的两艘船，由于装载过重，已将甲板边上的桅杆砍断。我又听到我们船上的人喊道，停泊在我们前面约一英里①处的一艘船沉没了。又有两艘船，由于锚被大浪冲脱，已离开停泊的港口，胡乱地向大海漂去，船上一根桅杆也见不到。那些轻便小舟倒最好过日子，它们停在那里，随波逐浪地漂浮，不用费什么气力抢险；但它们中也有两三只，只挂着斜杠帆，被风催促着经过我们的船旁，向大海漂去。

快到傍晚时，大副和水手长要求我们的船老板让他们砍掉前桅，但老板不同意。水手长对他说，要是他不同意，船就会沉没。这样他才答应了。他们将前桅砍掉之后，主桅立在那里，疏松而不紧实，使船身摇晃得十分厉害，他们不得已，只好将主桅也砍掉，这样甲板上便空空如也了。

我只是一个年轻的水手，在前回那么一点点的风浪中都被吓成那种样子，那么，在这次这样严峻的局面中，我的心情处于一种什么样的情况，这是任何人都可以判断得了的。但事隔这样久之后，如果我还能表明当时我的

---

① 英里是英制的长度单位。1英里相当于1.609千米。

思想，那就是，当时我对自己本已悔罪但后来又让我的邪念死灰复燃这件事情的恐惧，比我对死亡本身的恐惧还要大十倍。这些恐惧，加上对风暴的恐惧，使我处于一种无法描述的境况中。这还不是最坏的情况，更糟糕的事情还在后面呢。这时猛烈的风暴还在继续肆虐，就连水手们自己也承认，他们再也不会见到比这更糟糕的局面了。我们的船是顶棒的，可是它装货太多，现在深深地陷在海水中颠簸摇摆，水手们不时叫喊船要沉了。从这一点来说我有优越性，那就是我稀里糊涂，连他们喊沉船是什么意思我都弄不清，直到后来问了别人才弄清楚。这时风暴确实猛烈至极，一种平常少见的情况出现在我眼前：船老板、水手长和其他几个比较有理智的人都在祈祷，时时刻刻都在料想船要沉到海底去。到半夜时，真是祸不单行，到船舱下面去检查的人员中的一个叫喊起来，船底漏水了；另一个说，货舱里，已经有四英尺①深的水了。于是所有的人都被安排去排水。我一听到船已进水这句话，就觉得心脏似乎停止了跳动，身子往后一翻，就从我坐着的床上跌到船舱里。人们将我唤醒，告诉我，我以前什么事都干不了，现在跟别人一样去排水是能干得了的。这时，我振作起来，走到抽水机旁，一心一意地排起水来。正在排水时，船老板见到几只轻便煤船，由于敌不过风浪，被迫随风向大海漂去，正要从我们的船旁经过，便命令放一枪，作为我们的船已遇难的信号。我不知道鸣枪干什么，大吃一惊，以为船破了，或是发生了什么可怕的事。一句话，我吓得昏倒在甲板上。这时人们都在自己顾自己，没有人想到我，或认为我怎么了；另外，有个人向抽水机这边走来，以为我死了，便用脚将我掀开，任由我躺在那儿。好久我才恢复知觉。

我们继续排水，但货舱里的水越来越多，船看来就要沉了，虽然这时风暴已减弱了一点，但要使我们的船能开往一个港口，那还是不可能的事。于是船老板便继续鸣枪求救。一艘轻装船这时正好驶过我们前头，他们冒险放下一只救生艇来救我们。那救生艇冒着极大的危险来到我们近旁，但我们却没法上去，它也无法靠拢我们的船。后来，救生艇上的人全力划着桨，冒着生命危险来救我们；我们船上的人又从船尾抛下一根带有浮标的绳子给他们，并且尽量将绳子放长，他们费了很大的力，冒了很大的险才将绳子抓住。我们将救生艇强拉到靠近我们的船尾，所有的人才全部登上去。上船之

---

① 英尺是英制的长度单位。1英尺相当于0.3048米。

后，艇上的人或我们的人都无法使小船靠上他们的大船，于是我们一致同意让救生艇随波逐流，不过要尽量使其离岸边近一些。我们的船老板还向救生艇上的人保证，如果救生艇碰在岸上撞破了，他决定给他们的船主付赔偿费。就这样，一边划桨，一边让小艇随波逐流，我们的小艇斜对着海岸转向朝北漂去，一直漂到温特顿海岬。

我们离开大船不到一刻钟，就眼睁睁地见到它沉下水去，这时我初次懂得船沉下海是怎么一回事了。我得承认，当水手们告诉我大船正在下沉时，我几乎没有心情去看它，当时我上那救生艇，与其说是我自己走上去的，毋宁说是被人扔上去的，我的心脏好像已经不管用了，这一方面是由于这次灾难使我受到的惊骇；另一方面是由于想到不知今后自己前途如何时所产生的恐惧。

当我们处在这种境遇时，救生艇上的人还在奋力划桨，使小艇向海岸靠拢。当我们的小艇被掀到浪峰上时，我们便可以见到海岸，而且还可以看见一大群人沿着海岸奔跑，他们是要在我们的小艇靠岸时来帮助我们的，但我们划行的进度却非常之慢，总是无法抵达岸边，直到后来小艇划过温特顿灯塔，海岸线往西折向克罗默，这样才将风的威势减弱了一些，但我们还是费了很大的力气才将小艇划进海湾，大家全都安全地上了岸。上岸后，我们徒步走到雅茅斯。在那儿，我们作为难民被给予极其人道的待遇，镇上的行政长官给我们指定了好的住处，一些大富商、大船老板们给我们筹集了许多经费，足够使我们上伦敦或者回赫尔，只要我们认为合适，哪里都行。

这时要是我还有些理智，决心返回赫尔，然后回到家里，那我就会很幸福了。而我爸，正像神圣的救世主耶稣的比喻中的那个象征，也会为我宰杀肥牛犊①，因为他们听说我离家出走所乘的那艘船在雅茅斯港口沉没以后，隔了很长一段时间才得到我没被淹死的确实消息。

可是现在我的厄运却以一种谁也阻挡不了的顽强力量驱使我向前走去。虽然有几次我也曾在理性上和沉着的判断力上喊出过要回家去，可我却没有力量付诸行动。我不知道该把这种情况叫作什么，我也不极力断言这是一种神秘的、支配着人们的天意，它驱使我们去做自我毁灭的工具，虽然它就在我们前面，可我们却偏要眼睁睁地向它冲去。它确实不是别的什么，而只是某种命中注定的、不可避免的不幸降临，它对我来说是无法逃脱的，它驱策我一直向

---

① 此处系引用《圣经·新约·路迦福音》第15章第11—24节中的故事，说一不肖浪子回头返家，他父亲宰了一头肥牛犊欢庆他的归来。

前，不顾沉着的理智和极端的与世隔绝的思想对我的劝告，不顾我在初次尝试中遇到的两次如此明显的教训。

我的同伴，就是船老板的儿子，那个曾经帮助我把心变得冷酷起来的人，现在倒没有我那股积极往前闯的劲头了。我们到达雅茅斯以后，过了两三天他才第一次跟我交谈，因为我们的住处是分开的，我跟他隔着好几栋房子。他第一次见到我，我就听出他讲话的调子变了，而且他显得面容忧郁，摇晃着脑袋，问我这些日子过得怎么样，并向他父亲介绍我是谁，说我参加这次航行只是做一次试验，目的是要到更远的海外去。他父亲用一种庄重而关切的口吻转向我说："年轻人，你再也别到海上去了，你应该将这次遭遇作为一个明显的证据，说明你不适合当一名水手。""这是为什么呢，先生？"我说，"那你也再不出海了么？""那又是另外一回事，"他说，"航海是我的职业，所以那也是我的责任；但是当你把这次航海作为一次试验时，你知道老天爷曾给了你什么滋味尝，而这种滋味就是你再坚持下去所希望能够得到的。也许就是因为你的缘故，这一切灾难才降临到我们身上，就像约拿在去他施的船上①一样。请问：'你是什么人？为什么要出海呢？'"对此，我跟他谈了一些我自己的故事，他听完之后，以一种非比寻常的激情大发脾气，说："我是怎么搞的，竟让你这倒霉的家伙来到我船上？下次给我一千镑我也不再跟你上同一条船了。"我觉得他没有权利对我发这种脾气，这是由于他受到损失而激起的一种不正常的情绪。可接着他又用极其庄重的口气跟我谈话，力劝我回到我爸那儿去，不要激怒上帝使自己遭到毁灭；他告诉我，我可以看得出，老天爷伸出一只看得见的手在反对我，"年轻人，"他说，"的确是这样，要是你不回去，不管你走到哪里，你遇到的都不会是别的什么，而只是灾害与失望，直到你父亲的话在你身上得到应验。"

我对他的话没作答复。不久我们就分手了，以后再也没有见到过他，他去了哪儿，我也不知道，至于我自己嘛，口袋里有了些钱，便由陆路到了伦敦。在伦敦，以及还在路上时，我在内心都曾有过不少的斗争：我到底该走什么样的生活道路呢？回家，还是去当水手？

---

① 此典故出自《圣经·旧约·约拿书》第1—2章，大意为上帝叫约拿到一个叫尼尼微的大城去传道，约拿不愿意去，想逃到一个叫他施的地方去躲避。在去他施的船上，海风大作，众人惊惧，求神保佑。后用抽签法查出约拿是惹起风浪的根苗，便将他投入海中，上帝叫一条大鱼将他吞下。约拿在鱼腹中祈祷，上帝便叫鱼将他吐在旱地上。

回家么，一想到这点，就有一股羞耻感反复出现在我思想中，而且立刻就使我想到，我将会怎样被邻居们所耻笑，我将不仅无颜见父母，而且无颜见众人。从此我就经常注意到人类——特别是青年的一般脾性是多么不适宜，多么荒谬，以致使他们在这样的理论指导下行事，那就是：他们不以罪过为可耻，而以悔改为可耻；不以那种正好被别人称为傻瓜的行动为可耻，而以可使别人称自己为聪明人的醒悟为可耻。

就在这种生活状态下，我也居留了一些时日，拿不定主意采取什么样的措施，今后过一种什么样的生活。而对于回家，我总有一种不可抗拒的厌恶。在我暂时居留这里时，对于灾难的记忆已渐渐从脑子里消逝，而我曾有过的那么一点点回家的意向，也随着它的消逝而淡化，直到最后我完全将这种思想抛在一边，挑选了再去航海的道路。

以往那种邪恶的影响，它曾使我第一次离开我的老家，使我加快那种想发财的、荒唐的、杂乱无章的想法，那些奇想对我有那么大的说服力，以致使我不听一切好心的忠告，不听我爸的恳求乃至命令；而现在，这同样的一种影响，不管它是什么，又把所有事业中最倒霉的一种送到我眼前，而使我接着又乘上一艘开往非洲海岸的船；或者，按海员们的习俗叫法，航行到几内亚去。

在我所有的冒险中，我都没有让自己以海员的身份乘船，这是我最大的不幸。要是我以海员的身份，虽然工作确实会比往常辛苦一些，但我却可以同时学到一些普通水手的技能，到时候我如果不能当个船长，也有资格当个大副或海军上尉什么的。我是个倒霉鬼，什么事情总是选上了最坏的，这次也是一样。由于口袋里有几个钱，又穿上了一套好衣服，我总是习惯于以绅士的身份去乘船，这样，我在船上就没有什么事儿可干，因而也就学不到任何东西。

我在伦敦遇上了相当好的伙伴，这首先是我走运，对于当时像我这样放荡而又未受教导的青年来说，是不会经常碰到这样的好运的，魔鬼总是不失时机很早就在这种人前面设下陷阱，但这次对我却不是这样。开始我就结识了一位曾经到过几内亚海岸的船老板，他在那儿做生意赚了大钱，决定再去那里。他喜欢我的谈话，那时我的谈话也不是那么不受欢迎；他听我说想到外面去看看世界，便告诉我，如果我跟他一起去做这次航行，他不要我花半个子儿；我将做他的同伴，同他一桌吃饭，要是我能带上些货物，他会给我很大的方便，也许我可以得到鼓舞人心的收获。

我接受了他的提议，而且和这位船老板建立了亲密无间的友谊。他是个诚实而坦率的人，于是我便带着一点冒险的心情，和他一道开始了这次航程。由于这位船老板朋友诚实无私的协助，我赚了相当多的钱，因为我按照船老板的指导，带了约值四十镑的玩具和白镴器皿上船。这四十镑款子是我写信给几位亲戚，靠他们帮助凑集起来的，我相信，这些钱是他们从我爸，至少是从我妈那儿弄来的，以作为我第一次出外冒险的本钱。

在我所有的冒险生涯中，可以说只有这一次是成功的，这多亏我那位正直诚恳的船老板朋友。在他的指导下，我还学会了足够的数学和海上交通规则知识，学会了如何记录船的航程，如何测量天文。总之，我懂得了一个海员所必须懂得的许多事情，因为他很高兴教，我也很高兴学。一句话，这次航行使我既成为一个海员，又成为一个商人。我这次出外冒险带回五磅九盎司沙金。回到伦敦后，它让我换得将近三百镑。这就使我产生了那种抱负不凡的思想，也促成了我日后的毁灭。

即使在这次惬意的航行中，我也还是遇到了不幸的事儿，特别是我老是不断生病，这是由于那一地带过分的热使我陷于剧烈的热病。因为我们主要的贸易活动是在海岸上进行的，那儿的位置是处在北纬十五度到赤道之间。

我现在可以自称为一个几内亚商人了。可对我来说极其不幸的事情是，我那位朋友回来不久就去世了。我决定还要到非洲跑一趟，这时我朋友——船上原来的大副当了老板，于是我便乘他的船出海。这回真可算得上是一次最不幸的航行。我这次出海时只从新赚的钱中带了不足一百镑，其余的二百镑存放在我朋友的遗孀那里，她是很正直的。在航行中我遇到了许多可怕的灾难。首先一桩就是，当我们的船正向加那利群岛①，或者，不如说是正在这些群岛与非洲海岸之间行驶时，一天凌晨，突然有一艘从塞拉②开来的土耳其海盗船，扯满了风帆，从我们后面紧紧追来。于是我们也将风帆扯到最大限度，想甩掉他们，但我们发现那海盗船渐渐逼近

> 欧洲黄金开采量少，需求量多，是欧洲人海外贸易能获得利润最大的商品。出海前靠亲戚们凑出来的四十镑，到现在成为三百镑，巨大的收益和不安分的性格刺激鲁滨孙继续冒险，深入险境。

---

① 加那利群岛，北大西洋东部的火山群岛，由7个主岛和其他小岛组成，东距非洲西海岸约130公里。

② 塞拉，摩洛哥西北部港口城市，临大西洋，古时为有名的海盗集聚所。

我们，而且要不了几个钟头，肯定会追上我们。于是我们开始准备战斗。我们的船有十二尊炮，歹徒们的船有十八尊。大约在下午三点钟时，它追上了我们。它本来打算横过我们船的尾部向我们进攻，没想到出了差错，却横过我们船侧后半部；这样，我们就将八尊炮移到那一边，各炮齐发，集中攻打贼船。它一面还击，一面躲开。他们船上约有两百来人，也一齐用小型武器向我们射击。但我们的人都隐蔽得很好，没有人被击中。它准备再次向我们冲击，我们也尽力防卫。可第二次它靠拢我们的船，却是从另外一边的船侧后半部向我们进攻，他们有六十个人冲上甲板，接着将船的桅索等砍断。我们用枪弹、短矛、火铳等武器朝他们进攻，曾两次将他们从甲板上击退。然而，我还是将我们这个故事的令人丧气的部分说短一些吧，后来，我们的船完全失去了战斗力，我们的人三死八伤，我们只好投降，被俘，全被带到属于摩尔人①的港口塞拉。

我在那儿受到的待遇并没有开始时我所担心的那样可怕，我也没有像其余的人那样被带到这个国家的皇宫里去，而是被留在海盗船船长的家里作为他的正常的战利品，给他做奴隶。因为他见我年轻又机灵，适合给他做事。我自己由一位商人降为一个可悲的奴隶这种境遇的惊人变化，使我的意志力完全垮掉。这时我不由得想起了我爸对我的那些预言般的谈话，他说我将要受折磨，谁也无法解救我。我认为他的这些话是灵验的，被他说中了，我眼前的处境已坏到不能再坏了；现在老天爷的巨手已将我压倒，我已无法脱身了。但是，唉，这不过只是我要去经受的那种痛苦的一点点苦头而已，苦的还在这篇故事的后面呢。

当我的庇护人或是主人将我带回他家里之后，我一心希望当他重新出海时会带我跟他一块儿去，我相信他命里注定总有一次会被一艘西班牙或葡萄牙的军舰抓获，那时我就可以自由了。但我的这个希望不久就落了空，因为每当他出海时，他总是将我留在岸上替他照料那小小的花园，以及做一些他家里日常的奴隶所做的苦役。当他从海上"游览"归来时，他又命令我躺到船舱里去为他照看船只。

我在这里整天只想着逃走以及采取什么办法逃走的问题，但总是想不出一个哪怕只有稍许可能性的办法。我总是提不出一个合理的设想，因为没有人

---

① 摩尔人，指北非摩洛哥、毛里塔尼亚、马里北部等地的民族。

跟我通气并和我一起着手干；屋里除了我一人外，没有奴隶伙计，也没有英格兰人、爱尔兰人或苏格兰人。所以，两年来，我虽然常以空想来愉悦自己，但却没有一点点使空想得到实践的鼓舞人心的希望。

　　大约在两年以后，我生活中出现了一种奇妙的境况，这就使我头脑里重新生起了试图让自己获得自由的旧念头。因为我的主人现在待在家里的时间比以往要多，不大摆弄船只出海了（我听说这是由于他缺少钱）。现在他还是每星期有一两次（如果天气好，有时次数还要多一些）坐着他那大船上的舢板到海中停泊处去捕鱼。他经常带我和一个叫马雷斯科的少年一起去替他划船，我捕鱼时手脚又很麻利，所以我们使他很高兴。他喜欢我们到了这样的程度，以致有时他竟叫我和一个摩尔人——他的一个亲属，以及那个叫马雷斯科的少年到海上去弄点鱼来佐餐。

　　一次，在一个风平浪静的早晨，我们去打鱼时，海上升起了浓雾，离岸不到一海里半就见不到岸了。我们摸不清方向，不知该往哪里划。我们划了一天一夜，第二天早晨才发觉，我们不但没向岸边划，反而划向了大海，当时我们离岸边至少也有六海里了。我们冒险使劲划，才划到岸边，因为那天早晨风刮得颇疾，尤其是我们都饿极了。

　　这次事故警告我们的主人以后要慎重行事。他家里放着一只从我们英国大船上抢来的长艇，他决定以后利用它出海捕鱼，并且出海时要带上一个指南针和一些生活物资，因此，他命令他船上的木工（也是一个英国奴隶）在长艇中央修一个小小的特等舱，就跟游艇上的小舱一样；小舱后面要有一处地方能容下一个人掌舵和收回主帆索，前面也要有一个位置能容下一两个人操作帆篷。这长艇使用的是一种被我们称作"羊肩帆"的三角帆，帆杠用夹条固定在小舱上面。小舱做得小巧又舒适，里面可以容纳下他自己和一两个奴隶睡觉，还可摆下一张用餐的桌子，桌子还带有一个小橱，可放几瓶他喜欢喝的酒，还可以放面包、大米和咖啡。

　　我们经常驾着这只小艇去捕鱼。由于我善于给他捕鱼，主人出海时总是带我同去。一次，他约定本地两三个有名的摩尔人和他一起驾这只长艇到海上游玩或是捕鱼。他对这几位客人特别殷勤，前一天晚上他就派人将一大批供应品送到艇上；他还叫我为他放在大船上的那三支短筒火枪准备好火药和散弹，因为他们这次出去除了打算捕鱼，还想打鸟。

　　我按他的吩咐，把一切事情都准备妥当：小艇洗干净了，艇旗和三角旗也挂出来了，只等第二天早晨他来招待客人。不久之后，我的主人独自一人来到艇上，告诉我：他的客人因为有别的事，明天不来乘船了。他要我像往常一样，同那摩尔人和那少年驾这小艇为他打些鱼来，因为他的朋友们要在他家里吃晚饭。他命令说：一打到鱼就立刻送到他家里去。所有这一切我都准备照他的吩咐去做。

这时，我原有的那个只想求得解脱的想法又飞快地闪入我的脑子，因为我发现几乎要有一只小艇由我来支配了。主人离开后，我便开始为自己在小艇上多提供一些装备，不只是捕鱼的装备，而且是航行的装备。虽然我还没想到要把船驾往哪里去，但只要能逃出这地方，随便驶到哪里都可以。

我的第一个计策是找借口要那摩尔人弄一些吃的东西到艇上来。我对他说，我们可不该擅自吃主人的面包。他说我这话说得在理，因此他就将一大篮干面包片或饼干之类的食品和三罐淡水弄上了船。我知道我主人的那个装酒瓶的箱子放在哪里（那箱酒显然是从英国人那里抢来的战利品），我趁摩尔人还没回船上时先把它搬上船来，好像它原来就是放在艇上供主人享用的；我又将一大团重量约超过五十磅的黄蜡搬上船，还拿来了一包细绳或细线，一把短柄小斧，一把锯子和一把锤子，所有这些东西以后对我们都有很大用处，特别是那些蜡，它可以当蜡烛用。我对他要的另一个花样也使他照样受骗。他名叫伊斯梅尔，可人家都叫他穆利或默利。我说："默利，我们主人的枪现在都放在小艇上，你能不能去弄点火药和散弹来？也许我们可以为自己打些海鸟呢。我知道他的弹药库是在大船上。"他说："对，我去弄些来。"接着，他带来一个大皮囊，里面装有一磅半以上的火药；另外，他又拿来另一个皮囊，里面装有五六磅弹丸。他把这些统统放在艇上。与此同时，我又找到了主人放在小舱内的另一些火药，我将这些火药装在箱子里一只快要空了的大酒瓶里，而将那些不多的酒倒在其他瓶子里。我们将这些必要的东西都装备充足之后，便起帆到港口去捕鱼。设在港口上的堡垒知道我们是谁，也没注意我们。我们驶出港口不到一英里，就扯下帆准备钓鱼。可这时的风向是东北偏北，和我所期望的相反；因为要是吹南

> 这些看似寻常的物品对以后的荒岛生活具有怎样的作用呢？作者在此埋下伏笔，能够引发读者的无限遐想。阅读时请注意作者在数量词使用时的细节描写。

风，我就毫无疑问可以将小艇驶往西班牙海岸，至少可以驶往加的斯①海湾。但我的决心是，不管刮什么风，我都要离开这可怕的鬼地方，以后会怎么样，那就只好听命运安排了。

我们钓了一会儿鱼，一条鱼也没有钓到，因为每当有鱼上钩时，我总是不把鱼扯上来，这一点那摩尔人是不会知道的。于是我对他说："这样下去可不行，这样叫我们拿什么来侍奉我们的主人呢？我们得将船开远一些。"他认为我这意见没有什么不好之处，便同意了。他在船头，于是他将帆扯起，我来掌舵，我将船又开了三海里远，然后将船停下，似乎要钓鱼了。我将舵交给那少年掌握之后，便往前走到那摩尔人身后，假装在他身后弯腰找什么东西，猛地将他拦腰一抱，一下子将他摆到海里。他立刻从水里浮上来，他游起泳来轻松愉快，一点也不费劲。他大声求我让他上来，说他愿随我走遍天下。这时没刮风，小艇行不快，他在船后游得那样快，很快就会追上我。在这种情况下，我到小舱里取出了一支火枪对准他，我告诉他，我并不打算伤害他，要是他规规矩矩，我不会对他有什么动作的。我对他说："凭你游泳的功夫，你完全可以游到岸上去，现在海上没有风，使出你的本领游到岸上去，我就不伤害你；要是你游近小艇，我就朝你头上开枪，因为我已决心要获得自由。"于是他便掉转身躯，朝海岸游去。我毫不怀疑他能很轻松地游到岸边去，因为他是一个杰出的游泳能手。

我本可以让那摩尔人跟我在一起而让那少年淹死，但我不能冒险信任他。他游走后，我转身朝那名叫克叙里的孩子说："克叙里，要是你对我忠诚，我会让你成为一个大人物；要是你不用手抚摸脸表示对我一片真心，我就会将你也丢到海里去。"那孩子对我嘻嘻直笑，并且用那样天真无邪的口气对我说话，叫我无法怀疑他：他发誓忠实于我，愿跟随我走遍天下。

当我们还在游泳的摩尔人的视线之内时，我就故意将船显眼地直接朝大海驶去（这样做时船有点逆风），好让他们以为我是向直布罗陀海峡驶去（正如每个有头脑的人都会要那样做的），因为有谁会料想我们要往南驶向那真正的野蛮人的海岸呢？在那里，所有的黑人部族肯定会用独木舟包围我们，将我们毁掉；在那里，我们不能走上海岸，一上岸就会被野兽或是比野兽更凶残的未开化的野蛮人吃掉。

---

① 加的斯，西班牙西南部港口，临大西洋，处于一狭长形半岛的顶端。

一到傍晚，我就改变航向，直向东南偏东方向驶去，以便更加靠近海岸。这时正好是顺风，海面上浪又不大，船在这种情况下行驶，我相信第二天下午三点钟我第一次再看见陆地时，我已经在塞拉以南不下一百五十英里，已经远远超越了摩洛哥皇帝或附近任何其他国王的管辖，因为在那里我们已经见不到人烟了。

我在摩尔人那里被拘留时已经害怕够了，生怕再一次落到他们手里，于是我不停船，不上岸，也不抛锚（风势一直很好），继续以这种方式航行了五天，这时风向转为南风了。我断定，任何追赶我的船这时也该停止了。于是我就冒险靠岸，在一条小河的入海处抛了锚。我不知道这是在什么地方，也不知道这里是什么纬度，什么国家，什么民族，或这是一条什么河；我没有见到一个人，我也不想见到任何人，我最需要得到的就是淡水。我们来到这小河的港湾时是在傍晚，决定等天黑以后便游上岸去，看看这地方的情况。但是天刚一黑，我们就听到许多不知名的野兽的可怕的狂吠、咆哮和嗥叫声，那可怜的孩子吓得要死，求我天亮以前别上岸去。我说："那好吧，克叙里，我不去好了。可是白天我们可能要遇见人，他们对我们也许比那些狮子还要厉害呢。""那我们就开枪打他们，"克叙里笑着说，"将他们赶跑。"这英国孩子克叙里用一种我们奴隶之间交谈的方式谈话，我很高兴看到他那高兴的样子，便从主人的酒箱里拿出酒，给他喝了一口，让他鼓起劲来。克叙里的劝告是对的，我接受了。于是我们将小锚抛下，静静地躺了一夜。我说静静地，是由于我们根本没有睡着！因为在两三个钟头之内，我们看见有一大群各种叫不出名称的巨兽来到海边，跑进水里翻滚，洗澡，泡在水里乘凉，那种大声嗥叫的声音，真是闻所未闻。

克叙里非常害怕，我其实也跟他一样；但使我俩更为害怕的是我们听到这些巨兽中有一只正向我们的小艇游来，我们看不见它，但是从它的吐气声可以听出来是一头可怕的、巨大的、狂暴的野兽。克叙里说那是一头狮子，我想可能也是的。可怜的克叙里哭着要我将锚拉上来，将船划走。我说："不，克叙里，我们可将浮标系在锚索上，将索放得长长的，把船往海里移，它们不会跟我们走得太远的。"我正说着，发觉那家伙（还不知是什么东西）离我们的船只有两桨之遥了，这使我吃了一惊，于是我立刻走到小舱门口，拿起枪来，朝它放了一枪，它立即转过身体，向岸边游去了。

我有理由相信，那些野兽以前从没听见过枪声，因为当枪响后，在海岸边和山林里都发出了野兽们可怕的狂呼怒吼和嗥叫声，其声简直难以形容。这情况使我相信，我们在晚上是不能上岸去的，但在白天如何冒险上岸也成了另一个问题，因为我们要是落到野人手中，那就跟落到狮子和老虎[1]手里一样糟糕。至少我们对这两方面的危险同样担忧。

情况尽管如此，我们还是非得找个地方上岸去弄点水不可，因为我们小艇上的水已不到一品脱[2]了。关键问题是在什么时候，到什么地点去弄到水。克叙里说，要是我让他带个罐子上岸去，他就能摸清楚是不是有水，并且为我带点来。我问他为什么要由他去，而不由我去，让他留在船上。这孩子充满深情地回答使我以后永远爱他。他说："要是野人来了，就让他们吃我，你把船驶开。"我说："唔，克叙里，那就我们俩都上岸去，要是野人来了，我们就杀死他们。我们谁也不让他们吃掉。"于是我让克叙里吃了一块干面包片，又从酒箱里拿出酒来让他喝了一口，接着我便将船向我认为适当的地方靠近了一些，两人蹚水上岸，除了武器和两只盛水的罐子以外，什么也没带。

我不想走得太远以至看不到我们的船，因为我怕有野人乘独木舟沿河而下。可那孩子这时看到一英里开外有一处低地，就朝那儿走去。没多久，我看到他朝我飞跑而来。我以为是有野人追赶他，或是他害怕什么野兽，便跑过去救他。但待我跑近他时，却见他肩上挂着个什么东西，那是他猎得的一只野兽，像只野兔，可颜色又不相同，腿也长些。不管是什么，我们都很高兴，这可是顿好野味呢。但是，可怜的克叙里那么高兴地跑过来，却是要告诉我他已经发现有很好的水，而且没有见到野人。

后来我们才知道，我们根本不用费那么多气力去找水，因为就在我们所停港湾上面不远的地方，在潮水退下之后，我们就找到了淡水，而且潮水在那里也上涨不了多高。于是我们就将罐子都灌满水，又将打到的野兽烧熟后享受了一顿野宴。我们在那块地方没有发现任何人类的足迹，于是我们准备起航。

以前我在航行中曾来过这海岸一次，因此我很清楚，加那利群岛和佛得角群岛[3]都离这海岸不远。但眼下我没有仪器测量出我们现在是在什么纬度，

---

[1] 非洲无老虎。此处应是指豹一类的野兽。——原书编者注
[2] 品脱，英美制容量单位。英国液量1品脱=0.682升。
[3] 佛得角群岛，在北大西洋东南部，东距非洲大陆最西端500多公里。

同时又不能准确地知道，或至少是记得那些个群岛是在什么纬度，所以我不知道在哪儿可以找到它们，也不知道何时该离开海岸朝它们驶去；要不是这样，现在我可以很容易就找到那些岛屿中的几个了。现在我的希望是，要是我沿着海岸航行，直到抵达一个英国人做生意的地方，我就会在他们平常计划做生意的航线上发现他们的船只，他们就会救我们上船。

按我的最恰当的计算，我现在的所在地应该是摩洛哥帝国管辖区和黑种人聚居区之间的一片没有人烟、只有野兽的不毛之地。黑人由于害怕摩尔人，放弃了这片土地，远远地迁往南边居住；而摩尔人则认为这片不毛之地没有定居的价值。两方面都抛弃了这块地方，还因为这里藏匿着大量的狮、豹等猛兽。这样，摩尔人就只将这地方作为他们的打猎场所。他们去打猎时有如一支军队，每次都有两三千人。确实，我们沿着海岸航行了将近一百英里，白天除了见到一片广袤的荒原，晚上除了听到野兽的嗥叫和咆哮之外，其他则一无所有。

有一两回，在大白天，我认为我见到了加那利群岛上特内里费山峰①的峰顶，我曾下决心冒险驶向那儿去；试了两次，都被逆风顶回，海上风疾浪高，我这小船无法过去。所以我决定还是实行我最初的计划，沿海岸航行。

我们离开那小河入海口处以后，有好几次被迫上岸去取淡水，特别是有一次大清早，我们在一个地点相当高的小岬角处抛了锚，这时正在开始涨潮，我们想趁此将船再往里面开进一些。克叙里比我眼快，轻声对我说，我们最好将船开得离岸更远一些。"因为，"他说，"你瞧，在小山那边正躺着一个可怕的怪物在睡觉哩。"我朝他指的地方望去，确实见到有个可怕的怪物，那是一只大得骇人的狮子，躺在海岸边几乎是悬在它上面的一座小山的一块阴影下。"克叙里，"我说，"你上去将它打死。"克叙里显出很害怕的样子，说："要我打死它！它一口就会将我吃掉呢。"他的意思是它一口就会将他吞下去。于是我不再跟他说什么，只要他待在船上别动，自己拿起我们那支最大的枪，这种枪的枪膛几乎跟滑膛枪②那样，我给它足足装上一膛火药，装上两颗大弹丸，放在船板上；又将第二支枪装上两颗子弹；再

---

① 特内里费山峰，加那利群岛中最大岛屿特内里费岛上的活火山山峰，名特德峰。古时候人们传说它有15英里高。其实它的高度只有3707米。
② 滑膛枪，16世纪开始在西方出现的一种旧式步枪，为火绳枪之加大型，装火药，用火绳点火。枪长约1.7米，重约9千克，球形弹丸重57克，射程约160米，精度很差。

将第三支枪装上五粒小子弹。我拿起第一支枪,准确地瞄准它的头部,放了一枪。这家伙睡觉时是用前腿遮住鼻子的,我这一枪打去,正打在它的膝部,将骨头打断了。它被惊醒后,开始是大声咆哮;当它发现自己的腿已经折断时,便又跌倒在地,然后又用三条腿站起来,发出一阵可怕的怒吼。没打中它的脑袋,我有点吃惊。这时它开始要跑开了,我马上拿起第二支枪,又朝它开了一枪,这一枪打中了它的头部,我高兴地看见它倒了下去,发出一声轻微的吼叫,然后便在地上挣扎。这时克叙里也鼓起勇气来,要我让他上岸去。我说:"嗯,那你去吧。"于是这孩子跳进水里,手中拿着一支枪,用另一只手划水游到岸边,走近那家伙身旁,将枪口对准它的耳朵,又朝它头部开了一枪,这一下就给它完全了结了。

对于我们来说,这件事只是一种游戏,因为它不能给我们带来食物。而我却十分惋惜,因为这样一个毫无用处的家伙损失了三膛火药和子弹。然而,克叙里却说他要从它身上弄点什么下来。他来到船上,要我给他斧子。"做什么用,克叙里?"我问他。"我要割下它的脑袋。"他说。可是克叙里却没法子将那家伙的脑袋砍下来,只砍下一只脚,将它带回船上,那确实是一只大得骇人的脚。

我暗自思忖,也许这家伙的皮对我们会有点什么用处,便决定要是可能的话,将它的皮剥下来。我和克叙里走过去剥它的皮。对剥皮这事儿,我懂得很少,不知道怎么办,而克叙里却深谙此道。这工作确实让我俩花了整整一天时间,才终于将它剥下来。我们将这张皮铺在我们的船舱顶上,两天之内太阳就将它晒干了,以后我就拿它垫着睡觉。

这次停船之后,我们接连往南航行了十一二天。面对我们一天天减少的食品,我们吃得很俭省;不到不得已要上岸去取淡水时,我们一般都不靠岸。我的计划是要航行到冈比亚河①或塞内加尔河②,也就是说,驶往佛得角群岛的任一处地方,希望在那里能遇上欧洲商船;要是遇不上,我就不知走哪条路了,除了去寻找那些群岛,或是在黑人中死去。我知道,所有从欧洲开往几内亚或巴西或东印度群岛去的船,都要经过这个海角或是这些群岛。总之,我将我的全部命运都押在这一点上,要么我能遇上一只船,要么就只有死路一条。

---

① 冈比亚河,西非河流,发源于几内亚,流经塞内加尔及冈比亚,最后流入大西洋,全长1120公里。
② 塞内加尔河,西非河流,全长1430公里,入大西洋。

我抱着上述的决心航行了十多天，开始见到了有人居住的地方；在我们的船经过的两三处地点，我们还看到一些人站在岸上观望我们，我们发觉他们全身黝黑，赤膊条条，一丝不挂。有一回，我很想上岸走到他们那儿去，可我的好顾问克叙里对我说："别去，别去。"我便将船靠海岸航行，以便同他们搭话。我发现他们跟着我们的船跑了好一段路程。我也觉察到他们手里没拿武器，只有一个人手里拿着一根细长的杆子，克叙里说那是长矛，他们可以将这种武器掷得老远，百发百中，于是我将船同他们保持一定距离，尽我所能用手势跟他们交谈，特别是做手势向他们要吃的东西。他们用手势叫我停船，表示愿意带给我一些肉类。这样，我便落下顶帆，将船靠岸。他们中的两个人跑进村子里，不到半小时，就带来两块干肉和一些谷物，这些东西是他们当地的土产，我们一样也叫不出名称来。我们很乐意接受它们，但怎么样接受法，却是我们和他们之间都不好解决的一个问题，因为我既不敢冒险上岸去接近他们，他们也同样害怕我们。后来他们采取了一个彼此都很安全的办法：他们将东西带到岸边，放在地上，然后走到一个远远的地方站着，等我们把东西拿到船上以后，才又走到我们船边来。

　　我们向他们做表示感谢的手势，因为我们拿不出任何东西来酬谢他们。但这时，正好有个机会让我们立即好好地报答了他们。因为当我们待在岸边时，有两头猛兽突然从山里冲向海边，看情况是一头追赶另一头，到底是雌雄间的调情，还是彼此嬉戏，或是相互格斗，我们也难以说清；同样，我们也弄不清楚这是一种经常现象，还是一种奇特现象，但我认为是属于后者。因为，首先是这类贪婪的猛兽除了在夜晚出来活动以外，白天一般很少出现；其次，我们发现这里的人们，特别是其中的女人，见到这情况后都非常害怕。除了那个手持长矛或是标枪的人之外，其余的人都逃走了。然而，那两头猛兽却直接奔向水边，似乎并不打算要袭击那些黑人中的任何一个；它们跳进海里，四处游动，似乎它们就是为消遣而来。后来，其中一头出乎我当初的意料，开始向我们船边游来。我早有准备，因为我已尽可能快地为我的枪装上了弹药，并且要克叙里装好了另外两支枪。等它刚一游进我的射程之内，我就开枪，这一枪正好打中它的脑袋，它马上沉入水中，但立即又浮上来，在水中上下翻滚，似乎在为求生而做最后的挣扎。确实也是这样。它立即往岸边游，但由于它所受的致命伤，加上又被水呛住了喉，还没游到岸边就死了。

我的枪声一响，火光一冒，使那些可怜的黑种人感到的惊奇是无法表述的，其中有几个甚至吓得要命，吓得跌倒在地，如同死了一样。但当他们见到那猛兽已死，而且已经沉入水中，又见到我做手势要他们到岸边来，他们才鼓起勇气来到岸边，并开始搜寻那头死了的猛兽。我根据水中泛出的红色血水发现了它，便用一根绳子将它捆住，将绳子的另一头丢给黑人，要他们拉。他们将它拖到岸上，一看，原来是一只形状古怪的豹子，全身斑点，美妙至极。这时黑人们一起将手举了起来，带着惊叹猜想我是用什么将这家伙打死的。

另外的那只猛兽，被我的枪声和火光所惊吓，慌忙游上岸去，直朝它们来的那山里跑去，由于相距太远，我没看出那是一头什么猛兽。很快我发现那些黑人很想吃那兽肉，我很乐意让他们拿走，作为我对他们的一份好意。当我做手势表示他们可以将它拿走时，他们都表示非常感谢。他们立即动手摆弄那豹子，虽然他们没有刀，用的是一种锐利的木片，却很容易就将豹皮剥了下来，比我们用刀去剥皮还要顺利一些。他们还送给我一些豹子肉，我谢绝了，表示豹子肉全归他们，但做手势表示我想要那张皮。他们慷慨地将它给了我，还带给我比上回更多的食品，我接受了，虽然我不知道这是些什么东西。接着我又向他们打手势表示要水，我把一只罐子底朝天拿给他们看，表示罐子已经空空如也，希望能将它灌满。他们立刻朝他们的友人打招呼，于是走来两个女人，抬着一只大泥瓮，我想这泥瓮大概是经太阳烤晒而成，她们将大瓮放在岸边，像先前那样站开；我叫克叙里将三只罐子都带上岸，将它们全灌满水。那些女人也跟男人们一样全身赤裸，一丝不挂。

现在我船上有了一些块根植物类和谷物，又有了水，我便告别那些友好的黑人们，一连航行了十一天没有靠岸，直到后来我看到在我前面离我大约十二到十五海里远的地方，有一长条陆地伸入海中。这时海上平静无风，我便离岸在海上航行，驶向这目的地。当我好不容易以离岸约六海里的距离迂回绕过这海岬时，又清楚地见到海那一边也有陆地。于是我就断定，这地方肯定就是佛得角，而那些岛屿则是佛得角群岛。然而，那些岛屿却离我太远，我真说不出该怎么办才好，因为要是我在航行中海上起了风浪，我就会任何一个岛都抵达不了。

处于这种困境，我十分郁郁不乐，走进小舱，坐下来。由克叙里去掌舵。不久，这孩子突然喊起来："主人，主人，有一只帆船！"这傻孩子给吓慌张了，以为是他原来的主人派人驾船来追捕我们，可我却知道我们已经当葡萄牙人在1456年到达之前，佛得角群岛尚无人居住，之后，佛得角群岛成为葡萄牙的一部分。由于该群岛位于非洲外海，佛得角群岛成了重要的港口，也成为重要的奴隶贸易中心。鲁滨孙凭借经验和常识，做出了这种判断。

走了很远，他们没法追着我们了。我跳出船舱，不但一眼就看到了船，而且立即认出那是一只葡萄牙船，我认为它是开往几内亚海岸去贩运黑人的。但等我再一观察它的航程，我马上相信他们是往别的方向去的，并不打算到这里来靠岸。因此，我将船尽可能快地向大海驶去，决定如有可能就跟他们对话。

我将帆扯得满满的，可我还是无法切入它的航程，不等我向他们发出信号，他们就会航行过去。当我将帆扯到最大限度，开始失望时，他们似乎借助望远镜看到了我，看出我的船是一只欧洲式小艇，他们估计定是属于某一艘遇了难的商船，于是他们收帆等我们靠近。这使我大大受到鼓舞。我船上有原来主人的船旗，我便拿出向他们挥动作为遇难信号，同时又放了一枪。这两种信号他们都看到了，因为后来他们对我说，虽然他们没有听到枪声，但他们见到了烟雾。他们见到这两个信号，便很仁慈地将船掉过头来，等我上船。大约经过三小时之久，我才赶上他们的船。

他们用葡萄牙语、西班牙语和法语问我是什么人，可是我对这几种语言都不懂。后来，他们船上有个苏格兰水手叫我，我回答他，告诉他我是英格兰人，是从塞拉一个摩尔人的奴役中逃出来的。于是他们同意让我上船，并且非常仁慈地把我小艇上所有的东西都带上船。

无论谁都会相信，当我从那样一种悲惨的、几乎是毫无希望的境况下被救出来之后，心里有何等无法表达的愉快。于是我立即将我所有的一切都献给船长，以报答他的救命之恩。但他慷慨地对我说，他什么都不要，等到了巴西之后，他会将我所有的东西都交还我。"因为，"他说，"我救你的性命，不是为了别的，只不过是希望我自己将来也能高兴地被别人所搭救，可能将来有那么一次，我的命运也会陷入跟你一样的境况。此外，"他又说，"我把你带到巴西之后，你回国还有那么远的路程，要是我拿了你所有的东西，你就得在那儿饿死，这样，我就是救活了一条命，又送掉一条命。不，不，英国先生，"他说，"我带你到那儿去是对你进行的一种捐助，你那些东西可以帮助你在那儿购买生活必需品和做你返回家乡的车船费。"

他口头上的这种仁慈的建议，实际上也完全得到履行，因为他下了命令，不让船员们动我的东西；后来又把这些东西列在他自己名下，并且给了我一份准确的物品清单，以证明这些东西是我的，甚至连那三只装水的瓦罐也包括在内。

至于我那小艇，他说他认为那是只很好的船，想买下来供他的船使用，问我要多少钱。我告诉他说，他在每件事情上对我都如此慷慨，我实在不能在这只小艇上向他提出要多少钱，完全由他自己作价好了。这样，他便对我说，他先给我一张他签署的票据，到巴西以后，我可以取到八十块西班牙银币；而且到了那里之后，如果有人愿出更高的价钱，他也会照样补足。他又出六十块西班牙银币要买我那孩子克叙里。这件事我却不愿意接受，倒不是我不想让这位船长得到这孩子，而是我很不愿意卖掉这可怜的孩子的自由——他曾那么忠实地帮助我取得自由。当我把这理由告诉船长时，他承认我的意见很有道理，但他向我提出了一个折中方案，那就是和孩子订一个契约，如果这孩子成为基督教徒，那么不出十年就会给他自由。我见船长这样表明态度，同时克叙里又说愿意到他那儿去，我便让船长买了他。

我们驶往巴西的航程非常顺利，大约在二十天之后，我们便抵达托多斯奥斯桑托斯湾①或称全圣湾。现在我又一次从所有最悲惨的生活境况中解放出来，下一步该怎么办，我现在就在考虑这个问题。

船长给我的仁慈待遇我真是记也记不清。他不收我半个子儿的乘船费，还给我二十达卡②买了我船上的那张豹皮，四十达卡买了那张狮皮，又将我所有的东西如数交还给我。<u>凡是我愿意卖掉的东西他都买了，比如装酒瓶的箱子、两支枪和一块制蜡烛后剩下的黄蜡</u>。总之，我将我船上所有的货物，卖得二百二十块西班牙银币，带着这笔资本，我在巴西舍船登陆。

到这儿不久，船长便介绍我到一个像他一样好、一样诚恳的人家里去住。这人拥有一个甘蔗园和一家炼糖厂。我跟他一起住了一

> 特别注意作者对黄蜡的描写，请试着回忆一下，上次作者提到"黄蜡"时是什么时候？当时的黄蜡有多少呢？这种细节的变化能够带给读者怎样的阅读感受？

---

① 托多斯奥斯桑托斯，巴西海岸最大的天然深水良港之一。上有古城萨尔瓦多市，1763年以前它曾是葡萄牙美洲领地的首府。
② 达卡，一种在中世纪流通于欧洲各国的金币名。

段时间，自己也熟悉了一些种甘蔗和制糖的方法。看到那些种植园主的生活那么好，致富得那么快，我便下定决心，如果我能弄到一张许可证，我也要成为种植园主中的一员；同时也决定到时候设法将我在伦敦的存款汇来。为了这一目的，我弄到了一张加入巴西国籍的证书，尽我所有的钱买了一些荒地，并且根据我将要收到的从英国寄来的那笔款子的实际情况，为我的种植园和新的住宅区制订出了计划。

我有一个名叫威尔斯的邻居，是葡萄牙里斯本[①]人，但他的双亲是英国人。他的境况同我的十分相似。我之所以叫他邻居，是因为他的种植园紧挨着我的，同时我们彼此又经常来往。我和他的资本都很薄弱，在开始的两年里，我们只种了些粮食作物，而没有种别的。然而，我们的收入开始增加了，我们的土地也种出了门路。所以，在第三年我们就种了些烟草，并且每人又都购置了一大片土地准备来年种甘蔗。可是我们两人都缺少帮手。现在我才比以前更加感到，我让我那孩子克叙里同我分手，是我做了一桩错事。

但是，唉！由于走错一步，就总是无法把事情办好，这对我来说已不是什么特别奇怪的事了。我除了继续这样下去以外，别无办法。现在我干的这份工作与我的天赋相去太远，而且和我所喜欢的那种生活正好相反。为了那种生活，我背井离乡，违背我爸的所有好心劝告；而现在，我正在进入以前我爸劝我过的那种中产阶级或是低级上层的生活。我要是决心过这种生活，我完全可留在家里，不必像我已经做的这样，使自己在世界各地劳累奔波。所以我常常自言自语道，现在干的这种活儿，我完全可以在英国，在我的朋友们中间将它干得很好，而没有必要跑五千英里远，来到一个从来没有人知道我的地方，同陌生人一起，在荒地上来干这种活。

就这样，我经常带着极其懊悔的心情来看待我目前的情况。除了时常跟那位邻居交谈之外，没有任何人同我交往；除了我手头的劳力活儿之外，再也没有什么事情可干。我常说，我就像一个被掷在荒凉的孤岛上的人那样生活，除己身以外，没有别的人。当人们将自己目前的境况同另外的、实际上不如他们的境况来东攀西比时，老天爷就会迫使他们改变现状，而使他们从自身的经历中深信以前生活的幸福。这真是一件咎由自取的事，多么值得人们深思。我说咎由自取，是因为我回想到我的命运决定我后来真的在一个荒凉的孤岛上过

[①] 里斯本，葡萄牙首都。

了一段孤独的生活，要是我把当时的那种生活继续下去，或许可以使我兴旺发达，财喜盈门，可我总是不公正地将它比为一种荒岛上的生活。

在我那位仁慈的朋友，就是那位从海上把我救起的船长回到这里来之前，我的种植园经营方案已经有了一些头绪。他的船这时正在这里装货，为他要经历将近三个月的航程做准备。当我将我留在伦敦的那笔小小本钱告诉他时，他给我提了一个友好而真诚的建议。"英国先生，"他说，他总是这样称呼我，"假如你让我带信去伦敦，并在形式上给我一份委托书，叫伦敦那位为你保管存款的人将存款送往里斯本我指定的人那里，叫他采购一些适合这儿需要的货物，在我回转时，凭上帝的意志力，我会将那些产品给你带来。但是，人事是变化多端、福祸不定的，我看你最好还是先支取一百镑，即你所说你那笔本钱的一半，用这笔钱先碰碰运气，如果安全无事，你就可以用同样的办法支取其余那一半；要是事情失败，那你还有另一半作为生活费用。"

这是一个如此有益而友好的劝告，我不能不深信他所说的是我该采取的最好的办法。于是我便照他所说，给为我保管存款的那位女士写了封信，又如其所愿给了这位葡萄牙船长一份委托书。

在写给那位英国船长遗孀的信里，我将我的冒险经历全部告诉了她：我怎样成为奴隶，怎样逃脱，怎样在海上遇到这位葡萄牙船长，他是怎样仁慈地待我，我目前又是处在怎样一种境况下，以及我的生活供应的所有其他必不可少的方面。当这位诚实的船长到达里斯本时，他通过那里的一家英国贸易商号将我的信送到伦敦的一位商人那里，并且将我的整个冒险故事也告诉了那位商人，再由那位商人将信件转交给她。她得信后，不仅将我所要的钱如数交付，还从她自己口袋里拿出一笔可观的财礼，送给这位葡萄牙船长，以感谢他对我那样人道和友爱。

那位伦敦商人照船长信上所吩咐的，用这一百镑买了一批英国货物，直接运往里斯本交给葡萄牙船长，他又将它们安全地运到巴西交到我的手里。那时我刚开始经营种植园，还摸不清干这个行当需要些什么工具，所以也就没有嘱咐他要买些什么样的工具来；而在运来的这批货物中，他却留意购买了各种工具，如铁制品以及我的种植园所需要的各种器具，这些对我都有很大用处。

当这批货物运到时，我认为我已经发财了，因为我对此惊喜万分；而我的好管家，即那位船长，又用我朋友作为礼物送给他的那五英镑为我买了一个用人，服务期规定为六年，不要我付任何报酬，只需给他一点我自己种的烟叶。

我所得到的好处还不止这些。这次运来的货物都是英国产品，比如布匹、呢绒、月桂油香精，以及在这个国家人们认为特别贵重和想要得到的东西，我设法将它们高价出卖，可以说，我将这些货物卖了原价的四倍以上。这样，就我的种植园的发展来说，现在我就超过我那位可怜的邻居了，因为有了钱以后，我做的第一件事就是买进了一个黑奴和一个欧洲用人，这还不包括船长从里斯本给我买的那个用人在内。

正如一句咒人的话所说：兴旺发达常常就是极大不幸的媒介。我的情况也是这样。在接下来的一年里，我的种植园获得了很大的成功。我的地里出产了五十大捆烟叶，除了卖给邻近居民满足他们的需要之外，余下的还有很多。那五十捆烟叶，每捆都在50.8公斤以上，全部晒干成堆，只等里斯本的商船来起运。这时我的生意在一天天发展，财富在一天天增加，头脑里便充满了一些无法实现的计划和任务，这些计划确实对极好的生意头脑起到破坏作用。

要是我将现在这种生活继续下去，我本可以将各种降临于我的幸福集于一身，为了这种幸福，我爸虽热心地向我推荐一种宁静的、与世隔绝的生活，又曾明明白白地向我描述过中等地位生活所富有的优越性，可我总是去干一些别的事情，于是就成为我自己的所有不幸的固执的制造者，尤其是增添了我的过错，这使我在后来的不幸中回想起来时，加倍感到自责。所有这些失策都是由于我明显而固执地坚持和追求我那到海外漫游的愚蠢的爱好，而不接受大自然与老天爷同时赐予我，而且当作我的一种职责来赐予的那种极其明智的观点，那就是在那种前程无量的中等的、普通的职业和那种生活方式中，让自己得到好处。

正如以前我从我父母身边逃走时一样，我现在对自己的生活又感到不满足，而偏要放弃在我新开的种植园事业上发财致富的幸福的想头，去追求一种轻率的、不合理的、超乎事物自然发展的冒进的欲望，这样，我就将自己再一次投入人类极不幸的深渊；要不然，我或许就能随世上安稳健康生活状态的大流了。

那么，现在我就来谈谈我的故事的详细情节吧。人们可以料想到，我在巴西已经住了将近四年，我正在开始扩展我的种植园并使其日益兴旺。我不仅学会了当地的语言，而且在办种植园的同行

作者再次提到一个中产阶级青年竟然愚蠢地爱上了冒险活动，那可真是令人遗憾的事情。这样的叙述多番出现，读者便能在脑子里留下不可磨灭的印记，不会忘记鲁滨孙的精明、谨慎，以及他对于秩序、舒适和体面生活的爱好。随着小说的推进，读者也更能从鲁滨孙后来的遭遇中体会出深意。

中，以及在圣萨尔瓦多那样的大口岸的商人中有了熟人并结交了朋友。我跟他们谈话时，经常谈起我曾两次航行到几内亚海岸，以及和那里的黑人做生意的方式，说在那海岸上人们只需用一些小小的琐碎东西，如念珠、玩具、小刀、剪子、短柄小斧、玻璃片之类，就不仅能很轻易地换到沙金、几内亚谷物、象牙等，而且可以买到在巴西经常大批使用的黑奴。

他们经常都是十分注意倾听我谈这方面的故事，特别是关于购买黑奴方面的情况。当时做这种生意的还不多，就其本身来说，只能由指定的人经营，或得到西班牙和葡萄牙国王的允许才行，而且是种垄断的行业。所以黑奴很少能买到，并且要价极高。

一次，我跟我所认识的几个商人和种植园主在一起阔谈这一类事情之后，第二天上午，他们中的三个人到我这儿来对我说，他们对我昨晚所讲的那些事情认真进行了一番思索，现在来向我提出一个秘密的建议。在嘱咐我保守秘密之后，他们告诉我，他们打算装备一艘船到几内亚去，说他们跟我一样，都有自己的种植园，而目前迫在眉睫的是人手缺乏；又说他们不可能继续干这种买卖，因为他们回来之后不能公开贩卖黑奴，所以他们希望就跑那么一趟航运，私下将黑奴运上岸来，分到各人的种植园里干活。一句话，他们问我是否愿意担任他们船上的代表船主处理一切营业事务的货物经管员，到几内亚海岸去做这笔生意。他们还提出，我也会分得同样等份的一批黑奴，不要我拿一分钱。

如果这个建议是向一个没有定居地点，又没有自己的种植园需要照料的人提出来的，那就必须承认这确是一个很好的建议，因为他能从这里得到一大笔的本钱，又能用极好的办法赚取更多的钱。但是对一个像我这样的人来说，已经进入种植业这个门道，并且建立起了自己事业的根基，不该去干什么别的事情，而只应继续干我那已经开始了的事业，再干它那么三四年以上，而且将伦敦那一百镑也拿来加进去，那就不会不赚上三千或四千镑整，以后还会有增加；而要是我也想到要去从事这样的一次航行，那就真是生活在这样一种境况中的人从未有过的极其荒谬的事情。

但我却是个生来就要毁掉自己的人。我无法抵制这个建议，正

15—17世纪，黑奴贸易还是特权阶层的垄断贸易。但是这一本万利的买卖还是吸引了不少人冒险参加。鲁滨孙下一次出海就是为了给自己的种植园买奴隶。这是时代特征的反映。

如当初我爸对我劝导无效时我控制不住自己的那种乱七八糟的计划一样。总之，我告诉他们说，我愿意一心一意前去，只要他们能在我不在家时替我照料种植园，并且当我万一发生不幸时能按照我的指示处理它。他们完全答应照我提出的条件办理，而且白纸黑字立了字据。我也立了一张正式遗嘱来安排我的种植园和财产。遗嘱规定，万一我死后，我指定以往救过我的命的那位船长为我的全权继承人，但要他按我在遗嘱上指示的办法处理我的财产，即产品的一半归他自己，另一半则由他装船运往英国去。

总之，我尽可能慎重地保存我的财产，维持住我的种植园。要是我能为自己的利益采取一半像这样的慎重态度，来判断哪些事情应该做，哪些不应该做，那我就决不会离开我那正干得红火的事业，舍弃所有发财的希望，而冒海上通常要发生的各种危险，去做这次海上航行，且不说我更须预料到我个人可能遇到的特别的不幸。

可是我却急匆匆地办理这件事，盲目听从幻想的指挥而不用理智思考问题。这样，船准备好了，货物装好了，一切事情都由我的伙伴们按这次航行的合约办好之后，便在1659年9月1日那个不吉利的日子上了船。这日子也正是八年前我为了反抗父母的权威，愚蠢地不顾自己的利益，离开他们，从赫尔上船逃走的那个日期。

专家评析

这部分是鲁滨孙流落荒岛前的经历。鲁滨孙不顾家人的反对，一直梦想着出海航行。从19岁到27岁的八年间共出海三次。一次去伦敦，一次去几内亚，一次去非洲，各有成功与失败。这些经验使得他从一个毫无经验的毛头小伙子成长为性格成熟的种植园主，他学会了航海的数学知识和方法，学会了记录航海日志、观察天文，这些经验和技能无疑为后文他的荒岛求生打下基础。

这部分同时也为读者交代了故事的背景：作者细致地交代了中产阶级的理想生活状态以及鲁滨孙不安现状的生活态度，这与十七世纪资本主义在世界范围内的扩张有关，欧洲人在非洲和美洲都有殖民地，他们热衷海外贸易，富有冒险精神。

写实手法在这一章里已经初步体现。比如，鲁滨孙第一次出海遇到沉船的场景，从暴风、海浪、内心的恐惧、吓得晕倒等细节，为读者描绘出一幅身临其境的场景。同时，作者又善于在不经意间埋下伏笔。初次航海所遭遇的两次灾难并没有让鲁滨孙接受教训，后文还有更危险的遭遇在等待着他。

我们的船载重量约为一百二十吨，装有六门炮。船上除了船主、他的小听差和我之外，还有十四个人。船上没有装大宗货物，只是些适合同黑人做交易的小玩意儿，如念珠、玻璃片、贝壳、奇特的白镴制品，特别是一些小窥镜、刀子、剪刀和短柄小斧之类的东西。

我上船的那天船就开了，沿巴西海岸往北开行，计划在到达北纬十度或十二度时，越过大洋，直抵非洲海岸，这似乎是当时船只常走的一条航线。我们航行遇到的天气都很好，只是过于热了一些，就这样我们一直航行到圣奥古斯丁角①。过了这里，我们便离开海岸朝大洋驶去，这时便见不到陆地了，似乎是往费尔南多迪诺罗尼亚岛②的方向航行，采东北偏北方向，从东边驶离这个群岛。沿着这条航线，我们花了十二天时间才过赤道。当我们刚做的一次观测表明我们已航行到北纬七度二十二分时，突然遇上一股猛烈的飓风，使我们慌了手脚，无法对付。这股风开始从东南方向刮来，然后又转为西北风，接着又变成东北风，其猛烈程度真可怕异常，总共有十二天，我们无计可施，只好让船随风颠簸，任命运和飓风的随便不管将我们带往何方。在这十二天中，不用说，我每天都预料到自己会被巨浪吞没，而且同船的人，也没有一个想到自己能得救活下来。

在这种灾难时刻，除了风暴的恐怖之外，我们中有一个人患热病死去，还有一个和那小听差被巨浪从甲板上卷走。到第十二天，风暴才减轻了一点，船主尽其能力做了一次观测，才发现我们是在北纬十一度左右，但已在圣奥古斯丁角以西，和它相差二十二经度。这样，我们就已到达法属圭亚那海岸附近，或是巴西北部，越过了亚马孙河③口，到了一般称为"长河"的奥里诺科河④口附近了。这时他和我商量该向哪里航行，因为我们的船在漏水，而且遭到严重的损坏，他打算直接开回巴西海岸。

我断然反对这样做。我和他一道浏览了一遍美洲海岸的航海图，结论是：我们只有航行到加勒比群岛⑤圈以内，才能找到有人居住的地方求助。

---

① 圣奥古斯丁角，据推测当是巴西东北部的卡尔南纳角或罗格角。——原书编者注
② 费尔南多迪诺罗尼亚岛，在巴西东北大西洋上，属巴西，以产鸟类闻名，为同名群岛之主岛。
③ 亚马孙河，世界第二长河，发源于秘鲁，但流域大部分在巴西境内，在巴西东北部流入大西洋。
④ 奥里诺科河，委内瑞拉境内的一条长河，在委内瑞拉东北部流入大西洋。
⑤ 加勒比群岛，此处泛指西印度群岛，由1200多个岛屿组成，共分4个群落，排列为环状，故曰"加勒比群岛圈"。

因此，我们决定向巴巴多斯①驶去。我们保持在大洋上航行，以避免为墨西哥湾的海流所吸入，这样，我们大约在半个月之内就能轻易地完成这一航程。我们的船和人都不行了，若不加以修理补充和休息，是无法航行到非洲海岸去的。

根据这个计划，我们便改变航线，朝西北偏西的方向驶去，以便能到达一个属于我们英国的岛屿，希望能在那儿得到救济。但我们的航行还得由别的因素来决定，因为当我们航行到北纬十二度十八分时，第二次风暴突然又向我们袭来，它以同样猛烈的程度将我们向西卷去，将我们卷到人们常走的那条经商的航线以外去了，这样，就算我们的性命能得救，而面对这茫茫大海，也只能陷入险境被野人吃掉，而休想回到我们自己的国家去。

在这狂风一个劲儿刮的灾难时刻，一天早晨，我们中的一个人忽然喊道："陆地！"我们一听到喊声，就从船舱往外跑，希望能看到我们到了世界的哪个部位。但是这时船突然撞在一片沙滩上，一时船就像生了根一样，不能挪动分毫。海浪猛烈地往船上撞击，我们料到很快就要全部完蛋，于是一齐下到密闭的后舱，靠它来掩护我们以免受海浪冲击。

要一个未曾身临其境的人来描述或想象人们在这种情景下的惊慌失措，那是很困难的。当时我们不知道身在哪里，或者说，不知道风把我们的船刮到了哪洲哪土，是到了岛上，还是到了大陆；是有人居住，还是荒无人烟。现在风还是刮得很猛，虽然其势头比早先有所减弱，但我们还是不敢心存奢望，认为我们的船在几分钟之内不会被撞成齑粉，除非这风能奇迹般地立即转向。总之，我们坐在后舱内，相对无言，无时无刻不在想着死亡，做好到另一个世界去的准备，因为在这个世界上再也没有什么我们可干的活儿了。现在我们所能得到的安慰就是，和我们的预料相反，船并没有被打碎，而且船主说，风开始减弱了。

现在虽然我们认为风势已有所减弱，可船还是牢牢地搁浅在沙滩上，无法使它移动，我们的处境很糟糕。除了尽可能设法求生之外，别无他法。在遇到风暴之前，我们的船后本来有一条小艇，但它先是撞在大船的舵上破碎，然后就不知道是已沉入海底，还是给刮到大洋中去了，所以对它我们是

---

① 巴巴多斯，岛国名，位于西印度群岛最东端。

不抱希望了。不过我们船上还有另外一条小艇，只是如何将它放到海里去却是一个棘手的问题。然而，眼下已没有时间来讨论这个问题，因为我们料定我们的船每分钟都有被撞成齑粉的可能，而且有人告诉我们说，船实际上已经破了。

在这危难时刻，我们船上的大副抓住小艇，大家一齐上去帮忙，将小艇吊放在大船旁边，我们全都登上小艇，让它离开大船，将我们十一个人的命运托付给仁慈的上帝和波涛汹涌的大海。这时风暴虽然已平息了不少，可是大浪还是掀起老高扑向海岸，这正如荷兰人对风暴中的大海的称呼：狂暴的海洋。

现在我们的处境确实非常可怕，因为我们都清楚地知道，在这种海浪连天涌的情况下，我们的小艇是无法生存的，我们不可避免地都会被淹死。至于扬帆，首先是我们没有帆；即使有，也没法张开。因此，我们只有怀着沉重的心情对着陆地划桨，好像奔赴刑场的人一样，因为我们都知道，当小艇冲向岸边时，它将被撞成碎片。然而我们还是以极其诚挚的态度将我们的灵魂托付给上帝，风将我们的船往岸边推送，我们则用自己的双手，尽力朝陆地划，加速自己的毁灭。

岸边的情况如何，是石头，还是沙子；是陡坡，还是浅滩，我们一概不知。我们唯一的但愿能合理实现的一线希望，就是看我们是否可以划进某个海湾，或是意外地将船划进某个河口，或是到达一个陆地避风处，或找到一处平稳的水面；但是，这样的地方一个也没有出现。当我们一步步接近岸边时，却见到那陆地看起来比海上更为可怕。

当我们边划着桨，边被风刮着，照我们计算大约走了四海里半之后，一个像山一样高的猛浪从我们后面滚滚扑来，很明显是要给我们来个致命的一击，总之，它的来势是如此凶猛，竟一下就将我们的小艇掀翻，将我们掀下海中，各自东西，几乎没给我们时间叫一声"啊，上帝！"因为我们一掉入水中就立即让海浪吞没了。

当我沉入水底时，心里那种慌乱的感觉是无法形容的。因为虽然我的游泳技术很好，但在那种浪涛汹涌的情况下，我简直都没法呼吸了，直到后来由波浪将我带了很远一段路程，一直带到岸边，这时它的精力好像已消耗尽了，便向海中退了回去，而将我留在几乎是干了的岸上，这时我已给水呛得半死了。然而，我还有一口气，我的心力立即恢复过来，看到我距离陆地比我预料得要近，于是便举步尽可能快地向陆地奔去，我想赶在另一个浪头打来又将我卷走之前离开这里。但很快我便发觉我无法躲过它，因为我见到我身后的海浪如一座大山一样向我压过来，像一个暴怒的、我没有办法也没有力量对抗的敌人一样。现在我所要做的就是紧紧地憋住气，如果可能就使自己浮上水面，用游泳来使自己保持呼吸，并尽力向岸边游去。现在我最关心的事情是，现在浪头将我向岸上老远地送去，而当它退回海里去时，可千万别又将我也一道带回去。

那个又一次向我压过来的浪头，立即将我埋在水下二三十英尺深，我能感觉到有一股强大的力量将我很快地向岸边推送过去，送得很远很远。我憋住气，一个劲儿地尽力向前游去。我憋气简直憋得连肺都要炸裂了，这时，我感到自己往上浮了起来，立即感到解除了压力，我发现我的头和手都露出水面了。虽然我露出水面的时间还不到两秒钟，却给了我很大的帮助，给了我呼吸和新的勇气。接着我又被浪头压下去，但时间不算太长，我还能忍受得了。当我发现海浪的力气已尽，开始在往后退时，我便在后退的海浪中奋力向前，这时我感到我的脚已踩着底了。我静静地站了一会儿以恢复正常呼吸，待海水完全从我身边退下去以后，我便拔脚尽全力向岸上跑去。但这样也还是无法使我摆脱海浪的纠缠，它又从我后面汹涌而来，而且又两次将我举起来，像以前那样将我带向那很平的海岸。

这两次中的最后那一次差点叫我送掉性命，因为海水像以前那样带着我急促地向前冲去，将我搁在，不，是撞在一块石头上，那力量是那样猛，竟使我一时失去知觉，自己无法救助自己。因为刚才那一下正撞在我胸口上，使我停止了呼吸，要是海浪这时立即又扑过来，那我就只有在水里窒息而死了。可是在浪涛再次击来之前我已苏醒过来，见到自己又该要被海水淹没，我就决心抓紧一块石头，尽量憋住气，直到海浪退回去。现在浪头已不如起初那么高，而且离陆地又比较近了，我便抓紧石头，到海浪退下去后，再往前跑了一程，这时我离海岸就很近了，以致下一个浪头虽然也从我头上滚了过去，却未能将我淹没卷走。我又向前跑了一程，这时我才到达了陆地。到了这里，我感到极大的欣慰，我爬上岸边的悬岩，坐在草地上，我脱离危险了，海水再也无法追上我了。

我现在登上了陆地，安全地到了海岸上，便仰望上苍，感谢上帝。就在几分钟以前，我还没有任何生的希望，而现在却得救了。我相信，当一个人的生命被从坟墓里救出来时,他那心灵中的狂喜是没法表述的。我现在对那种民间的习俗一点也不感到奇怪了,那就是:在一个犯人颈上被套上绞索,打上结子,正要执行死刑的当儿,突然给他带来了缓期执行的命令,我说,我不奇怪这时人们要给他请来一位外科医生,在把这消息通知他时,立即为他放血,以使他不致因这惊喜的消息而血气奔心,晕死过去。

因为突然的喜悦,正如突然的悲伤一样,开始时都是令人惊慌失措的。①

我在海岸上来回走着,高举双手,可以说,我的整颗心都在回想着我这次的得救,我做出各种各样难以描述的姿势和动作,我回想起那些淹死的同伴,除我之外他们当中定是没有一个人能够得救,因为当时我除了见到他们的三顶礼帽、一顶便帽和两只不配对的鞋子之外,以后再也没有见到他们或他们的任何形迹。

我把目光投向那艘搁浅了的船,这时海上的碎浪和泡沫太多,以致我还看不太清那艘船,它离我又是那样远。我心里不禁感到疑惑,我的老天爷!我是怎么可能到达岸上来的?

我将我的境遇中值得庆幸的那部分来抚慰了自己一阵子之后,便开始环顾周围,以便弄清楚我现在是在一个什么样的地方,下一步我应该怎么做。很快我就发现我的安慰心情减少了,用一句话说,就是我得到的是一种可怕的解救。因为我已遍身湿透,没有衣服换,也没有任何食物或饮料来充饥止渴,在我前面我看不到任何希望,只有活活饿死,或是被野兽吞食掉。尤其令我苦恼的是,我没有武器猎取任何生物来取食,或是防卫自己,免得被别的生物当成食物吃掉。总之,我身边除了一把刀、一根烟斗和装在一个盒子里的一点烟叶之外,什么也没有。这就是我的全部供应品!这使我心里感到极度苦恼,有好一阵子我往各处乱跑,像发了疯一样。黑夜来临了,我开始以一种沉重的心情来考虑我的命运,要是这地方有贪婪的野兽,而野兽总是在夜晚出

"三顶礼帽、一顶便帽和两只不配对的鞋子",许多人的生命就这样消逝了,作者用平淡无奇的话不动声色地表达出死亡的残酷,同时刻画出整个人类孤独地待在一座荒岛上的情景。

---

① 此处当是笛福引自17世纪英国戏剧家马米昂(1603—1639)的通俗喜剧《荷兰的围攻》中的台词,但有所改动。原台词是:"巨大的喜悦,正如巨大的悲伤一样,都是沉默无言的。"

来觅食的。

那时我想出的补救办法是爬上一棵枝叶浓密的像枞树那样的树，那树枝上长着刺，就在我近旁，我决定就在那上面坐一个通宵，到第二天再去考虑怎么样去死，因为我看不到生的希望。我从海岸往陆地走了大约一浪[①]远，看看能不能找到点淡水喝，使我大为高兴的是我竟找到了水，喝了些水之后，又拿了一点烟叶放到口里，聊以充饥。我又走到那棵树那里，爬了上去，尽力让自己坐牢靠，以避免睡着了摔下来。我又砍下一截短短的枝干，像一根警棍，用来防身，然后便开始歇憩。由于极度疲劳，很快我就睡熟了，而且我相信，很少有处于像我这种情况下的人，能睡得像我这样舒服。当我一觉醒来时，我感到这场睡眠使我的精神恢复得特好，这也是从未有过的事。

我醒来时已是大白天，天气晴朗，风暴已消退，海面上再也不像原来那样波涛汹涌了。但使我感到极为惊异的是，我们的那艘搁浅在沙滩上的船，在夜里已被上涨的潮水浮了起来，被水推送着几乎到了我上回讲过的海浪将我掷在它上面使我受伤的那块石头那里，离我所在的海岸不过一英里左右，那船看上去好像还安然无恙地停在那里。我希望自己能上船去，这样，至少我可以从船上抢救一些必要的东西出来归自己使用。

我从树上的住宿地下来，重新朝周围一望，第一眼见到的就是那艘小艇，由于风推浪拥，它已搁浅在陆地上，在我右边约两英里处。我从海岸上向小艇的地方走去，后来我发现在我和小艇之间还隔着一片约半英里宽的海湾。这样，我便暂且不去弄那小艇而往回走，因为我主要是想上那艘大船，希望能从那里找到一些能让我生活下去的东西。

午后不久，我发现海面非常平静，潮水退落得很远很远，我和那艘船之间的距离只有四分之一英里了。这时，我不禁又重新升起一种悲伤的心情，因为我明显地看到，要是我们原来留在船上，我们全都会平安无事，也就是说，我们都会平安地登上海岸，我也就不致像现在这样不幸，既无伴侣，又无安慰。想到这点，眼泪便不禁夺眶而出；但伤心落泪毕竟无济于事，我便决定，如果可能的话，就到那大船上去。天气炎热至极，于是我便脱下衣服，跳入水中。当我到达船边时，我遇到的更大困难是不知如何才能上船，

[①] 浪，英国长度单位，等于1/8英里，或201.167米。

因为它搁浅在沙地上,距离水面很高,我伸出两手,却没有什么东西可以抓住上船。我绕船游了两圈,在游第二圈时,我发现一根细细的绳子从船头的锚链上垂下来,垂得离水面不怎么高,我感到奇怪,何以我游第一圈时没有发现它?我费了好大力才抓住它。靠这根绳子的帮助,我爬上船进入了水手舱。在这里,我才发现船底已经破漏,舱里装满了水。但船是搁浅在一片硬沙地或是硬土的边上,船尾翘起搁在岸上,船头差不多靠近水面。这样,船的整个后部都是悬空的,所以这一部分也全都是干的。我首先的工作是检查一下哪些东西损坏了,哪些东西还没受到影响。首先我发觉船上所有的粮食都是干的,还没接触到水。这时我很想吃东西,于是我走进面包房,将我的几个口袋都装满饼干,一边干旁的活,一边吃,因为我不能失去时间。我还在大舱里发现一些甘蔗酒,我喝了一大口,因为在眼下这种状况中,我很需要足够的酒精来兴奋一下精神。现在我不需要别的什么,只需要一只小艇,为我装上我所预见到的各种我非常需要的东西。

光坐着一心希望得到自己得不到的东西是枉然的,眼前的困境驱使我动脑筋想事情。我们船有几根多余的帆桁,两三根大圆木和一两根多余的中桅,我决定将这些东西派上用场。我拣船上我能搬得动的东西丢出船外,每一样东西都用绳子系着,以免被水荡走。将这些东西丢下水之后,我从船边下水,将它们拉到我面前,把四根木头两头用绳子紧紧地捆起来,扎成一个木排的样子,上面横搁上几块厚板子。我发现自己能轻松地在上面行走,但负担不了任何重载,因为木头太轻。于是我又继续干起来,我用一把木匠用的锯,好不容易才将中桅锯成了段,加在我的木排上。这活儿干起来很吃力,但我要将我所需要的东西搬走的这种希望,鼓舞我完成在一般情况下所无法完成的工作。

我的木排现在已很结实,足以装载相当的重物了。下一步要考虑的就是装些什么东西和怎样采取保护措施,使装上去的东西不被碎浪打湿。没想多久,我就想出了办法。首先,我将能从船上找到的所有厚薄木板统统铺在木排上,在考虑好了应该装些什么东西之后,我先弄了三只船员们的箱子,将里面的东西倒空,然后放

> 小说借鲁滨孙之口,处处穿插一些蕴含作者对生活和人生思考的句子。此处作者直接告诉我们鲁滨孙不停劳动的心理原因,然后再详细叙述他的劳动,体现出鲁滨孙敏捷、讲求实际、奋发进取的个性,也为鲁滨孙成为正面的资产阶级人物形象提供了可能。

到木排上。我用第一只箱子来放食品，即面包、大米、三块荷兰奶酪、五块干羊肉，以及一些剩下的欧洲小麦。这些小麦本来是用来喂我们带上船的一些家禽的，现在家禽都淹死了。船上原来还有些大麦和小麦，令人极为失望的是，后来我发现它们全被老鼠吃掉或糟蹋了。我还找到了属于船主的几箱瓶装酒，有些是强心补酒，也有大约五六加仑烧酒。这些酒没有必要放到箱子里去，箱子里也没那么多地方放它们，所以我将它们另外堆在一边。我正在忙这些事情时，发现潮水已开始上涨了，虽然涨势很平稳，令我遗憾的是眼看着我游到船上来时脱在岸上的上衣、衬衫和背心都给泡走了，我游上船来时只穿着我的亚麻齐膝短裤和长袜。这就迫使我要在船上搜寻一些衣服。我找到了很多，但我只挑了几件我当前需要的，因为我还要去找更重要的首先是上岸后要用的工具。找了好久，我找出来一口木工用的箱子，这对我来说确实是一项非常有用的收获品，在当时的情况下，它比一满船黄金更有价值。我就将整个箱子放上木排，也没费时间打开瞧瞧，因为我大体上都知道里面装的是什么。

我下一步考虑的是要弄到一些弹药和枪支。大舱里有两支很好的鸟枪和两支手枪，我先将它们拿到手，又拿了几只装火药的角筒，一小袋散弹和两柄旧的、生了锈的剑。我知道船上有三桶火药，却不知道炮手们将它们放在哪里了。找了好久，还是被我找到了，有两桶是干燥良好的，第三桶进了水。我将这两桶火药和那些枪械一起弄上木排。现在，我认为木排上已装载得够多了，便开始考虑如何将这些东西运上岸去，我既无帆、桨，又无舵，只要一刮风，我的木排就会被掀翻。

眼前我有三件受到鼓舞的事：第一是海面平静无风；第二是潮水正在往岸边上涨；第三是有一点微微的风往岸边吹，我的木排可以顺风而去。这样，在我找到大船上的两三片破桨，又找到两把锯子、一把斧头和一把锤子之后，我就带着我的满排货物，起程向岸边划去。我的木排非常顺当地行驶了大约有一英里，只是我发现它现在漂去的方向与我昨天爬上陆地的地点有一段差距，在昨天上岸的那地方，我发现有一股向内的水流，所以我希望能在那儿发现一个小港或一条小河什么的，以便将它作为一个港口来卸载我的货物。

正如我所料想的，情况真是如此，到了岸边时，我见到陆地有一个缺口，一股海潮的激流正向里面涌去。于是我便尽可能使木排保持在这股水流的中间。在这里，我差点又遭到一次翻船事故，要真那样，那我就真会悲恸欲绝了。原因是我对这一带海岸的地形不熟，竟让我的木排的一头搁浅在岸上，而另一头却仍然浮在水上，木排上的所有货物，差一点就要全部由浮在水上的那一头滑到水里去。我用背拼命抵住那些箱子，使它们保持在原来的位置；但我用尽全力，也无法使木排离开搁浅的陆地，而我又不敢改换我现在的这种姿势，只是拼命抵住箱子，这样坚持了将近半个钟头。在这段时间里，潮水渐渐上涨，我才感到平稳了一些。过了一会儿，潮水涨得更高，我的木排才重新浮了起来。我用桨将它撑到水道中间，使它向缺口内流去，最后我发现自己到了一条小河的入海口，两岸都有陆地，一股潮水的激流往里面直涌。我朝两岸望了一下，想找个适当的地点停排上岸，因为我不愿向小河上游进入过深，而希望我能及时看到海里的过往船只，所以我就决定将自己安顿在尽量靠近海岸的地点。

最后，我在这小河的右岸发现有个小湾，我费了好大的力气才将木排划到能用桨探到底的地方，直接将排向岸边撑去。但在这地方，我又一次差点将我这船货弄到水里去了。因为这地方的河岸很陡，也就是说，是个斜坡，我的浮着的木排要是一头冲到岸上，就会使木排的这头掀起老高，而另一头则陷得很低，跟前次那样，这将危及我的满排货物。现在我所能做的就是拿桨当锚，将木排靠近岸边一块平地的那一边固定起来，等待潮水涨高，希望能漫过那块平地。潮水果然涨起来了。我的木排吃水大约一英尺深，等潮水一涨到足以使木排浮上平地，我就将它撑上那块平地，用我那两片破桨插进地里，一头插一片，将木排停在那儿，等潮水退下去以后，我的木排和我所有的货物就可安全留在岸上了。

我的下一步工作就是要考察一下这块土地，找一处地方做我的住所，收藏我的货物，以免发生意外。我现在还不知道是在一个什么地方，是登上了大陆，还是在一个海岛上；这儿有人居住，还是没有；有野兽出没，还是没有。在离我不到一英里远的地方，有一座又高又陡的小山，它的北面还有几座另外的小山，好像连成一道山脊，但却都不及那座小山那么高。我带着一支鸟枪、一支手枪和一角筒火药，武装起自己，出发到那小山顶上去观察。我费了好大力气爬上山顶一看，不看犹可，这一看真使我为自己的命运哀伤不已。原来我所在的这地方是个四面环海的孤岛，周围见不到陆地，只是在很远的地方有几堆礁石，还有在西边约九海里的地方，有两座小于这座海岛的小岛。

　　我还发现这个岛是一片不毛之地，我有足够的理由相信它是荒无人烟的，仅有鸟兽出没。可眼前我还没看到野兽，只见到大量的飞禽，却又不知道是什么种类，也不知道打杀之后能不能做食物。当我往回走时，我向停在一片森林旁的一棵树上的一只大鸟开了一枪。我相信这是这地方从开天辟地以来打响的第一枪。我的枪声一响，从树林各处便飞起无数的、各种各样的飞禽，每一种都按它们各自的调子鸣叫，顿时造成一片混乱的尖叫声。我一种也认不出。至于我打死的那一只，我把它当成是鹰一类的鸟，它的颜色和那钩嘴都很像鹰，不过它那爪子却不如平常的老鹰那么锋利；它的肉有股腐臭味，一点用处也没有。

　　我对这次的发现很满意，便又回到木排边动手卸货上岸。这工作花了我这天剩下的全部时间，夜晚怎么办，到哪里去歇息，这事我确实心里还没有底。我不敢睡在地面上，说不定会有野兽将我吞食；虽然，后来我才发现这种害怕完全是没有必要的。

　　然而，我还是尽我所能，用我运到岸上来的那些箱子、板子之类，搭成一个类似棚子的防寨，以便夜晚住宿。至于吃的东西，我还不知道能用什么方法得到供应，只是在我打飞禽的地方发现有两三个类似兔子的东西从森林里窜出来过。

　　现在我开始考虑，我还可以从船上取来许许多多东西，那对我是很有用处的，尤其是那些索具和船帆，以及这类可以弄上岸来的其他东西。于是我决定，如有可能，我再上一次船，因为我知道，如果再起风暴，一开始就必然会将它打成碎片。于是我决定暂且把其他的事情撂开一边，等我到船上把我能弄到的每样东西运回岸以后，再处理这些事情。我心里想，是不是将那只木排再撑回去？但这显然是无法办到的事。我便决定像前次那样去。等潮水退下之后，我就开始去了，只是在我走出我那棚子之前，我便先将衣服脱下，只穿一件格子花衬衫和一条亚麻汗裤，脚上穿一双浅口无带软鞋。

　　我跟前回那样上了那条船，又忙着准备扎第二只木排。有了扎第一只木排的经验，这次我不将木排扎得那么笨重，也不装载得太

> 交代出荒岛艰难的生存环境，为下文鲁滨孙的荒岛生活作铺垫。在这种无人交流、几乎没有物资可供生存的条件下，鲁滨孙要怎样生活下去呢？作者以此也引发读者思考、展开遐想，增强读者的阅读兴趣。

重，但也还是带了一些对我十分有用的东西。首先，我在木匠的备用品中发现两三袋钉子和长钉，一个大绞盘，一把短柄小斧，最重要的是，我还找到了最有用的东西——一块磨石，我将所有这些东西安安稳稳地放在一起，还有炮手用的几样东西，特别是两三根铁撬棍、两桶滑膛枪弹、七支滑膛枪；另外还有一支鸟枪和少量火药，一大袋小散弹和一大卷铅皮。但铅皮太重，我没有法子将它举起来越过船舷弄到排上去。

除了以上东西之外，我还拿了所有我能找到的男人的衣服，一副备用的前桅中桅帆，一张吊床和一些床上用品。我将这批货物装上我的第二只木排，平安地运到岸上。这让我感到极大的安慰。

我原来有些担心，怕当我不在岸上的时候，我的那些食品会被什么东西吃光。但当我回来时，却见不到有任何东西来过的迹象，只有一只野猫状的小动物停在一只箱子上。当我向它走近时，它就跑开一点，还是站在那儿，那样子显得从容自若，满不在乎。它两眼直勾勾地望着我的面孔，好像有心跟我混熟。我用枪对着它，它根本不知道枪是什么东西，完全意识不到我在对它干什么，所以它还是不走开。见此情况，我便扔了一片饼干给它，虽说我手头很紧，因为我存的食物也不多了，但我还是分了一片给它。它走到饼干那儿，闻了闻，吃了，看来觉得味道不错，还想要。我回绝了它，因我无法再分给它，它才走开。

我的第二批货物运上岸后，虽然我很想将那两桶火药打开，将它们包装成一些小包，因为它们用大桶装着很重，可我还是用一些帆布和我从树上砍下的一些杆子，先给自己搭一个小小帐篷，把各种会被日晒雨淋损坏的物品都搬到帐篷里去；我又将所有空箱子、空桶子围着帐篷堆成一个圈，以防止野人或是野兽的突然袭击。

这工作干完以后，我又用一些板子从里面将帐篷的门堵住，门外面又竖着放一只空箱子，然后在地上铺开一床被子，在靠头部的地方放上两支手枪，又在身旁够得着的地方放上一支长枪，然后这些天来第一次躺在床上睡觉，整晚都睡得十分安宁，因为我前天晚上睡得很少，白天劳累了一整天，又把所有的东西从船上运上岸来，人已经非常疲倦而困乏了。

我相信，对于一个人来说，我现在已有最大的弹药储备库，但我还是不满足。我认为，当那艘船还搁浅在那儿时，我就应当从它上面拿取每一样我能得到的东西。所以，每天在退潮之后我都上船去拿一些东西回来。特别是我第三次去的时候，我将能弄到的索具、绳子和细麻线等，统统带了回来，又弄到了一块留做补帆用的粗帆布，以及那桶被水浸湿了的火药。总之，我把船上的帆布统统收罗到手，只是我不得不将它们裁成一块一块的，每次带尽量多的块数回去。它们现在只是一些帆布，作为船帆，它们已毫无用处了。

更使我感到安慰的是，我照这样往船上跑了五六个来回之后，认为船上已再没有什么东西值得我去摆弄了，却又在船上找到一大桶面包和三桶甘蔗酒、一箱糖、一桶上等面粉。这使我感到十分惊异，因为我对此已经未抱任何希望，以为食物都被水渍坏，再也没留下可用的了。我马上将那桶面包倒出来，用裁好的帆布包成一包一包的。总之，我将所有这些东西全都平安地运到了岸上。

第二天，我又到船上去了。由于船上一切轻便的容易带走的东西都已被我掠走，这次我便开始搬那锚索。我将那根大锚索弄成许多段，以便于搬动。我将两根锚索、一根钢缆，以及所有我能弄到的铁器都拆下来；我又将斜杠帆桁和后桅帆桁砍下，加上我能收集到的所有木料，编成一个大木排。我将这些笨重货物全放在排上，起程回岸。但这次我的好运却离我而去，因为这木排不灵活，装的货物又重，当我驶进我前几次卸货的那个小湾以后，我无法像驾驶另一只小排那样灵活地掌握它，竟使木排颠覆，将我和那些货物全部掀入水中。我自己倒是没受到什么损伤，因为已离岸不远，但我那排货却大部分都损失了，尤其是那些我希望对我有很大用处的铁器。后来潮水退下之后，我还是将大部分锚索和一些铁器打捞上岸来，这工作可不知费了我多少气力，因为我不得不潜入水中去捞取它们，这弄得我十分疲乏。从这次以后，我每天都到大船上去一次，将一些我能弄到手的东西带回岸上来。

我上岸已有十三天，到船上就去过十一次。这中间，我已经把凡是我双手能拿得动的东西都从船上带走。我确实相信，要是这种晴好天气能照此下去，我该会把整艘船一片一片搬到岸上来。但是当我正准备第十二次到船上去时，发现开始起风了。潮水退下后，我还是上了船。虽然我认为我已在船舱里彻底进行了搜查，再也找

请注意作者在小说中所使用到的数字，如此翔实的记录方式不仅体现出鲁滨孙清教主义的顽强生存意志和执着的执行能力，也体现出作者对鲁滨孙经年累月孤岛生活的真实记录。

不出什么东西来了，可我还是发现一张带抽屉的橱柜，在柜中的一个抽屉里，我找到两把剃刀、一把大剪刀、十一二把很好的刀子和叉子。在另一个抽屉里，我找到大约值三十六镑的钱币，有些是欧洲硬币，有些是巴西硬币，有些是西班牙硬币；有的是金币，有的是银币。

见到这些钱，我不由得对自己笑了起来。"啊，这些令人上瘾的麻醉剂！"我大声说，"你们还有何用处？你们对我来说已毫无价值，我现在已不需要拿你们去付船舶进港费了，现在一把小刀子都可抵你们一大堆。你们对我一点用处也没有了，那就让你们留在原来的地方，像一个不值得挽救其生命的活物一样沉到海底去吧。"然而，我想了一下之后，还是将它们带走了。我将这些东西用一块帆布包起，开始考虑编另外一只木排。当我正在准备时，眼见天色阴暗起来，又起了风。不到一刻钟时间，就从岸上吹来一阵疾风。我立即想到风是从岸上吹来的，我做了木排也是枉然，要紧的是我趁潮水还没涨时赶紧离开，不然的话，我也许会完全无法上岸了。于是我马上下水，游过船和沙岸之间的那段水面。即使这样，我也费了千辛万苦才游过去。这部分是由于我身上带的东西太重，部分是由于浪很猛，因为风来得很急，在潮水还没涨到十分高时就形成了风暴。

但我还是回到了我的小帐篷里，在周围摆放着的财富中间安全地躺下来。当晚一夜大风未停。第二天早晨我起来一看，你瞧，那艘船竟连影子也见不到了。我有点感到吃惊，但一种满足的想法又使我感到心头释然，因为我没有浪费一点时间，也没有丝毫怠惰，及时地将对我有用的东西从船上搬上岸来；而且，确实如果再留些时间给我，我从船上也再拿不到什么东西了。

现在我再也不去想那艘船和船上的东西了，除非它的残骸上有什么东西漂到岸边来。后来果然漂来了一些东西，但那对我都没有什么用处。

我的思想现在完全用在考虑怎样保护自己免受野人和野兽（要是岛上有的话）的侵袭上。我曾想到过许多的方法来进行这件事。我该怎样来建造我的住所呢，是在地下挖洞好，还是在地上搭篷好？我决定两者兼用，其式样在这里谈谈也无妨。

很快我就发现我现在住的这地点不适合我定居，一则由于它是一片近海的低洼沼地，我相信会于健康有损；再则由于附近无淡水。所以我决定找个更加有益于健康和更加方便的地点。

我考虑在我目前的情况下，定居的地点要在几件事情上合乎我的要求：第一，如上所述，要有益于健康和有淡水；第二，要能遮蔽炎日；第三，要能防御贪婪的野人或野兽；第四，要能望见大海，要是上帝让我见到有船只从海上经过，我就不致失去得救的机会，我一直还不愿打消这个希望。

在找合乎这些条件的地点时，我发现在一座山坡旁有一块小小的平地。山坡前面，即对着这块平地的这一面，简直跟墙壁那样直，没有什么东西能从山顶下来。石壁边上，有一个凹进去的缺口，像一个入口或是一个洞门，但实际上这石坡根本没有入口或山洞。

正好在这处凹壁前面有一块草地，我决定在这里搭帐篷。帐篷门前就是这块宽不到一百码、长不到二百码的草坪，它以不规则状态倾斜下去，一直伸展到海边的低地上。这地点处于小山的西北偏北方向，所以每天在太阳射到西南方一带以前，我这地方都有小山为我将炎热的日头遮住；而当太阳照到我那片地区时，已接近日落时分，热度也成为强弩之末了。

我在搭起帐篷之前，先在那处凹壁前面画一道半圆，其半径，也就是半圆顶部和石壁的距离，约为十码，而半圆的直径，即半圆从开始到结束，则为二十码。

我沿着这道半圆形插上两排粗大的木桩，然后将它们牢牢地打进地里，粗的那头高出地面约五英尺半，桩顶削得尖尖的。两排桩之间的距离不超过六英寸。

然后我将那些在船上截成一段一段的锚索，沿着那道半圆，一段压一段地套在两排木桩之间，从底下一直套到顶上，只在这些锚索中打下另一排桩，将锚索扯紧，这排桩约有两英尺半高，像是先前那两排桩的支柱。现在做成的这道篱笆确实非常牢固，管它什么野人、野兽，都别想从外面冲进来或从上面翻过来。为筑这道篱笆，我花了很多时间，付出了极大的精力，特别是在树林中砍下那些木桩，又将它们拖到这里来；打进地里的这种活儿更是累人。

进出这场所我没有做门，只是用一架短梯翻篱而过，进去之后便将梯子抽掉，这样我就被完完全全地围在里面。这时，我认为我已向全世界构筑了一道防御工事，夜晚就可以安心睡觉了，不然的话，我还真无法睡个安稳觉呢。不过，以后的事实证明，我根本用不着因担心有敌人进攻的危险而采取那么谨慎的防卫措施。

我费了好大力气,将所有我那些前面谈到过的财产,所有的粮食、枪支弹药和储藏品,统统搬到这道篱笆或是这个堡垒中来。我又做了一个防雨的大帐篷,这地方一年中有一段时间雨下得很多。我做了两个帐篷,下面的那个小一点,上面罩上一个大的,顶上面再罩上一块我从船帆中弄下来的大焦油帆布。

现在我再也不用我运上岸来的那张床铺睡觉了,我睡的是一张吊床,这吊床确实非常好,是原来船上大副的。

我将所有的粮食和每一种易遭雨水打湿而损坏的物品全都搬到帐篷里。搬完之后,我就将那一直开着的出入口封闭起来,以后的出进,就像我说的那样,全靠一架短短的梯子。

把这工作做完后,我开始挖后面的石壁。我把挖出的土石运过篱笆,沿着篱笆脚堆起来,堆成一个平台的样子,离地面不超过一英尺半高。这样,我就正好在我的帐篷后面为自己挖出了一个洞,好作为我房子的地下室。

我把这些事情通通做好,是花了我不少劳力和许多时日的。这段时间中,还有一些别的事情引起过我的注意,我得在这里回述一下。那就是,当我拟订我搭帐篷和挖壁洞的计划之后,突然黑云密布,天昏地暗,来了一场暴风雨,一道闪电之后,跟着就是一声霹雳。使我吓了一跳的倒不是那道闪电,而是像闪电一样迅速涌上我心头的一种想法:啊,我的火药!当我想到一声霹雳有可能将我的火药全部摧毁时,我真是心灰意冷了。因为我想到,我不仅要靠它来自卫,就是以后食物的供应,也得全靠它。这时我几乎完全没有为自己的危险处境担过半点心,因为要是那些火药真的着火了,我会连自己怎么死的都弄不清楚呢。

想到这一点,当暴风雨过去之后,我便将我的所有建筑和防卫工作通通丢在一边,而专心致志地去做袋子和小匣子,以便将火药分成一小包一小包保存,希望万一发生什么事情,火药不至于一下子全部化为乌有;同时将它们这样分包、分匣分开保存,也避免一包着火时也点燃另一包。这工作大约花了两个星期才干完,大约二百四十磅的火药被分成不少于一百包。至于那桶被浸湿了的火药,我不担心从它那里会有什么危险发生,所以我将它

> 一个人孤零零地待在荒岛上的确不是一件轻松的事情,必须操心照看一切:当闪电可能引起火药爆炸时,哪有心情去欣赏大自然的壮美呢?作者描写出细节的真实感,使得平凡的行为变得庄严。

放在我新挖的山洞里，这山洞我很喜爱，将它称为我的厨房。我将其余的火药藏在石壁上上下下的洞穴中，这样它们就不会受潮。放它们的地方我都仔细地做了记号。

在进行这项工作时，我至少每天都要利用空隙时间带着我的枪外出一次，既是出外散散心，也是想看看能不能打到什么东西作为食物；同时我也想了解一下这岛上出产些什么。第一次外出时，我一下子就发现这岛上有山羊，这使我十分满意。但倒霉的是它们是那样胆怯，那样狡猾，又跑得那样快，想要接近它们是世上最困难的事。但我对此并没有泄气，毫不怀疑有一天我总会猎到一只。果然如此。因为当我发现它们的栖息之地以后，我就用下列的方式等着猎取它们：我观察到，如果它们见到我在山谷里，这时哪怕它们是在高高的岩石上，它们也会好像十分恐惧似的跑开；但要是它们在山谷里吃草，而我在岸石上，它们却不理睬我。我从这种情况推断出，由于它们的眼睛所长的位置只善于朝下看，而不大容易看见在它们上面的物体。后来我便采取这种办法：我往往爬上岩石，首先占据高于它们的位置，这样便常常得手。我第一次向这些山羊开枪时，打死的是一只母山羊，它旁边还有一只小山羊，当时它正在给它喂奶，这使我从心里感到悲伤。当母羊倒下去之后，那小羊还呆呆地站在它身旁，直到我走上前去将母羊捡起来，放在肩头上带走，那小家伙还是跟着我，一直跟到我的围篱外面。见它这样，我便放下母羊，抱起小羊，将它抱进围篱，希望将它驯服养大，但它总不肯吃东西，我只得被迫将它杀掉来吃。这两只羊的肉供我吃了好久，因为我平时吃得很节省，尽可能地节约粮食（特别是面包）。

现在我已经有了固定的住所，我发现完全有必要弄个地方生一堆火，并弄些生火的柴来。我为完成这件事做了一些什么，我又如何扩大我的山洞，以及我还弄了一些什么生活上的便利设备，我将会如实充分叙述。但我首先得稍微谈谈关于我自己以及我对生活的想法，这方面想来是有不少事情可谈的。

首先我对我的处境前景感到堪忧。因为如前所述，由于一次强烈的风暴将我们的船刮离预定的航向，离开人类商船的一般航程数百里格[①]远，将我掷到这个孤岛上，我就有足够的理由认为这是天意，是老天爷要我在这种荒无人

---

① 里格，长度名。在英美国家，1里格约合3英里或3海里。

烟的地方，以这种孤单寂寞的方式结束我的一生。当我回忆起这些情况时，不禁泪流满面。有时我又自我告诫性地从心底深思：上帝何以要这样来毁掉他自己的创造物，致使他们如此不幸，如此被弃无助，如此完全抑郁消沉，竟使他们难于找出理由来感谢上帝赐给他们这样一种生活。

但经常在我身上很快又有一种力量阻止我的这种想法，并且对我加以责备。特别是一天我带着枪在海边散步，正为我当前的处境问题而发愁时，理性就从相反的方面来劝告我道："嗯，你现在确实是处于一种孤独的境地，但是请你回想一下，当中其余的那些人现在在哪里？你们不是有十一个人一道上那小艇的吗？那十个人呢？为什么不是他们得救而你错过了机会？为什么单单挑中你被救上岸？是在这儿好呢，还是沉到海底下好？"于是这时我面向大海，心想：在一切坏事中，都应考虑到其中也包含着好的情况，但也要考虑到比它更坏的情况。

接着我又想到，现在我所得到的维持日常生计的东西是多么齐全。要是那艘船没有从它第一次触礁的地方浮上来，漂到离岸边那么近的地方（这是完全可能发生的事），使我有时间从它上面取下所有这些东西，那我的情况真不知道该会怎么样了。要是我在初次上岸时的那种状态下生活，没有生活必需品，没有补充和取得生活必需品的必要的工具，我的情况又该会怎样呢？特别是，（我大声对自己说）要是我没有一支枪，没有弹药，没有任何制造物件或日常使用的工具，没有衣服、床上用品和帐篷或任何形式的覆盖物，我的情况又会如何？而现在，这些东西我都有了，而且数量很充足，乃至当我的弹药用尽之后，我不用枪也能生活。我认为我的生活能维持下去，只要我活着，就不会感到有任何匮乏，因为我从一开始就考虑到了如何为意外发生的事故做好准备，为未来的生活做好准备；甚至不仅考虑到弹药用尽以后该怎么办，而且考虑到了当我的健康如体力衰弱以后该怎么办。

我承认，我以上的考虑根本没有包含我的火药在一次爆炸中全被摧毁（即在闪电时被摧毁）这种观点，所以正如前面所说的，当雷电发生时，我想到这一层，就不免要大惊失色了。

在基督教的信徒看来，人是上帝创造出来的。鲁滨孙在此说"上帝何以要这样来毁掉自己的创造物"，一方面体现出人在面对突如其来的灾难时对上帝的质疑，另一方面鲁滨孙马上就从理性入手开始考虑当下的生存境遇，实际上隐藏着一条"上帝–人类–大自然"的隐性线索。仅靠一己之力，人能战胜大自然吗？作者试图用鲁滨孙的例子，来说明个人奋斗的重要价值。

现在我要进入一种令人忧伤的孤寂生活场景的叙述了,这也许是以前世上从未听说过的事,我将从头记起,按次继续记下去。照我算来,我按上文所述的方式第一次踏上这可怕的海岛是在9月30日,那时对我们地球上来说,太阳正好处于秋分点上,差不多正好在我头顶上,因为根据观测,我计算自己是在北纬九度二十二分。

在我住到那地方大约十到十二天之后,我忽然想到,由于缺乏书本、钢笔和墨水,我将会不知道怎么计算时间,甚至连安息日和工作日都记不住。为了防止这种现象,我用刀子在一根大木桩上刻上这样一些字:"<u>1659年9月30日,我在此处上岸</u>。"我将这木桩做成一个大十字架,<u>竖立在我第一次登陆的岸边</u>。在这根方形木桩的四边,<u>我每天用刀子刻下一道槽痕,每七道槽痕中有一道比其余的长一倍,每个月第一天刻下的槽痕比那七天一道的长痕又长一倍。这样,我就有了日历,可以计算年、月、日和星期了</u>。

其次我还要提到的是,在我好几次去船上弄回来的那许多东西中,我还带回好几样价值虽不大但对我却有不少用处的东西,上次我忘了将它们写上,特别是那些钢笔,墨水,纸张,以及船主、大副、炮手和木工保存的几包东西:三四只罗盘、一些数学仪器、日晷、望远镜、航海图和航海书籍。这些东西我当时没想到需要不需要,都胡乱地将它们包上了。我还找到了一本非常好的《圣经》,那是以前随同我从英国寄来的货物一道到我手中的,那次出海时我将它们与我的行李放在一起。还有几本葡萄牙文书,其中有两三本是罗马天主教教义的祈祷书,还有几本别的书,这些书我都好好地保存着。我们不该忘记我们船上原来有一只狗和两只猫,关于它们的显著的历史,我在适当的时机和场合会谈到的,现在只说当时我带走了那只猫,至于那条狗,是在我第一次从船上把第一批货物弄上岸以后的第二天,它自己跳下船,游到岸上,到我身边来的,以后好多年都是我忠实的仆人。我不需要它从外面为我带回什么猎物,也不需要它为我做伴,我只需要它对我说话,可这点它却办不到。前面说过,我找到了钢

> 尽管远离人类社会,但是鲁滨孙在荒岛的生活仍然建立在其以往的人生经验和知识储备之上。上一段提到鲁滨孙根据观测推断出自己所处的位置,此处鲁滨孙又根据经验发明出荒岛计时方式,鲁滨孙靠个人力量在荒岛求生的方式,使得原本平凡的事物显得美丽动人。

笔、墨水和纸张，可我使用它们时节省到极点。很明显，有墨水时，我可以将一些事情很准确地写出来，但墨水用完之后我就无法写了，因为我想不出任何办法来制造墨水。

这件事使我想到，尽管我已收集到了许多东西，但我所缺少的东西还是不少，墨水就是其中之一，其他像挖土和铲土的铲子，鹤嘴锄和铁锹，针、线和别针等，我也没有。至于亚麻布织品如衬衫、内衣等，虽然没有，但很快我轻易就学会适应那种无货的情况了。

这种缺乏工具的情况使我的每一项工作都进行得很费力，我那小小的围篱或是有围栏的住宅也花了将近一年的时间才全部竣工。那些木桩重得很不容易搬动，我在树林里将它们砍倒、削好要费很长的时间，运回来就要费更多时间了，所以有时我砍好、运回一根木桩要花两天时间，到第三天才将它打进地里。开始时我用一根很重的木头来打桩，后来我想到了用一根铁撬来打，虽然这样，将那些桩打进地里去还是很费力而令人厌烦的一项工作。

但我在这岛上有的是时间，我又何必对所进行的工作感到厌烦呢？而且我把这项工作做完之后，又无别的什么事情可做，除了在岛上游荡，找些吃的，这是我每天多多少少都要去做的事。

我现在开始严肃地思考我的境况，思考我处于一种什么样的环境，将我每天遭遇到的一些事情的情况用笔记下来。我写下这些事情倒不是要留给以后来到这里的人看，因为我觉得以后很少有人会到这儿来，我只不过是想通过每天细读它们来诉说我苦闷的衷肠。现在我的理智已开始能制约我的沮丧，我便开始尽量安慰我自己，将自己好的一面和不好的一面加以对照，这样我就能将我目前的处境同那种更坏的情况区分开来。我很公平地开始这种对比，类似簿记账户的"借方"和"贷方"一样。我是用下列方式排列我得到的安慰和遭受的不幸的：

"借方、贷方"表，也叫"利害差异"表，这个表里，把好的和不好的可能都分析出来，使"我"冷静下来，从困境中找安慰满足，从绝望中寻找希望。

坏的方面	好的方面
我被掷到一个可怕的荒岛上,没有重回人类社会的一切希望。	但是我还活着,没有像我船上的所有伙伴那样被淹死。
我被挑出来,像现在这样与整个世界隔绝,真是不幸。	但我也从全体船员中被挑出来,免于死亡;上帝既能以非凡之力令我不死,也就能将我从这种困境中解救出来。
我被隔绝于人类,成了一个隐士,一个从人类社会流放出来的人。	但是我并没有因为没有粮食供应而饿死在这块不毛之地。
我没有衣服穿。	但我处于热带气候中,纵使有衣服也几乎无法穿。
我没有任何防御力量和防卫方法以抵抗野人或野兽的侵害。	但是我被掷到这个岛上,并没见到像我在非洲海岸所见到的那种野兽来伤害我;要是我在非洲海岸边翻了船怎么办?
没有人跟我谈话,或为我消愁解闷。	但上帝却令人惊奇地将船送到离海岸够近的地方,使我能从船上得到那么多的必需用品,不但能供给我目前的需要,而且在我有生之年,也能供给我的需要。

总之,以上情况无可怀疑地证明了,世上很少有像我这样悲惨的境遇,但是在这种境遇中,也存在着一些值得感谢的消极或积极的东西。就把这种情况作为从世上最不幸境遇的经验中得出的一种带指导性的说明吧,那就是,就在那种最为不幸的境遇中,我们往往也可以找到足以安慰自己的东西,这在好事与坏事的归类中,可列入账目上的"贷方"一边。

现在我思想上对自己所处境遇已有了一点宽慰之感,于是我就不再老是

望着海面看能否发现一只经过的航船。我是说，我把想发现船只这类事儿丢在脑后，开始努力使自己适应现在的生活方式，而且尽量使自己生活得舒适一些。

我已描述过我的住处，它是搭在一座石山脚下的一个帐篷，周围用结实的木桩和锚索做成一道围篱。这围篱，现在我可以更确切地把它叫作墙，因为我用草皮沿着它外面垒起了一道约有两英尺厚的土墙；而且在经历了一段时间（我想大概是一年半）之后，我一头靠着土墙，一头靠着石壁装上一些椽子，上面盖上一些弓形树枝及我能弄到的其他东西，以挡住雨水，因为我发现一年里头有些时候这地方雨下得很猛。

我已经讲过我怎么将我所有货物搬进围篱，藏进后面的那个山洞里，可是我现在还得再说的是，那些货物开初是随意放成一堆，没有一点秩序，这样它们就将整个山洞都占满了，我连个转身的地方都没有。所以我便动手扩大我的山洞，而且进一步往里面挖。由于那是些疏松的砂石，我工作起来感到很轻松。当我发现我的住所可以安全地抵御猛兽时，我便在山洞内往石壁的右边挖，挖一段距离之后，再向右拐挖过去，一直到挖穿石壁，这样，我就在我的围墙或堡垒外面挖成了一道小门。

这就不仅给了我一个出口和退路（因为它是我的帐篷和储藏室的后路），而且给我增添了堆装货物的地方。

现在我开始专心做一些我感到最缺少的必需品，特别是一把椅子和一张桌子。因为没有这两样东西，我就无法享受我的世界中很少的一点安乐：没有桌子，我就无法舒舒服服地写字、吃饭或做其他事情。

所以我便动手做这个工作。这里我还得说明一点，<u>因为理性是数学的本质和原型，所以每个人只要用理性来陈述和调整各种事情，对任何事情作理性的判断，他们早晚都能掌握各种机械技艺。我在以前的生活中从没摆弄过工具，然而，由于劳动、勤奋和巧思，我终于发现我缺少的东西我都能制造出来，特别是当我有了工具的时候。</u>即使没有工具，我也做出了大量的东西，有的东西我做它时没用更多的工具，只用了一把手斧和一把短柄小

作者再次强调理性的重要性，强调人类智慧的无限可能，也从侧面展示出人类的伟大。下文中通过对制作板子的详细记录，读者便能从实际案例中体会到荒岛生活的不易。鲁滨孙同困境所进行的斗争，从这些琐碎的日常劳动中体现出来。要想活下去，除了实干，没有其他办法。

斧，我想以前大概从来没有人以这种方式做过东西，以及像我这样付出过无穷的劳力。比如说，要是我需要一块板子，我没有别的办法，只有砍倒一棵树，将它的一头竖起来，用斧头将它两边砍平，直到砍成薄得像一块粗板子，然后就用手斧将它刮光。确实，用这种办法，我用一整棵树只能做出一块板子，但这是没法补救的事，我只能耐心等待，这正如我做木板时不能不付出大量的时间和劳力一样。但我的时间和劳力是不值钱的，无论用在什么地方都一样。

如上所述，我首先为自己做了一张桌子和一把椅子，所用材料是我从船上用木排运回的那些短板子。当我用上面说的办法做出了一些板子之后，我就用它们沿着我山洞的一边搭了一个一英尺半宽的有好几层的大搁架，以便搁放我所有的工具，如钉子呀，铁器呀，等等。一句话，把那些杂乱无章随便乱放的工具分门别类地放在架子上，使它们各得其所，这样，我取用它们时就方便很多了。我又在石墙缝中敲进一些小木条，来挂我的枪支以及所有应该挂起来的东西。

所以，要是有人来看我这个山洞的话，它还蛮像一个一切必需用品的总仓库呢，而我将每一样东西都摆列得清楚醒目，伸手可及。看到我的所有货物陈列得这样有条不紊，这对我来说是一种很大的乐趣，特别是看到所有必需用品的库存是那样多。

我就是从这时起将我每天所做的工作都写入日记。确实开初时我过于匆忙，不但忙于干活，且心情也过于烦乱，那时要是写日记，定是满纸枯燥无味的话。比方说，我定会这样来写："9月30日。我没被淹死，爬上海岸之后，没有感谢上帝的搭救之恩，先是将肚子里的大量咸水吐了出来，恢复了一下精力，便在海岸上到处乱跑，扭自己的手，打自己的脑袋和脸孔，对自己的不幸大声叫喊，我喊道：我完蛋了，完蛋了！直到筋疲力尽，才不得不躺在地上休息。但我又不敢睡，因为我怕被什么野物吞吃掉。"

几天之后，当我已经登上那艘船，将我所能搬动的一切东西从船上运到岸上之后，这时我还是忍不住爬上一座小山之巅，注视海面，希望能见到一只船。后来我在幻觉中发现远处真有一只帆船，我产生了希望，高兴极了，便一动不动地望着前方，直到望眼欲穿，结果什么也没见到。于是我坐在地上，像个小孩子一样哭泣起来。我这种痴呆行为，徒然让自己增加苦恼。

在大体完成这些事情，安顿好我的住处和家具，又为自己做了一张桌子和一把椅子，并将我的一切尽量弄得可观些之后，我便开始写我的日记。这些日记我将尽我所能写下的抄录在下面（虽然它们免不了要将所有情节重述一遍），后来由于墨水用完，我便被迫搁笔。

日　记

　　1659年9月30日。我，可怜的、不幸的鲁滨孙·克鲁索，在海面上遭遇到了一次可怕的风暴，致使航船失事，来到这凄凉倒霉的岛上（我将这岛称为绝望之岛，船上所有的伙伴都淹死了，我也给弄得九死一生）。

　　这天上岸之后，我就一直为我所处的这种倒霉的境遇而苦恼：我既无食物、住所、衣服和武器，又无处可逃脱，没有任何得救之望，前途茫茫，唯有一死，不是被野兽吞食，就是被野人杀害，或是因没有食物而饿死。夜晚来临时，我爬到一棵树上去睡觉，因为我怕野兽。虽然通宵下雨，我仍然酣睡未醒。

　　10月1日。早晨，我极为惊奇地见到，由于涨潮，我们那条被搁浅的船已浮了起来，而且漂到离这海岛更近的地方，又搁浅了。这一方面使我感到一些安慰，因为我见到船还安然立在那里没被打成碎片，我希望在风息之后到船上去弄些食物和日常需用品来解我的燃眉之急；而另一方面它又勾起我对于失去伙伴的悲痛，我想，要是我们当时都留在船上，也许可能会保住那条船，或者至少，他们不致跟现在一样，全被淹死。要是那些人能得救，或许我们可以用那条被毁的船的材料另造一只小船，将我们带到这世界的另一个地方去。这一天的大部分时间，我都在为这些事情感到困惑难解。最后我见那条船几乎还没被水浸湿，我便走到沙滩上离它最近的地方，游过去到达船上。这天虽然完全没有风，但还是继续下着雨。

　　10月1日至24日。这些日子我全部时间都用在接连好多次去大船上。我从船上尽可能地将一切需要的东西弄下来，放在木排上，趁涨潮时运到岸上。这些天雨多，间或也有晴天。看样子这地方目前正是雨季。

　　10月20日。我的木排翻了，排上所有的东西也都翻到水里去了，幸好是在浅滩上，又主要是些重东西，潮水消退之后我又将它们捞了许多上来。

日记是记录生活、保存记忆甚至抚慰心灵的一种方式。鲁滨孙的日记基本上都较为简略地记录所发生的事情，这也从细节上证明他所拥有的纸、笔、墨水等都非常有限，不可能长篇大论。读者可以对比日记中所记载的内容与前文中已经提到的相应的内容，体会作者这种收放自如的写作方法。

10月25日。整天整夜地下雨,加上一阵一阵的风,到后来风势转疾,这时那条大船被风浪打成碎片,不复再见,只是在潮退时见到一些残骸。我花了一天时间将我从船上运来的东西盖上,保护好,使其免遭雨水损坏。

10月26日。我几乎在海岸上转悠了一整天,想找个地方做我的固定住所,我最关心的是保护自己不在夜间受到野兽或野人的袭击。晚上时我在一块石壁下找到了一个合适的地方,我在那里画了一个半圆作为我建房的地点,决定沿着那个半圆打两排桩,两排桩之间挂上锚索,桩外堆上草皮,使其成为一座牢固的工事、围墙或者堡垒。

10月26日至30日。我将所有的货物都搬进了新居。虽然有时大雨下个不停,但我仍工作得十分卖力。

10月31日。上午,我带枪出了住所,向海岛深处走去,想打点食物,顺便也视察一下这地区。当我打死一只母山羊时,它的那头羊崽跟着我一直跟到家里。我想将它喂起来,但它不肯吃食,后来我将它也杀了。

11月1日。我在石壁下撑起帐篷,将它撑得很大,又打进几个木桩,将我的吊床悬挂起来。这是我第一晚在这里睡觉。

> 荒岛上有大把的时间,为什么鲁滨孙在日记中还要特意强调自己对时间的安排呢?懂得自律、合理安排时间,不仅能够顺应荒岛的自然环境、最大可能地维持身体需求,同时又尽可能地劳作,为当下和将来做必要的准备。

11月2日。我将所有的箱子、板子和编过木排的木料在我周围堆成一道围篱,围篱离我划定的建堡垒的范围稍稍进去一点。

11月3日。我带枪外出,打死两只类似野鸭的飞禽,是极好的食品。下午动手做桌子。

11月4日。今天早晨我开始安排我的工作时间、带枪外出时间、睡眠时间和消遣时间。时间是这样安排的:<u>如果天不下雨,每天早晨我带枪外出两三个小时,接着就干活到十一点左右,然后吃点东西,聊以果腹。从十二点到下午两点,我躺下睡觉,因这时气候极其炎热。</u>然后,到了晚上,我又重新干活。今天和明天的工作重心,是全力以赴做好我那张桌子。我现在还只能算是个蹩脚的工人,虽然,不久以后,时间和需要会使我成为一个完全的名副其实的技术工。正如我所相信的,任何别的人也会做到这一点。

11月5日。今天我带着枪和狗外出,打死了一只野猫,它的皮极其柔软,但它的肉却一点用处也没有。我每次打死了野兽,都要将它的皮剥下，保存起来。沿海岸回来时，我看见好多种叫不出名字的海鸟。但见到两三只海豹时却使我吃惊，几乎是吓了一跳。当我注视着它们，还没认出它们是什么东西时，它们却跳到海里逃跑了。

11月6日。早晨散步过后，我又动手做桌子，将它做成了，虽然不怎么合我的意。不久我又将它做了一些修改。

11月7日。现在天气开始好起来。7号、8号、9号、10号和12号的一部分时间（因为11号是安息日），我都全部用来做我那把椅子。我费尽心力才把它做成一个马马虎虎过得去的样子，但我总是不满意，虽然在做它的过程中，我曾好几次将它拆散再做。（按：<u>不久我就忽视过安息日这回事了，因为我有一次无意中忘了在那木桩中刻上长槽，后来我竟忘记哪天是安息日了。</u>）

11月13日。今天下雨，它使我的心神极为爽快，地上也清凉了，但下雨时伴有雷电迸发，这使我感到极为害怕，生怕我的火药出问题。雷雨过后，我决心将火药包分成一小包一小包的，这样就不会有危险了。

11月14日、15日、16日。这三天我用来制造一些小小的方盒子，这些木盒子最多不过装一两磅火药。我将火药装进去以后，尽可能使每个盒子隔得远一些，以确保安全。这三天之中，我打到过一只大鸟，很好吃，但我却不知道这鸟叫什么名字。

11月17日。今天我为了进一步的方便而开始挖帐篷后面的岩石。（按：干这活时，我极感缺乏的是三样东西：一把鹤嘴锄、一把铲子、一辆独轮手推车或是一只筐。）于是我便停下工作，开始考虑如何来弥补这个缺陷，我要为自己制造一些工具。至于鹤嘴锄，我可以用铁撬棍来做，虽然重一点，却是够合适的。下一件事就是要有一把铲子，这是绝对需要的，没有它我确实无法有效地工作，可我就是不知道怎样去做它。

11月18日。接下来的这天我在树林中寻找，找到一棵类似巴西人叫作"铁树"的那种树，因为它质地非常坚硬。正因为这样，我花了很大的力量，斧头都几乎砍坏了，才砍下一块来。好不容易才将它带回家，因为它实在太重了。

这木料极硬，我没有旁的办法，只好在这块木料上花上好多时

> 安息日是人类社会的宗教习俗之一，鲁滨孙按照人类社会的习俗去过安息日，体现出其对以往人类文明的怀念，并借由这些人生经验与之前的世界保持联系。但由于非常实际的计时原因，安息日变得不明确，这也意味着鲁滨孙与外部世界的联系又减少了一层。

间，一点一点地将它弄成一个铲子的形状，它的柄跟我们英国的式样一模一样，只是它宽的部分底下没包上铁皮，只怕不怎么经用，然而，我偶尔拿来使用一下，还是能很好地为我服务的。不过我相信，世界上没有一把铲子是像这个样子或是要花这么久的时间才做成的。

我还是感到不足，因为我还缺少一只筐或一辆独轮手推车。筐我是怎么样也做不成的，因为没有那种柔韧自如能制成筐的枝条，至少现在还没找到。至于独轮手推车，我想除了轮子之外，其他部件我都能做。对于做轮子，我可没有一点概念，不知道如何着手去做。此外，我也无法为轮子的主轴做出两个铁的耳轴，让轮轴在里面转动。所以我便放弃了做独轮手推车的打算，而给自己做一个类似灰浆桶（就是那些副工为砌匠师傅运灰浆的那种桶）的东西，来运走我从山洞里挖出的泥土。

做这玩意儿可没有做那铲子那样难。可做这玩意儿和做那铲子，以及想做独轮手推车的白费心思的尝试，费去了我四天时间。我的意思是，这四天时间中要除去我早晨带枪外出的时间，因为我在早晨很少不外出，外出时也很少不打点什么东西回来饱口福。

11月23日。我为了做这几样工具，将别的活儿都停下了。工具做成之后，我又继续干那停下来的活。在精力和时间允许的条件下，我每天都工作。我总共花了十八天时间来加宽和加深我的山洞，这样它就更便于储存我的东西。

（按：在这段时间里，我将这间房子或是这个山洞弄得足够宽敞，以适于做一个仓库或弹药房，一间厨房，一个餐厅和一个地窖。至于我的住宿地点，我还是保持在帐篷里面，除了在雨季里，因雨下得太大，我无法使自己不被雨淋湿，我后来才将围墙里面所有的地方都架上些长木杆，像些椽子，一头靠在石壁上，上面再盖上蓑衣草和阔树叶，像个茅屋顶一样。）

12月10日。现在我开始认为我的山洞或是地窖已经竣工了。突然间（似乎是我将山洞挖得太大了）有大量的泥土从顶上和一侧垮下来，垮下那么多，把我吓了一跳，这也不无原因，要是我当时正在那下面，那就用不着别人来为我挖墓穴了。发生这次灾难后，我又有大量的活儿要干了，因为我得把那些垮下来的松土运走；更为重要的是，我得将天花板给撑住，这样才能保证不会再有泥土垮下来。

12月11日。今天我就动手工作。我用两根柱子撑住洞顶，每根柱子上又交叉垫上两块木板，到第二天我才将这工作完成。然后我又再加上几根木桩和垫上一些木板，大约花了一个星期，我才将天花板弄牢靠。那些立在那里的一排排柱子，则将我的地窖分隔成一小间一小间供我使用。

12月17日。从今天到二十号，我在山洞里安了一些架子，又在那些柱子上钉上许多钉子，将能挂上的东西都挂起来。现在我房子里显得有些秩序了。

12月20日。现在我将每一样东西都搬进山洞里，并开始布置我的房子，搁起几块板子，像个食具柜，将我的食物放在上面。可我的板子却非常少了。我又给自己做了一张桌子。

12月24日。昼夜大雨连绵，未外出。

12月25日。整天下雨。

12月26日。没下雨，感到地上比以前凉爽，舒适。

12月27日。打死一只小山羊，又将另一只的腿打瘸了，因此我捉到了它，用一根绳子将它牵回家来。到家以后，我用夹板将它的断腿绑了起来。注意：我非常细心地照顾它，它竟然生存下来，腿也长好了，跟往常一样强壮了。由于我长时间料理它，它变得驯服了，只在我门前的那块草坪上吃草，不肯走开。这时我才第一次想到要饲养一些驯服动物，以便在我的弹药用完之后还能有食物。

12月28日、29日、30日。酷热无风。没有外出，只是在傍晚才出去找食物。在家的时间，我都用来将所有东西放得井井有条。

1月1日。还是很热。我在早晚的时间带枪出去，中午前后的一段时间则躺在家里睡觉。今天傍晚，我走进海岛中心的山谷，发现有许多山羊，但都极为胆怯，不易接近。我决定试一试带狗来，看能否猎到它们。

1月2日。我今天带了狗一同外出，让它去捕山羊。但是我错了，因为山羊们全都昂然面对我那条狗。狗见此情形也知道危险，便不敢走近它们。

<u>1月3日。我开始修建我的围篱或是围墙，因为我仍然怀疑会有什么人来袭击我，所以我决心将围墙加厚加固。</u>

注意：关于这道围墙的情况，前面曾经描述过，我在日记里就有意略去不谈，只是在这里稍微提一下，即从1月3号到4月14号这

> 前文提到鲁滨孙确信岛上没有其他人类，此处鲁滨孙的怀疑体现出其谨慎的性格特征，保护自己的生命安全，是人类的本能体现。

段时间,我都一直在修筑这道围墙并在完成扫尾工作,虽然它只不过是道长二十四码的半圆形,从半圆顶端到石壁的距离是八码,其后面山洞的那道门就是这半圆的圆心。

整个这段时间我工作得很努力。下雨耽误了我好多天,不,加起来是几个星期的时间,但我认为,不修好这道围墙,我就没有绝对的安全。而我为做这每一件事所付出的无法描述的艰苦劳动真叫人难以相信,特别是将那些木桩从树林里搬回来,并将它们打进地里去。我把那些桩做得太大了,其实并不需要那么大。

当这道围墙完工之后,外面又有带草皮的双层围篱靠着它,我确信,要是有人上岸来到这儿,他们将察觉不出这里是一处住所。我这样做是非常好的,以后在一个非同寻常的场合会说到这一点。

在这段时间里,只要不下雨,我每天都要到树林里去巡视,获取猎物。在这种散步中,我常常发现一些于我有益的东西,特别是我发现一种野鸽,它不像斑鸠那样在树上筑巢,而是跟家鸽那样,将巢筑在石洞中。我捉了几只小鸽回去,力图将它们驯养。果然成功了。可是等到长大以后,它们全飞走了。这也许首先是由于它们需要吃的东西来喂养,而我又拿不出什么东西来喂它们。然而,我经常发现它们的巢,便时常捉些小鸽回来,它们的肉味非常可口。

现在,我在清理家务中,发现我还缺少许多东西。我认为这首先是由于我无法将它们做出来,有些东西确实也是这样。比如说,我从来就做不出一只上箍的桶。如前所述,我有一两只小桶,可是,虽然我花了几个星期的时间,终于还是没有能力照它们的样子做出一只桶来。我既不能将桶底安上去,又不能将那些桶板连接得严严实实,使它们装起水来不漏。所以我只好放弃做桶的打算。

其次,我极为缺乏蜡烛。每天到下午七点左右,天一黑下来,我就只好被迫去睡觉。<u>我还记得我在非洲冒险时用来做过蜡烛的那块黄蜡</u>,可现在已经没有了。唯一的补救办法是,当我每次宰杀一只山羊时,就将羊油保存起来,用一个泥做的、在太阳下烤干的小碟,放上一条用填船缝的麻絮做成的灯芯,为自己做成一盏灯,这样我在晚上就有了光亮,虽然不及蜡烛的光那样明亮而稳定。在我

> 此处再次出现对黄蜡的记录,前文中曾几次出现过黄蜡呢?请注意黄蜡数量的变化,这种微小细节的呈现,体现出强烈的真实感,以至于让读者能够相信鲁滨孙所记述的任何事情都确有其事。

干活中，偶尔去翻找东西，发现一个小袋子，这袋子我在前面曾经提到过，是原来在船上用来装喂养家禽的谷物的，我猜想不是为这次航行中使用，而是在从里斯本来的那条船上使用的。袋子里的谷物早已被老鼠吃光，剩下来的我只看到一些尘屑和谷壳。当时由于我要这袋子做别的用途，我想是在雷电大作时我怕出问题，将火药分成许多小包，用它来装火药包，或这一类的用途，便将袋子里的那些谷壳抖落在岩石下我堡垒里的一侧。

我将那些废物抖落，是在上面讲过的那场大雨之前不久。我对这事以后就再也没有留意过，甚至都忘了我还在那地方抖落过什么东西。大约过了一个月，我见到有几根绿色植物的嫩茎从地里冒了出来，开始我以为那只是几棵我没注意到的植物，但使我十分惊异的是，经过较长一段时间之后，我见到那上面长出了十到十二束麦穗，那是完全绿色的大麦，跟欧洲的，不，跟英国的那种大麦是同一类型。

在这种情况下，我心中的惊异和混乱情绪是无法表达的。到目前为止，我的行为完全不是以宗教为基础的。确实，我头脑里很少有宗教观念，对于我所遇到的任何事情，我都抱着一种只不过是机遇的观点，或者如我们随口所说的，这是天意，却不问上帝这样安排事情的目的是什么，他又是用什么规则来治理世上的各种事情的。但是，当我见到在不适于谷物生长的气候下竟然长出了大麦，尤其是我不知道它是怎么长出来的时候，这一惊确实非比寻常。我开始猜想，上帝奇迹般地不必播种便长出粮食，完全是为了让我在这荒野穷困的地方能活下去。

这件事情使我的心有了一些感动，眼泪也夺眶而出了。我开始为自己祝福，因为这种大自然的奇迹，竟会因我而发生。而使我感到更加奇怪的是，我见到在那几茎大麦附近，沿着石壁脚下，还稀稀落落地长着几根苗梗，我认出那是稻谷的苗梗，因为我以前登上非洲海岸时，曾在那里见到过种植的稻谷。

我不仅认为这些谷物纯粹是上帝让我维持生计的赐品，而且相信这地方一定还有更多的这类作物。我便走遍岛上我以前曾到过的每一处地方、每一个角落、每一块石头下面都细细查看，想找到更多的谷

> 此处作者再次抛出"上帝-人类-大自然"这三个命题，以鲁滨孙的内心活动来展现他对宗教的态度，尤其是"我开始为自己祝福"，这是非常明显的清教徒的观念：认为每个生命个体都可以直接与上帝交流。

类植物，但一棵也没找到。最后我才想起，我曾经将一些剩余的鸡饲料抖落在那地方，这才使我见怪不怪了。我得承认，当我发现所有这一切都只不过是普普通通的事情时，我那种对上帝恩准的具有宗教意味的感恩之情也随之减退了。虽然，我还是应该像感谢非凡的奇迹一样来感谢这种如此离奇少见的自然力量，因为当老鼠将所有其余的粮食全都毁坏，而这十颗或十二颗谷粒却像被委派的一样，偏偏能留下来，没被损坏，似乎是从天而降，这对我来说真是一种天佑。还有，我偏偏又将它们撒在那个特殊的地点，那里有一片高高的石壁荫蔽着，于是它们很快发芽生长出来；相反，要是我当时将它们丢在别的任何地方，它们早就被烤焦摧毁了。

大约在六月底，到了它们的收获季节，你们可以相信，我小心地将这些谷粒保存起来。我将每一颗谷粒都贮藏好，决定以后将它们全部再播种下去，希望经过一段时间之后能有足够的粮食供我做面包用。但是直到第四年我才能让自己吃到一点我种下的粮食，我只能节省着吃，这一点我以后还要逐点说明。因为我在第一季播种时，由于没有看准适当的时候，而是恰好在旱季之前播种，所以这一季我完全失败了，作物根本长不出来，长出来的，也不成个样子。这些暂且按下不表。

除大麦以外，前面说过，还有二三十株稻谷，我也同样小心地将它收割后保存起来，为了同样的用途或目的，即使面包，或者宁可说做口粮，因为我找到了不用烤而用煮的办法来吃，虽然过些时候我也烤一顿面包吃。可现在还是让我们回到写日记的事情上来吧。

为了修好围墙，有三四个月的时间我工作得极其努力，到4月14日，我将围墙全部封拢了，我设计不从一道门里出入，而是用一部梯子越墙出入，这样，外面就看不出这是我的一个住所。

4月16日。我做成了梯子。我用它爬到墙顶上，然后从身后抽回梯子，将它放入墙内。这对我来说是一种完完全全的封闭，因为墙内我有足够的回旋余地，墙外又没有什么东西能走近我，除非它首先爬上墙头。

围墙做成后紧接着的第二天，我的全部劳动成果几乎毁于一旦，连性命也险遭不测。情况是这样的：当我正在帐篷后面的山洞入口处忙着干活时，确实被一件可怕而惊奇的事儿吓破了胆，因为突然间，我发觉有大堆土块碎石从我的山洞顶上，以及从我上面的小山边上直滚下来，将我竖在山洞里的柱子中的两根砸得不成样子。我非常恐慌，但又不知道真正发生了什么事情，以为只不过跟上回一样，又是我那山洞顶塌了一部分下来。我害怕自己会被埋在洞里，便赶忙朝梯子跟前跑去，又觉得那里对我还是不安全，怕从山上滚下的石块砸在我身上，便翻过墙外。等我刚从梯子上下来，踏到地上，我才清楚地知道这是一次可怕的地震，因为我踏上的土地在八分钟的时间内震动了三次。这三次震动，足以将地面上最坚固的建筑摧垮。离我约半英里以外的邻岛上一座石山顶上的一块石头，也给震下海去了，发出一声我从未听到过的可怕巨响，同时我见到大海也因此而猛烈地涌荡起来。我相信海底下的震动比海岛上面还要强烈些。

我因为从没经历过地震这类事情，也没听到经历过地震的人谈过这种事，一碰到这情况，就被吓得失去了知觉。<u>大地震动时，使我感到只想反胃，跟在海上受大浪颠簸时一样。但那块巨石落入海中的那一声巨响，将我从神志昏迷的状态中唤醒过来，使我浑身充满恐惧。</u>当时我心里想的只是那座小山塌将下来，压在我的帐篷和一切日用物品上，立即将一切都埋在下面。这使我再一次感到万念俱灰。

第三次震动过去之后，又过了一会儿，我再没感到有什么动静了，才又鼓起勇气来，但我还没勇气爬过围墙去，怕被活埋，只是死气沉沉地坐在地上，丧魂落魄，闷闷不乐，不知道该怎么办才好。在整个这段时间中，我心中没有升起一点严肃的宗教观念，只是一般地叫几声"上帝怜悯我"，而当事情过去以后，这种呼喊声也随之消逝了。

我就这么坐着，忽见天空乌云密布，似乎要下雨了。不久，就起风了，不到半小时，就转为可怕的飓风。海面上白浪滔天，海岸边波涛高卷，树木也被连根拔起——这是一场可怕的风暴。风暴持续了三小时，然后开始减弱。又过了两小时，它才完全平息。接着，便开始下起大雨来。

整个这段时间我都坐在地上，惊魂未定，垂头丧气。这时我突然想到，这次的暴风雨定是地震的后果，地震现在已经过去，我可以冒险重新进入我的山洞了。想到这点，我的精神开始重新振作起来，同时大雨也帮着赶我进去，我便爬过围墙，坐立在帐篷内。雨仍然下得很猛，我的帐篷都快要给它淋垮了，我被迫走进山洞，虽

源源不断的磨难，锻造了鲁滨孙的心性，他的形象也是在这层出不穷的困难中树立起来的。

然我还是十分惊恐不安,生怕它垮下来压在我头上。

这场暴雨迫使我去做一件新的工作,就是在我的堡垒脚下开一个洞口,像一条沟一样,将屋里的水引出去,要不水就要淹到我山洞里去了。我走进山洞以后有一会儿时间,仍没感到有陆续跟来的地震,我才开始进一步镇定下来。为了给自己提提神(现在确实很需要提提神),我到我的小仓库里去啜了一小口甘蔗酒。这酒我平常一直都喝得很节省,因为我知道喝完以后就再也弄不到手了。

雨下了一整晚,第二天又下了大半天,所以我无法外出,但我心里却更加镇静了。我便开始思考下一步要做的事情。我得出了这样的结论:这个海岛既然这么容易遭受地震,那我就不该住在一个山洞里,这样我就必须考虑在一个开阔地区为自己建一个小棚子,棚子周围可以筑一道围墙,如我所进行过的那样,以保护自己免受野兽或野人的侵害。要是留在这地方,有一天我肯定会被活埋掉。

想到这里,我决定将我的帐篷从这地方移走,这地方正处在小山的一块悬岩下面,要是再来一次地震,那块悬岩肯定就会落在我的帐篷上。于是在接下来的那两天,即4月19日和20日,我都在挖空心思地想怎样搬家,又搬往哪儿去的问题。

怕被活活埋掉的想法,使得我不能安安稳稳地睡觉,而睡在外面,没有任何防护,也同样让我担忧。但是,当我朝四面一望,见到每一样东西都放置得多么井井有条,我是多么滑稽地隐藏在这堡垒里面,十分安全,绝无危险,这时我又非常不愿搬走了。

就在这时我又想到,重建一个家这件事需要很长一段时间才能完成,而我现在还得冒险住在这儿,直到我为自己建好一个营地,有了安全保护措施以后再搬进去。这样决定之后,我才暂时安定下来,同时决定要以最快的速度着手工作,像以前那样,用木桩、锚索之类的东西建起一道围墙,完工后便将帐篷搭在里面,但在围墙建成和适宜于搬进去以前,我还得冒险待在这儿。这一天是21日。

4月22日。早晨我开始考虑执行我决定的办法,但是我还缺少很多工具。我有三把大斧头和许多短柄小斧(因为我们原来带了这些小斧跟印第安人做生意),但由于多次拿它们砍那些节疤很多的

面对突如其来的打击,鲁滨孙很快重新振作起来,并且开始思考下一步的工作计划,根据现实情况对生活环境进行改造,这不仅体现出鲁滨孙性格的顽强,也彰显出其务实、奋进的人生态度。

硬木头，已弄得有好多缺口，一点也不锋利了。虽然我有一块磨刀石轮，可我还没能使它转动起来磨我的工具。这事儿可费了我很多脑筋，如同一位政治家考虑一个重大的政治论点，或是一位法官判决一个人的生死时一样。我好容易才用一根绳子设计装置了一个轮子，用脚踏动使它转起来，这样我的两只手就可以腾出来。（按：我在英国时从来没见过这种东西，或者至少没注意它是怎样制造的，虽然我曾说过它在英国是件很普通的东西。此外，我那块磨石很大又很重。我花了足足一个星期的时间才把这机子安装好。）

4月28日、29日。整整这两天我都在磨我的工具，我那架转动磨石的机器运转得很好。

4月30日。好久以前我就发现我的粮食不多了。今天我又查看了一下，并且将口粮标准减少为每天吃一块饼干。这使我心情十分沉重。

5月1日。早晨，我朝海边望去，潮水退下去了，我见海边躺着个好大的东西，看起来像一只桶。我走到它旁边，发现原来是一只小桶和两三块被飓风刮到岸边的破船的船板。我又看了看那条破船，我认为它比以前要更为高出水面。我检查漂到岸边来的那只桶，立刻发现那是一个火药桶，但火药已被水浸湿，凝结成块，硬得像块石头。然而，我还是暂且将它滚上岸去，接着又从沙滩上尽量走近那条破船，以便再看一看里面还有什么没有。

当我来到船边时，发现它已奇怪地移动了。船的水手舱原来被埋在沙里，而现在却抬起来至少有六英尺高。那船尾，自从我在船上搜寻东西离船之后，就被海浪打成碎片，脱离了船身，而现在已被海浪推向一边去了；船尾旁边，原来是一大片水域，所以我得游泳才能到达那不过四分之一英里远的船上去，现在却堆起了很高的沙，潮水退后，我就可以完全走近那条破船了。我对这种变化开始有点惊奇，但不久我就得出结论，这定是地震使然，地震的威力使那条船破开得比以前更加厉害了，经海浪一摧，许多部分就松散开来，加上风吹浪涌，每天都有许多船上的东西漂到岸上来。

发现破船这件事，使我完全改变了打算搬家的计划。特别是在那一天，我总是忙于设法找出一个办法到船上去，但我发现这没有希望，因为船里面塞满了沙子。然而，我现在已养成对任何事情都不灰心失望的脾性，我决定将船上能被我拆开的每一样东西都拆下来，我认为这些东西对我总会有些用处的。

5月3日。我开始用锯子锯断一根横梁，这根横梁我认为是用来支撑后甲板的较高那部分的。锯断横梁之后，我便尽力扫除船那边堆起老高的沙子。但潮水又涨起来了，这时我便被迫停止工作。

5月4日。我去钓鱼，但没有钓到一条我敢吃的鱼。到我对此感到厌倦，准备离开时，却钓到一条小海豚。我的长长的钓鱼线是用旧索子解开的绳线做成的，但是没有钓钩，可我还是经常钓到足够供我吃的鱼。我将它们搁在太阳下晒干了，吃干鱼。

5月5日。在破船上工作，锯断了另一根横梁，从甲板上取下三块又大又厚的杉木板，将它们捆在一起，等潮水来时让它们漂浮到岸上去。

5月6日。在破船上工作。从船上弄到几根铁插销，以及另外几样铁器。干得很费劲，回家时万分疲倦，想放弃这工作算了。

5月7日。又到了破船上，但不想干活。只见破船因我将横梁锯断，重心受到破坏，有几块船板松散开来，货舱也裂开了，可以直看到里面，但里面全是水和沙。

5月8日。带着一根铁撬棍到破船上去，将甲板撬开，甲板上这时既没有水，也没有沙。我扭下了两块板子，趁潮水将它们送上岸去。我将铁撬棍留在破船上，以备第二天使用。

5月9日。到破船上去，用铁撬棍插进船身，探到几只桶。我用铁撬棍将这几只桶撬松，却无法将它们打开。我还探测到了那捆英国铅皮，而且将它移动了地方，可是它太重了，搬不动。

5月10日、11日、12日、13日、14日。这几天每天都到破船上去，弄到了许多木材、薄木板及厚木板，还有两三百磅①铁。

5月15日。我带了两把短柄小斧到破船上去试试看我能不能从那捆铅皮上砍一块下来，办法是用一把斧子的刃对准铅皮，然后用另一把斧子去敲打。但由于那捆铅皮是躺在一英尺半深的水下，我无法用力敲打。

5月16日。夜晚风刮得很大，经风浪吹打，那破船显得更加破烂了。我在树林里找鸽子当食物的时间待得太久，走出林子时潮水已经涨起来了，以致阻碍我今天到破船上去。

---

① 原文为"两三哩铁"。按1哩铁（hundredweight）=112磅（英制）≈50.8千克，"两三哩"则应合224~336磅，或101.6~152.4千克。

由种植、狩猎到捕鱼，鲁滨孙力所能及地利用身边的环境资源，并开始从广阔的大海获取资源。这种生活条件的改善，与他的想法、对生活的态度直接相关。

5月17日。我见到那破船的几块木片漂上岸来,离我很远,差不多有两英里。我决定去看看是些什么东西。结果发现是一块船头板,太重了。我带不动它。

5月24日。我这几天每天都到破船上工作。我花了好大的力气用铁撬棍将船里面的一些东西撬松,等到来潮时,有几只桶浮了出来,还有两口海员的箱子。但今天的风是从岸上吹过来的,因此除了一些木材和一大桶巴西猪肉之外,没有什么东西漂到岸上来,而那桶猪肉早已被海水和沙子损坏了。

我每天都继续干这工作,直干到6月15日。每天当然需要抽出时间去找食物,这时我就做出这样的安排:潮涨时我外出找食物,并为潮退时做好准备,潮退时我就可以去船上工作。到这时为止,我已弄到大量的木材、木板和铁器,足够造一只很好的小艇,如果我知道怎样造的话。与此同时,我经过好几次上船,又弄到了好几块铅皮,将近有一百来磅。

6月16日。到海边去,见到一只大海龟,这是我在这岛上见到的第一只。看来这只能怪我的运气不好,而不是这岛上缺少海龟,因为我后来发现,我若是到这岛的另外一边去,每天我都可以找到几百只海龟,但也许要为它们付出足够的代价。

6月17日。今天我把时间用来煮龟吃。我在它肚里发现六十个龟蛋。它的肉,这时我觉得是我有生以来吃到的最美味可口的佳肴,因为自从我来到这可怕的地方以后,只有山羊和飞禽做食物,而没吃过其他肉类。

6月18日。整天下雨,我只好待在屋里。这时我感到这雨有点凉意,同时有些畏寒。我知道在这个纬度上,这不是常有的事。

6月19日。很不好受,发抖,好像气候已很冷了。

6月20日。通晚没休息好,头痛得厉害,发烧。

6月21日。很难受。自己处于这样糟糕的境遇,生病了,又没人照顾,想到这点,我忧虑得要命。自从那次在赫尔海面上遇上风暴时我向上帝祈祷过以来,现在是第一次向上帝祈祷,但我不知道自己说了一些什么,也不知道何以要这么说,当时我思想上混乱得一塌糊涂。

6月22日。今天好了一点。但我生怕患重病。

6月23日。今天病又转恶,冷得发抖,然后就是剧烈的头痛。

6月24日。今天又好多了。

6月25日。很猛烈的疟疾,发作时间持续了七个小时,时冷时热。发作过后出了一点毛毛汗。

6月26日。好了一些。由于没有吃的，便带枪出去，感到自己仍很虚弱，但我还是打到一只母山羊，费了好大劲才将它带回家，烤了一点肉吃。我很乐意煮点肉汤喝，但是我没有罐子。

6月27日。疟疾又发了，很厉害，我只能整天躺在床上，不吃不喝。我口渴得要命，但过于虚弱，无力站起来给自己弄点水喝。我又向上帝祈祷，但感到头昏眼花。恢复之后，我竟无知到不知该说什么为好，只是躺在床上连声叫唤："上帝瞧瞧我吧，上帝可怜我吧，上帝怜悯我吧。"我想，在两三个钟头内，我除了这样叫唤之外，没做别的事情，直到病的发作渐渐消退，我才睡着，直到半夜才睡醒。醒来之后，觉得精神恢复了许多，只是虚弱，而且极端口渴。然而我整个房子里面都没有水，我只好躺着等到明天早晨再想办法，于是我又睡着了。在这第二次的睡眠中，我做了如下这个噩梦。

梦中，我以为还是在地震过去之后的暴风雨之中，我正坐在我围墙外面的地上，忽然在一片明亮的火焰中，我看见一个人从一大团乌云上降落到地面。他通身像火焰一样明亮，我朝他一望，恰好还受得了那光的照射。他那面貌是说不出的可怕。当他的脚踏上地面时，我感到大地都震动了，就跟地震前的情形一样。使我担忧的是，整个空中看起来好像都充满了火的闪光。

他踏上地面不久，就往前朝我走来，手中拿着一根长矛之类的武器，要来杀我。当他来到离我还有一段距离的一个山坡上时，他对我说话了；或者说，我听到了一种如此可怕的声音，其可怕程度我都无法表达出来。他说的话中可以说我听得懂的只有这么一句："鉴于所有这一切都未曾使你悔过自新，现在你就将只有死路一条了。"他在说这句话时，一边举起他手中的长矛，要来杀我。

没有任何一个将来读到我这段记事的人，会希望我在这种可怕的光景中，还能描绘出我心中的恐惧。我的意思是说，即使这只是一个梦，即使我只是在梦中梦见那些恐怖，在我醒过来发现这不过是一个梦的时候，也还是没有任何语言能描述出留在我心中的印象。

唉！我没有神学知识，以前我从我爸那儿受到的良好的教诲，已被我这些年邪恶的水手生活洗涤得荡然无存。这八年来，我连续过着水手的邪恶生活，不断与那些跟我一样邪恶和亵渎神圣到了极点的人交往。在所有这段时间内，我记得我的思想既没有一次向上仰望过上帝，也没有一次对内反省一下自己的生活道路，只剩下一副迟钝的头脑，没有对善的企望或对恶的内疚。我在我们那些想象得出的水手中,完全成了一个极端冥顽不灵、没有头脑的邪恶家伙,毫无理性,危难时不畏惧上帝,得救时不感谢上帝。

我还要补充一点,当我讲述我过去的故事时,以下情况是容易被人相信的,那就是,对于降临到我身上的各种各样的不幸,我从没有一次想到过这是上帝的安排,也从没想到过这是对我那种对抗父亲的反叛行为,以及对我目前的这种重大罪过的一种应有的惩罚,乃至于是对我沾染邪恶生活的行为所进行的一种惩罚。当我到那荒芜的非洲海岸不顾死活地去探险时,我甚至从没想到过我以后会变成个什么样子,也没有产生过一种愿望,求上帝为我指明一条道路,或求上帝让我脱离显然包围着我的危险,以及让我避开那些贪婪的野兽和残酷的野人。我思想上从未想到过有上帝,有天意。我的所作所为完全像一个只凭自然法则行事的畜生,只凭常识行事,而事实上连凭常识行事这一点也很少做到。

当我被那个葡萄牙船主从海上救起来之后,他待我那样好,那样尊敬我,那样公正仁慈地对待我,但我思想上没有一丝丝感激之情。当我再一次翻船落水,一切都完蛋,而且险些淹死在这个岛上时,我也一点不后悔,或是将这件事看成是一种上天的谴责。我只是常常对自己说,我是个背时鬼,生来就是要经常倒霉的。

确实,当我第一次在这地方登岸,发现我船上的船员全都已淹死而我独幸免时,我真是欣喜若狂。这种思想上的欣喜若狂,要是有上帝的恩助,本可以变成一种真心的感激,但它稍纵即逝,仅仅是一种普通的欢乐的焕发,或者可以说,我只是欢庆我还活着,一点也没有去想,其余的人都淹死了,独有我能存活下来,这是上帝所加于我的独特的仁慈。我也不问个究竟,何以上帝要对我这样仁慈。我只是像一般水手在翻船后能安全登岸时所感到的那种普普通通的欢乐一样,几碗水酒下肚,就将它冲淡了,事情一过去,也就立刻将它忘得干干净净了。我一生中的其他方面,也跟这一样。

甚至在后来,我经过一番充分考虑,明白了我的处境,知道我是如何被抛到这人迹罕至的可怕的地方,毫无得救或赎身的希望;然而,当我一看到我目前还有生活的希望,还不至于饿死时,我的一切烦恼忧伤都消逝了,而且开始感到非常舒适,让自己专心致志地去进行那些保护自己、供应自己生活需要的工作,根本就没想到过这折磨我的处境是老天爷对我的惩罚,或是上帝着手安排来整我的。我脑子里很少有这一类思想。

地面上长出了谷物,如我在日记里所提到过的,开始时对我是有一点影响，给我很大的感动，因为我认为那是一种非凡的奇迹；但这种思想一旦改变，我曾经对它产生过的那种神奇的印象也就随即消逝，这我已在日记里写过了。

甚至那次地震，虽然就其性质来说没有什么东西比它更为可怕，或更直接受冥冥之中的一股无形的神力的指挥，但是在起初的一阵恐惧过去之后，它给我造成的印象也就不存在了。如果我生活在最幸福的生活条件下，我不会感到有上帝或他的裁决的存在，但在目前这种环境中，我也同样不会感到有这种存在，更不会感到是他亲手造成了我当前这种受折磨的环境。

而现在我开始生病了，一幅死亡惨状的图景呈现在我面前。我的精神在重病的重负下衰颓了，体力也因剧烈的高烧而耗损，但长期以来沉睡不醒的良心这时却苏醒过来，我便开始责备我以往的生活，由于那种生活是那样非同一般的邪恶，以致明显地触怒了上帝做出公正的审判，对我进行不平常的打击，以惩罚性的态度来处置我。

这种反省，在我生病的第二天和第三天压制着我的思想。在高烧和强烈的良心责备下，我才被逼出几句像是对上帝祈祷的话，虽然我还不能说这是一种出自要求和希望的祈祷，而只能说这只是一种出于害怕和苦痛的呼声。我的思想很混乱，有一种很强烈的悔罪心理，同时脑子里又很担心，生怕死在这样一种不幸的境遇中。我的心在这种恐怖状态下，我的舌头不知道该如何来表达，只是不停地叫喊着："主啊！我是属于哪一类不幸的生灵？要是我病了，我肯定会因为得不到帮助而死去。我会得到怎么样的结果啊？！"这时我的眼泪夺眶而出，我有好久说不出一句话来。

在这间歇时间，我爸对我的好心劝告出现在我心头。不久，我心头又出现了我在这个故事的开头讲述过的我爸的预言，那就是，要是我走这愚蠢的一步，上帝就不会保佑我，等以后无人帮助我走出困境时，就会有充分的时间来反省不该忽视他的忠告了。于是我大声说："我爸说到的事情终于发生了，上帝已对我做出了审判，没有人来救我，也没有人来管我。我拒绝了上帝的愿望，他原来一番好意，将我安排在一个能过幸福舒服生活的境遇中，但我既不愿意亲身去认识到这点，又不愿从父母的教诲中认识到这种幸福。我让我爸和我妈为我所做的蠢事伤心，现在轮到我自己为我那些蠢事的后果而伤心了。我拒绝了我爸和我妈的帮助，这种帮助本可以提高我在世上的生活地位，使我一切如意；而现在，我要跟许许多多的困难去搏斗，甚至大自然本身面对这么多困难也会支持不了的，而我却是只身一人，没有帮助，没有救援，没有安慰，没有忠告。"接着我大声叫喊起来:"主啊,救救我,我处在大难之中啊!"

这是好多年以来我所做的第一次祈祷,如果这也算祈祷的话。现在我又回到日记上来。

6月28日。睡了一觉之后,精神恢复了一些,疟疾完全过去了,我便起来。虽然那个噩梦还使我感到有很大的恐惧,但我想到那疟疾第二天还会发作,现在我得趁这时候弄点东西,准备在发病时吃了恢复精神,保持体力。我做的第一件事就是将一个大方瓶子灌满了水,放在桌上我从床上伸手拿得到的地方。为了减少水中的寒气,我倒了大约四分之一品脱甘蔗酒在水瓶里,将它们和匀。我又割下一块羊肉,在火上烤熟,但我只能吃下一点点。我在屋子里四处走动了一下,加之又想到自己不幸的处境,害怕我的病明天又要复发,便感到十分虚弱。晚上,我将三个龟蛋在火灰里面煨熟了吃,正如我们平常讲的,这三只小龟还在潜伏期间就让我拿来当了晚餐。根据我的记忆,这是我生平第一次在吃肉食时祈求上帝保佑。

吃完晚餐后,我试着到外面去走走,但是发现自己过于虚弱,几乎连枪都拿不动(我每次外出都带枪),所以我没走多远,便在地上坐下来,望着我面前平静的大海,心头升起如下的想法:

我每天见到的大地和大海是什么呢?它们是从哪里产生的?我和所有其他动物,野生的和家养的,人性的和兽性的都是些什么?又都是从哪儿来的?

无疑我们都是被一种神秘力量创造出来的,这种力量同时也塑造了大地和海洋,大气和天空;但代表这种力量的又是谁呢?

这样,很自然地,我们得出的结论是,是上帝创造了一切。嗯,这么一来,就要这样奇异地提出问题了,如果上帝创造了所有这些东西,他就指挥和管辖着这些东西,以及和这些东西有关的一切。因为这种力量既然能创造一切,也就定然能率领和指导一切。

要是这样,那么,他所创造的宇宙间所发生的一切,没有他不知道的,没有不由他指定的。

如果世上所发生的事情他都知道,那他也就该知道我在这里,而且处于这样一种可怕的境遇;如果事情的发生无不由他指定,那么降临到我身上的这一切也是由他所指定的了。

"我是谁?我从哪里来?我要到哪里去?"这三个问题的追问是经常出现在哲学领域的终极命题。作者在此抛出这几个问题,说明孤独地在荒岛生存的鲁滨孙从未停止过对上帝、宗教、人与神该如何相处等问题的思考。

我想不出任何理由来反驳以上的这些结论，所以我就越发信任现在降临到我身上的这一切就必定是上帝指定的，是他指使将我带到这不幸的环境里，他有这唯一的权力，不仅对我来说是这样，而且对世上发生的每一件事情来说都是这样。接着我又产生下列问题：上帝何以要这样对待我呢？我到底做了些什么，要用这样的方式来对待我？

我的良知马上出来制止我做这种发问，似乎这样我就亵渎了神明，我觉得它好像用一种声音对我说："你这卑鄙的家伙！你还问你到底干了些什么？回顾一下你那糟糕透顶的虚度的半生吧，看看你还有什么坏事没有做过？问问你为什么没有在好久以前就被毁掉？你为什么没有在雅茅斯停泊港口淹死？当你们的船遭到塞拉海盗船的掳掠时，你为什么没有在战斗中死去？在非洲海岸，你为什么没有被野兽吞吃掉？到达这里之后，所有其他船员都死去了，为什么唯独你没淹死？现在你还要问：'我到底做了些什么'呢！"

回忆到这些事情，令我吃惊得哑口无言。不，我不是回答我自己，我只是忧郁悲伤地站起身来，走回我的隐藏所，爬过墙去，像是要去睡觉，可我的思想被严重地搅乱了，没有一点睡意。于是我便坐在椅子上，点燃灯，这时天已开始黑下来。现在我十分害怕我的病又会复发，忽然想到巴西人无论害了什么病几乎都不吃药，而只吃他们的烟草。现在我也有一卷烟叶放在箱子里，是晒干了的，其中也有一些还不太干，还带点绿色。

我便到箱子那里去，毫无疑问这是老天爷指引我去的，因为我在箱子里既找到了医治身体的药方，也找到了医治心灵的药方。我打开箱子便找到了我所要找的烟叶。箱子里还收藏着我所抢救出来的几本书，我便从中取出一本《圣经》。关于《圣经》的事，我在前面曾提到过，只是直到目前为止，我还一直没闲空或是没心思去看它。我是说，我将它拿了出来，和烟叶一起放在桌子上。

怎么样用烟叶来治我的病，它对我的病有无好处，这些我都不知道，但我还是用它做了好几种实验，似乎我决心要使某一种实验起到作用。首先我拿一片烟叶放到口里嚼，开始那阵子，那确实差不多要让我的头脑麻醉过去，因那片烟叶还带绿色，性很烈，加上我又不惯常吸烟。然后，我又将一些烟叶浸在一些甘蔗酒中，浸一两个小时，决定在躺下睡觉前服用一剂。最后，我拿些烟叶在火盆里烧，将鼻子凑上去让它发出的烟气去熏，坚持到我无法再忍受的程度，还有那股热气，简直要令人窒息。

在治疗过程中，我拿起《圣经》，开始阅读，但烟草搅得我烦躁不安，至少在当时没法阅读下去，只是不经意地将书打开，首先闯入我眼帘的是这样一句话："只要在患难之日求告我，我必搭救你，你也要荣耀我。"①

这句话非常切合我的情况，读它时在我的思想上留下了一些印象，虽然它还不如以后让我感到的那样深。因为关于搭救的说法，对我来说没有多大意思；就我对事情的理解来说，能被搭救这件事真是希望太渺茫，太不可能了。就像以色列的子孙在上帝允许他们有肉吃时说"神在旷野岂能摆设筵席么"②，我也开始说："上帝他本人能将我从这地方搭救出去么？"而且，由于许多年都没有出现得救的希望，我的上述疑点一直在我思想上占着上风。即使这样，《圣经》上的那句话还是在我心里留下很深的印象，我经常在心里默想着它。现在时间已经很晚了，而那烟草，如我所说的，使我的脑袋昏昏沉沉，只想睡觉。于是我让灯在山洞里燃着，以免我醒来需要东西时黑灯瞎火不方便，然后上床去睡。但在我躺下之前，我做了一件我毕生未做的事，我跪下来向上帝祈祷，请求他履行对我的诺言，即如果我在患难之日求告他，他会要来搭救我。做过这零碎不全的祷告之后，我喝下了那浸有烟叶的甘蔗酒，那酒味是那样烈，又混合着烟草的恶臭，使我简直难以下咽。喝完之后我便睡了。马上我就发觉酒性在我脑子里猛烈发作了，但我却扎扎实实地睡了一觉，直到第二天下午，根据日影估计，约莫将近三点钟才醒来。不，在这时间的估计上，我多少有点疑心我在第二天又睡了一天一晚，到第三天下午三点钟才醒来。不然的话，我就无法知道怎么我在计算这一星期的日期时少去了一天，这是好几年以后我计算日子时发觉的。如果我是由于几次漏刻凹痕而失去日子，那我就会不止少一天。但我计算的结果是肯定少了一天。怎么少的，我却一点也弄不清楚。

这件事就这样算了，然而，不管怎样，当我醒过来时，我发现自己精神大大恢复了，精力充沛而愉快。起来之后，发觉自己比头一天强健多了，胃口也不错，因为我感觉饥饿了。总之，第二天我的病再没发作，而且继续越来越好。这是29日。

30日。我今天当然好了，带了枪到外面去，但不想走得太远。我打了一两只海鸟，样子像黑雁，我将它们带回家，却不那么想吃。我便又吃了些龟蛋，很好吃。晚上，我又服了昨天使我好起来的药，即烟草和甘蔗酒，只是我

---

① 见《圣经·旧约全书·诗篇》第50篇第15节。
② 见《圣经·旧约全书·诗篇》第78篇第19节。

没喝上回那么多，也没嚼烟叶或是把脑袋伸到烟叶上去熏。可是第二天，即7月1日，病情却没有如我所期望的那样好转，我有一点发寒，但不厉害。

7月2日。我把三种用药方法又重复了一次，而且服用的剂量比前次增加了一倍，使自己又进入昏昏沉沉的状态。

7月3日。我的病完全没有发作了，虽然又过了几个星期之后我才充分恢复体力。在恢复阶段，我思想上总是想起《圣经》上的那句话：我必搭救你。但我认为不可能得救的想法，又阻碍我去做这种非分之想。正当这种想法要使我失去信心时，我又突然想到，我只想着希望上帝把我从这儿彻底救出去，而没有去注意我已经得到的解救。于是我便对自己提出了这样一些问题：难道我没有奇异地从疾病中被搭救出来吗？没有从使我感到那样恐怖的最为不幸的境况中被搭救出来吗？我注意到了这点没有？我尽了我的本分没有？上帝已经搭救了我，但我却没有"荣耀"他；这就是说，我没有承认那是一种搭救并加以感激，那我又怎么能期望得到更大的搭救呢？

这使我心里极为感动，我马上跪下来，高声向上帝道谢，感谢他使我从病中恢复了健康。

7月4日。早晨，我拿起《圣经》，从《新约》开始，认真阅读起来，并给自己做出硬性规定，每天早晚都要阅读一会儿，不限定章数，只是要聚精会神地来读。我这样严肃地对待这项工作没有多久，便发现我的心受到了深深的、真诚的感动，认识到了我以往生活的邪恶。噩梦中的印象又重现出来，以下这句话又严肃地涌上我心头：所有这一切都未曾使你悔过自新。我正在诚恳地请求上帝给我悔过自新的机会，忽然有一天，好像是天意，我在经文上读到这样一句话："神且用右手将他高举，叫他作君王，作救主，将悔改的心和赦罪的恩，赐给以色列人。"①于是我放下书本，用我的心并将我的双手举向天空，用一种狂喜的欢乐心情高喊："耶稣，你大卫②的儿子；耶稣，你被上帝高举的君王和救主，给我悔改的机会吧！"

从真正的意义上来讲，可以说这是我一生中的第一次祈祷，因为现在我祈祷时是带着我的处境的意念，带着一种以上帝的鼓励话语为基础的真正的圣经

---

① 见《圣经·新约全书·使徒行传》第5章第31节。
（按：这句话的原文与《圣经》原文略有不同，现按通行《圣经》中文译本引用。）
② 大卫，古以色列第二代国王，在公元前1000年左右建立统一的以色列王国，定都耶路撒冷，多年来犹太人恢复故国故都的期望都以大卫为中心。基督教《圣经·新约全书》强调耶稣是大卫的后裔。

所希望的观点。我可以说，从这时起，我才开始希望上帝会听到我所说的话。

现在，我对上面谈到过的那句话"求告我，我必搭救你"，开始用一种与以往不同的观念来分析它。因为当时除了使我能脱离所处的这种境遇之外，其他任何事情我都不将它理解为搭救。我认为我虽然在这个地方自由自在，但这海岛对我来说确实是座监狱，而且是世上最差的监狱，可现在我却知道用另外的眼光来看待它了。现在我带着很大的恐惧回顾过去的生活，我的罪恶显得那样吓人，以致我思想上对上帝已没有旁的请求，只求他将我从那压抑着我，使我一刻也得不到安宁的罪恶的重负下解救出来。至于我的孤独的生活，那没有什么，我甚至于不祈求上帝将我从这种生活中解救出去，甚至也没想到要那样做。同上一种要求比起来，这简直是完全无关紧要的一件事了。我在这里加上这段话，目的是为了暗示那些读它的人，当他们懂得事情的真正意义时，他们就将发现，从罪恶中被解救出来，比从苦难中被解救出来所感到的幸福要大得多。

暂且打住，我还是回到我的日记上来。

现在我的情况已开始是这样了：虽然生活上还有不少艰难困苦，但心里要舒服多了。由于不断地读《圣经》和向上帝祈祷，我的思想被引向一种更高的境界，我的内心有了更多的安慰，这种安慰我以往从没感受过。加之我的健康和体力也恢复了，我便发奋去安排我生活中所需要的东西，使我的生活方式尽量做到有规律。

从7月4日到14日，我把时间主要用于带着枪到处走走，每次不走多远就停下来歇歇，正如一个人在病后慢慢积蓄力量那样，因为几乎难以想象我现在精神衰颓和体力减弱到了什么程度。我这次的用药完全是一种新鲜玩意儿，也许以前从来没有人像这样来治疗过疟疾，我也不能将我这个实验推荐给任何人去实行。同时，虽然它使我的疟疾不再发作了，可它也促使我身体衰弱，因为有一段时期我的神经和四肢还经常抽搐。

这次的遭病使我认识到，在雨季外出可能对我的健康最为有损，特别是那种与风暴和飓风俱来的雨。但在旱季，雨也总是伴随着那种风暴一起来。所以我发现，这时的雨比在九、十月份下的雨更带危险性。

我来到这不吉利的岛上已有十个月了，从目前这种境况中被搭救出去的一切可能性似乎都完全离开了我。同时我也坚定地相信，人类的足迹从来没有踏上过这块地方。我认为，现在我已完全按我的心愿将我的住所弄得很安全了，我便产生了一个更大的心愿，想到岛上去做一次更全面的巡视，看还有什么我还从不知道的产物。

7月15日，我开始对海岛做一次更为详细的考察。我首先走到那条小港那里，这小港我以前提到过，我的木排就是在这里靠岸的。我溯小河而上走了大约两英里，发现潮水涨到这儿之后再不能往上涨了，现在看到它只不过是一条小小的溪流，清秀而新鲜。由于眼下正值旱季，小溪的某些地段几乎没有水，至少没有见到足够的水在流动。

我发现，溪畔有多处舒适的草地，平坦而光滑，满满地覆盖着青草。在靠近山冈的坡地里，想来不曾被水淹没过，我发现那里生长着大量的烟草，一片青翠，茎秆粗壮。还长着形形色色的别的植物，我都不认识，也许它们都各有其功效，只是我无法发现而已。

我寻找木薯根，热带地区的印第安人就是用它的淀粉来做面包，但是我找不到。我看到有大蔸大蔸的芦荟，但当时我还不知道它们就是芦荟。我还见到好几株甘蔗，由于是野生，缺乏培育，所以长得瘦瘦瘦瘦的。这次我有这么多发现，我很满意。同时我又在思索，我在发现新的植物或果实后，用什么方法可以知道它们的功用和优点，想了半天得不出结论来。这是因为我在巴西时对事物观察得太少，致使我对野外的植物知道得很少，至少是对在目前这种困境中能为我所用的那一类知道得太少。

第二天，16日，我又沿着昨天的老路走，而且比昨天走得更远一些，我发现已到了小溪的源头，而那片草地也到此为止，山野的林木则比以前更加茂密。我在这地方发现了一些不同的水果，尤其是那大量的甜瓜和满树的葡萄。那葡萄藤确实已爬得满树都是，一串一串的葡萄，圆熟丰满，正当旺季。这是个令人惊奇的发现，我极其高兴。但经验告诫我，对这些野果不能多吃，我记得以前在柏柏里①海岸时，有几个在那里当奴隶的英国人，由于吃多了葡萄，致患腹泻和热病而死。但我却想出了一个极好的利用这些葡萄的办法，那就是将它们拿到太阳下晒干，制葡萄干加以保存。我认为，在以后没有葡萄吃的时候拿出来吃，定是又好吃又很卫生，以后的事实证明确是如此。

这一晚我就留在这里过夜，没回原来的住处。顺便说一下，我这还是第一次不在家里睡觉。夜里，我又采用我的第一次发明，爬上一棵树，美美地睡了一夜。第二天早晨，我又继续进行考察。照那山谷的长度来计算，我走了将

---

① 柏柏里，北非沿海地区，东邻埃及，西邻大西洋，南接撒哈拉，北濒地中海。现在包括摩洛哥、阿尔及利亚、突尼斯和利比亚。

近四英里，一直往正北走。岛上的山岭是南北延伸。

走到底时，我来到了一片开阔地。这里地势似乎往西倾斜，一小股清泉从我身旁的山边涌出，流向另一个方向，即正东方。这地方显得那么新鲜，那么苍翠，那么欣欣向荣，每一样东西都处在春天的不断繁荣和茂盛之中，看起来像座人工培植的花园。

我在这秀丽的山谷的斜坡上朝下走了不远，带着一种探秘的喜悦心情眺望着它（虽然也杂有另一种忧伤情绪），<u>心想这个好地方现在完全是我的了，我已经无可改变地成为这整个地方的君王和领主，具有所有权</u>。如果我能转让的话，我可以完全像英国的任何一个封建领主一样将它作为遗产来转让。在这里，我看到许多可可树、橙子树、柠檬树和香橼树，因都是野生，很少结果，至少在我看到的时候结得不多。

我采集了大量的葡萄，将它们悬挂在一些树的伸出的枝干上，这样葡萄就会在太阳下晒干。

现在我是够忙的了，我要将这些果实采集来，运回家去。我决定将葡萄、橙子和柠檬贮藏起来，作为雨季的食物，我知道雨季已临近了。

为了要贮藏起来，我采了一大堆葡萄放在一处，又采了一小堆放在另一处，接着采了一大堆橙子和柠檬放在第三处。我将每一样都带了一点在身上，便往家里走，决定下次再来时带一个袋子装其他的东西，以便将它们弄回家。

我花了三天时间才回到家，也就是我那帐篷和山洞。但还没等我回到家里时，葡萄就弄坏了，原因是葡萄太熟，果汁太多，所以一压就坏，没有什么用处了。那些橙子倒是蛮好的，只是我随身带回来的不多。

第二天是19号，我带着两个做好的小袋子到那地方去，打算将我的收获品运回来。但当我走到葡萄堆前时，令我大吃一惊，因为我将葡萄堆成堆时还是好好的，一堆一堆的，而现在却给弄得遍地狼藉，被踩得稀里哗啦，拖得这里一点，那里一串，而且还有许多被吃掉了。我知道这是周围一带的野兽干的。但是什么野兽我却不知道。

鲁滨孙是第一个登上小岛的人，并且亲自对这片岛屿进行了开发，所以鲁滨孙自封为"君王""领主"，这是那个时代人们殖民意识的普遍反映。

我发现将葡萄采了堆在这里不行，会被野兽毁掉，采了就装在袋子里带回去也不行，会被挤碎，结果也没用处。于是我采取了另外一种办法：我采集大量的葡萄，将它们悬挂在一些树的伸出的枝干上，这样葡萄就会在太阳下晒干。至于那些橙子和柠檬，我则尽可能多地将它们带回家。

我这次外出回来之后，总是心情愉快地思索着那边山谷的富饶和地点的适宜，那里有溪水和山林，不会受到风暴的袭击。我因此便得出结论，认为我原来选定的安顿我的住所的那个地方是这个岛上最差的地方。从全局来看，我就开始考虑搬家的问题了。如果可能的话，我要在这海岛的位置适宜、物产丰富的地方，挑选一个和我现在住的地方同样安全的居所。

这思想在我头脑里萦回了好久，有一段时间我还对此很感兴趣，因为那适宜的地方太诱人了。但经过深入一层的思索，我又考虑到我现在是住在海边，有时也许会碰上一件于我有利的事情。倒霉的命运把我带到了这里，也可能把另一个倒霉的家伙带到这同一个地方来。虽然这类事情很少可能发生，可是，将自己封闭在山林之中，在这海岛的中心地带，那就更加束缚了自己，使这样的事情不但不大可能让我碰到，而且根本不可能碰到，所以我无论如何也不应该搬家。

然而，我对那块地方还是非常迷恋，在七月份剩下的时间里，我在那里度过了许多日子。虽然经过再次考虑之后，我决定如上所述不搬到那里去住，却还是在那里为自己建了一间茅舍，离茅舍不远，我用一道结实的栅栏围了起来，这栅栏用两道篱笆建成，中间塞满灌木枝条。两道篱笆的桩有一人高，桩都打得很稳。我睡在这里很安全，有时我在这里一睡就是两三晚。我出入茅舍也是用一架梯子，跟在那边一样。这样一来，我就认为我现在有了两间住房了：一间乡村住房和一间海滨住房。这工作我一直到八月初才完成。

我刚刚建成栅栏，开始享受我的劳动成果时，就下起雨来了，这就使我只能困守在海滨住房里。因为，虽然在那边我也用帆布搭了一个帐篷，跟这边一样，而且帐篷扯得很好，但那边却没有一座小山来为我遮挡暴风雨，后面又没有一个山洞可以让我在雨下得特别大时躲藏进去。

如我所说，我大概在八月初建成了我的茅舍，开始让自己来享受。在8月3号，我发现我原来悬挂在树枝上的那些葡萄已完全干了，确实成了极好的晒制葡萄干。于是我将它们从树上取下来。我真高兴我做了这件事，要不然，接下来的大雨就会将它们毁了，而我也就会失去冬日食品中最好的部分。我晒制的一大串一大串的葡萄干，数量在两百串以上。等我刚刚将它们从树枝上全部收下来，并将大部分运回我家山洞里,天就下起雨来了。而且从这时即8月14日起,直到十月中旬,几乎是每天都下雨。有时雨下得很猛,我有几天连山洞都不能出。

在这个季度,令我最感惊奇的事是我的家庭成员增加了。前些时候,我曾因失去一只猫而非常挂念,不知是它从我身边跑开了,还是如我所认为的,死掉了。这之后我就一直没有关于它的消息。直到八月底它令人惊异地回到家里来,还带着三只小猫。更使我感到奇怪的是,这三只小猫的样子竟跟家猫一模一样。因为我曾打死过一只野猫,我认为那根本不属于我们欧洲猫的这个种类,而我的两只家猫都是母猫,我认为这实属奇怪。但自从有了这三只猫,后来我简直被猫烦死了,以致迫使我将它们当作害兽来追杀,或是尽量将它们从家里赶出去。

从8月14日到26日,不停地下雨,我被困住不能行动,因为我现在非常注意不过多地淋雨。在这种拘束之下,我开始感到缺乏食物了。我冒险外出两次,第一天我打到一只山羊,后一天,即26号,我找到了一只很大的海龟,这对我真是一次款待。这样我的进食也就有了规律:早餐吃一串葡萄干;午餐吃两块羊肉或龟肉,烤熟吃,因为最大的不幸对我来说是没有一只罐子来炖东西吃;晚餐吃两三个龟蛋。

当我被雨困在家里时,我每天用两三个钟头来扩大我的山洞,逐渐朝一边扩展,直到挖通到山外,挖成了一个门或一个出口,到达围墙之外。于是我便从这里进出。但我对这样敞开门睡觉不完全安心,因为我以前总是将自己完全封闭起来的,现在却让自己暴露,任何东西都可以走到我身边来。不过,我倒没有看出有什么值得害怕的生物,我在这岛上见到过的最大的生物只是一只山羊。

9月30日。今天到了我不幸蒙难登岸的一周年,我计算了一下我那柱子上刻下的槽口,发现我上岸已有三百六十五天了。我将这一天作为隆重的斋戒日,举行与众不同的宗教礼拜。我极其严肃而谦卑地跪在地上,向上帝忏悔我的罪过,接受他对我的公正审判,祈求他通过耶稣基督来宽恕我。我十二个小时之内没有吃一点东西,直到太阳落水,我才吃了几块饼干和一串葡萄干,然后上床睡觉,完成了这个斋戒日。

这段时间我一直没有遵守度安息日的制度,原因是开初我思想上没有宗教观念,后来我在柱子上刻槽口时忘了刻代表星期天的长槽,以致我根本弄不清哪天是星期天了。现在我如上面所讲的,计算日期,发现在这儿已有一年。于是我又将这些日子划分为各个星期,每周的第七天定为安息日。不过算到末尾时我竟然少掉了一两天。

这以后不久，我的墨水不多了，我只得更节省地使用它，只用它来记下一些生活中的重大事件，其他事情就不继续逐日记录了。

由于雨季与旱季有规律地出现，现在我已经知道怎样去划分它们，这样我就能相应地对它们做好准备。但我取得这些经验是花了代价的。下面我要谈的这件事，就是我所做的尝试中最令人泄气的一次。前面说过，我曾收藏了少许大麦和稻谷的穗粒，我曾经惊奇地认为是它们自己从地里冒出来的，而且相信大约有三十根稻穗和二十根大麦穗。现在正当雨后，太阳正向南移，我认为这是播种的适当时机。

于是我用木制的铲子挖起一块泥土，将它分成两半，将谷物播下去。当我正在播种时，心头忽然想到首先别将它们全部播下去，因为我还不知道什么时候是播种它们的确切时间，所以我只将种子播下三分之二，每一种都留下了一小把。

我这样做以后对我真是一种极大的安慰，因为我这次播下的种子根本就没有长出来。这是由于接下来的就是旱季，种子播下去以后地里完全得不到雨水的滋润，没有水分助其发育生长，所以根本长不出来，直到雨季到来，它们才跟新播下的种子那样开始萌芽。

见到我初次播下的种子没长出来，我很容易就想到是由于干旱的阻挠，我决定找块湿润的土地再做一次尝试。我在我新建的茅舍房边挖了一块土地，在二月份春分前几天将其余的种子全播了下去。这次有三月和四月的雨水供给它们水分，种子很快就发芽生长，而且得到了一个好收成。但由于只播了留下的那点种子，结果我收获的数量不多，整个收成每种还没达到半配克①。

但是通过这次实验，我掌握了种庄稼的主动权，准确地知道了什么时候是播种的适当季节，而且知道了我每年可望有两次播种，两次收获。

当作物正在生长时，我有一个小小的发现，这对我后来很有用处。那大约是十一月份，当雨天刚刚过去，天气开始稳定下来，我就动身前往我那山中的茅舍。虽然我有好几个月没有到这里来了，但我发现一切都还跟我原来离开的时候一样。那防护圈，或者说双层篱笆，不但仍然坚固完整，而且我从附近树上砍下的木桩上面都发了芽，长出了长长的枝条，像是柳树被砍掉上面的一截后，第二年新发出的芽那样多。我不知道我从它们上面砍下桩来的那些树是什么树。看到这些小树又生长起来，我很惊异，又非常高兴。我将它们修剪了一

---

① 配克，英美干量单位，等于9.0917升。

下,尽量使它们长得一样高。三年之后,真没料想到它们长成那么可爱的样子,以致虽然我的那一圈篱笆的直径有二十五码长,但这些树(现在我可以把它们叫作"树"了)很快就将它遮蔽了起来,使其完全成为一片浓荫,整个旱季住在里面是会让你非常惬意的。

这就使我决定再砍一些树桩,沿着我的围墙再建一道半圆形的篱笆(我是说在我第一个住宅外面再建一道篱笆)。我这样做了,将那些树或者树桩排成两行,离第一道围墙大约八码远。不久它们都生长起来了,起初对我的住处有很好的荫蔽作用,后来还起了保卫作用。这一点我在以后再说。

现在我发现,这里一年中的季节划分不能像欧洲那样,一般划分为夏季和冬季,而应该划分为雨季和旱季。一般是这样划分的:

2月下半月 3月 4月上半月	多雨,太阳正在或接近春分点。
4月下半月 5月 6月 7月 8月上半月	干旱,太阳在赤道以北。
8月下半月 9月 10月上半月	多雨,太阳又转回赤道。
10月下半月 11月 12月 1月 2月上半月	干旱,太阳在赤道以南。

雨季有时长,有时短,这要看风向如何。我这只是作一个一般的观测。后来经验告诉我在外面淋雨的不良后果,我便注意在不下雨时将食物准备在手头,这样我就不至于在下雨时也要被迫外出找

> 此表具有典型的细节描写特征。这部小说,大量的细节取材于现实,真实可查,生活中能发现,逻辑上可推理。此段是鲁滨孙对小岛的季节划分表,也为下文种植粮食的曲折做了铺垫。

食物。在下雨的那几个月，我尽量待在家里。

这时，我可以找到许多适合于在这时候做的工作来做，因为有许多工作除了艰苦的劳作和不断的勤奋之外，我是无法完成的。特别是我曾用许多办法想试着为自己做个篮子，但我弄到的那些枝条都很脆，没用处。我想起有一件事现在对我很有好处，那就是当儿童时代，我经常以极大兴趣站在我父亲居住的那个市镇上的一家编织篮子的店铺门口，看他们编制篮子。而且，像孩子们所经常做的那样，有时还给他们以殷勤的帮助，对他们编制篮子的方法观察得很清楚，有时还插手帮忙。这样我就充分掌握了编制篮子的知识，要编制篮子，不需要别的，只要有材料就行了。当我想到我砍下的木桩上长出的那些枝条，很可能像英国的柳条那样强韧时，我便决定试一试。

于是第二天我便去到我那所谓的乡村住房，砍下一些小枝条，我发现它们正合乎我的要求。于是下一次我准备了一把短柄小斧，砍下大量枝条，这种枝条这里多的是。我将它们放在环形篱笆上晒，等晒干到合用时，我便将它们带回，放到山洞里，等下一个季度到来时，我就坐在山洞里尽可能多地编一些篮子，用来装土或是放一些临时需要放的东西。虽然我编得并不漂亮，但却是十分适用的。这之后，我就注意到不让家里没有篮子，旧的用坏了，我又编新的，特别是我还编了一种又结实又深的大筐篮，准备等我收获大量谷物时用来装粮食，再不用袋子装了。

在费了许多时间克服了这个困难之后，我又振作起来，看能否弥补我的两种不足：第一，我没有盛任何液体的容器，除了两只小桶（它们几乎已装满了甘蔗酒）和一些玻璃瓶，有些是普通规模的，另外一些是用来装水和烧酒的方瓶。我甚至没有一只煮东西的罐子，只有一只从船上搬下来的大水壶，用它来煮东西又嫌太大，无法用它来做汤或是炖一片肉。我想要的第二样东西是一只烟斗，我没法做它，但我终于还是设计出了一只。

整个夏季或干旱季节，我都在忙于打下我的第二排木桩和编制工作，而另外一件事情又占去了我许多时间，似乎觉得我还不够忙似的。

前面说过，我很想将整个海岛都看它一遍，而且我已经到了小溪边，并往前到了我建那茅舍的地方，那里有一片空地可以直通这个岛的另一边的海边。现在我决定要旅行横过这岛，直达岛那一边的海边。于是我带上枪、短柄小斧和我的狗，以及比往常多得多的弹药，又带上两块饼干和一大包葡萄干作为生活给养，便开始了我的旅程。当我穿过我茅舍下面的那条山谷之后，便从西边望见了大海。这天是个大好晴天,我清清楚楚地看到了远处的陆地,就是不知道是海岛还是大陆。但它的地势颇高,从西边向西南偏西方向延伸过去,一直延伸到很远很远,据我猜测,不会少于十五或二十里格。

我弄不清那陆地可能是什么地方,我认为那该是美洲的一部分,而且,根据我的全部观察断定,该是靠近西班牙领地,而且也许全由野人居住着,要是我在那里登陆,那我的处境会比现在糟糕多了。所以我默认了这种天意,现在我开始承认和相信上天为我安排的每一件事都是最好的。我是说,我的这种想法使我的心平静下来,再也不用那种想到那边陆地上去的无益的希望来折磨自己了。

此外,在将这件事情想了一下之后,我估量,要是这片陆地是西班牙海岸,那迟早会看到有船只从这里往返经过;要是见不到,那它就是西班牙领地和巴西之间的那片未开化的海岸,那上面的野人都是最坏的,因为他们都是些食人者,落入他们手中的人,没有不被他们杀死和吃掉的。

我一面想着这些事情,一面慢慢往前走,我发现我现在所在的海岛这一边,比我所居住的那一边要可爱得多。宽广的草原弥漫着芳香,装饰着鲜花绿草,到处都有茂盛的森林。我见到好多鹦鹉,我想,如果可能,我要捉一只,将它驯养,教它跟我说话。经过一番努力之后,我捉到了一只小鹦鹉,我用一根棍子将它打下来,又使它苏醒过来,将它带回家。要让它能说话,那还得要几年。然而,我到底还是教会了它亲密地叫我的名字。后来发生的意外,虽然是小事,从它来说也还是令人开心的。

这次旅行使我大大消遣了一番。在低谷地区,我见到有野兔(我认为那是野兔)和狐狸,但它们跟我所见过的大不相同,虽然我打到几只,却不大愿意拿来当食物,我没有必要冒这个险,因为我并不缺食物,而且我的食物还是上等的,特别是这三种:山羊肉、鸽子肉和海龟肉,加上我那些葡萄干,要是将这几样食品配合起来,我看就算是铅皮屋顶市场①供应一桌菜,也不会强过

作者并没有对森林的美景继续描绘下去。在面对美丽的草原、森林时,鲁滨孙所关注的并不是自然之美,而是生活在森林之中的鹦鹉,抓住一只来让它跟自己说话。作者从侧面体现出独自在荒岛生存的鲁滨孙巨大的孤独感、渴望交流的原始动力。

① 铅皮屋顶市场,伦敦的一个肉类和野味市场,位于格雷斯教堂街拐角处。因屋顶系用铅皮盖制,故名。

我的。虽然我的处境是够悲惨的,但我还是有充足的理由表示我对上帝的感激,因我不但没有陷入缺乏食物的绝境,反而食物颇为丰裕,甚至达到了美味佳肴的标准。

这次旅行中,我在一天之内从没有超过两英里左右的路程,我总是在各处来来回回地穿行,看有没有什么发现,当我到达一处地方决定在那里过夜时,已经是疲惫不堪了。这时,我或者是爬到树上去睡,或者是用一道木桩将自己围起来,将木桩打进地里,或是用它将这棵树与那棵树连起来,等等,这样一有野兽走近,我就不会沉睡不醒了。

我一走到海岛这一边的海岸边,便惊奇地看出我所居住的海岛那一边,是全岛最差的一边。因为这儿的海岸上真的是布满了无数的海龟,而在我那一边,我在一年半的时间里只找到三只。这儿还有无数的各种各样的飞禽,有些我见过,有些我还没见到过,有不少肉很好吃。但是我都叫不出它们的名字,只有一种我知道叫作企鹅。

我本来可以随意猎取它们,但我十分节省我的弹药。所以如果可能的话,我很想打到一只母山羊,那就可以让我多吃几顿。虽然岛这边的山羊比我那边的要多,可要想接近它们却也困难得多,这里土地平坦,我一出现立即就被它们发现,不如我在山上那样不易被发现。

我承认岛上这一边比我住的那一边要可爱得多,但我还是没有一点搬家的意向,因为我已定居在我的住所里,它对我来说已很自然了,而在这里的这段时间,我似乎都感到是在旅游,而不是在家里。我沿着海岸向东走去,我猜想大约走了十二英里。然后我就在海岸上竖起一根大柱子,作为我曾到达这里的标记,决定要返回家去,并且决定下次旅行从岛那边我的住处出发,往东边走,沿着海岸前进,一直走到我竖立起的那根柱子那里。它还会好好地竖立在那儿的。

我选择了另一条路往回走,而没走来时的那条老路,我认为我很容易将全岛的地形尽收眼底,看清这地形之后,我就不会找不到我原来的住处了。但是我的想法错了。因为走了大约两三英里路之后,我发现我进入到一个很大的山谷,四面环山,林木葱然,我无法根据方向知道我应该往哪边走,除非借助太阳;甚至根据太阳也不行,除非我确实弄清了这天太阳这时候所在的位置。

更为不幸的是,碰巧我在山谷中的这三四天内恰逢大雾弥漫。由于见不到太阳,我心绪不宁地四处徘徊,最后迫使我循路走到海边,找到我那根柱子，沿着来时的路往回走。回家时我就是走走歇歇，尽量让自己轻松一些，因为天气太热，我背着枪支弹药、短柄小斧和其他的东西，觉得很重。

在回家的路上，我的狗突然发现一只小山羊，并将它擒住。我跑过去抓住小羊，将它从狗嘴里抢救出来。要是可能，我很想将它带回家去，因为平常我总是默想，有没有可能弄到一两只小山羊，从而饲养出一群驯山羊，在我的弹药耗尽时可以供我做食物。

我给这只小生物做了一个颈圈，又用我随身携带的、用旧索子的细绳线搓成的一根绳子系上，将它牵着，路上费了一些气力，终于将它牵到我那茅舍里，将它圈在那儿，因为我已急不可耐地想回家去，我离开家已经有一个多月了。

走进我那间旧的小屋，躺在我那吊床上，真有说不出的舒服。在这次小小的漫游旅程中，我没有安定的居住地点，使我感到很不舒服，而我自己的房子（我是这样叫它）和那些临时过夜的地点比起来，确实算是个完美的住所。它使我觉得一切都那么舒适，以致使我决定，要是我命里注定了要在这岛上待下去的话，我将再也不离家走远了。

为了在这次长途旅行之后好好休息和享受一番，我在家里歇了一个星期。在这段时间里，我的大部分时间都用来做一件大事，就是为我的鹦鹉波尔做个笼子，它现已完全成为我家庭中的一员，同我相处得很熟了。这时我又开始思念起被我关在小圈子里的那头可怜的小山羊，决定将它带回来，给它一些吃的。于是我到那里，发现它还在那里，当然它是无法跑出来的，可是，由于没东西吃，它快要饿死了。我到外面尽我所能割了一些嫩尖子树叶和灌木的嫩枝条扔给它。它吃过以后，我又像先前那样给它系上绳子，将它牵走。由于饥饿，它已变得十分驯服，像条狗一样跟随着我，以致我没必要拿绳子拴它了。以后因为我继续喂它，这牲口变得那么忠实，那么温和，那么可爱，从此也成为我的家庭成员，以后再也不离开我了。

秋分时节的雨季现在到来了。我跟上次一样，以隆重的方式纪念9月30日这一天，这是我来到这岛上的周年纪念日，我来这儿

把小屋（即后文提到的"城堡"）与临时过夜地点相对比，突出小屋的舒适，说明鲁滨孙在"家"的建设方面已卓有成效。"家"是安身立命之所，也是鲁滨孙心灵归属之地。

已经两年了，可是和初来时相比，现在并没有更多被从这儿解救出去的希望。这一整天我都用来谦卑而感激地答谢上帝在我孤独的处境中所给予我的许多极好的恩惠，如果没有这些恩惠，我可能就要遭遇到更多的不幸。我对上帝表示谦卑而衷心的感谢，因为承蒙他使我认识到，我即使处于这种孤独境遇中，也有可能比处于一种自由的社会中和处于全世界所有的欢乐中更加幸福；因为他能充分弥补我孤独处境中所缺少的东西，弥补我对人类社会的需要，有他在场，有他的恩惠和我的灵魂的交流，就支持、安慰和鼓舞我在这海岛上依靠他的天命，而且希望他今后永远和我在一起。

现在我明显地感觉到，我现在在这种不幸的境遇中所过的生活，和我过去那种邪恶的、该咒的、可鄙的生活比起来要幸福得多。现在我已改变了我的苦乐观，我的欲望变了，我的感情上的爱好已经起了变化，我的嗜好跟我初来时相比，或是跟两年前相比，完完全全是新的了。

以前，当我外出打猎或是到处走走观察地形时，一想到我的不幸遭遇，苦恼之情就会突然袭上心来；而且一想到我处于这只有荒山野岭的绝境，像个囚犯一样，被无穷无尽的大洋深锁，被困在这没有人烟的荒野，无法跳出困境，我就万念俱灰了。而且即使在我的心情极度镇静的时刻，这种想法也会像暴风雨一样突然在我头脑里产生，使我像个孩子一样扭自己的手，哭泣不已。有时我在工作中间也会产生这种思想，这时我就立刻坐下来叹息，痴痴地望着地面达一两个钟头之久。这种情况对我更加糟糕。因为我要是能哇的一声哭出来，或是用言语来发泄自己的忧郁，苦闷就会消失，而在得到彻底发泄之后，痛苦就会减轻。

但是现在我开始用新的思想来训练自己。我每天读上帝的话，将其中所有的安慰都运用到我当前的境遇上。一天早晨，我的心情十分忧郁，便打开《圣经》，看到这样几行字："我总不撇下你，也不丢弃你。"[①]我马上想到这些话是对我讲的，不然的话，怎么会正当我对自己的境遇感到伤心，认为自己是个被上帝同时也被人

> 即便生活仍然艰难，但鲁滨孙的心灵却平静充实，学着尽可能地接受生活，并尽己所能地用双手去改造生活。下文中作者详细讲述了"完完全全是新的"内涵所在。

---

① 见《圣经·新约全书·希伯来书》第13章第5节。

类抛弃的人的时候,就用这样的方式向我进行开导呢?""嗯,那么,"我说,"如果上帝不抛弃我,即使全世界都抛弃我,对我又能产生什么有害的结果,又能算得了什么呢?从另一方面来说,如果我得到了整个世界,而将要失去上帝的宠爱和赐福,那还有什么损失可以跟这种损失相比拟呢?"

从这时起,我就开始在心里暗下结论:我处在这种被抛弃的、孤独的境遇中,可能比处在世上任何别的特殊境遇中还要更为幸福。有了这种想法,我就打算感谢上帝,为了他把我带到这个地方来。

这种想法不知怎么使我的心感到有些震动,以致我不敢将那些感谢的话说出来。"你怎么能做这样的伪君子,"我甚至说出声来,"装作对你的境遇表示感谢呢?对于你的这种处境,你不是一方面尽力表示满意,而另一方面又宁愿祈求上帝将你从这儿解救出去吗?"所以那感谢的话我就再不说出口了。不过,我虽然不能说感谢上帝让我到这地方来,可我还是真诚地感谢上帝,因为他用各种命运的折磨使我睁开双眼,看到我以前生活的情景,为过去那些邪恶行为感到伤心和懊悔。我以前从没有翻阅过《圣经》,但我的灵魂深处感谢上帝指示我那位英国朋友,没有得到我的吩咐,就将这书和我的货物包在一起;又感谢上帝在后来帮助我将它从那艘失事的船上取了下来。

<u>我就这样在这种心情下开始了我在这岛上的第三年生活。虽然,我没有像第一年那样,将这一年的工作一一列举出来给读者添麻烦,可是一般来讲我并没有偷懒</u>,而是按照摆在我面前的好几项日常工作,有规则地分配我的时间。比如,首先是尊敬上帝,我规定时间,每天三次读《圣经》。其次是带着枪出外觅食,这一般是在不下雨的早晨,要花三个钟头的时间。再次是处理、加工、保存和烧制我猎取到的东西作为我的食物。这几件事情要占去我一天的大部分时间。还要考虑到中午的时间,那时正是太阳当顶,酷暑难当,无法外出。所以,我每天用来工作的时间就全靠晚上那四个多钟头。有时也有例外,就是我有时将打猎和工作的时间对调一下,上午工作,下午带着枪外出打猎。

除了每天能工作的时间很短之外,我想还得加上我的工作极为

前文用日记的形式,按日详细交代上岛以后种种事项,这里按年概括交代第三年的工作与生活,详略结合,重点突出。

吃力这个因素，以及由于我干每一样活时都缺乏工具、缺乏帮手、缺乏技巧而白白耗去了许多时间这些因素。举例来说，为了给我山洞里那个长架子做一块板子，我足足花了四十二天；而两个锯木匠，用他们的工具，在锯木坑里工作，只需半天就可以用同一根树木锯出六块板子。

我的工作情况是这样的：我先要砍倒一棵大树，因为我要的是一块宽板子。我花三天时间砍倒这棵树，花两天多时间斫去枝丫，将它斫短成为一段木料或一块木材，又要费许多工夫在两面劈劈砍砍，才能将它弄薄，直到薄得足以拿得动它。接着将它放下来，将它从这头到那头削得平平整整，像块板子；然后将这一面朝地，又削另一面，直到削得板子只剩三英寸厚，两面溜光为止。无论谁都可以判断出我的手干这种活儿得费多少辛劳，但辛劳与耐力使我完成了这件事以及其他许多事情。我特别举出这个例子，只是要说明何以我花了那么多时间，却只完成这么少的工作。也就是说，若是有帮手和工具，一件工作就可以毫不费力地完成；若是单独一人，徒手操作，那就要费很大劲和花很多时间。

尽管如此，我还是凭我的耐力和劳力将许多事情都完成了。这些事情确实都是我所处的环境需要我去做的，正如我在下面所要谈到的一样。

现在到了十一月和十二月之交，我正盼望着我的大麦和稻谷的收成。我开垦和施肥耕种的这块地面积不大，因为我曾说过，由于我曾在旱季播种，致使我失掉了整个一次收成，所以我留下的种子每样都不超过半配克。但这一次的收成却有希望非常之好。可突然间我发现，由于好几种无法招架的敌害，我的作物又面临全部损失的危险。首先是山羊和我把它们叫作野兔的那些动物，它们尝到了禾苗的甜头，便昼夜伏在地里，等禾苗一长出来就啃掉，使禾苗简直无法长出茎秆。

对此我别无他法，只好建一道篱笆将庄稼围起来。为建这道篱笆，我费了好大的力，尤其是要赶时赶刻完成，更加辛苦。好在我的耕地面积不大，刚够播下种子，于是我只花了三个星期就将篱笆全部围好了。我在白天打死了几只想为害庄稼的野兽。夜晚我便让狗去看守，将它拴在房子外面的一根木桩上，它将守在那里，一有动静，它就吠个不停。这样，过了不久，那些敌人便舍弃了这块地方他去。以后庄稼便茁壮地生长起来，而且很快就进入成熟期。

但是，正如野兽们前次破坏我的庄稼一样，等到作物开始抽穗结实时，鸟类又来为害了。有次我到地里去看看庄稼长得如何旺盛，可我见到我那一点点庄稼被一大群各种各样的鸟类围住，它们站在那里守着，好像一直要守到我离开似的。我立即向它们开了一枪（我身边经常带着枪）。枪声刚响过，就见到从庄稼里面又飞出一小群我刚才完全没有看见的鸟类。

这明显地触怒了我，因为我可以预见到，几天之内它们就会将我所有的希望吃得一粒不剩，我将会挨饿，完全得不到一点收成，真不知如何是好。然而，我决心不让就要到手的收成丢失，如果可能，即使整天整晚守在地里我也愿意。我首先走到庄稼中去看看它们被损害的程度，发现已被鸟类糟蹋不少，但由于大都是青穗，还不成熟，所以损失还不是太大，剩下来的如果都能保住的话，看来还是一个好收成。

我停留在庄稼旁边，将枪装好弹药，然后慢慢走开，我很容易就看到那贼鸟都停在我周围的树上，仿佛只等我一走开它们就下手。事实证明果然如此。因为我从庄稼旁走掉，似乎我已经离开这里，这些家伙一旦见不到我，便又一只接一只地重新飞进庄稼地里。见此情景，我怒火中烧，因为我知道，现在被它们吃掉的每一粒谷物，可以说以后对于我都将是一大堆粮食。于是我等不及让它们再多飞下来一些，便走近篱笆边，又开了一枪，打死其中的六只。这正是我所希望的。于是我将它们捡起来，用我们在英国惩罚恶名远扬的盗贼的办法来处置它们，即用链条将它们吊起来，以使别的鸟感到恐惧。几乎无法想象这办法收到了这样好的效果，因为那些鸟儿不但不到庄稼地里来了，而且连海岛的这一片地方也舍弃了。当我的"稻草人"挂在那儿的时候，我从没见到有一只鸟飞近那地方。

这事当然使我非常高兴。大约在十二月底，就是在我们一年中的第二个收获期，我收割了我的庄稼。

使我感到最伤脑筋的是我没有一把镰刀来收割庄稼。我所能做到的，只是将一把腰刀改成镰刀，这把腰刀是我从原来那条船上的武器中选出来保存的。由于我的第一次收成数量很小，所以我收割时困难不大。总之，我是用我自己的办法来收割，不割秆子，只割穗子，割下来后，就用我自制的大篮子运走，然后用我的双手将谷粒搓下来。在收获工作全部完成后，我发现我那半配克种子，让我收了将近二蒲式耳[①]稻谷，超过二点五蒲式耳大麦。这个数字只是凭我的猜测，因为当时我弄不到量具。

然而，这对我是一种很大的鼓舞，我预见到时候我会有好运气吃上面包

[①] 蒲式耳，欧美谷类容量单位。1蒲式耳=4配克，在英国等于36.367公升，在美国等于35.238公升。

的。不过我又遇到了一个难题,因为我不知道如何将谷物碾碎、扬净、过筛;就算碾成粉了,我也不知道怎样做成面包;就算做成面包了,我也不知道如何烤制。这些事情却又增加了我关于多储备一些粮食以保证不断供应的欲望。于是我决定对这次的收成颗粒不尝,将它们全部保存起来作为下个季度的种子。在这期间,我用自己的所有学识和时间去完成为自己提供谷物和面包的重大工作。

现在真可以说我是在为面包而工作了。这里有点令人觉得惊奇,我相信很少有人想到过,需要经过准备、生产、晒干、过筛、制作等这么多奇怪的烦琐细节,才能做出面包来。

我现在已降低到一种原始生活的状态中,每天为这事感到气馁,甚至当我不期然地,而且确实是惊异地得到那第一把粮食种下去(如我已说过的)之后的收成,我就愈来愈感到这一点。

首先,我没有犁耕地,没有锹或铲子挖地。唔,这个困难嘛,我在前面已经讲过,用木头做了一把铲子,算是克服了。但用木头工具干活到底不方便,虽然我花了好多天才将它做成,但由于没有铁,它不仅磨损得快,而且使我干起来很费力,工作成效更加糟糕。

然而,我忍受了这点,我以极大的耐心满足于用它来刻苦完成我的工作,工效不高,也只好如此了。种子播下去之后,我又没有耙,我只好自己拖一根重树枝在耕地上来回走上几趟。与其说耙地,不如说给地挠痒痒。

当作物长起来和成熟之后,我已说过有多少事情需要做啊,要给它围篱笆,要保护它,收割它,将它晒干运到家里,脱粒,扬去粗糠,然后贮存起来。这时我又缺少磨盘来碾它,缺少筛子来筛它,缺少酵母饼和盐将它做成面包,缺少炉灶来烘烤它,所有这些东西我一样也没有。然而,对我来说,有了粮食就是一种极大的安慰和优越性。如我所说,所有这些事情都使我劳累和厌烦,但这是没有办法的事。另外,这并没有浪费太多时间,因为我将时间都进行了分派,每天都指定了一定的时间来做这些工作。因为我下了决心,在我收获到大量粮食以前,决不动用现在的粮食做面包,我就有了接下来的六个月时间,用我的全部劳力和创造才能,来为自己准备适合于加工粮食(当我有了大量粮食时)所需要的各项器具。

但首先我得开垦更多的土地。我现在所有的种子足够种一英亩①地以上。

---

① 1英亩≈4046.86平方米,约合中国6市亩。

在这之前，我至少得花一个星期的劳动为自己做一把铲子。做好之后，我觉得做得很糟糕，又很沉重，使用时要我花双倍的劳力。然而，我忍受了它的这个缺点，终于将种子播在从我的住所附近找到的、我认为满意的两大片平地上，并且用一道很好的篱笆将它们围起来。围篱笆的木桩是从我以前植下的树上砍下来的，我知道那些树能长出枝条来，而且知道在一年的时间内我将有一道无须修补的活篱笆。这个工程可不小，它花了我三个月以上的时间，因为这三个多月的时间大部分都是雨季，我无法外出。

  待在家里，就是当下雨我无法外出的时候，我在如下场合也能找到一些消遣。我经常留心在我一面工作时，一面和我的鹦鹉说话来让自己取乐，教它说话，很快就让它学会了它自己的名字，终于能高声叫出"波尔"这个名字来，这是我在这个岛上第一次听到除我之外从任何别的一张嘴里吐出这个词儿来。这类事情当然不是我的工作，只是我工作中的一种辅助，因为，如我曾说过的，我现在手头有如下一件重大的工作，即好久以来我就想设法去做一个陶器钵子，我确实十分需要它，但又不知道如何才能做出来。然而，考虑到这里的气候这么热，我不怀疑如果我能找到那种制陶器的黏土，我就可能马马虎虎地做出一些钵子之类的东西来，放在太阳下晒干，达到足够的强度和硬度，经得起操作，能够装一些需要保存的干东西。这对于我正在着手准备的谷物和面粉的加工制作等工作是很需要的，我便决定尽可能做一些大的，只适于像坛子一样摆在地上，装些必要的东西。

  说起来真会让读者也对我感到可怜和可笑，我采取了许多拙劣的办法将黏土竖起来，做出了许多稀奇古怪、丑陋不堪的东西。由于黏土的硬度不够，无法承受住本身的重量，许多坛子做好后向内陷了进去，有一些则向外坍塌下来；有许多因为做好后就急匆匆地拿到太阳下面去晒，过于强烈的太阳光使它们一晒就裂开了口子；有许多在晒干前后挪动一下就成了碎片。总而言之，我费了好大的力气去找黏土，挖黏土，揉黏土，将它带回家来，做坛子，到头来我花了将近两个月时间的辛劳，才做成两只难看的大陶器制品，那样子真叫我没法称它们为坛子。

<small>作者生动翔实地写出了鲁滨孙做陶制品的过程。真实可信的细节创造出逼真的现实感，同时也比其他任何表达方式更能表达出陶罐的价值意义。</small>

然而，当太阳将它们烤得很干、很硬时，我轻轻地将它们搬起来，放在两只事先为它们用枝条编制的筐子里，以免碰破它们。放进去之后，坛子底和筐子之间还有一层空隙，我便塞了一些稻草和麦秆进去填满。这两个坛子可以经常保持干燥，这样，我的粮食或用粮食捣成的面粉放在里面就不会受潮了。

虽然我做大罐子的计划大大地失败了，但我在做好几种小件用具方面却获得较好的成功。像小圆钵子、平底盘子、有柄罐子、小瓦锅子，以及我随手做成的几样东西，经太阳一晒，它们都变得奇特地坚硬。

但所有这一切都没有达到我的目的，因为我要的是一个能装液体的、经得起火烧的陶器钵子，我所做出的这些东西，没有一件能担当这个任务。过了一些时日，我生起一堆火来烤肉吃，在烤完肉之后，我要去将火灭掉时，发现火堆里有一块我原来做的泥坛子的碎片，那碎片已被烧得像石头那样坚硬，像瓦片那样红。见到这情形，我惊喜交加，便自言自语说：既然碎片能烧成这样子，那完整的制品肯定也能烧制成这样子。

这件事促使我研究如何掌握火候，以便烧制成一些钵子。我不打算建一个像陶器工人烧制陶器的那种窑，也不打算给烧出的东西涂铅上釉，虽然我还有些铅可用来上釉，我只将三个大泥锅和两三个钵子一个压一个地堆起来，周围放上木柴，木柴下面又厚厚地放上一层木柴烧过后留下的黑炭，我从四面和顶上用茅柴点火，一直到里面的泥锅泥钵烧红烧透，而且随时观察不让它们烧裂。我看到它们烧得通红之后，便让火保持这种温度达五至六小时，直到我发现其中的一只钵子虽然没裂开，但已在熔化，因为我掺在黏土里的沙子被猛火烧熔了，如果再保持这个热度，就会烧成玻璃。于是我开始逐渐退火，直到那些钵子的红色开始减退。我通晚守候在旁边，以便不让火退得太快。到了早晨，我已烧成三只很好的（且不说是漂亮的）瓦锅和两只瓦钵，它们都烧制得如我所想的那样坚硬，其中有一只钵子，由于烧制时沙子熔化后流动，竟完全给它上了一层釉。

这次试验之后，不用说我不缺少什么陶器制品用了，但我得说它们的形状很糟糕，这是任何人都猜测得到的，我实在没有办法将它们做得好一些，只能像小孩做泥巴饼饼那样，或是像个不会发面粉的女人做馅饼那样去做它们。

当我发现我做成了一只能耐火烧的陶器钵子时，我对这件本来是很小的事情所产生的那股高兴劲儿真是没有事情可拿来相比。我等不及让它们冷却，就将其中的一只放在火上面，放进一些水，切了一点肉放进去煮，煮成后真是好吃极了。我便又用一小块羊肉煮出了一钵很好的肉汤，虽然我缺少燕麦粉及其他需要的佐料，以使它煮得味道更好一些。

我所关心的下一个问题就是要弄到一个石臼，用它来将粮食捣碎。至于弄磨盘的事情，我想也没想过，因为光凭我一双手是无法做成那种艺术的极品的。我真不知道如何才能弥补我的这种缺欠。因为在世上所有行业中，我对于石匠这个行当是完完全全地一窍不通，而且我也没有任何工具去做它。我费了好多时日想寻找一方大石头，其大小足够挖一个作为石臼的凹坑，可是根本找不到，只有那些整体的无法挖掘的岩石。而这岛上的石头也不够坚硬，都是些沙质的易碎的石头，既承受不住重杵的力量，也无法不掺进沙子就将粮食捣碎。所以，在花了很多时间又无法找到一块石头之后，我放弃了这个打算，决定去找一段大木料或是一段硬木头，这我很容易找到。很快我就找到大木头，大到我刚刚能移动它。我用我的大斧和短柄小斧先将它砍成圆形，使其具有石臼的外形，接着又借助火力和花了无限的劳力，才在它上面挖出一个凹坑，就像巴西的印第安人挖他们的独木舟一样。之后，我又做了一个又大又重的杵，是用铁木做的，我将木臼和木杵放在一边做准备，等我下一季度收了粮食之后，计划用它们来将粮食碾碎——毋宁说是捣碎成粉——来供我做面包。

我的下一个困难是要做一把筛子来筛面粉，筛去麸皮和糠壳。没有它，我就不可能做成任何面包，甚至于一想到这点，我就认为是件最困难的事，因为我肯定没有那种必不可少的稀疏的织物让面粉通过。这样我就停工了好几个月，真不知道该怎么办。我没有留下亚麻布，有的只是一些破布。我有山羊毛，但我又不知道如何将它纺织成布，即使知道纺织，这里也没有那套工具。后来我还是找到了补救办法，因我记起我从那条船上弄下的水手的衣服中，有几条白布或平纹细布的围巾，我用几块这种围巾布做了三把小筛子，倒也还合用。我就用它们凑合着用了好几年。以后怎么办，那就要到时候再看了。

有了粮食之后如何制成面包和烘烤面包，这是要考虑的下一件事情。因为首先我没有发酵粉，这是没法弥补的事，所以我也就不去管它那么多。至于炉子的事，确实让我费尽了心思。最后我也还是找到一个试验的办法：我做成一些陶器，做得很宽，但是不深，就是说，直径大约是两英尺，深不过九英寸。我将它们放在火上烧，像烤制其他陶器一样，烧好后放在一边，当要烤面包时，我便在炉子上生起大火。炉子是我用些方砖铺成的，方砖也是我自己烧制的，但我很难说那是方的。

当木柴烧成余烬或成为红炭时,我将它们铺盖在整个炉子上;等到将炉子烧得非常热时,便将火炭和余烬扫开,将面包放下去,上面罩上陶器盆子,再在陶盆底上和周围都放上火炭,使里面能保热,外面又加热,这样,跟在世界最好的炉灶上烤出的面包一样,我也烤制出了我的大麦面包。而且不久我就成了一个糕饼师傅,因为我还用大米为我自己做出了几块糕饼和一些布丁①。我确实没有做过馅饼,因为我除了飞禽和山羊肉之外,没有别的东西可以放进去。

以上所说的所有这些事情,占去了我待在这个岛上第三年的大部分时间,这是不足为奇的事。因为我在下面就要说到,在做这些事情的间隙中,我还要去完成我的新的收获和其他农活。我按时收割了我的粮食,并尽可能将它们运回家里,将穗子放在大筐子里面,等有空时再将它们搓出来,因为我没有场地脱粒,也没有工具脱粒。

现在我的粮食的贮存量的确正在增加,我真的需要修建一个大一些的仓库。我需要一个地方来堆放粮食。因为我现在所收获的粮食已增加到二十蒲式耳大麦,稻谷也有这样多,甚至更多。这就到了我可以随意使用它们的程度了。我从船上带来的面包早已吃完,同时我也决定看一看,一年要多少粮食才能满足我的需要,我打算一年只种一次。

总之,我发现四十蒲式耳的大麦和稻谷够我一年的消费还绰绰有余,所以我便决定每年播种像我上次播种的同样多的种子,希望这个数量足够供给我做面包等食品的粮食。

读者可以相信,当我正在做以上这些事情时,<u>我的心有好多次一直驰向我在海岛那一边所看到的那一片陆地,并且心里暗自希望我要是在那里登陆就好了,幻想能见到大陆,找到有人居住的地方,我便可以设法再往前走,也许最终能找到逃生的办法。</u>

但是在幻想这件事情的时候,我竟然毫没斟酌一下在那种境况中的危险,没想到我可能落到野人手中,我该有理由考虑到,这就

> 再三提到海岛那边的大陆,为下文发现野人、拯救船长、回到英国作铺垫,也凸显出鲁滨孙想要回到人类社会的强烈愿望。

---

① 布丁,西餐中的一种甜点心。

比落到非洲的狮子等猛兽口中更为糟糕；如果我被野人抓获，我将几乎绝对有被他们杀害或吃掉的危险，因为我曾听人说过，加勒比海岸上的野人都是些食人生番。从纬度来看，我知道我离加勒比海海岸不会太远。就算假定他们不是那种吃人的野人，那他们也会将我杀害，就像曾经落入他们手中的许多欧洲人的遭遇一样，即使那些欧洲人是一二十人一伙，结伴而行，也是枉然，何况我只身一人，毫无防卫能力。所有这些事情我事先本该仔细考虑到的，而且后来我也想到了，可是起初竟然一点也没引起我的担心，一心只想到对岸去。

现在我又想念我那童仆克叙里和那条挂"羊肩帆"的长艇了。我曾经驾着那长艇在非洲海岸航行了一千多英里。然而，想念也只是徒劳的。然后我又想去看看从我们那艘船上放下来的那只小艇。那小艇，我曾说过，是当我们在很远处第一次驾着它在风暴中漂流时，被风浪卷上岸的。它几乎还是在原来被搁浅的那个地方，但位置有些改变，而且已被风浪掀了个底朝天，陷在一片粗沙滩的高处，跟以前不一样的是，周围已没有了水。

要是我有帮手将它重新装修一下，将它弄下水，这小艇应当还会很好驾驶的，我就该会很容易地驾着它回到巴西海岸去。但我也可以预见到，我无法翻动它，使它正过来，底朝地，就如同我无法移动这座岛一样。然而，我还是到了树林里，砍了几根杠子和滚筒，将它们运到小艇旁，决定尽我所能来试一试。我提醒自己：要是我能将它翻过来，我就可以很容易修好它受到的损坏，它将成为一只非常好的小艇，我可以很容易驾着它到海上去。

在这桩劳而无功的苦役上我确实费了不少力气，而且为它花去了三四个星期的时间。最后，我发现以我个人的微小力量是不可能将它撬起来的，于是我就去挖它下面的沙子，捣毁它的基脚，使它自己垮下来。我又插上一些木杠子，以引导它沿正确的方位垮下。

但当我将沙子掏空一些后，我还是没办法挪动它或将杠子插到它底下去撬，至于将它推到水里面去，那就更别想了。所以我只好放弃这个工作。我虽然放弃了对小艇的希望，可是我要冒险到大陆去的愿望不但没有因为似乎不可能找到办法而减弱，反而更加强烈了。

最后，我头脑里升起这样一种想法：既然我没有工具，又没有帮手，我何不像这个热带地区的土人一样，用一根大树干挖个独木舟呢？我认为这件事不但可能，而且容易。想到造一艘这样的船，我心里感到极为高兴。使我感到高兴的，还因为我认为造这样一艘船，比起任何黑人或印第安人来有更多的方便之处。但我却完全没有考虑到我的处境同印第安人比起来，有许多特别不方便之处，那就是当我将船挖成之后，我缺少人手帮我推它下水。我的这种困难，比起印第安人的那种可能会缺少工具的困难来，要更加难以克服。因为，就算是我在树林里挑选到一棵大树，我可以费很大力气将它砍倒，可以用工具在外面敲敲劈劈，使它初具船形，又将它里面用火烧后再挖空，这样做成一只独木舟。假设这一切通通完成之后，我还得让它留在原来的地方，没法让它下水。那么，这样一只小舟对我来说又有什么用呢？

人们会认为，当我正在做那艘船时，思想上不能不哪怕是稍微考虑一下我所处的环境，这样也就会立即想到如何让船下海的问题了。但是，我的思想只是专心想着坐小船到海上航行的问题，从没考虑到如何使它离开陆地。而船的性质也真是这样，对我来说，我在海里驾着它走四十五英里，比在陆地上移动它四十五英寻[①]、将它推下水要容易得多。

于是我便像一个头脑不清醒的傻瓜一样来造我那艘船了。我对这个计划很满意，也不推断一下它是否可以行得通。对于船下水的困难我并不是没有想到过，但我总是用下面这种愚蠢的答案来堵塞我自己在这方面的疑问："让我先把它做成功，我可以断定，做成之后我会找到办法来让它下水的。"

这是一个极其荒谬的办法，但我的幻想的热忱压倒了一切，于是我便干下去。我砍倒一根杉树，我怀疑所罗门[②]在建造耶路撒冷圣殿时是否曾用过这样大的树。它靠近树蔸处的直径长五英尺十英寸，二十二英尺长的尾部的直径长四英尺十一英寸。从这个地方以下，就一路细下去，然后才分枝。我费了好大的力气才把这棵树砍倒，从它的蔸部砍，砍了二十二天，然后又用十四天多的时间，使用了大斧和短柄小斧，费了难以表述的劳力，才将其大小树枝和向四面广为延伸的树顶斫掉。这之后，又花了我一个月的时间，将它弄得成为船形，并按比例使其平衡，底部弄得像个船底，下水后能保持正直不偏地浮在水上。接着挖它的内部，将它弄得确确实实像一艘船，又花了三个月以上的时间。这里我没有用火烧，而只是用槌子和凿子，只是靠我的艰苦劳动，直到将它弄成一只非常美观的独木舟。这只独木舟大到足够装载二十六个人，当然也

---

① 英寻，长度单位，1英寻等于6英尺或1.829米。
② 所罗门，古代以色列最伟大的国王，活动时期在公元前10世纪中叶。大卫之子和继承人，他治下为犹太鼎盛时期。曾在都城耶路撒冷建圣殿，将古代犹太人存放上帝约法的"约柜"迎入殿内。后圣殿被巴比伦王尼布甲尼撒二世所毁。

就完全可以装上我和我所有的货物。

完成这项工作后，我感到极其高兴。这艘船确实比我生平见到过的任何一只用一根树木挖成的独木舟都要大得多。这确实是花了大量令人困乏的劳作的。现在万事俱备，只等将它弄到水里去；要是我能将它弄下水，毫无疑问，这时我该已经开始了我的所有航行中最为疯狂的、最没有把握完成的航行了。

但是我的所有将它弄下水的办法都失败了，虽然这些办法也费了我无限劳力。这船躺在离水不超过一百码的地方。但第一个为难之处就是，从它那儿通向小河边有一段往上斜的山坡。为了扫除这个障碍，我决定挖开地面，将那里挖成一个下坡。我就开始这样干，这使我吃了不少苦。但是，有逃离绝境的机会在望，谁又会埋怨吃苦呢？斜坡挖好了，这个困难克服了，但情况几乎还是一样，因为我根本无法移动这只独木舟，正像我无法移动那艘小艇一样。

我见到无法将独木舟弄下水，便测量了一下场地的远近，决定开一条渠道，将河水引到独木舟那里。唔，我就开始干这个工作。当我动手干时，我计算这条渠要挖多深，挖多宽，如何将挖出的泥土运走等情况，这时我发现，凭我自己的一双手来干，这活得要十年或十二年才能完成。因为渠道的堤很高，最高的这一头要挖下去至少二十英尺深。所以，最后我也只好极不情愿地放弃了这个企图。

这事使我非常伤心。我现在才知道——虽然为时已晚——在计算要付出多少代价之前、在正确判断自己有多少力量去完成一件事情之前就开始工作，真是愚不可及。

在造独木舟这段时间的中期，我过完了来到这岛上的第四年。我用同以往一样的忠诚和更多的安慰度过了我的纪念日。由于不断学习和认真体会上帝所说的话，又由于上帝所赐予的恩宠的帮助，我获得了与以前不同的知识。我接受了对事物的不同观点。现在我已将世界看成一个同我相距很远的东西，我跟它已不再发生什么交往，我对它已不抱什么期望和要求。一句话，我确实跟它已无任何交往，而且看来以后也不像会有。所以，我认为我现在看它，也许就跟我们离开这世界以后回过头来看它一样：这地方我从前曾经生活过，但现在已经离开了。我完全可以用万民之父亚伯拉罕①对财主说的那句话："在你

---

① 亚伯拉罕，《圣经》中犹太人的始祖。"亚伯拉罕"在希伯来文中的意思为"万民之父"。亚伯拉罕对财主说的话，见《圣经·新约·路迦福音》第16章第26节。

我之间，有深渊限定。"

首先，我在这里远离了世上的一切邪恶。我已没有情欲，没有物欲，没有生活的自豪感。我已别无贪求，因为我已经有了我可以享受的一切。我是我这块领地的领主，要是我愿意，我可以称自己为我所占有的这整块土地上的国王或是皇帝。这里没有对手，我没有竞争者，没有谁要来跟我争夺主权或指挥权。我可以生产整船的粮食，但我拿这么多粮食没有用处。所以我只种我认为够我吃的那么多。我有足够的海龟，时不时宰一只，也就够我享用的了。我有足够的木料来建一个船队。我有足够的葡萄来酿酒或制成葡萄干，等船队建好后，可以装满整个船队。

但是所有我所利用的，都是对我现在的生活有价值的东西。我有足够的东西供我吃，供我享用，所有其他的东西对我有什么用？要是我猎取太多野兽，我吃不了，那狗和害虫就会来吃；要是我种下太多粮食，我自己吃不了，那它们就会霉烂。我砍倒的那些树现在都躺在地上腐烂，除了将它们做柴烧之外，没有别的用处；而我除了拿它们来烧煮食物之外，也派不上什么别的用场。

总而言之，事物的道理和经验教导了我，细细想来，<u>世上一切好的东西，除了能供我们使用之外，没有什么更多的好处；而无论什么东西我们积累成堆了，确实就该分给别人，我们享用的只是我们能使用的那一部分，不需要更多的了</u>。世上最贪婪的、一毛不拔的吝啬鬼，要是到了我这种状况，他那贪婪的顽症也会给治好。因为我现在占有无限财富，却不知拿它们做什么用。我思想上已没有什么要求，除了我所缺少的东西，但那不过是些琐碎之物，虽然对我确实很有用处。我以前提到过，我有一包钱币，金的和银的都有，大约值三十六英镑。唉！那些讨厌的、无价值的、不中用的废物现在还躺在那儿，我根本无法拿它做什么用。我心里常想，我情愿用一把金币去换一批烟斗，或是换一个手磨来磨碎我的粮食。唔，我还愿意用这些钱的全部去换取价值六便士的英国出产的白萝卜和红萝卜种子，或是换一把豆子、一瓶墨水。像它们现在这样，我却从它们那里得不到半点好处，受不到半点利益。它们只是躺在抽屉里，由于雨季山洞里潮湿，现在都发了霉。如果我现在有一满

> 这句话被不少读者当成座右铭。除了直面困境、踏实苦干外，还应去思考自己所得的东西其价值所在，这里启发我们思考财富等物质的价值意义。

抽屉钻石，情况也还是一样，它们对我来说也还是毫无价值，因为没有用处。

我现在已使自己的生活状况比当初舒适得多了，而且身心也都比以前舒适。我常常坐下来带着感激的心情用餐，赞美上帝的保佑和帮助，在旷野里为我摆设筵席。我学会了多去看我的境遇中光明的一面，而少去看它黑暗的一面；多去想想我所享受的东西，而别去想我缺少的东西。这样就使我有时产生一种难以表述的内心的安慰。在这里我要提请注意，要使那些对生活不满足的人们记住，他们之所以不能舒适地享用上帝所赐予他们的东西，是因为他们一心留神和贪求上帝还没赐给他们的东西。我们对于所需要的东西感到的一切不满足，我看都是源于我们对已经得到的东西缺乏感激。

> 多去思考自己所拥有的，多一些知足与感恩，内心的快乐也就会增多。鲁滨孙在荒岛上如此艰苦的环境下依然觉得知足、感到安慰，与小说开篇时作者反复提到的鲁滨孙性格中的不安分、不知足的状态，形成一定的对比。

另外一种反思对我有很大用处，而且无疑对任何一个将会陷入像我这种困境的人也有很大用处。这就是拿我当前的境遇同我最初所预料的相比较，或者宁可说，跟必然要遭遇到的境遇相比较。如果上帝的天助不是那么绝妙地叫那艘船飘荡得离海岸更近，使我不仅能到达船边，而且能将我从船上弄到的许多东西运上岸来，作为我的救济和安慰，那我就没有工具劳作，没有武器自卫，没有弹药打到食物了。

我整小时整小时，可以说是整天整天绘声绘色地想象我自己，要是我从那艘船上没有拿到任何东西，我将会怎么办？那时我除了鱼和海龟以外，将找不到什么其他的食品，又将怎么办？那时，在我找到任何鱼和海龟以前，我早就先饿死了。即使我没饿死，我也该会像一个野人一样生活，我要是设法打死一只山羊或一只飞禽，我也没法剥它的皮或将它破开，将肉同皮和内脏分开，或将肉切成一块一块，而只能像一头野兽一样，用牙齿去咬，用爪子去扯。

这些反思使我充分感觉到上帝对我的仁慈，使我对我的充满苦难与不幸的现状表示非常感谢。我的这段话不能不介绍给有些人听，那些人遇到不幸往往爱说："世上还有像我这样痛苦的么！"让他们听了之后思考一下，世上还有一些人的境遇比他们的要糟糕得多；而且，如果上帝认为合适的话，也会使他们的境遇比现在的糟糕得多。

我还有另一种反思，它也帮助我用希望来安慰我的心。那就是将我的现状同我应该从上帝那里得到的报应相比较。我以前过的是一种可怕的生活，完全没有关于上帝的知识，也不敬畏神。我父母曾很好地训导过我，在早期，他们也并不是没有努力要我将一种敬畏上帝的宗教灌注到心中，说那是我的责任感，是我生活的性质和目的对我提出的要求。可是，唉！我很早就陷入水手生活，在所有各种生活中，水手生活是最不讲究敬畏上帝的，虽然上帝常常将恐怖显现在他们面前。我是说，因为我很早就陷入水手生活，跟水手们做伴，我所接受的那一点点宗教意识，由于我那些同桌吃饭的伙伴们的嘲笑，由于已经定型的对危险和死亡的藐视，早就从我脑子里飞走了。由于长时期没有机会同好人交往，听不到好的或是倾向于好的言谈，以上那种非宗教观点对我也就习以为常了。

那时我没有想干什么好事，丝毫也没想过我是个什么人，或者要做个什么样子的人，以致在我享受上帝给予的最大的援救的时候（比如我从塞拉逃出，被葡萄牙船主救上船，那样好地将我安置在巴西，又从英国收到货物等这一类的事），我无论是在内心里或是在口头上，都从没有说过一声"感谢上帝"这样的话；而且在最大的危难时刻也没有想到要向他祈祷，甚至也没说一句"主啊，可怜可怜我"。而且，甚至连"上帝"这个名称也没提到过，除非是在发誓和骂天骂地的时候。

我已经说过，好几个月来我心里都有着这种可怕的反思，反思我过去那种已定型的邪恶生活。当看看周围的一切，想到自从来到这岛上之后，我得到了上帝怎样的特殊帮助，上帝又是何等宽宏大量地对待我，不但没有按我罪有应得的标准来惩罚我，反而还供应我那么多东西。这就给了我极大的希望，认为我的忏悔已被接受，而且上帝还为我准备着许多宽恕呢。

这样一反思，我的心便不仅乐意听从上帝对我的处境做目前这样的安排，而且对我的处境甚至还怀着一种真诚的感激；认为我现在既然还活着，就不该怨天尤人，因为我知道我没有受到我的罪过所应得的惩罚；认为我已经享受到了许多我没有理由希望从上帝那里得到的仁慈；认为我绝不应该对自己的处境发牢骚，而应该欢欢喜喜，而且要为每天的面包而表示感谢，因为面包是诸多奇迹带给我的。我认为我应该考虑到我是被奇迹养活，其伟大之处正如以利亚①被乌鸦养活一样,是的,我是被一连串的奇迹养活。我认为在世上无人居住的地区,我几乎再也说不出一个比我这里更好的落难场所,我这地方虽然一方面离群独处,这是我的不幸;但另一方面却没有发现贪婪的野兽,没有狂暴的虎狼威胁我的生活,没有让我吃了中毒的有毒生物,没有杀害我和吃掉我的野人。

总之,我的生活一方面是一种悲惨的生活;另一方面又是一种幸运的生活,所以我并不需要什么来使生活更舒适,只要求自己能意识到上帝对我的好处,在这样的处境中能照应我,成为我每天的慰藉。由于我在这些事情上适当地改进了我的看法,我就于心释然,不再悲伤了。

我来到这岛上已经很长时间了,从船上带上岸来的许多用品,有的已经用完,有的剩下不多,也快用完了。

我曾说过,我的墨水已经用完好久了,到还剩下一点点时,我不断地往里面一点一点地掺水,直到它颜色变得那样淡白,写在纸上简直显不出颜色了。在它还能够写出字迹时,我就用它尽量记下当月发生重要事件的那些日子。首先在计算过去的时间中,我发现各种不同命运降临到我身上的日期,竟是那样奇怪地巧合。如果我用迷信的眼光去看,认为那些日期是命中注定的,那我就会有理由带着极大的好奇心来看待这个问题。

第一,我曾说过,我被塞拉的战舰俘虏并当了奴隶的那天,正好和我从父母及朋友们身边逃走、跑到赫尔市以便当海员的那天是同一个日期。

第二,我从塞拉驾小艇逃跑的那天,正好是我从雅茅斯遇难船只中逃出的那个日子。

第三,我诞生的那天是9月30日,而在二十六年后的同一月、同一天,我从遇难中奇迹般地得救上岸,被抛掷在这个岛上,所以我的邪恶的生活和我的孤独的生活是在同样的日子开始的。

我的墨水用完之后,紧接着来的就是我的面包(我是说我从船上带下来的那些饼干)也吃完了。对于这些饼干,我曾将数量节省到最低限度,大约有一年时间之久,我只允许自己每天吃一块。然而,在我收获自己产的粮食之

---

① 以利亚,耶稣诞生前的希伯来先知,活动时期为公元前9世纪。在提出上帝的超然存在及只有洁净的人才能得救的思想方面,他是先驱者之一。《圣经》上说,他在一次执行上帝的旨意时,住在野外的小溪边,上帝叫乌鸦早晚叼饼和肉给他吃。详情见《圣经·旧约全书·列王纪上》第17章第2—6节。

前，我还是有将近一年的时间吃不到面包。我有充分的理由感谢上帝终于使我有了面包吃。我曾说过，能有面包吃真近乎奇迹。

我的衣服也开始破烂得不像样了。至于内衣，早就没有了，只剩下几件我从别的水手箱子里找到的格子花衬衫，我将它们好生保存着，因为有好些时候我除了穿衬衫之外，不需穿其他衣服。对我极其有帮助的是，我从船上所有人的衣服中得到将近三打衬衫。我还留有几件很厚的水手夜间值班服，但天气太热了，无法穿。虽然，这里的天气当真热得可以叫你完全不穿衣服，但我不能完全光着身子。那不行，虽然我也曾有过这种打算，但我还没有这么做。我也不能抱有这种想法，虽然岛上仅有我独自一人。

我不能完全光着身子的理由是，光着身子不能像穿上衣服那样受得了太阳的炎热。是的，太阳的那种炙热，常常将我的皮肤晒得起泡，而穿上衬衣，风就可以在里面活动，吹得衬衣呼呼作响，这就比不穿衬衣有双倍的凉快。同时，不戴帽子出外晒太阳我也不行，因为太阳光是那样酷热，直接晒在我头上，不久就晒得我头痛，使我忍受不了，戴上帽子就没事了。

鉴于这种情况，我开始考虑将那些我称之为衣服的破烂布片整理一番。我所有的背心都被我穿破了，我的当务之急，就是试一试看能不能用我身边的那几件值班衣服，以及我所有其他一些材料，做几件上衣。这样，我又干起裁缝的活儿来了，其实不如说我是瞎补乱缝，因为我的缝补手艺实在差得可怜。然而，我还是拼拼凑凑地做成了两三件新背心，我希望它们能让我穿好长一段时间。至于衬裤，则直到后来我才勉勉强强地做出一条。

我曾说过，我将打死的四足动物的皮留下来，用棍子撑开，挂在太阳下晒。用这种办法处理之后，有一些晒得又干又硬，没有什么用途，但有一些似乎很有用处。我用这些皮子做的第一件东西就是一顶大帽子，将毛朝外面，以便撇开雨水。这顶帽子做得很好，以后我又完全用这些皮子做了一套衣服，就是说，一件背心和一件齐膝的衬裤，都做得很宽松，因为我是要用它们来遮日头，不是用它们来保暖。我必须承认它们都做得很糟糕。如果说我是个蹩脚的木匠的话，那我就是个更为蹩脚的裁缝。然而，它们毕竟还是在一些场合可以使我对付过去的最好的东西。比如，我外出时恰逢下雨，我的背心和帽子上的毛在最外面，使我不致淋湿身体和头发。

这之后，我费了很多时间和力气做了一把伞。我确实很需要一把伞，而且很想做一把。我在巴西时曾见到过人家做伞，这玩意儿在巴西那样的极热天气里非常有用。而我觉得我这里的气候从各方面来说都跟巴西一样，而且由于更接近赤道的缘故，比巴西还要热。此外，又因为我不得不经常外出，无论是遮雨还是遮日头，对我的用处都最大。在做这玩意儿时我费了好多力气和时间，有时刚刚以为这下该做成了，却一下又毁了，这样折腾了两三回，最后才做成一把并不很高明的伞。我发现主要的困难是在于如何将伞收拢。我能将它撑开，但如果收不拢，就没法携带，只能拿着它张开在头上走路，那当然是不行的。然而，如我所说，我终于还是做出了一把合用的伞，我用兽皮做伞面，有毛的那面放在上边，它可以像一个小棚子似的挡雨，又能有效地遮住太阳，这样就是最热的天我也能外出，还胜过在最冷的天气外出。当我不需要它时，我可以将它收拢起来，夹在臂膀下面。

　　这样，我便生活得极为舒适，我因听从上帝的意旨，自己的一切都由上帝来做安排，我的心也十分平静。这就使得我的生活比有社会交往的生活更好。每当我因为无人同我交谈而感到遗憾时，我就会问我自己，是否同我自己的思想相互交谈，以及我所希望的，通过大声呼喊来同上帝本身谈话，不会比世上人类社会的那种极端的享乐更差。

　　这以后的五年时间，我没有发生过什么特别的事情，只是以同从前一样的方式、一样的心情，在同一个地方生活。我的主要事情，除了每年种大麦和稻谷，加工葡萄干（这两样食物我一般都要将它们贮足到够我吃一年），以及每天带着枪外出打猎之外，我还有一项工作，就是为自己做只独木舟，而且终于做成了。我便为它挖了一条六英尺宽、四英尺深的渠道，将它送到了大约半英里远的小河里。至于第一次做的那只独木舟，确实太大了，而我在做它之前又没有考虑（应该考虑）怎样将它弄下水，后来一直没法把它弄到水里去，或把水引到它那里来，我只好让它躺在那里，作为一个备忘录，以教训我下一回要变得聪明一点。确实，在这次虽然我没能找到一棵很合适的树，而且找不到比半英里更近的地方将水引到它那里去，但我知道这计划最后是可以行得通的，我绝不能放弃它。虽然我花在它上面的时间将近有两年，但我却从没吝惜过我的劳力，因为我希望终于能驾一叶小舟到海上去。

　　虽然我的独木舟做成了，但它的大小与我做第一只时所计划的完全不一样，我是说，驾着它横渡四十英里宽的海面到陆地上去，那太冒险了。由于船太小，就帮助我取消了到那边大陆上去的计划，现在我再也不想那件事了。但是，当我有了一只小舟之后，我的下一步计划就是乘船做一次环岛旅游。我曾说过，我曾经从陆地上穿越这个岛，到达岛的那一头的一个地方，那次小型旅游中的发现使我很想看看海岸的其他部位。现在我有了船，便什么事情都不想，只想做环岛航行。

为了这个目的，我慎重而考虑周到地安排了各种事情，我在船上装了一根小小的桅杆，用我有大量贮存的帆布给它做了一块船帆。

安装好桅和帆之后，我在海上试了一程，发现它航行得非常之好。接着我又在船的两头做了小柜或小箱，以放置粮食、日用必需品和弹药等必须保持干燥的东西，以免被雨水或浪打湿。又在船舷内面挖了一条长槽，用来放枪，并做了一个活动盖子将槽盖住，以保持枪支干燥。

我又将伞固定在船尾的台阶上，像一根桅杆，遮在我头上，像凉篷那样为我挡住太阳。我时常乘着这小舟到海面上游览一程，但从不走得很远，只在靠近小河河口那一带游览。但最后由于我很想看看我这个小小的海岛王国的环境，便决定去游历一趟。于是我往船上为这次航行储备粮食，放上二十四个大麦面包（其实它们只是些饼），满满一罐烤脆了的大米（这是我平常吃得最多的食品），一小瓶甘蔗酒，半边羊肉，一些弹药（准备打更多山羊）和两件大值班衣——一件用来晚上做垫被，一件做盖被。

在11月6日，这是我在这里的帝王统治生涯或是囚禁生活（两者都可以说）的第六年，我开始了这次航行。我发现这次航行的时间比我所预期的长得多，这是因为这岛本身虽不很大，但当我到达岛的东端时，发现有一大片岩礁往海里延伸出去约有两里格（六海里），有些崖石在水上，有些在水下；崖礁过去，又有一片半里格长的沙滩，所以我不得不将船驶到更远的海面上以绕过这个岬角。

当我最初发现这一情况时，我打算放弃这次计划，将船驶回去算了，因为我不知道要被迫航出海面多远，尤其疑虑我怎么才能回到岛上去。这样我就将船抛了锚——我已用从原来的破船上弄来的一截断钩做了一只锚。

我将船停稳之后，便带着枪走上岸，爬上一座似乎可以眺望到那个岬角的小山。在山上，我见到了那个岬角的全长，便决定冒险一行。

站在小山上望大海，我发觉有一股很强而且确实很猛烈的海流向东涌去，甚至流经那岬角附近。我对这股海流更为注意，因为我知道那里可能有某种危险，如果我驶进那里面，我就会被它强大的力量带到大海上去，再也不可能回到岛上来了。确实，要是我不先爬到这小山上来看一看，我相信定会遇到那样的危险,因为在岛的另一边也有一股同样的海浪,只是那股激流离岸边远一些,而且我知道在海岸下面还有一股强大的涡流,这样,就将使我走投无路:即使我躲过了第一股激流,接着又会被卷入涡流中去。

我在这里停了两天,因为从东南偏东方向吹来的风,风势颇疾,正和上述海流的方向相反,这就使海上起了大浪,直朝岬角涌去。过时,若是我靠近海岸行驶,会遇到大浪,这不安全;若是离海岸太远行驶,就会驶到激流中去,也不安全。

第三天早晨,由于夜里风势已减弱,现在海面平静了,我便冒险开船。但是,我又一次为那些轻率无知的驾船人做了鉴戒。因为我刚一驶到那个岬角,离开海岸还不到一船的距离,我就发现我自己驶向了深水区,进入了一股像磨坊闸沟里的水那样急的激流,它裹挟着我的船猛烈地流去,我费尽了一切力量,也无法让船回到激流的边上来。但我发现这股激流将我的船冲得离开我左边的那股涡流越来越远。这时不巧又没有风来帮我一下忙,我奋力划着双桨,却一点用也没有。这时我因徒劳无功而开始听天由命了。因为海岛两边都有激流,我知道在海岛前面不远的地方它们就将汇合到一起,那我就更加无可挽救了,同时我又看不到任何避开它的可能性。所以,除了死亡之外,我已没有任何希望。当然不是死在海里,因为这时海面相当平静,而是因为没有吃的而活活饿死。的确,我那会儿在岛上停留时,曾找到一只海龟,大得我刚刚只能带动它,我将它丢在船上;而且我还有一大罐子(就是我自己做的那种罐子)淡水。但是,要是被冲到一个至少有一千里格远的汪洋大海上,那儿肯定没有海岸,没有陆地或岛屿,那时所有这点东西又能起到什么作用呢?

现在我知道了,上帝的意旨是多么容易叫人类最悲惨的处境变得更加悲惨。现在我回想起我那荒凉孤独的海岛,觉得那真是世上最舒服的地方,而我心中所希冀的幸福,就是重新回到那里去。我渴望地朝那地方伸出双手说:"幸福的荒凉之地啊,我将再也见不到你了。"我又对自己说:"啊,不幸的人啊,我要漂流到哪里去呢?"接着,我便责备自己不知道谢恩的脾性,我曾何等地抱怨过

生活中可能处处隐藏着危机,好不容易建立起的平静生活又被打乱,鲁滨孙在此受到死亡的威胁。鲁滨孙的命运将会怎样?他还会对生活感恩吗?跌宕起伏的情节,吸引着读者带着层层疑问继续读下去。

我的孤独处境，而现在，为了能重新回到岸上我那地方去，我愿付多么大的代价！因此，我们总是不见到更坏的处境，就不知道自己日常处境的真实情景；不到两手空空的地步，就不知道自己原有生活享受的价值。我现在被激流冲到离开我那可爱的海岛（因为现在在我看来它确实是可爱的）两里格以外的茫茫大洋之上，对重回原来的岛上感到极大的绝望，其恐惧心情是难以想象的。然而，我还是以最大的力量划桨，尽可能使我的小舟尽量往北面靠，就是靠在激流挨近涡流的那一边，直累得我筋疲力尽。大约在中午，太阳过了子午圈，我脸上感到有了点儿微风，风向是东南偏南。这使我的心有点兴奋起来，特别是在大约半个多钟头之后，这风转成了一股不太猛烈的大风。这时我离开我的海岛已有一段惊人的距离了。要是这时的天气是满天雾霭，那我也该要完蛋了，因为我船上没带罗盘，只要我见不到那海岛，我就没法知道如何驶向它。幸好天气继续晴朗，我便重新竖起桅杆，张起帆，尽可能地向北驶去，以便避开那股激流。

　　刚竖起桅帆，我的船就向前走动了。我见到水色很清，就知道那股激流接近变换了，因为在很强的激流中，水总是污浊的，现在水清了，我知道激流的强度减退了。不久，就在东边约半英里的地方，海浪冲击在一些岩石上，我发现这些岩石重新将激流分成两部分，主要的那股向南流去，岩石在其东北方；另一股由于岩石的反击作用，形成一股强大的涡流，以极猛的水势向西北流回来。

　　如果有人经历过正要被送上绞刑架时突然得到缓期行刑的通知，或是正要被盗贼杀害时突然得到营救，以及如此之类的绝境，他就可能猜测到我现在的惊喜心情，以及我是何等高兴地将船驶进涡流中，乘着这时正在加强的风力，扯满风帆，高高兴兴地乘风破浪地前进。

　　这股涡流在我直接驶向海岛的回程中送了我大约一里格远，但这次往回驶比先前被激流冲走的路线往北偏了大约两里格，所以当我驶近海岛时，我发现自己来到了岛的北岸，也就是说，来到了与我的出发地正相反的这海岛的另外一头。

　　当我借助这股涡流又往前走了大约一里格时，我发现它的力量已很衰弱，不能将我的船再往前送了。然而，我发现自己现在正处在两股强大的激流之间：一股在南边，就是将我冲走的那一股；一股在北边，大约在一里格以外。我是说，我发现在这两股激流之间，在这海岛的尾部后面，水很平静，没有什么流动，这时又有一股顺风助我，我便直向海岛驶去，虽然航行得不如以前快。

约莫在下午四点钟，在距离海岛大约不到一里格远的地方，我发现了使我发生这次不幸事故的那个岬角还跟原来一样朝南方伸出去，将那股激流更加撇向南方，当然也就形成一股涡流流向北方，我发现这股涡流很强，但同我的航向不一致，我的航向是正西方，而它却几乎是正北方。不过这时有一股强风，我便斜穿过这股涡流，往西北驶去，不到一个钟头，我就航行到离海岸不到一英里了，这一带水势很平稳，很快我就到了岸上。

上岸之后，我便跪在地上，因我能得救而感谢上帝，决心抛开一切靠小船来解救自己的想法；我吃了一些所携带的食品以恢复精力，将小舟拉到岸边我发现的、在几棵树下面的一个小湾里，然后躺下来睡觉。这次旅途中的劳累和疲乏已使我精疲力竭了。

现在我完全弄不清该由哪条路坐船回家。我曾经陷入过很多次险境，对这类情况知道得太多，以致不敢想到打算由来路回去，而且小岛的这一边（我是说西边）的情况我又不熟悉，加之我也没有心情再去冒任何风险。所以我只是决定在第二天上午沿着海岸往西走，看看能不能找到一条小港湾，好把我的这条快速帆船安全地泊好，等我需要时再来取。沿岸走了大约三英里，我来到一处非常好的港湾，约有一英里宽，越往里边去越窄，直到成为一条小河。我在这里为我的小船找到了一个非常便利的港口，就好像是专为它设的一个船码头似的。我将船安安稳稳地停在这里以后，走上岸来，朝四周一望，看看我到了哪里。

很快我就发现，这地方离我上次徒步沿海岸旅游时到过的地方不远。所以我从船上什么也没带下来，只带了我的枪和伞——因为天气极热——接着就开始我的长途旅行。在经过那样一次航行之后，倒觉得这次旅途十分舒服。晚上，我到达了我原来建的茅舍。我发现茅舍一切正常。我以前说过，它是我的山村别墅，因此我总是使它保持整洁。

我爬过围墙，在树荫下面躺下来，让我的四肢得到休息。因为我已很疲倦，一下就睡着了。亲爱的读者，要是有可能的话，请你来判断一下，这就是当我正在酣睡时，突然有个声音将我惊醒，那声音好几次呼唤我的名字："鲁滨孙，鲁滨孙，鲁滨孙·克罗索，可怜的鲁滨孙·克罗索，你在哪里？鲁滨孙·克罗索，你在哪里？你到哪里去了？"当我听到这声音时，我会被吓成什么样子。

我前一天上午划桨，下午又赶路，已十分疲倦，所以开始简直睡死了。

后来还没完全醒，在迷迷糊糊半睡半醒之间，觉得梦见有人跟我说话，但那声音总是继续叫着"鲁滨孙·克罗索，鲁滨孙·克罗索"，最后我开始完全醒过来，开初我吓得要命，带着惊惧一下子爬起来。等我一睁开眼睛，就见到我的波尔栖息在篱笆上，我立刻就知道是它在跟我说话，因为我以前正是用这种悲叹的语言跟它说话并且教它说话的。它完全学会了这些话，并且经常停在我手指上，将它的嘴靠近我的脸，喊道："可怜的鲁滨孙·克罗索，你在哪里？你到哪里去了？你是怎么到这儿来的？"以及我所教给它的这一类话语。

然而，即使我知道了它是我那只鹦鹉，而且事实上也不可能是别的什么人，我还是过了好久才平静下来。首先，这鸟儿怎么飞到这儿来了，我感到惊奇；其次，何以它偏偏只守在这儿，而不到别的地方去。但当我非常满意地知道了说话的并非别人，只不过是我的可靠的波尔时，我才放下心来。我伸出一只手，叫唤它的名字波尔，这讨人欢喜的鸟儿向我飞来，像往常一样停在我的大拇指上，继续跟我说话："可怜的鲁滨孙！你怎么到这里来的？你到哪里去了？"就好像它重新见到我非常高兴似的。于是我带着它一道回家。

现在我已经在海上漫游了那么多时间，真是足够了，我该在以后的许多天里，静静地坐下来，好好想一想我所经历过的危险。要是能将我的小船重新弄到岛这边来，我将会非常高兴，但我不知道采取什么切实可行的办法才能将它弄过来。至于岛的东头，我已经去转了一趟，我非常清楚再不能像那样去冒险了。只要一想到它，我的心就害怕，我的血就发凉。至于岛的另一头，即西头，我不知道那边的情况如何，如果激流经过那里时也以像东边那样的力量冲击着海岸，那我就会遇到同样的危险被卷到激流中去，像上次那样被冲离海岛。这样一想，我就甘愿不要任何船只，虽然那独木舟是我花了好几个月的劳力完成的产品，又花了好几个月时间才将它弄下海。

将近有一年时间，我抑制着自己的情绪，过着一种可想而知的非常安详、宁静的生活。对于我的处境，我的思想非常镇静，我十分愉快地让自己完全听从上帝的安排，我认为除了没人同我交往之外，我过着一种完全幸福的生活。

> "完全幸福的生活"与无人的荒岛之间构成强烈的反差和对比。在生活的磨砺下，鲁滨孙运用冷静的理性与闪光的智慧，平静地接受一切意外，并运用自己的双手尽可能地改善自己的生活。他能克制消极情绪，利用一切对自己有利的生存条件来让自己舒适地活下去。

在这段时间里，我对于那些生活中需要我专心从事的工作，在技术操作上都有了提高。我相信，如果有必要，我可能成为一个很好的木匠，特别是要考虑到我只有多么少的几样工具。

此外，在陶器制作方面，我也达到了意想不到的完美水平，我很好地设计了一个轮盘来制作陶器，我发现用这种办法做陶器既容易，做出来的陶器又好。现在我做的陶器又圆又有好样子，以前做的确实看起来都是些丑陋不堪的东西。但我认为我自己最为了不起的成就，或者我能找出的最使我高兴的事情，就是我竟然能做成一只烟斗。虽然我做出来的烟斗又丑陋又粗笨，而且颜色烧得跟其他的陶器一样是红色，但是又坚硬又结实，能用来抽烟。这对我是一种极大的安慰，因为我曾经习惯于抽烟，原来的那艘大船上也有烟斗，但忘了带几个下来，也不知道岛上有烟草，直到后来再次到船上去寻找时，却根本无法找到了。

在枝条编制品方面我也有很大提高，而且编制了大量的日常需用的篮子和筐子，这也显示了我的创造才能。虽然不很美观，但用来装东西或是拿它们从外面带东西回家时，却也方便应手。比如，要是我在外面打死一只山羊，我会将它吊在树上，剥掉皮，整理好，割成一块块，放在筐子里带回家。同样，捉到一只海龟时，我会将它宰杀，将里面的蛋取出来，再割取一两块肉（这对我来说已足够了），也将它们装在筐子里带回家，而将其余的部分丢下不管。还有一些又大又深的筐子是我用来装粮食的。我往往是一等到粮食熟透后就将它们晒干，用大筐子装起来。

现在我开始发觉我的火药大大地减少了，这对我来说是一种无法弥补的匮乏。于是我开始认真考虑我没有火药用了的时候该怎么办，也就是说，我怎么去打到山羊。前面说过，在我来到这里的第三年，我捉到一只小山羊，将它驯化了，我很希望弄一只公山羊来，但直到我的小山羊变成老山羊了，还是没法弄到一只公羊，但我又决不忍心将它宰掉，直到它最后老死。

现在是我来到这岛上居住的第十一年。如我所说，我的弹药在一天天减少，于是我就着手研究设陷阱诱捕和用索套山羊的技术，看能不能活捉一些山羊，我特别需要一只怀着孕的母山羊。

为了这一目的，我做了一些套索去绊它们。我相信我的套索曾不止一次地套住过山羊，但由于我的索具不好（因为我缺少铁丝），我总是发现索子被扯断了，诱饵也被吃光。

最后我决定试试陷阱。于是我在观察到的山羊经常去吃草的地方挖上几个大坑,坑上面铺上我自己编成的稀疏枝条,上面再压上一些重物。开始的几次我在坑里放上些大麦穗子和干稻谷,没设陷阱。我很容易看出山羊下坑去吃掉了我放上的粮食,因为我能看出它们的脚印。后来,我在一天晚上设好了三口陷阱,第二天早上去看时,发现它们还是照原样未动,可诱饵却被吃掉了,这真令人气馁。然而,我将陷阱改建了一下,其改建的详细情形我就不细说了,以免引起读者厌烦。总之,一天早晨我去看陷阱时,发现在一个陷阱里困住一只老公羊;另外一个陷阱里困住三只小山羊,一只公的,两只母的。对那只老山羊,我真不知道拿它怎么办,它是那样凶猛,使我不敢走进陷阱到它身边去;也就是说,无法照我所需要的,将它活捉出来。我可以杀掉它,但那不是我所要干的事,也达不到我的目的。所以我便将它放走。它似乎被吓得神经错乱似的飞跑逃走了。但当时我却忘了(后来我才想起来):饥饿会驯服一头狮子。要是我让那头山羊在那儿待上三四天,不给它吃的,然后再带给它一些水,一点粮食,我就可以像驯服小羊一样地驯服它,因为山羊本是一种十分灵敏而温顺的动物,只要好好加以对待,它们是会驯服的。

然而,当时我不知道有什么更好的办法,只好将它放了。然后走到那三只小羊那里,将它们一只一只取出,又用绳子将它们拴在一起,费了不少力,将它们全带回家。

开始的那几天它们不肯吃东西,我只好丢给它们一些加糖的甜粮食去引诱它们,它们才开始驯服。现在我发现,要是我在弹药用尽的时候还想吃上羊肉,唯一的办法是饲养一些驯羊。也许在什么时候,我的房子周围会有大量的驯羊。

这时我又想到,我必须将驯羊同野羊隔离开来,不然,等它们一长大,就会变野。要做到这一点,唯一的办法是找块地方,好好用篱笆或栅栏围起来,使里面的驯羊跑不出去,外面的野羊冲不进来。

对于一个光凭一双手干活的人来说,这是一项巨大的事业,但我知道这是绝对需要做的一件事,于是我的第一步工作就是找一块合适的地方,要有恰好的牧草给它们吃,有水给它们喝,还要有地方给它们遮太阳。

我选择了一块完全合乎上述三个条件的地方,是一块平坦开阔的草原,正如我们西部殖民地的人们所称呼的那种大平原。那里有两三条流着清水的小溪,草原的一头还林木葱茏。懂得圈地的人,听了我说的圈地规模时,会说我不懂得策划，笑我不会预测。因为我开始圈的那块地，围篱或栅栏就有大约两英里长。倒不是说围篱的范围大到了疯狂的地步，因为即使是十英里长，我也同样有足够的时间来完成它。但我没考虑到我的羊在这么大的范围里，以为它们是在整个岛上，会无法驯服，而且我要追捕它们时，在这么大的场所是永远抓不到它们的。

我相信是在我已经着手编制围篱，大约已成了五十码的时候，我才想到这个问题的。于是我立即将工程暂停下来，从头决定只圈定一块约一百五十码长、一百码宽的地方，这块地方在适当的时间内一定能供养我饲养的羊，到我的羊群增多时我可以再扩充圈地。

这样做是比较稳妥的，于是我便大胆地继续干起来。我大约花了三个月时间将第一块地围好。在围好之前，我先把三只小羊拴在一个最好的地方，并且让它们在尽可能挨近我的地方吃草，以便让它们养成习惯，跟我熟悉。我还经常带一些麦穗或一把大米，让它们在我手心里吃。这样，在我的围篱编成之后，我将拴它们的绳子解开，它们也还是不离我左右，在我身后咩咩地叫，要粮食吃。

这样就实现了我的目的，在大约一年半的时间里，我已经有了大大小小共十二只山羊了。又过了两年，我已有了四十三只山羊，我平常宰杀吃掉的还不算。在这之后，我又圈了五块不同的地方来饲养它们。每块圈地里都做了小小的围栏，当我要捉它们时，就将它们赶进去。同时，各块圈地之间又做了门，使彼此相通。

这还不是全部。因为现在我不但随时有羊肉吃，而且还有羊奶喝。这真是当初万万没有料想到的事。一想到这里，我真是又惊又喜。因为我现在已建立起我的奶棚，有时每天可以产一到二加仑羊奶。大自然真是不但给每个生物供应食品，而且还从来就指示他们怎么去利用它。我从来就没有挤过牛奶，更没挤过羊奶，也没见到过人家做奶油或干酪，但在经过许多次的尝试和失败之后，终于使我顺利地做出了奶油和干酪，以后我就再也不缺它了。

伟大的造物主对他所造的生物是多么仁慈，即使他们处于濒临毁灭的境遇也是一样！他能将最苦的命运变得幸福甜美，使我们即使身陷囹圄也有理由赞美他！现在在这旷野里，他将一桌何等的筵席摆在我的面前，而初来时我什么也见不到，只等着饿死！

看到我跟我的小家庭坐下来用餐的那种样子，即使一个斯多噶学派[①]的人

[①] 斯多噶学派，亦名"斯多亚学派"或"画廊派"，古希腊哲学学派，通常分为早、中、晚三个时期。早期斯多噶学派具有唯物主义倾向，但提倡禁欲主义，主张摆脱欢乐。

也会不禁要发笑,我是全岛的君主,我对我的臣民有绝对的生杀予夺之权,而且我的臣民中没有反叛者。

看看我用膳的时候多么像一位国王:孤家寡人高坐上面,所有臣仆陪伴在旁,波尔仿佛是我的宠臣,只有它才被允许同我说话。我的狗(它现在又老又虚弱,以往一直找不到同种的动物来繁殖它的家系),经常是坐在我的右边;两只猫,每边坐一只,希望时不时从我手里得到点吃的东西作为一种特殊恩惠。

但这两只猫并不是我初次从船上带上岸来的那两只,因为那两只猫都死了,我亲手将它们埋在我的住处附近。但其中有一只在生前不知同什么动物繁殖了一窝小猫,这两只猫就是我从那窝小野猫中保留下来驯养的,其他的都跑进树林里,成了野猫,后来确实变成些最讨厌的家伙,经常跑进我家来,掠夺我一顿,最后我被迫向它们开枪,打死了不少。后来它们就离开我了。我现在有这班仆从,又生活得这样富裕,除了与人交往以外,我什么东西都不缺少。谈到与人交往这一点,在今后的一段时间里我简直觉得太多了。

我曾说过,我有点急于想用我那只小舟,虽然我又很不愿再去冒任何风险。所以,有时我想设法将它弄到岛的这边来;有时我又安定下心来,认为不要它也完全感到满足。但是我心里总有一种奇怪的、不舒服的感觉,老是想到我前次出游时到过的岛上那个小岬那里去一趟。那地方也就是我漫步登上小山,去眺望海岸的陈列形势和激流的流向,以决定我采取什么行动的那里。这种倾向在我脑子里与日俱增,最后我决定从陆上沿着海岸边旅行到那里去一趟。于是我动身去了。如果在英国有人遇见我这样一个人,那一定会使他吓一大跳,或者会令他捧腹大笑;有时我看到自己这样子,便产生一种奇想,想到自己带着这种行装,穿一身这样的衣服,旅行经过约克郡,这时我也禁不住要发笑。我乐意将我这样子做一个如下的素描:

我戴着一顶又高又大的用山羊皮做的形状丑陋的帽子,帽子后面还悬垂着一块帽边,我既用它来遮太阳,又用它来挡雨,免得流到我后颈项里去。在这地方,雨水流进衣服,打湿皮肤,是最令人伤脑筋的事。

我穿着一件羊皮短上衣,下摆齐我的大腿中间,下面穿一条齐

> 作者对鲁滨孙进行了细致入微的肖像描写,重点写鲁滨孙的穿戴,如帽子、上衣、短裤、鞋袜及皮带等,这些无一不是鲁滨孙在一无所有的情况下,通过智慧与劳动得来的,还有他身上佩带的工具、头上撑的羊皮伞,都是他亲手制作而成的。

膝的羊皮短裤,这裤子是用一只老公羊的皮做的,它的长毛从两边垂下来,一直到我的小腿中部,像穿着一条马裤。我没有鞋袜,只给自己做了一双叫不出名目的东西,样子像一双半长筒靴,高齐我的小腿,两边用带子系紧,好像打的绑腿一样。这靴子的样子也极为粗野,确实跟衣服很般配。

我腰间系着一根用干羊皮制成的宽皮带,皮带用两头钉上的皮条拉拢,以代替带扣。腰带上每边还安了一个皮圈,不是用来挂刀剑,而是一边挂了一把小锯,另一边挂了一把短柄小斧。我肩上也挂了一根稍微窄一些的皮带,同样用皮条系紧,在皮带末端,我的左臂下,挂着两个小袋,都是用羊皮做的,一只袋子里面装着火药,另一只装着子弹。我背上背着筐,肩上挎着枪,头上打着一把粗笨丑陋的大羊皮伞,这把伞是仅次于我的枪支的我身边最需要的东西。至于我的脸,颜色真的还不像一个不大注意保护它,而又住在离赤道不过九到十纬度的地点的人那样是黄褐色。我的胡子,曾经听任它长到四分之一码长,但我有不少剪刀和剃刀,我曾经将它剪得相当短,只留上嘴唇上面的不剪,这样我就让自己蓄了一副络腮胡子,跟我在塞拉见到过的土耳其人的胡子一样。那里的摩尔人却不留这种胡子,只有土耳其人留。我的这些络腮胡子,虽不说其长度足以挂上我的帽子,但其长度和形状都是荒谬可怕的,这种样子在英国会被认为是吓人的。

但这里我只是顺便谈谈而已,至于我的样貌,这里根本就没有人会见到,所以就一点也不重要,因此这方面我也就不多说了。我就以这副样子开始我新的旅程,外出了五六天。我先沿着海岸走,直朝我前次将船泊定、登上石头小山的地方走去。我这次不用照顾船了,便走近路穿过陆地,走上我原来到过的那个山丘。当我朝前面那个上次叫我不得不绕道航行的石头岬角望去时,我惊奇地看到大海平静无波,没有运动,没有激流,跟别的地方没有两样。

这种现象使我惊奇不解,便决定花点时间来观察,看看是否跟退潮有关。不久我就弄清楚了是怎么回事,是那西边的退潮加上海岸边某一条大河入海的流量很大的水,在那形成了那股激流;而且还要看当时的风力是西向还是北向,来决定激流离岸近还是离岸远。等到傍晚时分,我又登上那石头小山,这时正逢退潮,我又跟前回那样清楚地看到了那股激流,只是它离岸远些,将近有半里格远。而我那次遇险时,正逢激流是紧靠着岸边,于是将我的独木舟和我冲走,若在别的时候,是不会发生这种情况的。

这次观察使我确信,我无须做什么别的,只要观察潮涨潮落的时机,就可以很容易地将我的小舟驶到海岛这边来。但是当我真想这么去做时,我又想到了曾经遇到过的危险,心里就产生了一种强烈的恐惧感,以致我连想都不敢再去想它了。但是,相反地,我却做出了另外一个决定,虽然要比较费力,但却比较安全。那就是我要为自己重新做一只独木舟。这样,我就在岛两边各有一只小船了。

读者是知道的,我现在在岛上已经有了两个种植园(我可以这样叫它们)了。一个是我的堡垒或是寓所,周围有墙,墙上有岩石,后面有山洞,现在我已经将山洞扩建成为好几个房间,或者也称山洞,它们彼此相接相通。其中一个最大最干的,有门通到我的围墙或堡垒外面(就是说,从围墙连接岩石的地方通到外面),这间大洞里放满了我以前说过的那些大瓦缸,还有十四只或十五只大筐,每只的容量可达五到六蒲式耳,里面放着我的食品,特别是谷类。其中有些还是从茎秆上割下的穗子,有些则是我用手搓下来的谷粒。

至于我以前用很长的木桩做成的墙,那些木桩都已长得完全像树一样,树干很粗,枝叶铺展得很宽,任何人都看不出那片浓荫后面还有人家。

挨近我的住所,往里不远,在一块地势较低的平地上,有我的两块庄稼地,我按时耕作播种,它们也按季节提供给我收获物。我若什么时候需要更多的粮食,邻近都还有像那一样的适合的土地。

此外,我还有我的山村别墅,那里现在我也有了一个说得过去的种植园。首先,我有一间茅舍,我经常修整它,就是说,我使周围的围篱总是保持那么高。梯子也总是放在围篱里面。我保持着那些树,它们起初只不过是些木桩,而现在长得又结实又高大。我经常修剪它们,以便它们能长得枝繁叶茂,绿树成荫。它们果然有效地合了我的心意。在围篱当中,我撑着一个帐篷,是用一块帆布和几根木桩做成的,不需要修理或更新。帐篷下面,我用兽皮或其他柔软的东西做了一个厚垫子或叫卧榻,上面铺了一条毯子(这毯子是我保存下来的原来船上的寝具),还有一件很大的值班服当盖被用。每当我有必要离开我的主要住处时,我就住到这别墅里来。

与这里相连,还有我饲养家畜(即山羊)的圈地。由于我在圈地和围地时费了无限的艰辛,所以我总是兢兢业业地将它弄得没有破绽,以免山羊弄破围篱跑出去。我费了许多劳力,在篱笆外面打满了小桩,一个紧挨着一个,中间连手都插不进。这样,与其说是一道篱笆,不如说是一道栅栏。后来这些木桩在第二个雨季中都成活了,这就使这道围篱坚固得像一道墙,确实比任何墙

都要坚固。

这将证明我没有偷懒,而且,只要是我的舒适生活所需要的事,我都会不辞劳苦地去完成。我认为,我手边保持着一群驯养的家畜,那我手边就有了一座羊肉、羊奶、奶油和干酪的活的仓库,只要我生活在这地方,即使四十年,也都会有足够供应的。我还认为,要使这些羊群在我手边,就得靠我将围篱修得完美无缺,使它们保持在一起。我用这种办法保证了这一点。当这些小木桩长大起来之后,我倒还感到原来插得太密了,迫使我又将它们拔除了一些。

我在这里还种了一些葡萄,我主要是依靠它们来制作我冬天贮藏的葡萄干,我从没失误地将它们仔细保存起来,当作我所有食品中最好的、最可口的美味佳肴。确实,这些葡萄干不仅味道好,而且有药用价值,有益健康,滋补身体,使人身心爽快到极点。

因为这地方正处在我的主要住所和我在岛那边停船地点的中间地段,我每次到岛那边去时,总要在这里停留,因为我经常要去看看我那条船,将船上的东西整理得有条不紊。有时我也驾着它到海上去消遣消遣,但是再也不敢去做冒险的航行,很少驶到离岸有扔一块石头出去的距离(或再加一倍远)之外的海面上去,生怕再一次无意中被激流、大风或其他意外事故将我冲走。但是,现在我的生活中又出现了新的一幕。

一天,大约是在中午,我正走去看我的船,让我大吃一惊的是我忽然在海滩上发现一个人的赤足脚印,这脚印踩在沙滩上,看得清清楚楚。我像是挨了雷击一样地呆呆地站在那里,又像是碰见了鬼一样。我凝神谛听,又环顾四周,可又什么也没听到,什么也没看见。我跑上一处高地,登高远望,又在海滩上来回跑动,但除了这个脚印之外,再没见到其他的印迹。我又走到那脚印旁,看看还有没有另外的脚印,看看是不是有可能是我的幻觉。但根本不是,因为那是个准确无疑的脚印,脚趾头、脚后跟一应俱全。我不知道这脚印是怎么踩在这儿的,一点也想象不出来。我像一个思想混乱、精神失常的人一样,坐立不安地思考了一阵,然后便往我的堡垒飞跑而去,正如人们所说的,简直快到脚不沾地呢。但心里却害怕到极点。跑两三步就要回头望一下,误把树丛、树木也当成危险

鲁滨孙草木皆兵的细节描写一是因为他生之为人拥有本能的恐惧和担忧;二是对其心理的渲染,更能衬托出鲁滨孙身处荒岛的矛盾心理:既渴望与人交流,又害怕见到对自己性命产生威胁的人类。

对象，连远处的树干也幻想成为一个人。一路上我的惊惶不定的想象中呈现出了多少不同的幻象，幻觉中产生了多少荒唐的想法，以及脑海中产生了多少数不胜数的奇想，真是一言难尽。

　　当我抵达我的城堡（我想以后我就这样称呼它）时，就像后面有人追赶一样，一下就溜了进去。是按原来的设计用梯子爬过去的，还是从我叫作"门"的那个岩石洞口钻进去的，我也记不清了。不，甚至到第二天早上我还是记不起来，因为即使一只受惊的兔子逃进它的隐蔽所，一只狐狸逃进它的地洞时，也从不会像我现在逃难时这么恐惧。

　　那一晚我没能睡着。离我受惊的场合越远，我的忧虑反而越深。这类事件有点反常，尤其违反处于恐惧中的所有生物的惯例。但我却被对这件事的恐怖想法弄得惴惴不安，以致除了将自己往可怕的方面去设想以外，我没有其他的想法，即使我现在离开那恐怖场合已有很远。有时我幻想这定是魔鬼在跟我捣蛋。我的理智这时也加进来，附和我这种猜想。因为我想，怎么会有其他的人跑到这岛上来呢？即使有人来了，那么运载他们的船又在哪里呢？一些别的脚印又在什么地方呢？一个人怎么可能来到这个地方呢？但是另一方面，如果认为是魔鬼化作人形，到这里来毫无原因，只是要留下一个脚印，那也说得不得要领，因为他未必能确定我会看到这个脚印；相反地，这只是一种玩笑。我认为，魔鬼要是想恐吓我，他多的是办法，不会只留下一只脚印。我住在岛的那一边，他不会头脑简单到将脚印留在一个我几乎难以看到的地方，而且是留在沙滩上，海上一起大风浪，就会销毁得一丝不存。这一切似乎与事情本身不一致，与我们平常所认为的魔鬼的那种阴险狡诈的性格不一致。

　　许多类似的事情帮助说服我，使我从对魔鬼的担忧中解脱出来。同时我马上得出结论，认为定是某种更为危险的生物，即对面大陆上的某些野人，乘独木舟在海上漂荡，遇到了激流或是逆风，曾经来到这个岛上。上岸来之后，也许因为不愿像我这样待在这个荒凉的岛上，便又回海上去了。

　　当这些想法在我心头盘桓时，我心里感到非常欣慰，幸好我当时不在那里，他们也没见到我的船，要是见到了，他们凭此就会断定这里有居民，也许就会进一步搜捕我。接着，可怕的念头又使得我胡思乱想，认为他们已经发现了我的船，而且知道了这儿有人。我心里想，如果这样，他们一定还会有更多的人再到这里来，将我吃掉。我又想，即使他们找不到我，而他们会找到我的围篱，毁掉我的全部谷物，掠走我的全部驯羊，到头来我也会因为没有吃的而饿死。

　　我的恐惧赶走了我所有的宗教方面的希望，以前那种因上帝给了我好处而对他产生的全部信任，现在通通消失了。就好像迄今为止他曾奇迹般地供给我食物，而现在却无法用他的力量保住他赐给我的这些食品似的。这时我便责备自己过去太图安逸，不想在一年中播种更多的粮食，只要能吃到下一季就行了，似乎不会发生什么意外来阻挠我享受地里的收成。这是一种非常恰当的责备，它使我决定今后要事先贮备两三年的粮食，这样，不管发生什么事，我都不会饿死了。

　　人生是上帝所创造的一件多么奇妙而又变化多端的作品啊！当不同的环境出现之后，人的感情也随之以一种何等神秘而不同的大潮急遽地奔流！今天我们所爱的，明天又变成了我们所恨的；今天我们所追求的，明天又变成了我们所逃避的；今天我们所期望的，明天又变成了我们所害怕的，而且是令人胆战心惊的。我现在的情况就是一个可以想见的最生动的例子。因为我唯一的痛苦似乎是被人类社会所排斥，使得我独自一人，为无边无际的大洋所包围，与人类断绝了关系，被宣判过一种孤寂无闻的生活，好像老天爷认为我算不得是个生物，或是将我列入他的其余的创造物一类。如果能让我见到我同类中的一员，就似乎是让我起死回生，就是老天给我的最大赐福，仅仅次于能对我的最高赐福——超度。可现在，却因担心会看到一个人而吓得发抖，而且看到有人影或是有人的足迹不声不响地踏到这岛上，就准备钻到地下去。

　　这就是人生的变化无常的情况。当我最初受惊的心稍稍得以恢复之后，我便产生了许许多多深入细致的思考。我认为，我当前的生活境遇是无限智慧和仁慈的上帝为我决定了的，我既然不能预先知道神的智慧在安排这一切方面的目的，那就不能反对他的统治权，因为我是他的创造物，他就无疑有绝对的权力以他认为适当的方式在创造方面来支配和处置我。而我这个创造物曾经冒犯过他，他同样有至上的审判权来宣判我该受和应得的惩罚。我的职责就是服从和忍受他的震怒，因为我曾犯罪违抗过他。

　　接着我又仔细想，公正而全能的上帝既然认为这样处罚和折磨我是合适的，那他也就能搭救我；而如果他认为不宜搭救我，那我的责任毫无疑义就是绝对地完完全全地服从他的意旨。另外，我也有责任对他心存希望，向他祈祷，静候每日天命的指示和命令。

　　这些想法费了我许多个小时，许多个日子，唔，我可以说好几个星期，好几个月。这些思考的一种特殊的功效我在这里必须谈一谈，那就是：有一天清晨，我躺在床上，心里老想着野人出现时我的危险，感到十分不安。这时，《圣经》上那几句话忽然进入我的脑海："只要在患难之日求告我，我必搭救你，你也要荣耀我。"

想到了这几句话，我便愉快地从床上爬起来，心里不仅得到了安慰，而且还得到指示和鼓励，诚恳地向上帝祈祷，请求搭救。做完祈祷，我拿起《圣经》，打开来读，第一眼就见到了这样几句话："要等候耶和华，当壮胆，坚固你的心。我再说，要等候耶和华。①"这些话给我的安慰是无法用言语表述的。作为回应，我感激不尽地放下书，不再忧伤了，至少在当时是这样。

我正陷于这些思考、忧虑、回顾中时，一天，我忽然想到，所有这一切可能只是我自己的一种妄想，那个脚印可能只是我从船上回到岸上来时自己踩上的脚印。这种想法也使我心情愉快了一点，于是我开始劝服我自己，一切都是一场误会，那没有什么，只不过是我自己的脚印，我既然是用一只脚踩在沙滩上上船，为什么就不可以也用那样的办法下船呢？我又想，我到底踩过哪个地点，没踩哪个地点，我也完全没法说清楚了。如果到头来那脚印只不过是我自己的，那我就扮演了那种傻瓜的角色，他们尽力编造一些鬼怪故事，而结果他们自己比别人更加受惊。

现在我的胆量又大起来了，要到外面去窥探一下动静，我已经有三天三夜没出我的城堡，快要饿肚子了，因为家里除了一些麦饼和水之外，已经没有什么吃的东西了。然后我又知道我的山羊也需要挤奶了，给山羊挤奶通常是我晚上的娱乐。那些可怜的牲口由于没人给它们挤奶，定会感到痛苦和难受的。确实有几只羊的奶已经受到损失，差不多要干掉了。

于是我振作起精神，相信那只不过是我自己的脚印，我可能真正是在自己吓自己。我又到了外面，到我那山村别墅那里给我的羊群挤奶。一路上我那种惊慌失措，几步一回头，随时准备丢下筐子逃命的样子，要是让人看到，一定会以为我是干了什么坏事而做贼心虚，或是最近受了一场最可怕的惊吓，这后一点倒确实如此。

然而，当我这样两三天都去挤奶时，并没有看到什么，我的胆子又大了一点。认为真的没有什么事，只是我的想象罢了。但我现在还不能完全说服

---

① 耶和华是基督教对犹太教唯一真神"雅赫维"的读音。近代学者考证，认为此一读音为误读。见《圣经·旧约全书·诗篇》第27篇第14节。

我自己，一直要到我再到海岸去一次，看看那个脚印，并且用我自己的脚量一量，看是不是相合，我才完全相信是我自己的脚印。但是，当我来到这地方以后，首先，很明显的，我先前停放我的小船时，绝不可能在这附近的任何一个地点上岸。其次，当我用自己的脚去量那脚印时，我发现我的脚比那脚印小得多。这两件事又使我脑子里充满了杂想，使我的忧郁症又达到了最高点，使得我像打摆子那样浑身筛起糠来。于是我回到家里，一心认为有某个人或是某些人在那儿上过岸，或者，简单点说，就是这岛上已经有人盘踞了，我可能会猝不及防地受到袭击。我不知道用什么办法来保卫自己的安全。

当人们心情恐惧时做出的决定是何等滑稽可笑啊！它使理智给他们提供的解围的办法都失去了作用。我的第一个打算是，将我关羊的围篱拆掉，将我的驯羊全部赶到树林里，让它们野掉，这样敌人就不会发现它们，也就不会为了希望得到这些羊或类似的掠夺物而常到这岛上来。然后，干脆将我那两块粮食作物的土地挖毁，这样，他们就不可能在这里发现有这种粮食，也就不会因此而常到这岛上来。然后又将我的茅舍和帐篷拆毁，这样他们就不可能看到任何有人居住的痕迹，也就不会进一步搜索，以便将住在这里的人找出来。

这些就是我再次回家后第一天晚上所思考的问题，那时各种忧虑和不安又重新在我心头蔓延，头脑里跟先前一样，又充满了郁闷。这种对危险的恐惧，比亲眼见到的危险本身，更令人感到恐怖万分；思想上背着的忧虑的包袱，比我们所担心的坏事本身还要折磨人。更加糟糕的是，我平常总是希望以服从天命的实际行动来使自己求得解救，而现在事到临头却无法求得解救。我觉得我看起来有点像扫罗①，他抱怨不但非利士人攻击他，而且上帝也舍弃他，因为我现在并没有采取适当的办法来安定我的心，没有在苦恼中大声向上帝呼救，没有跟以前那样，将自己的安全和得救完全寄希望于天命。如果我那样做了，我至少可以以更加愉快的心情忍受住这

鲁滨孙从特殊环境中以亲身经历悟出的生活哲理更能说服人。这种生活的箴言并非冷冰冰的说教，而是带着强烈的自身感悟，从而引发读者的共鸣，给读者的生活带来启发。

---

① 扫罗，《圣经》故事中的人物。传说为古以色列的第一位君王，后因妄自尊大，上帝舍弃他，另立大卫为王以继其位。扫罗抱怨上帝舍弃他的话，见《圣经·旧约全书·撒母耳记上》第28章第15节。

次新的意外事件，而且或许会以更大的决心渡过难关。

我思想上的这种混乱，使得我通宵未曾合眼，但到第二天早晨，我却睡着了。因为脑子想事情太多，心力都疲惫至极，突然觉得心里一阵舒服，便酣睡过去。醒来时，心里比以前要平静多了。这时我开始平静地思考，并且经过思想上的激烈争论，得出了如下结论：这个岛是这样的极其可爱而又物产丰富，而且我观察过，离开大陆又不远，就不会如我所想象的那样被人弃置不管；虽然没有固定的居民居住在这里，但有时可能也有船只来这里靠岸，这些船只或者是有计划来此，或者完全没有计划，只是被逆风刮到这里。

现在我已在岛上居住十五年了，可从来没见到过半个人影。如果有时有人被风刮到了这儿，他们可能也会尽快离开，因为直到现在为止，他们都认为这岛上怎么也不是一个适合居留的地点。

我推测我的最大危险是从大陆因偶然事故而被刮到这里来的一些零零散散的人，但是他们被风刮到这儿，也并非出于他们的本意，所以他们不会在这儿停留，而会尽可能快地离开，很少有在岸上过夜的，因为要是不趁潮水和白天的时机返回海上，天一黑，潮水一退，就没法离开了。所以，我现在不用做别的什么，只需考虑万一有野人上岸来时，我得有个安全的隐蔽所。

现在我非常后悔，不该将我的山洞挖得那么大，而且还开了一道门，那道门我说过，是开在我的围墙和岩石之间的。所以在慎重考虑之后，我决定再筑一道半圆形的围墙，与我现在的围墙拉开一段距离，就在十二年前我植下两排树的地方。那些树以前都种得很密，只要在它们之间打上少数桩，它们就会变得又密又结实，这样我的第二道围墙很快就会完成。

这样，现在我就有两道围墙了。我外面的那道围墙上还加了不少木料、旧锚索以及其他我能想到的东西，使它更加坚固。我又在墙上开了七个小孔，其大小正好能让我的手臂伸出去。围墙里面，我继续从山洞里运出来一些泥土，倒在墙脚边，用脚踩实，使它达到约有十英尺厚。那七个小孔，我设计安上我原来从大船上搬下的那七支滑膛枪，我将它们安得跟大炮一样，装上了架子，好像炮架，这样，我就能两分钟之内使这七支枪先后发射。我辛辛苦苦地干了几个月才把这道围墙完成，这时我才感到自己是安全的了。

这工作完成之后，我又在围墙外面的所有空地上，遍插柳枝，这种树容易成活，又容易长大，我插了将近两万棵。在它们和我的围墙之间，我保持了一段很宽的空地，这样我就可以在这里窥见敌人，如果他们想接近我的外层围墙，也无法利用那些小树来掩蔽自己。

这样，在两年时间内，我便有了一片茂密的小树林；在五六年时间内，我的住宅前有了一片大树林，林木生长得茂密而壮实，简直令人难以通过。任何人也不会想到在这片密林那边还会有什么东西，更不会认为还有人家了。我在树林里没有留下道路，进出围墙我是用两架梯子：一架搭在岩石那里，那是一架低的梯子；然后，我在岩石上斫出一个地方，将另一架梯子放在上面。这样，我将两架梯子都拿开之后，想走近我的人没有不被伤害的，即便他们走近了，也只是在我的外层围墙之外。

我就这样想尽了人类所有谨慎小心的办法来保护我自己。最后我们将会看到，采取这些措施不是完全没有正当理由的。虽然这时我还没有预见到什么，只有恐惧所提醒我的东西。

我在进行这项工作时，完全没有忽略一些别的事情，因为我很关心我那一小群山羊，它们不仅可以随时供应肉和奶，满足我的需要，使我不必浪费弹药，而且也免了我追捕野山羊的劳累，我不愿失去它们的这种好处，而在以后又重新去驯养一批羊。

为这事我考虑了很久，我想出两个办法来保存它们。一个办法是另外找一处合适的地方，在地下挖一个洞，每晚将羊赶进洞里。另一个办法是再圈两三块不大的土地，让它们彼此相距很远，地点要尽可能地隐蔽，每一处地方养大约六只小羊。这样，万一大批羊群遭到不测，我还可以不费多少力气和时间将那些小羊饲养大。这个计划虽然要费很多时间和劳力，但我认为是一个最合理的计划。

于是我费了些时间寻找岛上最偏僻的地点。我找到一处地方，如我心想的那样隐蔽，那是密林山谷中的一处潮湿地带。这片树林，我以前谈到过，就是我那次从岛的东部旅行回来，险些迷失路途的那个地方。我在这里找到一块将近三英亩的无障碍的平地，周围林木环绕，几乎是个自然的圈地，至少它不需要我像圈别的土地那样，花那么多艰苦的劳动去圈它。

我立即在这块地方动工干起来。不到一个月时间，我已将这块地方团团围住，将我的羊群（它们现在已不是当初料想的那样野了）关在这里是十分安全的。所以，我毫不迟延，立即将十只小母羊和两头公羊转移到这里来。将羊转移过来后，我继续对我的围篱进行完善工作，直到将它弄得像别的围篱一样牢靠，而那些围篱，我有足够的空闲时间来编制它们，那是花了我大量的时间的。

我花费的所有这些劳力，纯粹是因为我看到了一个人的脚印而引起不安，而至今我却并没见到有任何人类走近岛边来过。我在这种忧虑不安的心情下生活到现在已有两年多了，这确实使我的生活大大不如以前那样舒适。这是任何人都可以想象得到的，只要他知道一个人老是生活在一种生怕有人要加害于他的恐惧中是怎么回事。还有件伤心的事我要说出来，那就是我的这种内心的不安，对我思想上的宗教成分也有很大影响。因为生怕落到食人生番手中的那种恐惧在我精神上压上重重的负担，以致我很少能找到一种适当的情绪来向我的造物主请求，至少在请求时也没以前那种宁静，没有做到灵魂上一切听从安排了。我祈祷上帝时，是带着一种极大的痛苦和思想上的压力来祈祷，感到自己已被危险所包围，每天天不亮就会被野人谋害或吃掉。我从我的经验中可以证明，一种平静的、感激的、和蔼的心境，比恐惧和不安的心境要更适合于祈祷得多，而且一个人处在一种即将灾祸临头的恐惧状态下，与他在病榻上忏悔时相比，前者更不适宜于安心祈祷，因为这种不安影响精神，正如疾病影响肉体一样；而且，精神上的不安必然是一种很大的残疾，正如肉体上的残疾一样，甚至比肉体上的残疾还要严重，向上帝祈祷完完全全是一种精神上的行为，而不是肉体的行为。

现在还是继续谈我的正事吧。我将一部分家畜安排妥帖之后，又跑遍整个海岛，想寻找另一个僻静地方来做另外一个这样的牲口寄存处。当我漫步到我原来没到过的海岛的西头，朝海上一望时，好像看到海上很远的地方有一艘船。以前我曾在我们那艘大船上海员们的箱子里找到一两副望远镜，我将它们带到岸上保存起来，但现在我没把它带在身边，而那船又离我那样远，我没法弄清那是一艘什么船，直到我的双眼望得不能再望下去了，还是弄不清。那到底是不是一艘船，我也不知道。但是当我从山上走下来时，却再也见不到它了，我也就再没望它了。只是我下决心以后出门时，口袋里一定要带副望远镜。

当我从山上走下，来到我以前从没到过的海岛这一边的尽头时，我立刻确信，在这个岛上见到一个人的脚印，并不是一件如我所想象的那样稀奇的事。要不是命运让我在野人从不去的岛的那一边落脚，我就很容易知道那些来自对面大陆的独木舟，有时出海远了一些，便划到岛这边来找个停泊地点，这是常有的事。而且，野人们驾的独木舟相遇时，还要打仗，胜利者抓到了俘虏，便带到这边岸上来，按照他们的可怕的习惯（因为他们都是些吃人的家伙），将俘虏杀死,吃掉。这类情况我后面再说。

如上所说,我从山上下来,到了海岸上,地点是在这海岛的西南方,这时我真是大惊失色,完全给吓呆了,这种恐惧是无法用言语表白的,因为我看到海岸上到处都是人的头骨、手骨、足骨,以及人体其他部位的骨头。特别是我还看到有一处地方曾经生过火,地上挖有一个像是斗鸡场的圆圈,那地方大概就是那些可恶的野蛮生番坐下来,用他们同类的躯体来举行惨无人道的宴会的地点。

见此情景,我惊讶了好久,连自身可能遭到的危险都不想了。我所有的恐惧和不安,都被这种极端的无人性,魔鬼似的残忍,以及这种人性堕落的恐怖景象所掩盖了。这类事情,虽然我也经常听到别人说起过,但以前却从没像现在这样在眼皮底下见到过。总之,我将脸从这种恐怖景象面前转开。我的胃想呕吐,人几乎要晕倒,当一种本能的力量使胃中的混乱往外发泄时,引起了一阵不同寻常的强烈呕吐,吐后才觉得稍稍好过一些,但一分钟也无法再待在这儿了。于是我以最快的速度重新爬上小山,向我自己的住处走去。

当我离开那地方有一段路程之后,我还是在路上站了一会儿,心里仍充满惊异。然后使自己的心情恢复过来,思想上怀着最大的爱戴仰望上苍,眼里充满了泪水,感谢上帝使我命中注定降生在与这些可怕的生物完全不同的一个世界。而且,虽然我曾认为我现在的处境非常不幸,而他还是给了我许多安慰,所以我应该更加感谢他,而不该抱怨他。更重要的是,甚至在我这种不幸的境遇中,他还以关于他本身的知识和求他赐福的希望来安慰我。这是一种幸福,这种幸福足足可以抵偿所有我曾经遭受过的或者可能将要遭受的不幸。

我在这种感激的精神状态下回到我的城堡,对于我的环境的安全,我现在开始感到比以往放心多了。因为据我观察,这些家伙到这岛上来,从来不是来寻找他们能够得到的东西,也许他们根本不会在这里寻找、需要或期望得到任何东西。而且无疑他们经常是在那片林木葱茏掩映地面的地方登陆,他们在那里找不到任何适合他们的东西。我知道我到这儿来了差不多十八年了,以前从没在哪里见到过任何人类的足迹。只要我像现在这样将自己完全隐蔽起来,

> 这部小说多次提到鲁滨孙对上帝的认知态度,请注意这些认知态度的异同与变化。请试着思考:鲁滨孙的个人经历与其对上帝的态度之间有着怎样的隐性关系?质疑、抱怨、感恩、敬畏……你在阅读其他文学著作时,是否也遇到过和鲁滨孙一样对上帝的认知具有多重复杂情感的人物形象呢?

不将自己暴露给他们，我就可以再在这里生活十八年。我绝不会将自己暴露给他们，因为我现在唯一的任务就是完全隐蔽自己，除非我发现一种比食人生番更好的生物，才会让他们见到我。

我对上面所说的那些残酷的家伙，对他们的那种相互之间弱肉强食的灭绝人性的令人作呕的风俗是那样痛恨，以致将近两年之久，我都郁郁不乐，忧思悲伤，完全困守在我自己的活动范围之内。这活动范围是指我的三处种植园，即我的城堡、我的称为"凉亭"的山村别墅和我在林中的圈地。这林中的圈地，我除了用它来关我的山羊之外，没给它派别的用场。因为我天生对那些魔鬼似的家伙极为嫌恶，以致我害怕见到他们，就像我害怕见到魔鬼本身一样。在这段时期，连那只小船我甚至都没去看一下，只想另外造一艘，因为我已不想再将它绕着岛转半个圈驶到这里来，以免在海上遇见那些家伙。那时要是碰巧落到他们手里，我知道我会落得个什么下场。

然而，过了这么久的时间，同时我又满足于自己没有被那些人发现的境况，于是我对他们的担心也就渐渐消逝了，我又像以前那样从容自若地生活，所不同的只是我比以前更加小心，比以前更加注意我周围的事物，以免被他们中的任何一个发现。特别是我对鸣枪十分慎重，以免他们中有人会在岛上听到枪声。我已经为自己驯养了许多供食用的山羊，用不着再去树林中猎取或开枪射杀山羊了，这真是好运。后来如果我要捉几只野羊，也只是像以前那样，用陷阱和绊索。所以在此后的两年时间中，我相信我没开过一枪，虽然我出去时总是带着枪。还有，我曾从那大船上弄到三支手枪，每次外出时我总要带上一两支，挂在羊皮带上。我又磨快了一把从大船上弄下来的大腰刀，又做了一根皮带，将刀挂在皮带上。所以，我现在外出时的那样子真是可怕，除了我在前面描叙过的我那副样子以外，特别显著的就是还有两支手枪，外加一把阔叶大腰刀挂在我身边的皮带上，只是没有刀鞘。

如我所说，我就是按这样的方式生活。除了更加小心谨慎之外，我似乎又恢复以前那种宁静、安详的生活方式。所有这一切都愈来愈有倾向表明，同有些人的处境相比，我的处境离不幸实在还相差很远。唔，要是上帝改变一下我的命运，那我的生活情景就会不如这样子了。这使我想到，如果人们愿意拿自己的处境跟那些处境比他差的人相比，好让自己知道感谢上帝，而不跟那些处境比他好的人相比，以致产生牢骚和抱怨，那么人类社会中怨天尤人的现象就会少得多了。

在我目前的条件下，确实不缺少什么东西，可我确实也认为，我对那些残酷家伙的惧怕和对我自身安全的关心，大大减弱了我为自己的便利而进行的创造发明的锋芒。我曾专心致志地想出了一个好计划，就是想试试能否让我的大麦发芽，然后为自己酿点啤酒。这真是一种异想天开的想法，我也经常责备自己这种想法过于简单，因为不久我就知道，制造啤酒所必需的好几种东西我都没有，我也不可能得到。首先我就缺少装啤酒的桶，前面说过，这东西我是无论如何做不出的，虽然我曾为它花了不是几天，而是几个星期、几个月的时间，但还是达不到目的。其次，我没有蛇麻子①使啤酒保持不坏，没有酵母使它发酵，没有铜罐或水锅来将它煮沸。尽管这些东西我没有，然而我确实相信，要不是有对野人的恐惧这种事来打岔，我早已着手进行，说不定已经做成功了。因为我一旦决定开始做一件事，不做成功我是很少放手的。

可是现在我的发明才能已完全往别的方面去施展了。因为我日日夜夜没想别的事情，只是想我怎么才可以乘那班残忍的家伙在举行他们的残忍的血肉模糊的宴会时，消灭他们一些，并且，如果有可能，将他们带到岛上来作牺牲品的人救出来。我策划了许许多多的计划去消灭这些家伙，或者至少要吓唬他们一下，以便阻止他们再到这里来。要将这些计划记下来，那会要写成一本比现在诸位正在读的这部作品篇幅还要大的书。但所有这些计划都是不成熟的，除非我亲自到那里去动手干，否则就不会收效。但是，如果他们是二三十个人一起来，带着标枪或弓箭等武器，而他们使用这些武器击中目标的准确程度又正如我使用我的枪那样，那么，我只身一人在他们之中又能有什么能耐呢？

有时我设想在他们生火的地方挖一个坑，里面埋上五六磅火药，当他们点火时，必然会将火药引燃，把附近的所有东西都炸掉。但是，首先我不想在他们身上浪费这么多火药，现在我的火药的贮藏量只有一桶了。而且我又不能肯定火药会在一个一定的时间爆炸，吓他们一跳。我想，那也不会给他们太大的伤害，充其量不过使他们听到爆炸声吓一大跳，而不足以使他们放弃这块地方不再卷土重来。于是我将这个计划搁在一旁，接着又计划找一处合适的地方将自己埋伏起来，将我的三支枪装上双倍的弹药，在他们举行血腥的仪式时向他们开火，我想每一枪肯定会打死或打伤他们两三个；然后，我就带着三支手枪和我那把腰刀冲向他们，要是他们的人数是二十个，毫无疑问我可以将他们

---

① 蛇麻子，多年生草本植物蛇麻草的种子，也叫啤酒花，人们就是用它使啤酒带有苦味和香气。

全部杀光。这个幻想使我在几个星期内都感到高兴，我总是想着它，以致在梦中也经常梦见它，有时我在睡梦中感到我正在向它们开枪呢。

我在想象中对这个计划如此执着，以致我费了好多天时间去找一处适当的地点，如我所说，让自己埋伏起来，密切注意他们。我还常常到那个令人心悸的地点去，因此那地方现在对于我也越来越熟悉了。特别是当我心里充满了报仇的念头，要不顾死活地使他们二三十个都死在我的刀下时，我更是跃跃欲试。等我到了那里，见到那里的恐怖景象，见到那些残暴的家伙啖食同类的肉的迹象，我的那种恶毒的念头却又减退了。

唔，我终于在那座小山旁边找到了一处地点，我可以很安全地守候在那里，直到看到他们的任何船只到来，而且可以在他们准备上岸以前隐藏到树丛中去。树丛中有一处地方有一个坑，大小足够我完全隐藏在里面，而且我可以坐在里面观察到他们的全部血腥罪行，当他们靠得最近时，我就瞄准他们头部开枪，这样，我就不可能打不中目标，或是第一枪打出去时撂不倒三四个。

于是我便决定在这个地方来实施我的计划。我将两支滑膛枪和我平常用的那支猎枪上好弹药。那两支滑膛枪里，每支我都装上了两截金属块和四五颗大约有手枪子弹那么大的小子弹。那支猎枪里，我装上了一把打天鹅用的最最大号的子弹。我又在我的几支手枪里每支装了四粒子弹。做好这种准备之后，我又预备了为每支枪作第二次、第三次填充的弹药。这样，我就为我的征伐做好了一切准备。

我这样安排好我的计划，并在想象中使其得到实践之后，就每天早晨不断地往那小山顶上跑（小山距我的城堡大约三英里多），去看是不是能看到有船只驶近海岛，或是从远处朝这里驶来。当我接连守望了两三个月，每天都没有任何发现地回到家里之后，我开始对这件艰苦的差事感到厌倦了，在整个这段时间里，什么情况也没有出现，不但海岸上或海岸附近没有见到过什么情况，而且在整个洋面上，在我的眼睛或用望远镜极目所至的各个方向都没有见到什么。

只要我坚持每天到小山上去瞭望，我就始终保持实现我的计划的精力。在这期间，我的精神似乎处于一种要残暴地去杀死二三十个赤膊条条的野人的状态。他们的罪过是什么，这问题我思想上却从来没讨论过，只不过是当初对于那些乡土野人的非人的残酷风俗的痛恨，激起了我胸中的愤怒。对于这些家伙，我觉得上帝在对世界事物的精神处置中，似乎是容忍了他们，不去指引他们，听凭他们按自己那种可恶的、堕落的激情行动。这样，也许经过了好长的时间，结果就使他们专干那种可怕的坏事，形成了那种可怕的习俗。他们之所以落到这种地步，不是因为别的，而只是由于他们那种完全被上天遗弃的本性和那种魔鬼似的堕落。但是，我说过，我对自己每天早晨都要毫无结果地跑那么远，跑了这么久都没有发现什么这件事开始感到厌倦，因此我对这一行动本身的看法也有所改变，开始以冷静的头脑来思考我所进行的这件事。我想，许久以来老天爷都容忍了他们的这种行为，认为合适，不对他们加以惩罚，好像他们之间的互相残杀就是代为执行上帝对他们做出的审判，那我又有什么权力或义务充作法官或执行人，将这些人作为罪犯去处死呢？这些人对我犯了什么罪？我有什么权利参与他们相互之间的乱七八糟的流血冲突呢？我常跟自己辩论：我怎么知道上帝自己对这种特殊事件会如何判断呢？这些人肯定没有认识到他们的行为是罪行，因此他们觉得那种残酷行为没有违背良心，也就不会受到良心的稍稍谴责。他们并不是不知道那是一种罪行，却公然无视神圣的正义而去犯罪，像我们高等人所经常干的那样。他们并不认为杀掉从战争中得到的俘虏是一种罪行，就像我们不认为杀掉一头牛是罪行一样；他们也不认为吃人肉是罪行，就像我们不认为吃羊肉是罪行一样。

我将这事考虑了一番之后，接着当然就觉得自己看问题看错了。这些人并不是过去我所谴责的那种杀人凶手，只不过像有些基督教徒那样，将战争中所获的俘虏处死，或者更有甚者，常常在许多场合中将成队的敌人全部杀死，虽然他们已经放下武器，愿意投降，也不饶恕他们。

其次我又想到，他们虽然彼此相待是那样残酷和不人道，但与我却没有关系。这些人并没有伤害我。要是他们企图杀害我，我为了防身保命而去袭击他们，这倒也还说得过去。可他们现在并没攻击我，他们也根本不知道我在这岛上，当然对我也就没有什么野心，这时我袭击他们就不公平了。那就是承认那些西班牙人在美洲的那种暴虐行为是正确的。他们在那里杀害了成千上万的人，虽然那些人是偶像崇拜者，是未开化的人，而且他们的习俗中也有些血腥的野蛮的礼仪，如用人的肉体做牺牲品来祭他们的偶像；可是，对于西班牙人，他们却是完全无罪的。在谈到这种灭绝人性的罪恶行径时，甚至连西班牙人自己，以及欧洲其他基督教国家的人民，都感到极大的痛恨与憎恶，认为纯粹是一种兽性的大屠杀，是一种血腥的极不人道的残酷暴行，将引起人神共怒，以致"西班牙人"这个名词，被一切有人性的人或有基督教同情心的人视为恐怖与可怕，好像西班牙这个王国以出产这种不讲慈悲道义，对不幸没有起码的同情的人而闻名，而慈悲、道义、同情正是一种宽宏大量的标志。

这些考虑真的使我将计划停顿下来，而且是一种完完全全的停顿。我慢慢地放弃了我的计划，并且断定我决定去袭击那些野人是个错误的策略。我不用去插手他们之间的纠纷，除非他们首先攻击我，如果我可能阻止他们，这才是我的分内之事。但如果我被他们发现并且遭到攻击，那我当然知道我的职责。

另一方面，我又说服自己，采取这种办法确实不能解救我，而且还会使自己遭到毁灭。因为除非我肯定能将他们当时上岸来的每一个人，以及以后上岸来的每一个人都通通打死，不然的话，要是有一个人逃了回去，将这里发生的事告诉他们那里的同伙，他们就会有成千上万的人前来为他们的同类报仇，那我就肯定会给自己带来灭亡，别想有逃脱的机会。

总之，我最后决定，不管从原则上说还是从策略上说，我都不该以某种方式参与这件事。我的任务只是用一切可能的办法将自己隐蔽起来，并且不留下任何一点迹象使他们猜测到这岛上有人居住。

宗教信仰也帮助我做出了这个慎重的决定。现在我从各方面确信，当我制订我那个残忍的计划要消灭那些无罪的（我认为至少对我他们是无罪的）生物时，我就完全抛开了我的职责。至于他们相互之间所犯的那些罪行，那跟我毫无关系，他们野人生来就都是这样干的，我应该将他们交给上帝去审判，他是万民的统治者，知道如何用全民的刑罚来公正地惩处全民的罪过，如何给那些公开犯罪的人以公开的审判，这是最使他满意的办法。

现在我看得很清楚，我没干那件事使我最满意不过了。要是我干了，那我现在就有足够的理由相信那不亚于犯了故意杀人罪。于是我跪下来，向上帝表示最恭顺的感谢，感谢他将我从杀戮的罪恶中拯救出来，并且恳求他保佑我不落到那些野人手里，也别让我去打他们，除非是为了防身保命，我从上天得到了号召，才会那样做。

从这以后，我在这种心情下过了将近一年。因为我一直不想有机会碰到那些家伙并袭击他们，所以我也就没到那小山上去看是否能在海上见到他们驾的小船，或是了解他们是否有人曾登上了海岸，以避免引起我又恢复对他们实施我之前的计划，见到自己处于有利的地位便发动对他们的进攻。我只到海岛的那边我原来停船的地方，将小船驾到整个海岛的东头，驶进一个我发现的在岩山下面的小海湾里，那地方由于有激流，我知道野人不管什么原因也不敢驾船到这地方来的。

我把属于这船上的一切东西都搬了下来,这都是驾驶空船时所不需要的,就是我为它做的船桅和船帆,以及一个锚不像锚、铁钩不像铁钩的东西,然而这却是我能做出的一个最好的这一类的东西。我将这些东西通通搬下来,以避免显露任何迹象,让人觉得这里有船或这岛上有人。

此外,如我所说,我比以前更加隐蔽,除了我经常的工作,如挤羊奶、照料山林中的那一小群羊之外,我很少走出我的小屋。我那群羊在海岛的另一处地方,完全没有危险,因为有时到这岛上来的那些野人肯定是没有抱着在这里找什么东西的思想来的,所以他们也就不会离开海岸往海岛里面走。我不怀疑,自从我担心遇到他们而采取谨慎措施之后,他们可能还是跟以前一样上岸来过几次。确实,回顾一下过去的情况,我真是恐惧万分,因为当时我除了带一支枪(枪里面又只装着小子弹)以外,并没有将自己武装起来,就那样在岛上各处走动窥探,看能找到什么东西,要是那时我偶然碰上他们,被他们发现,我该会落到何等地步;要是我当时看到的不是一个脚印,而是十几二十个野人,他一见我就追来,跑得极快,我不可能逃过他们的追捕,这时我该吓成个什么样子。

有时我一想到这点,就意气消沉,内心极为苦恼,一时难以平复。心想要真是那样,我真不知该怎么办,我不但无法抵抗他们,而且连怎样去抵抗我心里也没有谱,更不用说采取像现在这样经过充分考虑和准备的办法了。确实,我将这些事情认真思考一番之后,我就感到非常忧郁,这种忧郁有时要持续很长一段时间。最后,我还是归结于感谢上帝,因为他曾将我从那么多看不见的危险中拯救出来,同时使我避开了那些由于我没有认识到或没想到有可能发生而无法摆脱的灾祸。

这又使我脑子里重新产生了以前常有的那种思考,那就是我第一次知道了每逢我们在生活中遇到危险时,都是上天的仁慈安排,使我们能度过危难。我们往往在不知不觉中被拯救出来,真令人惊奇。当我处于困惑之中,犹疑不决,不知走哪条路好时,虽然我们本来打算走那条路,但却有一种神秘的暗示指引我们走这条路。不但如此,有时我的感觉,我们的本意或是我们的事业叫我们走一条不同的路,可是心里却有一种奇怪的、模糊的观念,这种观念不知道来自何方,也不知道是谁的力量使然,可是它却支配我们走这条路。后来的结果表示,要是我们走了我们原来想走,甚至是我们的想象认为应该走的那条路,那我们早已身毁人亡了。经过这些以及许多类似的思索,后来我为自己定了一条规则:无论何时,当我发觉我心里有那种神秘的暗示或压力,要我做或不做某件事,或者要我走这条路或是走那条路时，我就一定服从那神秘的指示，虽然我不知道这是什么原因，只知道那是我心中的一股压力或是一种暗示。在我的生活历程中，我可以举出关于这种行为的许许多多成功的例子，特别是我来到这个不幸的岛上之后，我的后期生活中的情形更是这样。此外，还有许多其他类似的场合，要是我当时用现在的眼光去看，可能也会引起我的注意的。但是一个人一生只要能明白事理，总是不会太晚的。在这里我要奉劝那些生活中遇到了像我这样的意外事故（或者还不如这样意外）而又慎重思考的人们，千万不要忽视了上帝的这种神秘暗示，不管它们是从什么看不见的神祇那里来的，这点我将不在这里讨论，而且也许无法说清，但肯定这是一个说明精神与精神之间可以交往、有形和无形之间可以联系的证明，而且这种证明是永远无法反对的。关于这点，我将有机会在我留在这凄凉地方的孤独生活中举出一些显著的例子来。

我相信，如果我承认这些焦虑，这些我经常遭遇到的危险和目前已临到我头上的担心，已结束了我为将来的适应和方便而订出的发明和设计，读者一定不会感到奇怪。现在我更为担心的是我的安全问题，而不是食物问题。现在我连一颗钉子都不敢钉，一块木柴也不敢劈，因为我怕弄出声响来被人家听到。同样的原因，开枪我就更不敢了。尤其令我难以忍受的是关于生火的事。白天，哪怕是一丝丝烟火都会在远处被人看到，让人知道这岛上有人。由于这个原因，我便将所有需要生火的事情，如烧制陶钵和点烟斗等，通通转移到森林中的新地点去做。我到那里去了一段时间之后，在一处地里发现一个天然的地洞，这对我真是一种说不出的安慰。这个洞很深，我敢说，即使有野人来到了洞口，也不敢往里面走；人也同样不敢，除了像我这样什么都不要，只想找个安全隐蔽所的人。

这个洞的洞口在一块大岩石下面。一次我只是偶然（假如我没有充分理由将所有这些事情都说成是由于天命）在那里砍些树枝烧炭。在我把事情说下去以前，我得先讲讲我烧炭的原因。事情是这样的：

前面说过，我怕在我的住所周围生火冒烟，但我在那里生活却不能不烤制面包、煮肉，等等。于是我就按照我曾经在英国看到过的办法，在这里设计烧炭。我将木头放在一堆草皮底下烧，等它们变成了炭，便停火，将烧成的炭带回家，当家里需要烧火时，我就烧炭，这样就没有冒烟的危险了。

以上只是顺便提到而已。当我正在那里砍木头时，我发觉在一片低矮的灌木丛的浓密的树枝后面有一个洞一样的地方。我好奇地往里窥看，并且费了些力从洞口挤了进去，发现里面很宽大，就是说，大到足以让我直立在里面，或者再

加上另外一个人也可以。但是我得承认，我以比进去的时候更快的速度跑了出来，因为黢黑的山洞深处，有两只大大的发亮的眼睛，不知是魔鬼的眼睛还是人的眼睛，在从洞口射进去的微弱光线的反射下，像两颗星星一样闪闪发光。

然而，在停顿了片刻之后，我恢复了镇定，口中连连称自己是傻瓜，并且告诉自己，怕魔鬼的人，就不配在一个孤岛单独生活二十年；而且我敢相信，这洞里没有比我自己更可怕的东西。想到这点，我便鼓起勇气，手拿一个大火把，重新冲进洞里。没走上三步，又几乎跟先前那样大吃一惊，因为我听到了一声大声的叹息，就像一个人在痛苦中发出的那种声音。接着又听到一阵断断续续的声音，好像是些吞吞吐吐的话语，然后又是一声深深的叹息。我直往后退，这下确实把我吓出了一身冷汗，这时要是我头上戴着帽子，很难说我那根根竖起的头发不会将它顶下去。但我还是尽可能地振作起精神，用这样的想法来鼓励自己：上帝和他的威力是无处不在的，他会保护我。想到这里，我又举步向前，借着我举在头上的火把的光亮，我见到一只躺在地上的样子颇为古怪吓人的老公山羊，如我们所说的，它在那里念遗嘱呢，它确实太老了，在那里苟延残喘，正在死去。我将它移动了一下，看能否将它弄出去。它也试图站起来，可是已经无法起身了。我心中暗想，不如就让它躺在那儿，因为它这样子既然把我吓了一大跳，只要它还有口气，它就一定会将任何敢于闯进来的野人吓跑的。

这时我已从惊恐中恢复过来，开始望望四周，我发现这个洞只是个小洞，从这头到那头只不过十二英尺，不圆也不方，很不成形，绝不是人工造就，完全是浑然天成。我还观察到，在洞的远处那一头，有一处地方通向很远，但位置很低，需要我用手和膝着地匍匐着才能爬进去，但通向哪里我却不知道，由于没有蜡烛，我只好暂时放弃进去的打算，但是决定第二天再来，带上些蜡烛和一个火绒盒。这火绒盒是我用一支滑膛枪的枪机做成的，药池里放了一些难灭的燃烧剂。

于是，在第二天，我带了六支自己做的大蜡烛（我现在已能用羊油制出上等蜡烛了）来到那里，进入那个低处。我不得不趴在地上匍匐前进。我觉得这是一次足够大胆的冒险，因为我不知道要爬多远，

> 非常生动的描写。按照作者的讲述，读者完全将这幅场景在头脑中复原出来：黢黑山洞之中神秘的眼睛、鲁滨孙夺路而逃的慌张场景，再加上下文中对声音的描述，作者一步步营造出紧张的场景，同时引发读者的思考：到底是什么东西能让鲁滨孙如此害怕呢？

又不知道爬过去后那边又是什么。约莫爬了十来码，我通过了这条狭道，发现洞顶高了起来，我相信将近有二十英尺。当我朝洞顶和周围一看时，只见在我的两支蜡烛的照耀下，四壁反射出万道光彩，这奇景我在这岛上还从没见过。岩石里面到底是些什么，是钻石，是宝石，或是金子，我也不知道，只是胡乱猜想。

我现在所在的这个地方虽然没有光线，却是一个如我所愿的极其可爱的地方。地面干燥而平坦，地上还铺有一层松松的细砂石，因此未见有那种讨厌的、有毒的生物。洞顶的四壁也不潮湿。唯一的困难就是它的入口，然而，这正是我所需要的那种安全地点和隐蔽处所，我认为这一点倒是能给我提供便利。所以我对这一发现真是高兴，并且决定毫不迟疑地将那些我最担心的东西搬到这里来。特别是我的火药库和所有多余的武器，即两支猎枪（我一共有三支）和三支滑膛枪（我一共有八支，在我的城堡里留下五支，像大炮一样安装在我的最外层的围篱上，遇有远征时，也可取下来）。

在这次转移枪支弹药时，我趁机打开我从海里捞起的那桶打湿了的火药，发现水从四周进入桶时，将一层约有三到四英寸厚的火药打湿了，使其结成了一层硬饼，但这却保护了里层的火药，像果壳保护果核那样。因此，我从桶子中心又弄到了将近六十磅上等火药，这对我真是一个令人高兴的发现。于是我把火药全都搬到那边去，在我的城堡里不再保留三磅以上的火药，怕发生任何意外。我还把所有做子弹的铅也搬了过去。

现在我幻想自己像是一个古代的巨人，传说这种巨人住在石头洞里，谁也无法走近他们。我让自己相信，只要我在这个地方，即使有五百个野人来追捕我，他们也无法找到我；或者即使他们找到了，也不敢冒险在这里向我进攻。

那只快要断气的老山羊，在我发现它的第二天死在那个山洞口边。我就在它死的地方挖了个大坑，将它丢进去，然后盖上泥土，这比将它弄出去还要容易些。因此我就将它埋在那里，以避免臭气熏人鼻子。

现在我居住在这个岛上已是第二十三个年头了，对这个地方和这种生活方式已经习惯化，如果我能确信没有野人到这里来打扰我，我将甘心向命运投降，让我的余生在这里度过，甚至到最后的时刻，直到我躺下死亡，就像山洞里的那只老山羊一样。我还得到一些小小的消遣和娱乐，这就使得我的时间比以前消磨得有趣得多。首先，前面说过，我已教会我的波尔说话。它说得那么亲切，那么口齿伶俐、清清楚楚，真叫人喜欢。它跟我一起生活了不少于二十六年，以后它还可以活多久我不知道。虽然我知道巴西人认为鹦鹉能活一百年。也许可怜的波尔仍然活着，现在还在那里叫唤"可怜的鲁滨孙"呢。我不希望哪个英国人有这样的厄运到这里来听它讲话，如果他听到了，他肯定相信是魔鬼在说话。我的狗也是一个非常有趣、非常可爱的伙伴，跟我一起生活了不少于十六年，后来因为年老死掉了。至于我的猫，我前面说过，它们繁殖了那么多，使我在开头不得不开枪打死它们几只，以避免它们将我的所有东西都吃光。后来，我从船上带来的那两只老猫都死了，以后我又不断地将那些小猫从我身边赶走，不让它们从我这里吃到东西，除了两三只我心爱的猫之外，其余通通跑进林子里，变野了。我将那三只猫养起来，每当它们生了小猫，我总是将小猫淹死。这几只猫也是我家庭成员的一部分。除此之外，我身边还经常养两三只小山羊作为家庭成员，训练它们在我手里吃东西。我又养了另外两只鹦鹉，也能很好地说话，都能叫"鲁滨孙·克罗索"，但是没有一只能赶上第一只。说实话，我花在它们身上的工夫也没有花在第一只身上的多。我还养了几只海鸟，这种鸟叫什么名称我不知道。我是在海岸边捉到的，然后就将它们的翅膀毛剪掉，喂养起来。我插在我的城堡墙外的那些小树桩，现在已长成一片很好的密密的小树林，这些鸟就住在丛林中的矮树上，并且在那里产蛋繁殖，这使我感到很愉快。所以，如上所述，只要能保证不会因野人而担惊受怕，我对于我过的这种生活已开始感到十分满足了。

可是，事情也往往导向不同的方面。所有将要读到我这个故事的人，都不妨从中作这种正确的观察，那就是，<u>在我们的生活中，我们最想避开的不幸，我们最害怕陷入其中的不幸，常常又是我们得到解救的手段或门路，只有通过这种不幸，我们才能从已经陷入的痛苦中转危为安</u>。在我莫名其妙的生活历程中，我能举出许多这样的例子来，尤其是在我孤独地生活在这岛上的最后几年的环境里，这种情况表现得特别明显。

上面说过，现在已是我生活在这个岛上第二十三年的12月份。这时快要到南至①了（因为这里没有冬天，所以我不能叫冬至），正是收获的特殊时期，我必须有很多时间待在地里。一天清早，天

> 鲁滨孙遇险漂流到荒岛上本是"不幸"，但正是荒岛的磨砺，使得鲁滨孙更加勇敢、更加顽强，能够接受生活带来的种种挑战，获得灵魂的平静与安宁。如何对待挫折，是我们一生之中都要面对的问题。要想获得成功，必须付出代价，而遇到挫折和失败很可能是所付出的代价的一部分。遇到失败或是挫折并不可怕，关键是如何对待挫折。相信鲁滨孙的经历今后会一直陪伴着你，勇敢地面对生活的砥砺。

---

① 冬至在每年12月22日前后太阳到达黄经270°（冬至点）时开始。这一天，太阳几乎直射南回归线，故此处称为"南至"。

还没大亮,我从屋里出来,惊异地看见海岸边有一片火光,离我大约有两英里远,在海岛尽头的那个方向,就是我前次见到野人留下遗迹的那个方向。使我最为苦恼的是,不在岛的那一边,而在我这一边。

见到这种景象,我确实大吃一惊,突然在我的小树林里停下来,不敢走到外面去,唯恐受到突然袭击。但这时我的内心再也无法平静了,我担心如果这些野人在岛上到处走动,就会发现我那些已经收割和还没收割的庄稼,或是我所进行的一些改进工作,他们立即就会断定这岛上有人,那他们不把我找出来是不会罢手的。在这极端危急的时刻,我一直走回我的城堡,将梯子抽上来,并且将外面的一切东西都尽量弄成瞧上去显得荒野自然的样子。

然后我便在屋子里面做准备,使自己采取防御姿态。我将所有的大炮(就是我架在新的围墙上的那几支滑膛枪)和手枪都装满弹药,决心保卫我自己直到最后一口气。同时,我也没有忘记将自己认真委托给神的保护,诚恳地祈祷上帝别让我落到野人手里。这种形势大约继续保持了两个钟头,我就开始急不可耐地想要知道外面的消息,因为我没有谍报人员为我打听情报。

我坐下来,思索了一会儿在当前情况下该怎么办之后,就再也耐不住像这样不明情况懵懵懂懂地待在家里了。于是我将梯子搭在小山旁边,那地方有个平台,这我在前面说过,我上了平台之后便将梯子抽上来,又靠山搭着,我便从梯子上登上了小山顶。拿出准备好的望远镜,趴在地上,开始观察那地方。我立即发现那儿有不少于九个裸体野人,围坐在他们生起的一堆小火旁,不是为了取暖,因为天气很热,他们不需要取暖。我猜想他们是在制作他们带来的野蛮的人肉饮食,是活人还是死人我就弄不清楚了。

他们有两只独木舟,都已拖到海岸上。这时正是退潮期,看样子他们似乎是要等到潮水再来时才走。看到这一情景,我心中的紊乱真是难以想象,特别是看到他们已来到了岛上我居住的这一边,离我如此之近。但我又观察到,他们到岛上来一定总是在落潮的时候,这样我的心才开始平静下来。我满意地认为,只要他们没有早就来到岛上,我趁涨潮的时候外出会是安全的。由于观察到了这点,我便可以泰然自若地出外忙我的收获了。

果然如我所料,当潮水向西流时,我看到他们个个登船,摇桨离开。我还看到,在他们离开的一个多钟头之前,他们还跳了一场舞,我可以从望远镜里清楚地看到他们跳舞的步态和手势。我无法作最细致的观察,只看见他们完全裸体,一丝不挂,但却分不清男女。

一见他们登船离开，我便拿了两支枪背在肩上，又拿了两支手枪挂在腰带上，还将那把无鞘的大刀也挂在腰旁，以尽快的速度向我最初发现的那座小山走去。我花了两个多小时才到达那里，因为我带了那么多武器，没法走快。当我走上小山之后，就看到那地方另外还有三只野人的独木舟，现在他们已在海上会合，直向大陆那边驶去。

这对我真是一幅可怕的景象，特别是当我走下小山到达海岸时，见到了他们所干的那些凄惨事情所留下的恐怖标志，即那些血迹和骨头，还有一部分人肉，这些都是那些家伙带着娱乐和消遣吞吃后留下来的。看到这情景，我心头充满了愤怒，我便在心里策划：下次我再见到他们在这儿干坏事时，一定要将他们消灭掉，不管他们是谁，也不管他们有多少人。

很明显，他们并不是经常到这个岛上来，因为在这次之后，又过了一年零三个月，他们才又重新登上这个岛。这就是说，在这十五个月之内，我既没见到过他们的人影，也没见到过他们留下的脚印和迹象。看来他们在雨季不会外出，至少不会外出得这样远。然而在整个这段时间内，我由于经常担心他们会突然来袭击我，过得很不舒服。从这里我发现，心里时时预料到会遇到灾祸，比当场遭遇到灾祸更加使人痛苦，特别是这种预料或是忧虑没有法子摆脱的时候。

在整个这段时期内，我都怀着一种杀戮的心情，把本来可以好好利用的大部分时间都用来挖空心思想如何在下一次见到他们时设计陷害和进攻他们，特别是如果他们跟上回那样分作两伙登岸时怎么办。我完全没有去想，即使我杀掉了他们一伙（假设是十个或十二个吧），我还要在下一天，或下个星期，或下个月去杀掉另外一伙，这样一伙又一伙地杀下去，永无止境，到头来我也会变成一个跟那些食人生番一样的杀人凶手，其残暴之处甚至比他们有过之而无不及。

现在我每天都在困惑和担忧中过日子，预料总有那么一天会落入那些残暴家伙手中。如果我有时冒险外出，都要以想象得到的小心谨慎先探望周围。现在我发现，能使我感到安慰的是，幸好我驯养了一群山羊，因为现在我无论如何不敢开枪，尤其是在挨近他们经常来的那块地方，以免惊动那些野人。即使这次他们被我吓走，我可以肯定他们下次还会再来，就在几天之内，也许会来两三百只独木舟，那时候是什么结局就可想而知了。

然而，过了一年又三个月之久，我没有见到过一个野人，后来我才又发现他们。见到他们的情况我下面就要谈到。确实，他们也可能来过两三次，但或者是他们没在岛上多作逗留，或者至少是我没听到他们来了，因此没见到。

据我推算，大约是在我到这岛上来的第二十四年的五月里，我跟他们有一次非常奇特的遭遇，这次遭遇在我的生活中占着相当重要的位置。

在这十五六个月里，我心里极为慌张，睡不安稳，经常做噩梦，常常从睡梦中惊起。白天，我烦恼至极；夜晚，经常梦见杀野人，而且梦中认为有正当的理由杀人。但是，暂且不说这些吧。现在是五月中旬，照我那可怜的木头日历计算，我认为是5月16日，因为我还是将所有的日子都刻在木桩上。我说，就在5月16日那一天，整天都是暴风雨肆虐，雷电交加，到了晚上，天气仍然恶劣。我现在已记不清当时的特殊场合，但我记得我当时正在读《圣经》，并且正在非常认真地思考着我当前的处境。这时忽然听到一声枪响，我觉得枪声是从海上来的。

这确实是一件与我以前所遇到过的事情有完全不同性质的出乎意料的事情，因为这件事在我头脑中所引起的想法完全是另外一类性质的。我吓得以极快的速度跳起来，转瞬间就急忙将梯子靠在石山中间，上去以后，将梯子扯上去重新搭好，又从梯子上到了山顶。就在这时，我看到火光一闪，这预告我又要听到枪声了。果然，还不到半分钟，我又听到了枪声。根据声音来辨别，我知道那是从我前回坐在小船中被激流冲走的那个方向传来的。

我立即想到，这一定是某一艘航船遇了险，而且还有其他船只和它同行，因此它就鸣枪作为遇险的信号，以求得到援救。当时我比较镇静，心里想道：虽然我没法援救他们，但他们也许可以援救我呢。因此，我将手边所能收集来的干柴全部收集到山上，堆成好大一堆，在山上点起火来。那些木柴都很干，一下就燃烧起来了。虽然风力不大，但火势还是很旺。我能肯定，如果海上真的有船，他们一定会看得见这火光的。但毫无疑问他们真的看到了，因为我把火刚烧起来不久，就听到了另外一声枪响，接着又是几声，都是从同一个方向传来的。我将火烧了一通晚，直到天亮。等到天色大亮，天空晴朗时，我看到远处海面上，在岛的正东边，有个东西又像船，又像帆，到底是什么，我看不清楚，甚至用望远镜也不行，距离实在太远，而且天气仍然有雾，至少海面上还带雾。

那一天我时常去望那个东西，不久我就看出它是不动的。所以我立即断定，那是一艘抛了锚的船。你可以确信，我当时十分渴望将情况弄清楚，便拿起枪支朝岛的南边跑去，一直跑到前次我被激流冲走的那些礁石面前。到达那里时，天气已完全晴朗，我能清楚地见到（真叫我极为伤心），一艘失事的航船在昨晚撞在我前回驾小船来此见到过的那些暗礁上了。那些礁石，当它们阻挡住了激流的猛力时，便形成了一股逆流或是涡流，就是靠了它，我才从一生中最无可救药的、毫无希望的处境中重新获得了生命。

像这样，对于一个人是安全的事，对于另一个人却成了毁灭。这些人似乎是不熟悉航线，而那些礁石又完全隐藏在水下，晚上航行时便撞到那上面，加上当时东北偏东的风力又很强。要是他们看到了我这个岛（我得猜测他们并没看到），我认为他们必然会尽力用小艇划到岛上来逃生。佴是他们鸣枪求救，特别是如我所想象的，当他们看到了我生起的火光之后，这使我心里升起了许多想法。首先，我想象他们看到我的火光之后，可能马上就上了小艇，并且尽力朝岸边划。但当时风急浪高，他们可能被海浪卷走。在另外的时刻我又想象，他们有可能早就失去了小艇，这样的事是常有的。特别是当巨浪冲击着船身的危急时刻，人们往往被迫将小艇打碎，有时还将它抛到海里去。有的时候我又想象，他们有另外一艘或几艘船同行，那些船上的人听到他们发出的遇难信号后，已经将他们救起，让他们同船走了。有时我又幻想，他们全都坐着小艇到了海上，被我上回曾经进入的那股激流冲走，冲到大洋里去了。到了那里，就只有悲惨和死亡。也许这时他们已饥饿到要互相吞食的地步了。

所有这些至多不过是我的一种猜想，而处在我眼前这种境况下，除了眼望着这些可怜人所遭遇到的不幸，并给予他们怜悯之外，我是别无办法。然而，这件事对我来说还是有好的影响，第一，它使我有更多的理由感谢上帝，他曾使我在凄凉孤独的境况下生活得如此愉快而舒适。第二，它使我认识到，我原来的那艘航船，以及航船上面所有的人，都已离开这个世界，唯独我一个能活下来，真是万幸。这件事还使我认识到，不管上帝将我们投入到何等低劣的环境和极大的不幸中，我们都可以看到一些值得感谢的事情，可以看到有些人的处境比我们的还要坏。这真是一次十分珍贵的教益。

这些人的情况肯定就是如此。我猜想他们之中不会有任何人得救，因为找不出他们不全部在这儿遇难的原因，除非他们被同行的航船上的人救起，但这种可能性确实极少，因为我看不到一丝丝他们被救走的迹象。

见到这情景，我感到我思想上产生了一种无法用言语解释的奇特的热切欲望，有时我竟将这种欲望呼叫着表现出来："啊，只要有一两个，唔，或是只要有一个人从这艘船里被救出，他逃到我这儿来，这样我就有一个同伴，有一个能同我说说话聊聊天的同类了！"在我孤独生活的全部时间里，我从没像现在这样感到过有这种寻求与同类交往的强烈愿望，以及没有同类交往的深深遗憾。

人的感情上有着某种神秘的原动力，当这种原动力被某种看得见的目标，或是某种虽然看不见，但可以由想象力在心里想到的目标所发动时，这种动力就会以其猛烈的冲动带着人们的灵魂狂暴地、热切地去拥抱那个目标，如果不能到手，那是令人难以忍受的事。

我只希望有一个人曾经得救，就正是这种热切的愿望！"啊，只要有一个人曾经得救！"我相信我曾将这句话重复说了一千遍。它是如此激起我的愿望，以致我每念到这句话时，我的两手总是握在一起，手指紧紧地压迫我的手掌，如果当时我手里拿着什么娇嫩的东西，将会被我不自觉地压得粉碎。同时，在我的想象中，我的牙齿也咬得很紧，好久都不能松开。

> 此处作者描写出人的情感对身体的影响，而不是对整个精神状态的影响。作者对鲁滨孙极度苦恼时的双手、牙齿的细节描写所达到的效果，就像心理分析的记录一样深刻。凭着对事实细节的捕捉，笛福与那些散文大师一样，达到了无人可及的成就。

让博物学家们去解释这些事情及其发生的原因和方式吧，所有我能对他们说的，只是描述事实，当我发现这一事实时，我甚至感到吃惊。虽然我不知道它们是从什么地方发出的，毫无疑问，它们是我心中的那种热烈的愿望和牢固的观念所引起的结果，因为我深深领悟到要是有个基督教同伴同我谈谈话将会给我多大的安慰。

但是这种愿望却无法实现。这也许是他们的命运或我的命运，或是我们双方的命运不让这种愿望实现。因为直到留在这个岛上的最后那一年，我还不知道到底是否有人从那艘船上得救。几天之后，我只见到了不幸的事，在岛的那头，在挨近遇难船只的地方，我看到一具被淹死的年轻人的尸体漂到了海岸边。他身上没穿什么衣服，只穿了件水手的背心、一条露膝亚麻短裤和一件蓝色亚麻衬衫。但是没有任何迹象可以让我猜出他是哪个国家的人。他的衣服口袋里除了两块西班牙银币和一只烟斗外，没有别的东西。对我来说，后者的价值比前者高出十倍。

现在海上平静了，我心里很想冒险坐我的小船到那艘遇难的船那里去。无疑我可以从那上面找到一些对我有用的东西。同时还有一种想法也在催促我前去，那就是那船上可能还有活着的人，我去之后不仅可以救他们的命，而在救了他们之后，又可以极大地安慰我自己。这种思想总是萦绕在我心头，使我日夜心绪不宁，一心只想冒险坐小船到那艘遇难的船上去。由于我将其余的事情都委托给了天命，我心里想，既然我要到那船上去的想法是这样强烈地压在我心上，叫我无法反抗，那它定是来自某种无形的神意的指使，我若是不去，那我就是自己作践自己了。

在这种想法的支持下，我急匆匆地返回我的城堡，准备航行用的每一样东西。我拿了一些面包，一个装淡水的大罐子，一个驾驶用的罗盘，一瓶甘蔗酒（我还保藏了大量的这种酒），一满篮葡萄干。我将每一样需要的东西都背在身上，走到我那只小舟那里，将船里面的水舀出，使它浮了上来，将所有带来的货物都装上去，又回去再拿东西。第二次我带的是一大袋米，一把遮阳伞，又一大罐淡水，约两打小面包或大麦饼，一瓶羊奶，一块干酪。我费了不少力气和汗水，才将这些东西运到小舟上。我祈祷上帝指点我这次航行之后，就开船了。我沿着海岸划行，终于到了这岛那一头末端的那个小岬，在东北方。现在我要出发向大洋航行了。是去冒险，还是不去？我望着在岛两边稍远处不断奔流的激流，回想起前次的冒险，心里十分害怕起来，于是对这次行动有点胆怯了。因为我可以预见，如果我被卷入任何一股激流，我都将被冲到很远的大海上去，也许再也无法回到本岛或看到本岛了。我的船这么小，到那时海上一起大风，我就不可避免地一命呜呼了。

这些想法对我思想产生了如此大的压力，以致使我开始放弃我的计划了。我将小船划进岸边的一个小湾里，走上岸来，坐在一个隆起的小小高地上，心里非常忧愁、焦急，对这次航行思想上处于害怕和企望之间。我正沉思间，忽然见到海潮起了变化，潮水涌了上来。这样，在几个钟头之内我是走不成了。这时我忽然想到，可能的话，我应该找一个最高的地方去观察一下，看潮水上涨时那两股激流的流向怎么样，以便判断要是我被这一边的激流冲走后，是否有希望被另一边的激流以同样的速度冲回来。我刚想到这里，就望见前面有一座小山，从那上面完全可以望到两边的海，而且对那股激流或潮水的方向，以及我回来时应走的路线都看得清清楚楚。上山以后，我发现那退潮的激流是贴着岛的南边往外流的，而那股涨潮的激流则是贴着岛的北边往里流，这样，我就无须费什么力，只要在回转时沿着岛的北边走，就会成功地返回原处。

这次观察使我鼓足了勇气，决定在第二天早晨乘第一次潮水出发。我在独木舟里过夜，将值班衣当被盖。第二天早晨便出航了。最初我朝正北方出海，行驶了没有多远，就感到了激流的力量在推着我走，它推着我的船飞快地向东流去，但其速度没有上次南边的那股激流那么快，那次我简直无法掌握我的小船。现在我用桨操纵小船，直向那艘遇难航船飞快划去，不到两个钟头，我就来到了它面前。

我所见到的是一幅凄凉景象。从船的构造式样来看，那是条西班牙船，被紧紧地卡在两块礁石之间。船尾和后舱都已被海浪打碎，前舱撞在礁石上，由于撞的力量很猛，已经搁浅。它的主桅和前桅已倒在甲板旁，折断了，但斜桅还正常，船头也还是显得牢固。当我划近船边时，船上出现了一条狗，它见我走来，便汪汪吠叫。我叫了它一声，它便跳进海里，向我这里泅来。我将它拉上小船，发现它又饿又渴，简直快要死了。我给了它一块面包，它就大嗲起来，那样子就跟一头在雪地里饿了两个星期的饿狼一样。然后我给这可怜的畜生喂了一点淡水，它那喝水的样子，似乎只要我让它喝，它可以喝得将肚子都胀破。

这之后我就上了那条大船。第一眼我就见到厨房里，也就是前舱里有两个淹死的人，他们紧紧地抱在一起。我断定当船触礁时，海上正起着一场大风暴，连天的海浪不断向船上冲过来，使人受不了，就跟闷在水里面似的给闷死了。船上除了那条狗之外，没有任何有生命的东西。我能见到的船上的货物也多给海水浸泡坏了。底舱里还有几桶酒，不知是葡萄酒还是白兰地，因为潮水退了，我才看见。但桶太大，无法移动。我又看见几只箱子，我相信是海员们的，我也没看里面是什么，就搬了两只到我的小船上。

如果是船的前面部分损坏，船的尾部搁浅，那我这次航行就会大有收获了。因为从这两只箱子里发现的东西来看，我可以猜想这船上定有许多的财富。而且，从它航行的路线来看，它一定是从南美洲巴西那边的布宜诺斯艾利斯①或者是从南美洲的拉普拉塔河②那一带开来的，开往墨西哥湾的哈瓦那③去，或许再从那里开往西班牙。船上无疑有大量的财宝。但此时这些财宝对我来说毫无用处。船上其余人员的下落如何，我就弄不清了。

除了箱子之外，我还找到一小桶酒，大约有二十加仑。我费了不少力气才将它弄到我的小船上。在一个船舱里还有几支滑膛枪和一个大牛角火药筒，里面大约装有四磅火药。滑膛枪我已有好几支，不需要它们，所以我没拿，只拿了火药筒，又拿了一把火铲和一把火钳，这都是我极为需要的东西。我还

---

① 布宜诺斯艾利斯，今阿根廷首都。
② 拉普拉塔河，西班牙语意为"银河"，为南美洲巴拉那河与乌拉圭河注入大西洋的河口部分，为一宽阔的喇叭形三角港，长约320公里，河口最宽处有223公里，水面有3.5万平方公里，为世界最宽的河口之一。
③ 哈瓦那，今古巴首都。

拿了两把黄铜小水壶、一只煮巧克力的紫铜罐和一个烤肉用的烤架。这时潮退了,海水在往回流,我便带着这些货物和那条狗离开了。大约在天黑以后一小时,我又回到了岛上。这时我已是极其疲乏和劳累。

那晚我就在小船上过夜。第二天早晨,我决定把我弄到的这些东西放在我的新洞里,不带到我的城堡中去。我吃了点东西恢复精神后,便将所有货物运到岸上,并检查详细情况。那桶酒原来是一种甘蔗酒,但不是从巴西弄来的那种,总之,一点也不好。但当打开那两只箱子时,却发现几样对我很有用处的东西。比如说,在一只箱子里,我发现一只特别精致的小酒匣,里面装有几瓶上等提神酒,每瓶大约装有三品脱酒,瓶顶上还用银子包着。我又发现两罐蜜钱,口子上封得很紧,没遭到海水的侵蚀,而另外的两罐却被海水浸坏了。我又发现一些非常好的衬衫,这是我非常高兴得到的东西。还有约一打半亚麻白手巾和有色领饰,其中亚麻手巾也是很高兴得到的,热天擦脸,极其清爽。此外,当我打开箱子里面的钱箱时,又发现三大袋西班牙银币,共约有一千一百多枚。其中一袋里有用纸包着的六块西班牙金币和一些小段金条,估计约有将近一磅重。

在另一只箱子里,我发现一些衣服,但价值都不高,看情况该是属于副炮手的。箱子里没有火药,但是有两磅浇上了炭精,以减缓其发火的安全火药颗粒,装在三个小瓶子里,我想大概是必要时装在鸟枪上用的。总的来说,我这次航行所得到的有用的东西甚少。至于说到金钱,我一点也不需要它,它对我有如脚下的粪土。我愿意用所有这些钱换三四双英国鞋子或袜子,那才是我极需要的东西,我已经有多年没穿上鞋袜了。其实我现在也弄到了两双鞋,那是我从船上那两个淹死了的人脚上脱下来的。我又从一只箱子里找到了两双鞋,这也是很高兴的事,但它们无论就舒适或是耐穿方面来讲,都不如我的英国鞋,因为它们只是一种浅口轻便鞋,而不是正式的鞋子。我在这个海员的箱子里还找到约五十块西班牙银币,但没有金币。我猜想这只箱子的主人比那只箱子的主人要贫穷一些,那只箱子的主人似乎是个什么官儿。

然而,我还是将这些钱币搬回到我的山洞里,将它摆在那儿,像以前我处理从我们自己的船上弄下来的那些钱币一样。只可惜我没有能够到船的那一头去看看,不然的话,我确信一定可以用我的独木舟运好几船钱币回来。如果有一天我能逃回英国,我还是将这些钱藏在这儿,这地点是够安全的,等以后有机会再来搬运。

我将所有的东西搬上岸并妥善收藏好之后,又回到我的小船上,将它沿海岸划回它原来的停泊处,将它系好,然后想尽办法回到我的旧居处。我发现那里一切都安全而宁静,我便开始休息,照常生活,料理家务。有一段时间,我的日子过得十分舒适,只是比以前更警惕一些,经常注意外面的情况,不大出门。如果有时我要到外面去自由活动一下,也往往只到岛的东头去,我确信野人从不到那头去,因此我用不着那么小心谨慎,也用不着带那么多武器弹药,像我平常到别处去所带的那样。

我在这种情况下又生活了将近两年。但我那糟糕的脑袋好像总是让我觉得它生来就是要让我的身体遭到不幸似的。在这两年的时光中,我脑子里总是充满了各种计划和打算:如有可能,我可以怎样离开这个海岛。有时我又打算再一次航行到那遇难的船上去,虽然我的理智告诉我,那船上已经没有什么东西值得我冒险去航行了。有时我这里遛遛,那里走走。我相信,如果我现在能坐上我从塞拉逃出来时坐的那只小船,我早已冒险驶向大海,不知驶向何处了。

我一生的境遇,可以引起那些染上人类通病的人的警惕。因为我知道,这些人的种种不幸,有一半是来自这种通病,那就是对于上帝和大自然为他们安排好的处境不满意。我正是因为对我最初的处境不感兴趣,又不肯听从我爸对我的极其有益的忠告(我可以说,违背我爸的这种忠告,就是我的原罪①),以及随后我又犯了同类的错误,才陷入今天这种不幸的处境。我在巴西时,神意让我幸运地成了种植园主,要是当时神意能保佑我再不生许多七七八八的欲念,我本来能够满意地逐渐向前发展下去,到现在(我是说,经过我来到这个岛上的这么长一段时间之后),我可能已成为巴西鼎鼎有名的种植园主之一了。不,根据我住在那里短短一段时间内

此处的"人类通病"指人性的贪婪。由于贪心作祟,鲁滨孙才会舍弃舒适的中产阶级生活想要到海外冒险,结果导致漂流到荒岛之上,经历种种考验。与正常的欲望相比,贪婪没有满足的时候,反而是愈满足胃口就越大。

① 原罪,基督教重要教义之一。说人类的始祖亚当和夏娃受上帝塑造后,被放在伊甸园中,因受恶魔化成的蛇的诱惑,吃了上帝不许他们吃的禁果,这一罪过成了整个人类的原始罪过。并且认为这种罪过一直传到亚当的所有后代,成为人类一切罪恶和灾祸的根由。即使是刚出世即死去的婴儿,虽未犯任何罪过,但因为他有与生俱来的"原罪",故仍是"罪人",需要基督的救赎。

所取得的进展，以及如果我继续在那里待下去会增加的收入来看，我可能已有十万摩伊多①了。我干吗要舍弃一份固定的财产，一座资本充足、欣欣向荣的种植园，而却超越自己的能力，到几内亚去贩运什么黑奴呢？只要我有耐性，有时间，我在家里也同样可以增加积累，到那时我不是就可以在自己家门口从那些贩运黑奴的人手里买到黑奴吗？虽然这样花钱要多一些，却不用去冒这么大的风险。

但因为这通常是那些幼稚的年轻人的命运，所以通常要等到他们经过多年锻炼，或是付出很高的长时间阅历的代价的时候才会反省自己行为的愚蠢。我现在的情形正是这样。然而，这种错误在我的脾性中已深深扎下根了，以致令我仍不满于当前的处境，而继续默默想着我逃出这个地方的方法和可能性。为了引起读者的更大兴趣，我可以在这里介绍一下我的故事的余下部分，叙述一下关于我逃走的这个愚蠢计划的最初设想，以及怎样和在什么基础上采取行动的。

我最近从那艘遇难的船那里航行回来之后，应该是在我的城堡里过着幽静的生活了。我的小船已像往常那样安全地放在水下，我的状况已恢复到跟以前一样。确实我比以前有了更多的财富，但我完全没有成为一个富有的人。因为钱财已不再对我有什么用处，正如西班牙人去秘鲁以前，钱财对那里的印第安人没有任何用处一样。

那是我来到这孤独的海岛上第二十四年的三月里的雨季的一个晚上，我眼睁睁地躺在我的吊床上。我的健康状况很好，没有疼痛，没有疾病，没有身体上的不舒适，也没有什么比平常更多的精神上的不安。但就是无论如何也无法合上眼皮睡觉，通晚简直连眼皮也没眨一下，而是尽想一些如下的事情。

不可能也没必要将那天夜里在我头脑中相继涌现的数不清的思想、回忆通通记下来。我将我一生的整个历史，从早年来到这岛上，以及来到这岛上以后的生活，缩略地或是摘要地回顾了一遍。在回顾我来到岛上以后的情况时，我将我住在这里最初那些年代事务中的欢乐情形，和自从我见到沙滩上那只脚印以后的那种忧虑、恐惧和小心谨慎的生活进行了比较。我不是不相信，那些野人经常甚至一直都到这岛上来，而且有时可能还一来就是几百人。但是我从来不知道，所以也就不会去忧虑这件事。虽然同样也存在着危险，我还是生活得十分满意。我真的不知道有暴露自己的危险，所以就能在不知道有危险中愉

---

① 摩伊多，葡萄牙旧金币名。

快地生活。这给了我思想上许多有益的感想,特别是使我想到,上帝在管理人类时,将人类的眼界和对事物的认识规定在那么狭窄的界限之内,这真是无可限量的好事。虽然人类处在千万种危险中,而这种光景要是让人类看到,那就会使其精神错乱、意志消沉,可上帝就是让他看不到事情的真相,不知道围绕在身边的各种危险,因此人类便能保持安定和平静。

这种思想被我接受以后不久,我就开始认真地思考多年来我在这个岛上所面临的真正危险。以往我经常以最大的安全感和一切可能的镇定心情到处走动,也许只是一座山顶、一棵大树,或是偶然降临的黑夜隔在了我与糟糕透顶的毁灭之间,我才免掉了厄运,免掉了落入那些食人生番和野人之手。如果遇到他们,他们就会抱着像我抓山羊或抓海龟那样的观点来抓住我,而且认为杀掉我或吃掉我并不是犯罪,正如我吃掉一只鸽子或一只麻鹬不是犯罪一样。如果说我不真诚地感谢我的真诚的保护者,那是不公正地诽谤自己。我极其谦恭地承认,我的一切在不知不觉中的得救,都是由于他的卓越的保护。没有这种保护,我必然会落到残忍的野人们手里。

这些思想过去之后,我脑子里有时又开始思考那些卑劣的畜生——那些野人——的本性。这到底是怎么回事,世界万物的贤明主宰,怎么会放任他所创造出的生物如此残忍,不,比残忍本身还要等而下之的程度,乃至于吞吃它自己的同类。这类事情思索不出一个名堂来,于是我又想询问这些家伙到底住在世界的哪个部位,他们来的地方离那边的海岸有多远,他们从家里跑这么远到这里来是为了什么,他们的船是什么样子的,为什么我不到他们那儿去,就像他们到我这儿来一样。

我完全没有考虑,我到了他们那里以后怎么办;要是我落到野人手里,我会变成什么样子;要是他们企图杀害我,我怎样从他们那里逃脱。我到达那边的海岸,怎么可能不被他们杀害,我是无法解救自己的。而且,就算我不会落到野人手里,到了那儿以后我吃什么,往哪儿走。这些问题我通通都没思考过。我一心只想坐着小船到大陆上去。我回顾自己目前的处境是最悲惨的处境,比我现在还不幸的,那就只有死亡了。而要是我到达大陆那边的海岸,我也许可能遇到援救,或者我可以沿海岸航行,像以前我在非洲海岸所做的那样,直到我到达某处有人居住的地方,我就可以在那里得到援救了。或者,我终于可能遇到某只基督教徒的船只,他们可能将我救到船上。即使遇到极坏的情况,也不过是一死,那倒可以一瞬间就结束我所有的这些不幸。请注意,所有这一切，都是我不安的心和急躁的性情的结果，而我的长期不断的烦恼，和最近我登上那艘遇难的航船后所产生的失望心情，又使这种不安和急躁变得更加厉害。我登上那艘遇难的船只时，我差一点就要得到我长期以来希望得到的东西，即找到某个人说说话，要他告诉我我现在是在什么地方以及可能的解脱办法，就是这些想法搅得我心里不安。我的平静的心，一切听任上帝和上天安排的思想暂时停止了，我没有力量使我的心转而想别的事情，只是计划到那片大陆上去，这种想法如此强烈地存在于我脑子里，以致我无法抗拒它。

这种想法搅乱我的思想有两个多钟头，它是那样强烈，使得我的血液在奔流，脉搏像发热一样极快地跳动。其实我的身体并未发热，只不过是我的头脑为那件事发热而已。自然，当这种思想使我劳累到精疲力竭时，我便呼呼睡去。有人会认为，我在睡梦中也会想这件事。但我却没有，也没梦见与此有关的事。我梦见的是，一天早晨，我跟往常一样从我的城堡里出去，见到海岸上有两只独木舟，有十一个野人来到了陆地上，他们还带来了另外一个野人，准备将他杀了吃掉。突然，他们要杀掉的那个野人一下子跳开，飞跑着逃命。睡梦中，我恍惚觉得他跑到我城堡前面那片小密林里藏起来了。我见只有他一人，没见到有野人追他，便向他走了过去，并且朝他微笑叫他别怕。他连忙跪在地上，似乎是求我帮助他。这时，我便将我的梯子指给他看，帮助他爬上去，将他带到我的洞里，他便成了我的仆人。我刚刚得到这个人，就对自己说："现在我肯定可以冒险去大陆了，因为这个人可以做我的向导，他将告诉我如何行事，从哪里得到食品，哪块地方不能去，以免被野人吃掉，什么地方可以去冒险，什么地方要避开。"正在这样想时，我醒过来了，对我梦中逃走的预想高兴得难以形容。但当我发现这只不过是一个梦时，又同样感到过度的失望，精神极度沮丧。

然而，从这个梦，我却得出了这样的结论：要实现我逃走（如果有可能）的企图，唯一的办法是手里掌握一个野人，而且如有可能，最好是一个被野人抓住带到这里来准备杀死吃掉的俘虏。但这个想法跟着又附带着这样的困难，那就是，不攻击整个一伙野人，并将他们杀光，就不能实现这个计划。这不但是个不顾死活的袭击，可能失败，而且从另一方面说，这样的事情对我来说是不是合法，我也有顾虑。虽说是为了解救我自己，但一想到要流那么多血，我的心就发抖。这里没有必要重述我有时也反对这样做的辩驳理由，因为在前面已经讲过了。虽然，现在我还可以举出其他的理由，即那些人是我生命的死敌，只要有可能，他们就会将我吃掉；这是一种最高程度的保存自己，将自己从死亡中解救出来,求得生命的措施;要是他们真的攻击我,这是我的自卫行动,如此等等。虽然我可以用这些理由来辩护,但一想到为了解救自己却要别人流血,我就非常害怕,好久都于心不安。

然而,经过我内心的多次辩论,以及对此事的巨大困惑之后(因为我头脑中各种意见相互争论已有很长一段时期了),最后我热切地占优势地解救自己的愿望终于统治了其余的一切,于是我决定,如有可能,不惜一切代价,将一个野人弄到手。然后,我的下一步就是设法如何去进行,这个问题实在是难以解决。由于一时还不能决定用什么有希望的办法,于是我决定去守望,看他们什么时候来到岸上,其余的事情则暂且不管,到时候再伺机而行。

我思想上这样决定之后,便经常去守望,次数那样频繁,我真是心里都感到厌烦了,因为我等了一年半以上的时间,大部分时间几乎每天都到岛的西头,在西南角,看有没有独木舟,但是没有见到。这真令人泄气,并且渐渐感到烦恼,虽然我不能说这次的情况跟以前一样,将我欲望的棱角都磨掉了。这次似乎是时间愈挨得久,我对此事愈加热切。一句话,当初我是小心翼翼地避开这些野人,生怕被他们见到,而现在则是恨不得马上见到他们。

<u>此外,我想自己能支配一个甚或两三个野人,如果我能弄到手,我就会使他们完完全全成为我的奴隶,我指挥他们做什么他们就做什么,并且可以防止他们任何时候来伤害我。</u>这些事情使我高兴了好长一段时间。但一切都还没出现,我的所有幻想和计划都还没实现,因为好长时间都没有野人到我这里来。

我将这个想法在脑子里思考了大约有一年半时间,总是无法解决,因为需要有时机才能实现。一天清早,我吃惊地发现有不少于五只独木舟全部到了我这边岛上的岸上,船上的人都上了岸,不知往哪里去了。他们来的人数之多打破了我的估量。我知道他们平时总是来四到六人,而多半是坐在一只船里来,现在看到他们有这么多人,我真不知道想什么办法,怎么才能单身一人去攻打他们二三十个人。所以,我还是待在我的城堡里,困惑不安,然而,我还是按照以前所准备停当的,使自己处于进攻的准备状态,一有情

> 鲁滨孙希望自己占有支配几个野人,可不是为了不再孤独,而是他需要奴隶干活,这与他离开巴西种植园去贩卖黑奴、把荒岛视为个人财产一样,都是一种殖民意识。

况发生，就采取行动。我等了好久，一直听着外面是不是有动静，最后，我实在忍耐不住了，便将枪放在梯子脚下，像平常一样分两次爬上小山。我站在山上，不将头露出山外，这样他们便怎么也没法见到我。我在这里用望远镜观察，发现他们不少于三十人。他们已经生起了火，正在那里烧肉。他们是如何烧的，烧的是什么肉，我不知道。但他们却在用我所不知道的各种各样的粗野的舞姿和手势，按他们自己的方式，围着火堆跳舞。

当我这样望着他们时，我从望远镜里望见又有两个不幸的野人被他们从小舟里拖了出来，似乎是先放在船上，现在拖出来宰杀。我看见其中的一个立刻被他们击倒在地，我猜是用他们惯用的那种棍棒或木刀，另外两三个人便马上上前来将他剖开，准备分割成块烧来吃。这时，另外那一个牺牲品则自己站在一旁，等他们处理完这个后再来弄他。就在这紧要时刻，这可怜的野人见稍稍有了一点自由，就激发了他逃生的希望，于是他一个箭步地从他们那儿跳开，以不可思议的速度沿着沙滩直朝我这边跑来，我是说朝我住房的这边海岸跑来。

我得承认，当我看到他向我这边跑来，特别是当我想到我一定会看到所有的野人都会跟着他追来时，我确实吓得不知所措。现在我预料我梦中的那一部分情况正在变为现实，他一定会跑到我的小树林里躲起来。可是我那个梦的其余部分我可无论如何不能相信，就是说，我不相信那些野人不追到这儿来找到他。然而，我还是保持我的位置没动。之后我看到追他的只有三个人，我的精神才开始复原。尤其使我受到鼓舞的是，我发现他比追他的野人跑得快得多，他已将他们拉开了相当一段距离，只要他继续跑半个钟头，我很容易看出他就完全能逃出他们的魔掌。

他们和我的城堡之间隔着一条小河。这条小河我在故事的开头部分已经提起过，我将从船上弄到的东西运到岛上来时，就是在这条小河里起岸的。我清楚地知道，他必须游过这条河，不然，这可怜的野人就会在河边被他们抓到。当那野人逃到河边时，虽然正当涨潮时刻，但他不管三七二十一，一下就跳进水里，只划了三十来下，就游过河来，又极快地、精力充沛地往前跑。那三个野人追到小河边，我发现有两个野人会游泳，但第三个野人不会，便站在河那边，看着其余的两个野人过河，他再也不前进了。不久他便没精打采地往回走了。这对他来说，大体上还是一件非常好的事。

我观察到，那两个野人游过河时，比那逃跑的野人要多花一倍以上的时间。这时，我头脑里产生了一种强烈的、不可抗拒的想法：我要想找个仆人，现在正是时候，也许还能找到个伴侣或帮手。这很明显是上帝在召唤我去救这个可怜人的命。于是我以尽可能快的速度跑下梯子，拿起放在梯子脚下的两支枪，又以同样的速度爬上梯子，爬上山顶，再向前朝海边跑去。我选了一条捷径跑下山，插在追赶者和逃跑者之间。我向逃跑的野人高声呼唤，他回头一望，开初他对我也许很害怕，就像害怕追他的人一样。我向他打手势，要他回来，这时，我又慢慢朝后面两个追赶的野人走去。待走近时，我一下冲到前面那野人身边，用枪杆将他击倒。我不愿开枪，因为我不想让其余的野人听到枪声。其实这么远的距离，是不容易听到的，而且也看不到开枪时冒火出烟，他们不容易弄清是什么声音。我将第一个家伙打倒以后，跟他一起追来的另外一个停下了脚步，似乎害怕了。于是我飞快地向他走过去。当我走近他时，我立即看到他手里拿着弓箭，并且正准备向我发射。这样我就有必要先向他开枪了。枪响人倒，我第一枪就将他打死。那可怜的逃跑野人也已经停下来，虽然他看见他的两个敌人都已倒地，他认为都死了，却被我开枪时的火光和响声吓得要命，站在那里一动也不动，既不前进，也不后退，看起来想逃跑的成分比走过来的成分要多一些。我再一次向他呼唤，并且做手势要他过来。他很可能懂了我的意思，往前走了几步，然后又停下来，接着又走了几步，又停了下来。这时我才见到，他站在那里浑身发抖，好像他已成了俘虏，也要像他的那两个敌人一样被我杀掉。我再次向他招手，要他到我这儿来，并且用所有我能想得出的手势来鼓舞他。他一步步地向我走近，每走十步到十二步便对我下跪一次，作为感谢我救了他的性命的表示。我对他微笑，表现得和颜悦色，向他招手，要他再走近些。他终于来到了我身边，接着又跪了下去，吻着土地，将头靠在地上，拿起我的一只脚放在他头上，这似乎是表示发誓永远做我的奴隶。我将他扶起来，更加亲切地对待他，并且尽我的一切可能来鼓励他。但事情还不止这些，因为我看见被我打倒在地的那个野人没有被打死，只是被我击晕，现在开始苏醒过来。于是我指给他看，告诉他那个野人还没死。他见了这情况，对我说了一些话，虽然我不懂他说的什么，但觉得那音调很好听，这是二十五年多以来，除了我自己的声音之外，我第一次听到人的声音。但现在没时间想这些事，那被我击倒的野人现在已恢复到能坐在地上了，而且我看见我的那个野人（现在我这样叫他）开始害怕起来。见到这点，我便举起我的另一支枪，对准被我击倒过的那个野人准备射击。我的野人见了这情形，向我做了一个动作，像是要借我腰间那把没鞘的刀。我便将刀给了他。他一拿到刀，就跑到他的敌人跟前，一刀就麻利地砍下了他的脑袋。没有哪个德国刽子手能干得

像他这样干净利落。这使我觉得很奇怪，因我相信他一生中除了只见到他们那种木刀之外，从没见过这种真刀。后来我才知道，他们的木刀是用很坚硬的木头做的，又锋利，又沉重，用来砍人的脑袋或手臂等，也只需要一下就可以砍掉。他干完这事以后，笑着向我走来，表示胜利，又对我做了许多我不懂的手势，将刀和那野人的首级同时摆在我面前。

但是，最使他吃惊的，是不知道我是怎么从那么远的距离将另一个野人打死的。所以他指着那野人的尸体向我做手势，要求我让他到那被打死的野人那边去。我也尽我所能地做手势，叫他只管过去。他走到那里之后，像是很吃惊的样子，站在那里，望着那死了的野人，然后将他从这边翻到那边，看了那被子弹打中的伤口，似乎正好打在胸部，被打了一个洞，没有流出大量的血，因为人死后血流到胸腔里面去了。他取了那死了的野人的弓箭回来。这样我就离开那个地方，招呼他跟我一起走，并且打手势告诉他：后面可能还会有野人追来。

他明白这点后，便向我打手势，要用沙子将这两个野人埋掉，要是后面还有野人追来时，免得被他们看见。我打手势叫他去那样做，他就干起来，不久他就用双手在沙滩上挖了一个坑，大小足以放进第一个野人的尸体。他将尸体拖进坑里，埋好，又用这样的办法埋了第二个野人的尸体。我相信他在一刻钟之内就将两具尸体都埋好了。接着我便叫他跟我走。我没将他带到我的城堡里去，而是带到更远的地方，带到岛那边我的山洞里去。这样我就不让我梦中的那一部分情节成为现实，因为在我梦中，他是来到我的小树林里来寻求庇护的。

在洞里，我给了他一些面包和一串葡萄干吃，又给他喝了一点水。我发现他跑了这么长的路，确实已困苦不堪了。等他吃完东西，我就做手势叫他躺下来睡觉，指给他一个铺了一大堆干草、上面还放了一床毯子（有时我自己也在这上面睡觉）的地方。这样，这个可怜人躺下去就睡着了。

他是个身材适宜、面目清秀的小伙子。身材十分匀称，直而结实的四肢并不很粗壮，高高的个子，体形很好，年纪约莫二十六岁。他的脸色很好，不是那种凶猛粗暴的样子，脸上似乎有一种刚毅果断的神情，同时又不像欧洲人的那种亲切和温柔，特别当他微

非常详细的外貌描写。作者把一个年轻、健康、活泼可爱的异族小伙形象展示在读者的眼前，全然没有一丝可怕、令人生厌的感觉。作者再次体现出细节的真实，使读者完全感受不到这些竟然出自作者的想象。

笑时更是这样。头发长而黑，不是羊毛似的鬈发。额头非常宽大，眼里充满一种愉快活泼的机灵。皮肤不十分黑，是一种十足的黄褐色，但又不像巴西和弗吉尼亚以及美洲其他的土人那种丑陋的、讨厌的黄褐色，而是一种明亮的焦茶色和橄榄色，看起来令人愉快，却又难以形容。他的脸圆润丰满，鼻子较小，但又不像黑人的鼻子那样扁平。嘴巴很好看，薄薄的嘴唇，牙齿排列得很整齐，像象牙那样洁白。他微睡了大约半个钟头，便醒过来，到洞外来找我。当时我正在给我的羊群挤奶（羊圈就在附近）。他一看见我，就跑到我面前，重新跪在地上，用许多古怪的姿势表示他的谦卑和感激的意向。最后他又将脑袋伏在地上，靠近我的脚边，抓起我的另一只脚放在他头上，像他以前做过的那样。这之后，他又对我做出各种可以想象得出的关于臣服、劳役和归顺的姿势，让我知道他将为我服役一辈子。我明白他的许多意思，我让他知道我对他非常满意。没有多久，我便开始和他说话，并教他跟我说话。首先，我让他知道，他的名字应该叫"星期五"，因为我是在星期五那天救了他的性命的，我这么叫他也是为了纪念这个日子。我同样教他说"主人"，然后让他知道，那就是我的名字。我又教他说"是"和"不是"，并且让他知道它们的意义。我给了他一罐子羊奶，又让他看着我如何喝下，看着我将面包泡在羊奶里。我又拿了一块面包给他，要他照样吃。他很快就学成我的样子吃，而且做手势表示很好吃。

当晚我同他在洞里过夜。天一亮，我就招呼他跟我一同走，并且让他知道，我要给他一些衣服穿。他对此似乎很高兴，因为他现在全身一丝不挂。当我们走过他掩埋那两个野人的地方时，他准确地指出了埋人的地点，并且将他当时所做的记号给我看。他向我做手势，表示我应将他们挖出来吃掉。我对此表现出非常恼怒的样子，表明我对这种行为很痛恨，并且做出样子，表示我一想到这件事就作呕，接着又做手势要他离开。他十分顺从地立即走开了。于是我便将他带到那座小山顶上，看他的那些敌人是否走了。我拿出望远镜一望，清楚地见到了那些野人们活动的那块地方，但没见到人或是他们的独木舟。如此看来，很明显他们走了，并且将他们的

> 为野人取"星期五"这个名字，显示出鲁滨孙根深蒂固的时间观念。全文中，他一再强调上岛时间、获救时间，用刀子刻痕记录年、月、日等，用时间起名也就在情理之中了。

两个同伴留在身后，根本不去寻找他们一下。

　　但是我对这个发现并不满足。由于我现在有了更大的勇气，因此也就有了更大的好奇心。我带着我的随从星期五，让他手里拿着刀，背上背着弓箭（我发现他在使用弓箭方面非常灵巧），又要他为我背一支枪，我自己背两支，一同向那些家伙聚集过的那块地方前进。因为现在我心里想得到更为充分的关于他们的情报，当我到达那地方，看到那种恐怖的惨状时，我血管里的血发凉了，我的心消沉了。那确实是一幅可怕的景象，至少对我来说是这样，而对星期五来说，则不算一回事。那地方遍地都是人骨头，地都被鲜血染红了。大块的人肉，这里留一块，那里剩一块，有的吃得只剩下一半，有的砍碎了，有的烧焦了。总之，这一切都是他们打败敌人之后在这儿举行的一次胜利的人肉宴会的标志。我见到三个头骨五只手、三四根腿骨和脚骨，以及许多人体上的其他部分。星期五用手势告诉我，他们一共带了四个俘虏来这里举行宴会，其中的三个已被吃掉，而他（他指着自己）是第四个。这些野人和邻近部落（也就是星期五所在的部落）的首领打了一仗，抓到了许多俘虏，抓到俘虏的人，将俘虏们分别带到好几个地方去，以便用他们举行宴会，就跟昨天那群家伙在这里所干下的勾当一样。

　　我叫星期五将所有头骨、腿骨、人骨以及野人们剩下的一切东西收集起来，堆成一堆，烧一把大火，将它们烧成灰烬。我发现星期五还在热切地想吃那些人肉，还保持着他那吃人肉的天性。但我表示出对吃人肉这件事，哪怕是有这种想法，或是有一点点这种表现，都极为痛恨，他才不敢将他的这种野性表露出来，因为我曾用某种方式让他知道，如果他想吃人肉，我就杀了他。

　　我们将这件事办完之后，便回到我的城堡。在城堡里，我为我的仆人星期五忙起来了。首先我给了他一条亚麻衬裤，那是我从那艘遇险的船上找到的、从那可怜的炮手的箱子里拿出来的，经过稍许修改之后，正适合他穿。然后我又施展我的最高手艺为他做了一件无袖紧身羊皮上衣。现在我已成为一个还算过得去的好裁缝了。我又给了他一顶便帽，是用兔皮做成的，戴着方便，又很时新。目前他这样穿戴，是算可以的了，他看到自己穿得几乎跟主人差不多，心里可能很高兴。确实，他开始穿戴这些东西时，感到有些不灵活，穿上衬裤使他感到很受拘束，那背心的圈口地方又磨得他的肩膀和胳肢窝发痛。我将使得他难受的地方放松了一些，加之他慢慢对于穿衣服感到习惯了些，终于他穿上它们时觉得蛮好的了。

我和星期五回到我的小棚屋里的第二天，我就开始考虑将他安排在哪里住宿。为了使他能住得好，我自己又安心，我在我的两道防御工事之间的空处，即第一道围墙之外和第二道围墙之内，为他搭了一个小小的帐篷。从里面的围墙通到我山洞原有一个入口，我在那里安上了一个正式的门框和一扇门板。门从里面开，晚上我将它闩起来，将梯子也拉进来，这样，星期五要是爬过里面的围墙到我身边来，就要弄出好大的响声，这就会将我惊醒。因为现在我已经在第一道围墙和山壁之间用长长的木杆密密麻麻地搭起了一层屋顶，将我的帐篷完全遮盖起来。屋顶上面我又横着架上了许多木杆以代替板条，木杆上面厚厚地铺了一层像芦苇一样结实的稻草。在我用梯子上下出进的地方，我又安了一个活板门或叫坠门。这种门从外面是休想打开的，而它落下来也会发出很大的响声。至于武器，每晚我都将它们放在身边。

但所有这些预防措施都是不必要的。因为再也找不出像星期五这样忠诚、可爱和真挚的仆人了。他不发脾气、不闹情绪、不耍花招，一心只是老老实实地干活。他的爱慕只在于我一身，就像一个孩子对父亲的爱一样。我想大概在任何场合下他都会为了挽救我而牺牲他的生命。这方面他给了我许多的证明，使我一点也不怀疑，而且马上使我深信，我不必因为他而对我的安全采取预防措施。

这件事常常使我有机会用奇异的眼光注意到，在上帝的意旨中，在他亲手治理万事万物时，虽然在世上很大一部分他所创造的生物中减去了适合于他的心灵才能的最好的使用能力，但也还是给予他们同样的才能，同样的理性，同样的感情，同样的亲切感和责任心，同样的对于邪恶的愤怒和憎恨，同样具有感激、真实和忠诚的感官以及乐于为善和领受善意的一切能力，跟上帝所给予我们的一样。而且当上帝为他们提供发挥这些能力的机会时，他们也跟我们一样，甚至比我们更加有决心将这些能力用在正当的方面。想到这种情况，有时使我感到意气消沉。有好些情况表明，我们这样的人的这种能力，虽然有上帝的教训的明灯和上帝的精神的照耀和启发，有上帝的言语的知识增进我们的理解，但我们在使用这些能力时却很卑鄙。我不理解上帝何以要对千百万这种人吝于施舍同样的知识，如果我可以拿他们之中的这个可怜的野人来做评判的话，那么，我看他们使用起这种能力来要比我们使用时好得多。

从此，我有时甚至会侵犯上帝的权威，责难他不公正，对一些事情的安排采取独断专行的态度，只对有些人显露其灵光，而对另一部分人则藏而不露，但却要求两者尽同样的职责。但我还是停止了这种想法，用以下结论来制止我的思想：第一，我们不知道上帝凭什么见解和法律给这些人定罪。但上帝之所以是上帝，就必然是无限神圣、无限公正的，如果他判处这些人得不到他的指示，那只能是这些人违反了他的意旨，而上帝的意旨，正如《圣经》上说的，就是这些人本身的法律，而这种法则也使他们的良心承认是公正的，虽然我们还不知道这种法则的基础。第二，我们都是造物者上帝这位陶工手上的陶土，没有一样被造出来的器皿能对上帝说：你怎么将我捏成这个样子？

我们还是言归正传，来谈我的新同伴吧。我对他非常中意，我要教他做各种事情，使他成为对我有用、便于使用、对我有帮助的人，我要把这当作一件重要的事情来做。特别是要教他说话，使他明白我对他说的是什么。他的接受能力是我所见到的人里面极强的一个。特别是他经常都是愉快而勤奋地学，每当他能听懂我的话，或是他说出来的话能让我听懂时，他都表示很满意。现在我把跟他谈话当成一件极为愉快的事。现在我的生活开始变得非常舒适了，我对自己说，只要我能平平安安地生活，不再遇见那些野人，就是永远不离开我现在居住的这个地方我也无所谓了。

回到我的城堡两三天以后，我心里想，为了让星期五戒掉他那种可怕的进食方式、那种食人肉的嗜好，我应该让他尝尝别的肉类。所以在一天早晨，我将他带到树林里。我原本打算从我饲养的羊群里挑一只小羊杀了，带回家处理烹调。但我们在行进中发现一只野母山羊躺在树荫下面，身边还站着两只小山羊。我一把抓住星期五说："停住，别动！"一边打手势叫他别动。我马上举起枪来开了一枪，打死了一只小山羊。星期五这可怜的人，上次曾隔好远看到我打死过那个野人——他的敌人，但他不知道或无法想象我是怎么打死他的；现在在我身边见到我开枪，这一惊非同小可，吓得他浑身颤抖起来，看样子几乎吓得晕倒过去。他没看到我举枪射击的那只小羊，也没看到我已将它打死，只是扯开背心在身上摸，看自己是不是受了伤。我看得出他以为我决定杀死他。于是他跑上前来，跪在我面前，抱住我的膝部，说了许多我听不懂的话。我知道他的意思是求我别杀死他。

我马上想出一个办法叫他相信我不会伤害他，我用手将他扶起来，对他大笑，将被我打死的小山羊指给他看，叫他跑过去将它带过来，他照我的吩咐做了。当他正在奇怪并察看这生物是怎么被打死的当儿，我又给我的枪装上了弹药。不久，我见到一只大鸟，像是一只鹰，停在一棵树上，在我的射程之内。为了让星期五了解我将要干什么，我又将他叫到我面前来，指着那只鸟（我先以为是只鹰，其实是只鹦鹉）给他看，又指了指我的枪，还指了指鹦鹉下面的那块土地，让他明白那只鸟会落下来，我将开枪将它打死。于是我一面开枪射击，一面要他看着我行事。他马上看到那只鹦鹉落下来了。尽管我将一切都先告诉了他，他还是像被吓坏了一样。我发现更使他惊异的是，他没见到我往枪里面装弹药，以为枪支里面一定奇妙地贮存着死亡和毁灭，可以将人、兽、鸟或无论远近的任何东西杀死。这件事使他产生的惊奇，好长时间都不能消失。我相信，如我就让他这样惊疑下去，他真的会将我和我的枪作为神和神物来参拜呢。这以后的好几天，他对那支枪摸都不敢摸一下，只是对着枪说话，好像他一个人说话枪能回答他似的。后来我从他那儿得知，他这么做是希望枪别来杀死他。

等他对这件事的惊异心情稍定之后，我将打下来的那只鸟指给他看，叫他跑过去取来。他去了好久还没回来，原来是那只鹦鹉还没完全死，挣扎着扑腾到离落下来的地点好远的地方去了。但他还是找到了它，将它带回给我。我见他先前对我这枪一无所知，我就利用这个有利之点，在他不知不觉中又给枪装上了弹药，以待任何别的目标出现时开枪射击。但在那段时间内没有见到什么东西出现。于是我就将那只小羊带回家，当晚就将它剥了皮，尽我所能将它切好。我有一只煮肉的钵子，就将一部分羊肉拿来煮了，做成很好的肉汤。我开始吃了一点，又拿了一些给星期五吃。他似乎很高兴，很喜欢吃。但他见我吃肉汤时要放盐，却感到极为奇怪。他对我做了个手势，表示盐这东西不好吃，并且放了一点盐在他口里，装出似乎要呕吐的样子，还连声吐了几口唾沫，接着又拿水漱口。另外，我也拿了一块不放盐的肉放到口里，也装着吐了几口唾沫，表示没有盐的东西我吃不下，正如他无法吃下放盐的东西一样。但我这样做还是不管用，他无论是吃肉或喝汤都不喜欢放盐，至少在很长一段时间内都是如此。后来他才学会了吃有盐的食物，但盐还是不能多放。

我这样让他吃了煮羊肉和肉汤之后，决定第二天又让他吃一块烤羊肉。烤的方法如我所见到的许多英国人做的那样，在火堆两边各竖起一根木杆，上面再搭上一根横杆，用绳子将肉吊在横杆上，使烤的肉经常转动。这个办法星期五非常赞赏。到他尝到了烤羊肉以后，便用许多办法告诉我他多么喜欢吃。我当然不会不懂他的意思。最后他告诉我，以后他再也不吃人肉了。我听了他的话非常高兴。

第二天，我叫他打下一些谷物，并要他按前面说过的我经常使用的方式筛出来。很快他就懂得如何将这个工作做得跟我一样好，特别是当他看出了这个工作的意义，知道是要用它来制成面包以后。因为我等他打完那些谷物之后，又让他看着我做面包和烤面包。没过多久，星期五就能为我做一切工作了，而且做得和我一样好。

现在我开始考虑，如今有了两张嘴吃饭，就得扩充我的土地，增加粮食种植面积。于是我划出一大片土地，照以前那样用篱笆围好。星期五对这项工作不仅甘心情愿、吃苦耐劳地干，而且是欢天喜地地干。我告诉他为什么要进行这项工作，让他知道现在我和他两人一起生活，需要多种些谷物来做面包，才够我们两人吃的。他对于我说的这层意思显得很能理解，而且他还让我明白，他知道我是为了他而不是为我自己才花这么多劳力。只要我指点他如何做，他愿意更加努力地去干。

这一年是我在这个地方生活以来过得最愉快的一年。星期五现在说话说得相当好了。几乎全知道了我需要他去拿的每样东西的名称，知道了我要他去的每一处地方，而且跟我有许多话谈。所以，以前很少用过的舌头，现在总算又有用武之地了。除了跟他谈话是一种愉快之外，单就他本人来讲，我也很满意。他那种淳朴的、真实的诚恳，一天天愈益显露出来，我真的开始打心眼儿里喜欢他了。从他那方面来说，我相信，他爱我也胜过他以前可能爱过的任何东西。

一次，我想试试他是否还热念自己的故土。这时他的英语已学得相当好，几乎能回答我提的任何问题。我问他，他所属的那个部族在战争中是不是从来不打败仗。对于我这个问题，他笑笑说："对，对，我们总是打好仗。"他的意思是，他们总是打胜仗。这样，我们便开始了如下的会话：

"你们总是打胜仗，"我说，"那么，你怎么会当了俘虏的呢，星期五？"

星期五："虽然这样，我们的部落打赢的时候还是占多数。"

主人："怎么算赢了？要是你们的部落赢了，你怎么会被抓住呢？"

星期五："在我跟他们打仗的地点，他们的人数比我们部落的多得多，他们抓了我们一个、两个、三个，加上我。但是在另一边，我们的部落打败了他们，抓到了他们一两千人呢。"

主人："但是你们那边为什么不将你从敌人手里救出来呢？"

星期五："他们将一个、两个、三个和我抓到独木舟里跑开了，我们的部落那时没有独木舟。"

主人："唔，星期五，你们部落对抓到的那些人怎么处理呢？也跟这些人一样，将他们带走吃掉吗？"

星期五："对的，我的部落也吃人，把所有抓到的人都吃掉。"

主人："他们将俘虏带到哪儿去呢？"

星期五："到别的他们想去的地方去。"

主人："他们也到这里来吗？"

星期五："对，对，他们到这里来，也到别的地方去。"

主人："你跟他们一道来过这里吗？"

星期五："对，我来过这里（一面用手指向岛的西北边，那似乎就是他们去过的地方）。"

我从这次谈话中了解到，我的星期五以前也曾在那些野人当中，经常在岛的那一头上岸，跟他们一起吃人，正像别人将他带到这里来要吃他一样。过了些时日，我鼓起勇气将他带到岛的那头（前面提到过的那个地方），他一下就认出了那个地方，并且告诉我，他们有一回曾在这地方吃过二十个男人，两个女人和一个小孩。他还不会用英语说"二十"这个词，只好用二十块石头摆成一排，指着它们告诉我这个数目。

我将这段话告诉大家，是因为它引起了以下的事情。我和他进行这次谈话以后，问他从我们这个岛到对岸去有多远，是不是乘独木舟一般不会出事。他告诉我没有危险，还没有见到独木舟出过事。但是在出海不远处有一股激流，那里的风向也是上午是这个方向，下午又是另一个方向。

对于这种情况，我当它是潮水涨退趋势的影响，后来我才知道，这是由于那条巨大的奥里诺科河河水的牵引和回流所引起的。而我们的这个岛，正好处在这条河的入海口的海湾里。我原来在岛的那边看到的处于西方和西北方向的那片大陆，乃是处于这条河口

> "一个、两个、三个"是星期五独特的计数方式。个性化的语言细节描写，生动形象地塑造了星期五缺少文化知识但又质朴可爱的特点。

北面的一个名叫特立尼达①的大岛。我向星期五提出了许许多多的问题,问及这一带的领域、居民、海洋、海岸,以及附近一带居住的是些什么民族等。他用可以想象得出的最坦率的态度告诉了我他所知道的全部情况。我又问他,他们这个民族所组成的几个部落的名称,但我只得到"加勒比"这个名称。我知道他所说的是加勒比群岛,在我们的地图上它在美洲部分,其范围从奥里诺科河口到圭亚那,再进而至于圣玛尔塔②,他指着我的络腮胡子说,在月亮落下去的那边过去很远的地方,也就是在他们部落的西边,住着许多像我一样长着胡子的白人,他们杀了"多多的人"。从他所说的这些,我知道他指的是西班牙人,他们在美洲的暴行传遍所有国家,而当地所有土著部落的祖祖辈辈心里都牢记着这桩惨案。

我问他是否能告诉我,我怎样才能从这个岛上到达那些白人那里。他告诉我说可以去,我可以"坐在两个独木舟里"去。我不明白他这话是什么意思,也无法叫他将"两个独木舟"的意思解释给我听。直到后来,费了好多周折,我才发现他的意思是说必须用一只非常大的船,相当于两个独木舟那么大的船才能去。

星期五的这些话使我感到很有味道。从这时起,我就抱有某些希望,希望迟早我能找到机会逃出这个地方,而且希望这可怜的野人能作为一种媒介帮助我成事。

在星期五和我一起生活,开始跟我谈话,并能了解我跟他谈话的意思的这很长一段时间里,我没有忽略在他思想上打下一点宗教知识的基础。特别是有一次我问他,是谁将他创造出来的。这可怜的家伙完全不了解我这话的意思,还以为我在问他谁是他的父亲呢!我抓住另一个机会问他,是谁创造了大海,创造了我们脚下的陆地,创造了高山和森林。他告诉我那是一个名叫本纳穆基的老人创造的,他住在谁也到达不了的远方。他没法描绘这位伟大人物是个什么样子的人,只说他很老。他说:他的年纪比大海和陆地、比月亮和星星都要大得多。接着我又问他,既然这位老人创造了世间万物,何以万物不礼拜他呢?他脸上显出庄重的表情,但又完全是一副天真的样子,说:"万物都对他说'啊'。"我问他,在他们那地方,人死之后是不是也要到别的地方去。

---

① 特立尼达岛,特立尼达和多巴哥的主岛,位于西印度群岛中小安的列斯群岛东南端,与委内瑞拉隔海湾相望。原名"耶雷"(意为"蜂鸟之国"),1489年由哥伦布改为现名。
② 圣玛尔塔,哥伦比亚加勒比海岸港市。

他说，是的，他们都到本纳穆基那里去。我又问他，被他们吃掉的那些人是不是也到那里去。他说是的。

我就从这些事情开始，教给他真正的上帝的知识。我指着天告诉他，世间万物的伟大创造者是住在那儿。又告诉他，上帝以同样的神力管理他所创造的世界；上帝是全能的，能为我们做一切事情，能够给予我们一切，也能从我们这里拿走一切。我就是这样使他一步一步睁开了眼睛。他十分专心地听我跟他说这些，而且很乐意接受我跟他谈的如下见解：耶稣基督是被上帝派来为我们赎罪的，我们应该向上帝祈祷。上帝即使住在天上，也能听到我们的声音。一天他对我说，要是我们的上帝能够从比太阳还远的地方听到我们的声音，那他必定是一位比他们的本纳穆基更伟大的神，本纳穆基住得并不太远，却听不到他们，要等他们走到他居住的那座大山上去跟他说话时，他才能听见。我问他，他是不是到那山上去跟本纳穆基说过话。他说他没去过，年轻人从来不到那里去，只有那些他称为乌沃卡基的老人们才去。我要他解释乌沃卡基是什么意思。他说了以后，我才知道原来是他们部落中类似僧侣一类的人，他们到山上去说"啊"（星期五说，这就是他们的祈祷），回来以后，就将本纳穆基说的话告诉人们。这件事使我知道，即使在世上最盲目无知的偶像信徒中间，也存在着僧侣的权术；而且，制造一种神秘的信仰，以维持人们对僧侣的尊敬的方法，不仅在天主教徒中可以见到，而且在世界所有宗教，甚至在最残酷和野蛮的野人中也可见到。

我尽力向我的星期五说明这种欺骗行为，告诉他，他们的那些老年人假装到山上去向他们的神本纳穆基说"啊"，这是一种欺骗，而他们自称将他的话从他那里带回来，更是骗人的把戏。还告诉他，如果他们在山上真的向什么人说了话，或者还得到了回答，那么，那个人定是一个妖魔鬼怪。接着我便开始同他进行了长时间的关于魔鬼问题的谈话，谈了魔鬼的来历，他对上帝的反叛，对人类的敌意及其原因；谈了魔鬼怎样为自己建立了世界上的那一片黑暗的地方，要人们不要尊敬上帝，而要像尊敬上帝一样来尊敬他；谈了魔鬼怎样施展各种诡计哄骗人类走向毁灭；谈了魔鬼怎样私下里接近我们的情欲和感情，根据我们的嗜好来调整他的陷阱，致使我们自己成为自己的诱惑者，由我们亲手选择而走上毁灭之路。

我发现，要使他思想上对魔鬼有个正确的概念，并不像使他对上帝的存在有正确概念那么容易。大自然的一些现象可以帮助我作为证据来向他证明，我们确实需要一个伟大的造物主和一种统治一切、管理一切的神力，需要一种神秘的、指示一切的天意，我们对上帝表示敬意是公平合理的，等等。但是，对于魔鬼的概念，对他的来源、他的存在、他的特征，尤其是他生性作恶而且还引诱我们作恶等所有这些方面，我却说不出什么名堂来。而有一次，这可怜的家伙提出一个自然而又天真的问题来，将我完全难倒了，我简直不知道该用什么话来回答他。我曾对他谈了许许多多关于上帝的威力，他的全知全能，他对待罪恶的令人敬畏的脾性，他对于那些多行不义之人来说是一把要将他们烧毁的烈火等这些问题。又告诉他，正如上帝可以将万物创造出来一样，他也可以在一瞬间将我们以及整个世界毁掉。我跟他谈这些时，他听得非常认真。

在这之后，我又告诉他，在人们心里，魔鬼是上帝的敌人，他用他的所有恶念和诡计来摧毁上帝的完美计划，来破坏世上的基督天国等如此之类的话。"唔，"星期五说，"你说上帝那么有力、那么伟大，他不是跟魔鬼一样那么强大有力吗？""对，对，"我说，"星期五，上帝比魔鬼更强大有力，上帝高于魔鬼，所以我们祈祷上帝，请他让我们将魔鬼踩在脚下，使我们能抵抗他的引诱，淬熄他的火红的飞镖。""可是，"星期五又说，"如果上帝比魔鬼更有力、更强大，那为什么上帝不将魔鬼杀掉，不让他再干坏事呢？"

这个问题完全出乎我的意料。虽然我现在是个有了一把年纪的人，但毕竟还是个很不成熟的教师，根本还不够资格成为一个替人家排疑解难的人。开始我由于不知怎么跟他说这个问题，所以我便假装没有听明白他的话，并问他刚才说的是什么。但他对于他所提的问题热切地希望得到答案，根本不会忘记，所以他又断断续续地将这个问题照前次那样重新述说了一遍。这次我已稍稍克服了我的困惑的心情，我说："上帝终究会严厉惩罚他的，他预定还会受审判，还要被投进无底的地狱里去，让他永远处于不灭的火焰之中。"我的这些话并没有使星期五感到满意。他用我的话来反问我："'预定''终究'，这我不懂，可是为什么不现在就将魔鬼杀掉，不在好久以前就将魔鬼杀掉呢？"我说："你这就是等于问我，上帝为什么不将你我杀掉，因为我们也做了不少冒犯上帝的坏事。我们能留下来，是上帝叫我们忏悔和得到赦免。"他将这些话仔细想了一会儿，然后极富感情地说："喔，喔，我弄清楚了。原来是你、我、魔鬼都干了坏事，都是邪恶的，都被留下来悔罪，上帝赦免我们大家。"这时，他又一次将我弄得无可奈何，狼狈不堪。他这些话对我来说是个很好的证明：天生的见解虽然可以使有理性的人接受上帝的知识，可以因其本性使然而对至高无上的上帝表示崇拜或尊敬，但是只有神的启示，才能使人们懂得耶稣基督，懂得他为我们赎罪，懂得他是信徒们与上帝之间新的誓约的中介人，懂得他是我们在上帝御座脚凳前的调解人。我是说，只有上天的启示，才能在我们的灵魂里形成这些知识。所以，只有我们的救世主耶稣基督的福音，我的意思是说，只有上帝的话和上帝许诺引导和净化他的子民的圣灵，才是人类灵魂绝对必需的导师，指导我们了解上帝救世的知识和人们得救之道。

所以，我就将我现在跟星期五之间的谈话转移话题。我很快站起来，像是因一件突然的事情要外出，接着又借口为了一件事而将他差使到一处好远的地方去。然后我便认真地向上帝祈祷，求上帝让我能教导和拯救这个可怜的野人，求上帝用他的圣灵帮助这个可怜的无知野人的心在基督身上接受上帝的知识之光，使其和基督保持一致；求上帝指导我用上帝的言语跟这野人谈话，使他从内心里信服，使他睁开眼睛，使他的灵魂得救。当星期五从外面回到我这里来时，我又跟他进行了一次长时间的谈话，话题是关于世上的救世主耶稣为人赎罪的事，关于从天上传布下来的福音的教旨；也就是说，是关于向上帝忏悔和信仰我们神圣的主——耶稣这样一些内容。然后我又尽我所能向他解释，为什么我们神圣的救世主不以天使的特征出现，而却降生世间，成为亚伯拉罕的后裔，以拯救世人；为何那些堕落了的天使不能为人类赎罪；以及耶稣来到人世，是为了救那些迷途的以色列同族人；等等。

确实，我在教导这个可怜人时所采用的方法，与其说是用知识，不如说是用我的诚意。同时我还得承认，在向他摆明一些事情的道理时，我真的在许多事情上也教育了我自己，这些事情有些是我以前不知道的，有些是以前没充分考虑过的，现在因为要教育这个可怜的野人，自然我思想上就要对它们进行深入的探索。我相信，所有抱着和我相同的原则教导别人的人，都将有我这样的发现。现在我更喜欢对这些问题加以探究了。所以，无论这个可怜的野人的到来对我的情况是否会更好一些，我都有充足的理由感谢他来到我身边。现在我的忧伤减轻了，我的住宅也极度舒适，当我回想到在这种蛰居的孤独生活中，我不但使自己做到了尊敬上天，求得他亲手将我置于这种舒适环境中，而且现在还在上帝的指使下去挽救一个可怜的野人的生命以及他的灵魂，使他接触到了宗教和基督教旨的真正知识，这样他就可以了解耶稣基督，而了解耶稣就是生命的不朽。我说，当我回想到所有这些事情时，一种内心的隐而不宣的欣慰传遍了我灵魂的每一个角落，感到能被带到这个地方来真使人高兴，而以往我却认为到这地方来，是可能降落到我身上的所有不幸中的最可怕的不幸。

我在这种感激的心情中继续度过余下的在岛上的全部时间。我和星期五之间的交谈，使我和他共同相处的三年时间过得完全、十足的幸福（如果在现时情况下有"十足幸福"这种东西的话）。这个野人现在已成了一个比我还要好得多的基督教徒，虽然我有理由希望（并为此感谢上帝）我们两人同样都能忏悔，并为自己能成为悔罪者而感到安慰。我们在这儿有上帝的话语可供阅读，又随时能得到圣灵的指导，如同我们在英国时一样。

我经常专心阅读《圣经》，并将我读到的书中的意义尽我所能地让他知道，而他也通过认真地探究和提问，使我（正如前面我曾提到过的）对《圣经》知识的理解比以前我一个人阅读时要有进益得多。从我在这里的隐居生活的经验中，我不禁还注意到另外一件事，那就是上帝的知识和救世主耶稣的救人的教旨，在上帝的话语里说得那么明白，那么易于接受和理解，这真是一种无限的、难以表述的幸福。因为，单是阅读《圣经》，就使我能足够懂得自己的责任，将我直接引向如下的重大工作，即认真忏悔我的罪过，紧紧依靠救世主来挽救我的生命，实行规定的改造，服从上帝的一切命令。这些工作都是在无人指导下进行的。所以，这种同样明白的教导，足以用来开导这个野人，使他成为这样一个我一生都很少见到有人比得上的基督信徒。

至于世上所发生的有关宗教的一切辩论、争吵、倾轧和斗争，无论是教义上的考究还是教会行政方面的策划，对我来说都完全没有用处，而且我也知道，它们对世上其他的人来说，也是没有用处的。我们有走向天国的可靠引导，那就是上帝的话语。上帝是神圣的，我们有使自己感到安慰的见解，那就是上帝的圣灵在用上帝的话语教导我们，将我们引向一切真理，使我们立志服从上帝的话语的教导。如果我们能得到那些在世界上造成了那么多混乱的、关于宗教的争端的很了不起的知识，我看那也未必对我们有什么用处。但现在我还得依照事情的历史发展，按先后次序讲下去。

等星期五和我更加熟识和了解之后，等他几乎能完全听懂我对他说的话，并且能用不合标准的英语流利地跟我谈话时，我便将我自己的故事告诉给他，至少是将关于我来到这里的情形，是怎么住在这儿的，已住了多久等，全部告诉了他。我又让他知道火药和子弹的秘密,因为在他看来这是个秘密,又告诉他如何开枪射击。我给了他一把刀,他对它异常喜爱。我又给他做了一根皮带,上面带有一个挂刀的圈子,就像英国的那种挂短刀的挂环一样。圈子里我没让他挂短刀,只让他挂了一把短柄小斧,那不仅在某种情况下可以当一件很好的武器,而且在别的场合会更加有用。

我将欧洲的国家,特别是我的故国——英国的情形描述给他听,我们怎样生活,怎样崇拜上帝,我们彼此间怎样相处,以及我们怎样驾船到世界各处做生意。我将我乘的那艘船遇险的情形说给他听,并且尽可能准确地指给他看那艘遇险的船躺在什么地方。但是它现在早已被风浪打成碎片,再也见不到它的踪影了。

我又将我们坐着逃生时覆没的那只救生艇的残骸指给他看,那次我曾使出浑身力气都没能使它动一下,现在也几乎破成碎片了。见到这只小艇,星期五站在那里沉思了好久,一句话也没说。我问他在研究些什么,他最后说:"我见到这样的船到我们部落来过。"

我好久没有弄懂他这句话的意思,后来当我进一步询问之后,我才明白他意思是说,有一只小船,跟这只小船一样,曾到他居住的那块地方靠了岸,他解释说,是恶劣的天气迫使那只船漂到那儿去的。我立刻想象出,有某艘欧洲航船在他居住的海岸附近遇了险,救生艇脱落下来,被风浪推到岸边。我当时那样迟钝,竟然从没想到会有人从那遇险的船上逃生,更别说想到他们可能从哪儿来了。所以我只是询问他,要他描述那只小艇的情况。

星期五对我够详细地描述了那只小艇的情况。但只有当他略带几分热情地补充说"我们还救起了一些快要淹死的白人"时,我才更好地了解了他的意思。我立即问他小艇上有没有白人。他说:"有,小艇上全是白人。"我问他有多少。他用手指头告诉我,有十七个。我问他他们后来怎么样了。他告诉我:"他们还活着,就住在我们部落里。"

他这话使我脑子里有了新的想法。我立即设想,这些人可能就是我在岛上见到的遇险的那艘船上的船员,在航船触礁以后,他们知道船不可避免地会沉没,于是便乘小艇逃生,在住着野人的荒野海岸登了陆。

听了他说的这些情况之后,我又追根究底地询问那些人的下落。他向我保证他们还活着,而且已经在那里住了大约有四年了,野人们并不去管他们,还给他们吃的。我问他,何以野人们没有将他们杀了吃掉。他说:"不会的,他们互相结成了兄弟。"据我理解，这就是说，他们之间已有一种和解。接着他又补充说："他们除了打仗的时候，之外是不吃人的。"这就是说，他们除了在打仗时将抓住的俘虏吃掉以外，其余的时候是不吃任何人的。

又过了好久，有一天我和星期五走到岛东边的那座小山顶上。我以前说过，就是在这个山顶上，我曾在一个晴天发现了那一边的美洲大陆。今天天气也很晴朗，星期五热切地眺望着那边的大陆，突然间他出人意料地跳起舞来，并向我大声叫喊（当时我离他有一段距离）。我问他是怎么回事。"啊，真快活！"他说，"啊，真高兴！<u>在那里我看到了我的家乡，我的部落！</u>"

我注意到他脸上显出一种特别欢喜的神情，眼里闪耀着光彩，神色中有一种异样的殷切渴望，似乎有心重回自己的家乡去。见到这种情况，使我产生了许多的想法，使我第一次对于我的新伙伴星期五感到不像以前那样放心了。我毫不怀疑，如果星期五能够重新回到他的部落，他不但会忘掉他所有的宗教，而且还会忘掉他对我的一切义务，并进而向他的同乡谈到我的情况，或许还可能带上一两百人回到这儿来，用我的肉来举行一次宴会，在宴会上，他可能还会像以往在用战俘的肉举行的宴会上那么高兴呢。

但是，我确实十分冤枉了这个可怜的老实人了。后来我为了曾经有过这种想法而感到非常难过。然而，由于我的猜忌之心仍在增长，一直持续了好几个星期。在这段时间里，我对他更加小心谨慎，不像以前那样亲近了。这种做法肯定也是错误的。这个知道感恩的老实人根本就不会有那种想法。正如后来他所令人完全满意地表现出来的，他的行为，无论是作为一个虔诚的基督教徒来说，还是作为一个知道感恩的朋友来说，都适合于最好的道义。

当我还对他抱着猜疑之心时，毫无疑问我每天都向他进行诱问，看他心里是不是产生了我所猜疑的那种新的想法。但我发觉他说的每一件事都非常诚实，非常纯真，根本找不出任何可以助长我的猜疑的东西。所以，尽管我心里还是有所不安，但他终于还是使我消除了对他的猜疑。而在这段时期中，他一点也没有发觉我的不安心情，所以我不能疑心他是在耍诡计。

> 无论生在哪个国家、处于何种文明形态之下，人们对故乡的眷恋都是情真意切的。"胡马依北风，越鸟巢南枝"，尽管星期五没有什么文化知识，但他同来自文明国度的鲁滨孙一样，同样有些对故乡的依恋、对回家的渴望。

一天，我们又走上那座小山，但那天的天气不大好，海上烟雾弥漫，因此见不到那边的大陆。我叫唤他一声，并且对他说："星期五，你不想回你的家乡，回你的部落去吗？""是的。"他说他很高兴回到他的部落去。"你回去以后干些什么呢？"我说，"你要重新变野，再吃人肉，像你以前那样重新变成一个野人吗？"他脸上显出十分担心的神态，摇摇头说："不，不，星期五告诉他们好好生活，告诉他们祈祷上帝，告诉他们吃谷物面包，吃家畜肉，喝家畜奶，再不要吃人肉。""唷，要是这样，"我对他说，"他们会杀死你的。"听了我的话，他的神情显得很庄重，接着便说："不，他们不会杀我的，他们爱学习。"他的意思是说，那里的野人都愿意学习新东西。他还补充说，他们已从那些从小艇上下来的长胡子的人那里学到了不少东西。我又问他是不是愿意回到他们那儿去。他笑了笑说，他不能游那么远。我告诉他我将为他造一只独木舟。他告诉我说，如果我跟他一起去，他就去。"我去！"我说，"要是我到了那边，他们会吃了我的。""不会，不会，"他说，"我会叫他们别吃你，我会叫他们很爱你。"他的意思是，他会告诉他们我如何杀死了他的敌人，救了他的命，所以他会叫他们爱我。接着他又尽他的能力告诉我，他们对待那十七个遇险上岸的白人，或者他所说"有胡子的人"，是何等的和蔼亲切。

我承认，从这时起，我已立下心思冒险到大陆那边去，看有没有可能加入到那些有胡子的人中间去，他们无疑是西班牙人或是葡萄牙人。毫无疑问如果我能跟他们会合在一起，我们就可以设法从那儿逃走，因为那边是大陆，又有一大群人在一起，比我只身一人、没有援助，从一个离那边海岸有四十英里远的岛上逃走要有办法得多。所以在几天之后，我又带了星期五去工作，顺便和他交谈，告诉他我将给他一只船，让他回他的部落去。于是我带他到岛的那一头，到我存放我那只小船的地方，将船从水中拉上来（因为我总是将它浸在水里）给他看，将船里的水舀干净，然后我们两人一起坐了进去。

我发现他是个灵巧的划船能手，划得比我几乎要快一倍。所以他到了船上之后，我便对他说："喂，星期五，我们现在到你的部落去好吗？"他听我这样说，像是愣住了。似乎是他认为这只船太小了，航行不了那么远。于是我告诉他，我还有一只大一些的船。第二天，我又带他到我造的第一只船的那个地点，就是我造好后无法使它下水的那只船。他说，有这样大的船就够了。可是，这只船我一直没照管它，丢在这儿已有二十二三年，太阳将它晒得又干又裂，已经有些腐朽了。星期五告诉我，这样的船非常好，能装"很够的食物、饮料和面包"，这是他谈话的方式。

总之，到此刻我已决定了和他一起到大陆去的计划，我告诉他，我们将动手造一只跟这只船一样大的船，他就可以坐在船里回家去。他一声不吭，显出很庄重、很伤心的样子。我问他怎么了。而他反过来这样问我："你为什么要生星期五的气呢？我做错了什么事？"我问他这是什么意思，我告诉他我完全没生他的气。"没有生气！没有生气！"他将这句话重复了好几遍，"那为什么要送星期五回到自己的部落去呢？""嗨，"我说，"星期五，你不是说你想回到那儿去吗？""对，对，"他说，"希望两人都去，不希望星期五去而没有主人去。"一句话，他不想一个人回去而我不去。"我到那里去！星期五，"我说，"我到那里去干什么呢？"他很快转向我说："你可以做许多许多的好事，你可以教育野人成为善良、清醒、温顺的人，你可以教导他们知道上帝，向上帝祈祷，过新的生活。""唉！星期五，"我说，"你不知道你在说什么，我自己也还只是个无知的人呢。""你有知识，"他说，"你把我教导成好人，也能把他们教导成好人。""我不行，星期五，"我说，"你一个人去吧，让我在这里跟以前一样一个人生活。"听了我这话，他重新显得很慌乱，只见他跑到他平常携带的那种短柄小斧旁，很快拿起一把，来到我身旁，将它交给我。"我要斧子干什么？"我对他说。"你拿它杀了星期五。"他说。"我为什么要杀了你？"我又说。他很快回答说："那你又为什么要送星期五走呢？拿着吧，杀了星期五，不要送星期五走。"他说这话时，态度是那样的诚挚，以致我见他眼里饱含着泪水。总之，我清楚地看到了他对我的极深的感情，以及他自己的坚定的决心。于是我当时就告诉他，而且以后也经常对他说，只要他愿意跟我待在一起，我绝不将他从我身边送走。

总之，因为我从他的全部谈话里发现了他对我的根深蒂固的感情，没有什么东西能将他从我这里赶走，所以我弄清了他之所以希望回到他自己的家乡去，其根基在于他对本部落人的强烈的爱，希望我去为他们做好事。但对这件事我自己却没有这种想法，所以我

二人之间的对话显示出星期五的单纯、质朴、对鲁滨孙的忠诚与依恋。这些话语朴实无华，却分外能够打动读者的心。

没有一点意愿或希望去从事它。可是我心里仍然有一种如上所述的想逃走的愿望，其根据就是我从他的谈话中得出的推测，即那里有十七个长着胡子的人。所以，我不耽搁一点时间，立即和星期五一起出发工作，找一棵适合砍伐的大树，造一只大独木舟，来进行这次航行。这岛上有足够的树木，可以建立一支小小的船队，不是说独木舟的船队，而是很大的船的船队。但我查看的主要事情是要找到一棵靠近水边的大树，以便船造好之后就可以使它下水，避免当初犯的那种错误。

后来，星期五选择好一棵树，我发现在什么树最适合于造船这件事情上，他比我知道的多得多。到今天为止，我还叫不出我们砍倒的那棵树的名称，只知道它的样子很像我们叫作黄颜木的那种木材，但又有点像尼加拉瓜木，因为它们的颜色和气味都很相同。星期五打算用火将这棵树烧空来做成一条船。但我指示他不如使用工具来将它凿空。我将工具的使用方法告诉他之后，他就能很敏捷地使用了。经过一个月的艰苦劳动，我们就将它造成了，而且造得非常漂亮，特别是我教会他如何使用斧子之后，我们用斧子将船的外面砍修得像一条正式的船一样光滑好看。然而，在这之后，我们花了将近两个星期的时间，才将它用大滚木一下一下地移到水里去。下水之后，我们才知道它可以轻轻松松地装载二十个人。

船下到水中之后，虽然船体很大，但我惊异地见到，我的星期五驾驶起它来，无论前进、后退、左转、右转，都是那样熟练而敏捷，真是旋转自如，行走如飞。于是我问他，他是不是愿意、我们能不能驾着这条船冒险过海去。"可以，"他说，"我们坐着它冒险过海是蛮好的，就是刮大风也不要紧。"然而，我还有一个他所不知的进一步的计划，那就是给船安上一根桅杆，装上一张帆，再配上一副锚和一根锚链。桅杆好办，我在附近选了一棵小杉树（这种树岛上很多），叫星期五将它砍倒，并指导他将它砍成桅杆形状。至于船帆，那就是我特别挂虑的事了。我知道我有旧船帆，或者不如说有足够的旧帆布，但它们已在我家里放了二十六年了，我又没好好保管它们，想不到有一天还会给

> 全文结构层次分明，有详有略。前文已经详细介绍鲁滨孙如何造船，这里就简略交代了一下。一个月造船，近两个星期下水，艰辛的劳作一笔带过，留给读者更多的想象空间。

它们派上这一类的用场。我毫不怀疑它们全都朽坏了。实际上它们也烂掉了大部分。然而，我却从中找出了两块看起来还完全好的，我便拿这两块帆布工作起来。没有针，可想而知我缝制时吃了多少苦，动作多么笨拙而令人生厌。我终于缝成了一块三角形的丑陋不堪的东西，类似我们在英国叫作"羊肩帆"的那种东西。我将它下面安一根下桁，上面安一根小小的短斜杠，我们大船上的长艇的帆就是这样的。这种帆我使用得最好，因为我在这个故事的前面部分提到过，我从巴巴利①逃走时坐的那只小艇上安的也正是这种帆。

　　安置桅杆和船帆的这道最后工序，花了我将近两个月时间，因为我把这工作做得很完善，替桅杆加上了一根小小的支索和一面前桅帆，这样就可以帮助船逆风行驶。更为要紧的是，我在船尾安了一个舵，便于操纵方向。虽然我只是个蹩脚的造船工，但由于我了解这东西的用处和必要性，我便含辛茹苦地去做它，终于将它做成了。要是将我在制作过程中那些多次遭到失败的笨拙的设计也考虑在内的话，我制作这玩意儿所花的劳力，跟造这只船的劳力差不多一样多。

　　在最后这道工序也全部完成之后，我便将驾船的知识教给星期五。虽然他对于如何用桨划独木舟知道得很清楚，但他对于如何张帆和掌舵却一点也不知道。当他看到我用舵操纵着船在海上来往自如，又见船帆随着航行方向的改变，时而朝这边，时而朝那边灌满风张开，简直惊异得无以复加，站在那里，目瞪口呆。然而，我教他练了几次之后，这些技术他都掌握了，成了一个熟练的船员，只是还不知道使用罗盘，因为我无法使他懂得罗盘的用法。从另一方面来说，好在这一带很少有多云的天气，也很少或者根本没有雾，所以使用罗盘的机会很少。晚上总可以看到星星，白天可以见到海岸，只是雨季要除外。但雨季谁也不会外出，无论是陆上或是海上。

　　我被束缚在这个地方现在已进入第二十七个年头了。虽然最近这三年有星期五跟我在一起，应该除外。因为我跟他在一起，生活比以往已大大改观。我怀着跟当初一样的感谢上帝的恩惠的心情，度过了我的登陆纪念日。如果我当初有感谢上帝的理由，那么现在这种理由就更多了。因为我现在有了更多的证据说明上帝对我的关照，并且更加相信我能有效地、迅速地得到解救。我思想上有一种深刻的印象，觉得我的被解救已迫在眉睫，在这地

---

① 此处原文如此。但本书前面说，本书主人公驾长艇逃离的地点是塞拉，而不是巴巴利。而且，前面书中也未曾提到"巴巴利"这一地点。

方不会再待上一年了。然而,我还是一如既往地干我的农活、挖地、种植、围篱笆,也像以前一样地采集和加工葡萄,以及做些其他日常必需的事情。

就在我不像往日常常出门,而是常在家里干些事情时,雨季来到了。我尽可能将新船安全地搁置起来,将它拖到以前我将木排弄上岸的那条小河里,并且趁涨潮时将它弄到岸上,又叫星期五挖了一个小小的船坞,刚好是那只船那么宽,深度刚好能放进水将船浮上来。等潮水退下去后,我们在船坞的口子上筑一道坚固的堤岸,拦住海水。这样,潮水来时,船也是躺在干处。为了不使船淋雨,我们又盖上了许多树枝,厚厚的一层,就像盖屋顶一样。我们就这样等待着十一月和十二月份的到来,我就是定在那个时候冒险渡海。

天气稳定的旱季开始了。随着晴好天气的到来,我的计划也要付诸实现了。我每天都在做航海的准备。第一件事就是准备一定数量的粮食,作为航行中的储备。同时打算在一周或两周之内挖开船坞的堤坝,放船下水。一天早晨,我正在忙着这一类事情,便叫星期五到海边去,看能不能找到一只海龟,平时我们每星期都能找到一只,吃它的蛋和肉。星期五去了不久,就飞跑回来,纵身越过我外面那道墙篱,好像脚不沾地似的。还没等我开口问他,他就朝我喊道:"啊,主人!啊,主人!啊,糟糕!啊,不好!""什么事呀,星期五?"我说。"啊,在那边,"他说,"一只、两只、三只独木舟!一只,两只,三只!"听他这样说,我断定有六只船。但问清楚后,原来还是只有三只。"唔,星期五,"我说,"别怕。"我尽量为他壮胆。可是,这可怜的人已经被吓坏了,因为他脑子里想的只是:他们是来找他的,将会把他撕成碎块吃掉。这可怜的家伙颤抖得那么厉害,以致我真不知道如何才能鼓励他。我尽可能地安慰他,告诉他我也跟他一样非常危险,他们也会将我吃掉的。"但是,"我说,"星期五,我们要决心同他们打仗。你能打仗吗,星期五?""我能开枪,"他说,"但是他们来了一大群。""那没关系,"我又说,"我们的枪不打死他们也会将他们吓跑的。"

星期五的惊恐又一次为读者带来了紧张感,但鲁滨孙沉稳应对,显示出领导者的气度。紧接着作者提到二人全副武装,这与前文多次提到的鲁滨孙用心收集、保存弹药形成呼应,使得这些武器第一次有了"大规模"出场的机会。

于是我问他，要是我决心保卫他，他是否也愿意保卫我，站在我一边，照我所吩咐的行事。他说："主人，只要你吩咐我，我死也行。"于是我倒了一足杯甘蔗酒给他喝了。我对我的甘蔗酒一直喝得很节约，所以我现在留有不少。他喝下酒后，我就要他去取我们平常携带的那两支鸟枪，装上打天鹅用的巨弹，像手枪子弹那么大。然后我又取了四支滑膛枪，每支装上了两块金属块、五粒小子弹。我的两支手枪里，每支装上一对子弹。我又将我的大刀像平常一样不带刀鞘，挂在腰间，同时要星期五拿着他的短柄小斧。

当我这样准备好之后，我拿起望远镜，跑上山坡，看能发现什么情况。很快我就用望远镜见到，有二十一个野人，三个俘虏，三只独木舟。看来他们要干的全部勾当似乎就是用那三个活人的身体来举行一次胜利宴会。这实在是一种野蛮的宴会，但如我所说过的，这对于他们来说，却是最平常不过的事。

我又观察到，这回他们登陆的地点不是上次星期五逃脱的那处地方，而是更加靠近我的那条小河。那里海岸地势低，而且靠近一片茂密的树林，树林几乎一直延伸到海边。

见到这种情况，加上对这些家伙所要进行的暴虐勾当的深恶痛绝，使我义愤填膺，于是立刻跑下山来，走到星期五那里，告诉他我已决定要到他们那里去，将他们全部杀掉。问他是不是支持我。他现在已经忘掉了害怕，而且由于喝了我给他的甘蔗酒，精神振作了一些，他听了我说的之后，甚为高兴。他像以前一样对我说，即使我要他死，他也甘愿去死。

在这种愤怒发作的状态下，我先将已经装好弹药的武器在我们之间进行分配。我给星期五一支手枪，叫他别在腰带上；又给他三支长枪，要他背在肩上。我自己也拿了一支手枪和另外三支长枪。打扮成这种样子之后，我们便出发了。我还拿了一小瓶甘蔗酒放在口袋里，又将一个大袋子让星期五拿着，里面装了更多的弹药。作战命令是，我指示他紧跟在我后面，没有我的命令，不得乱动或开枪，或随意行动，到时候还不许说话。这样，我们向右迂回绕了一段路程，将近有一英里，为了要绕过小河，进入树林中去。这样，我就可以在被他们发觉之前进入对他们的射程之内。我用望远镜观察过，这是容易做到的事。

当我正往前走时，我以前有过的那种想法又出现在我头脑里，我的决心

> 作者借鲁滨孙之口提出自己的观点：人生而平等，都享有生存权，强大的一方并不能找种种借口剥夺弱小一方的生命。

又开始减弱了。这不是说我怕他们人多。<u>他们只是些全身赤裸、没有武器的家伙，我肯定要比他们强。唔，即使我只有一个人也比他们强。但是我又想到，是什么义务、什么原因，更别提有什么必要让我的手沾满鲜血，去袭击别人，他们并没有加害或是打算加害于我，他们对我是无罪的</u>，他们的野蛮习俗只是他们自己的不幸，确实是上帝让他们同他们那块地方的其他一些民族仍处于愚昧和残忍状态的一种标志。但上帝并没召唤我做他们行为的裁判者，更别说做他的审判的执行人。他认为什么时候合适，他就会亲手去执行，对全民族的罪孽作全民性的报复性惩罚。但就是在那个时候，那也与我无干。确实，星期五这样做倒是很有道理的，因为他是他们公开宣称的敌人，同他们处于战争状态，他去袭击他们是合法的。就我来说，情况跟他就不一样了。在我一路前进时，这些事情一直压在我思想上，以致使我决定我只是先去接近他们，看看他们的野蛮宴会，然后，再按上帝的指示行事。除非出现了要我去采取行动的情况，不然我是不去插手管他们的事的。

我带着这个决定进入树林中，尽一切可能做到谨慎小心，不发出一点声音，让星期五紧跟在我后面，一直走到树林的边沿，挨近他们的那一边。这里，我跟他们之间只隔树林的一角。我悄声叫星期五，将树林角上的一棵大树指给他看，要他到那棵树的旁边去，看是否能看清他们在干些什么，回来告诉我。他去了，很快就回来告诉我说，那地方能清楚地见到他们，他们全都围坐在火边，正在吃着一个俘虏的肉。另外一个俘虏被绑着，躺在沙滩上，离他们不远，是接着就要被杀的一个。我听了这话，不禁怒从心头起，恶向胆边生。他又告诉我，那个俘虏不是他们同民族的人，而是他曾告诉过我的，从小艇上去到他家乡的那些有胡子的人中间的一个。我听说他们要杀的是个有胡子的白人，大吃一惊，立即走到那棵大树那里，用望远镜清楚地看见一个白人躺在海滩上，手脚都被用菖蒲草或灯芯草之类的植物捆住。我还看出他是个欧洲人，身上还穿着衣服。

我看见前面还有另外一棵树，树过去还有一个小小的<u>灌木丛</u>，那里离他们比我这儿要近大约五十码，只要绕一点路就可到达那里，不会被他们发觉。到了那里，我就可以将射程缩短一半。虽然我这时已是怒不可遏，但我还是压抑着我的愤怒，往回走了二十来步，走到一片灌木丛后面，这片灌木丛掩护着我一直走到另一棵树边。然后，我走上一片小小高地，在离他们大约八十码的距离之内，我将他们看得清清楚楚。

现在我得分秒必争了。因为我见有十九个可怕的家伙坐在地上，紧紧地靠在一起，他们刚刚派了另外两个去宰杀那可怜的基督教徒，也许要斩掉他的四肢，拿到火上来烧着吃呢。这时，那两个派去的野人已在弯腰解开他脚上的捆索了。我转向星期五说："星期五，照我吩咐你的做。"他说他会照我的话行事。我又说："那么，星期五，你就准确地照我的样子行事，不要出差错。"于是我将一支滑膛枪和一支鸟枪放在地上，星期五也照办了。我举起另一支滑膛枪瞄准那些野人，吩咐他也照我这样做，然后问他准备好了没有，他说准备好了。我说："那就朝他们开火吧！"我边说边开了一枪。

星期五瞄得比我准，他一枪就打死两个，打伤三个。我呢，只打死一个，打伤两个。你可以想见，那群野人是何等的惊慌失措。那些没受伤的，全都跳起来，但却一时不知往哪里跑，也不知道往哪里瞧，因为他们根本不知道祸从何方起。星期五的眼睛紧盯着我，照我的吩咐，注意我的动作。打完第一枪后，我马上将枪杆丢下，拿起那支鸟枪，星期五也照样做了。他见我举枪瞄准，用指头扳上扳机，他也同样做。我说："准备好了吗，星期五？"他说："好了。"我说："以上帝的名义，开枪吧！"一面说着，我一面又朝那些惊慌失措的家伙开了一枪。星期五也照样开了枪。由于这次我们的枪管里装的是打天鹅的巨弹或小手枪子弹，所以我们发现只倒下两个，而受伤的却很多。他们像疯子一样四处乱窜，大喊大叫，浑身是血，大部分伤势很重。后来其中有三个很快又倒了下去，虽然还没完全死去。

我将打过了的那支枪放下，拿起那支装好弹药的滑膛枪，对星期五说："星期五，现在跟我来。"他带着极大的勇气跟着我。这时，我冲出树林，出现在沙滩上，星期五紧紧跟在我后面，一见到他们能看见我时，我便尽量高声喊叫，并要星期五也跟着喊。同时，一面尽我所能地飞快往前跑（由于我身上带着那些武器，其实我跑得并不很快），直向那可怜的牺牲品跑去。如前所述，他躺在野人原来坐的地方和大海之间的海滩上。那两个正打算杀他的屠夫，在听到我们的第一声枪响时就被吓得离开了他，丢魂失魄地逃向海边，跳进一只独木舟里。其余的野人中，还有三个也朝那同一方向跑去。我

> 5~15世纪，拉丁语是教会统治下的宗教、文化和行政的语言，又是西欧各民族间的交际语言。身为英国人的鲁滨孙用葡萄牙语问对方是什么人的时候，对方用西欧的交际语言回答出"基督徒"三个字，第一表明自己的宗教信仰，第二表明自己并非葡萄牙人，第三也表现出这位基督徒在不明白鲁滨孙真实身份时的谨慎小心。

转向星期五，吩咐他追上前去，朝他们开枪。他马上明白了我的意思，跑了大约四十码，到挨近他们时，才向他们开枪。我看见他们咕咚一声全倒在船里，以为他们全被打死了。可是接着我又看见有两个很快坐了起来。虽然如此，他还是打死了其中的两个，又打伤了第三个。那个被打伤的躺在船底上，跟死了一样。

当我的星期五向他们开枪时，我抽出大刀，将绑住那可怜的牺牲者的菖蒲草割断，解开了他的手脚。我将他扶起来，用葡萄牙语问他是什么人。他用拉丁语回答说："基督徒。"但他是那样虚弱无力，简直无法站住或说话。我从口袋里拿出酒瓶，递给他，示意要他喝上几口，他喝了。我给了他一块面包，他也吃了。接着我问他是哪国人。他说他是西班牙人。由于这时他的体力恢复了一些，他就尽可能用一些手势让我知道，他蒙受我多大的恩惠将他从死神手里救出来。我将我学会的一点西班牙语全都搬出来对他说："先生，我们以后再谈吧，现在我们得去战斗，如果你还有一点力气，就带上这支手枪和这把刀子，去奋战一场吧！"他很感激地接过枪和刀。他刚把武器拿到手，就好像浑身增加了新的力气，他像一个复仇之神一样向那些杀人凶手飞扑过去，顷刻间就将其中的两个砍倒，砍成了几块。事实上，这整个事件对他们来说真是太突然了，因此这些可怜的家伙被我们的枪声吓得屁滚尿流，连逃跑都没有力量了，只能用他们的肉体来抵挡我们的枪弹。遭到星期五射击的独木舟里面的那五个人的情形也是这样。当那三个因被打死或打伤而倒下去时，那两个未受伤的因为害怕，也倒了下去。

我手中这时仍然持着那杆枪，没有发射。我已将手枪和大刀给了那个西班牙人，自己手里得有一支有弹药的枪来做战斗准备。因此我又吩咐星期五到我们第一次开枪的那棵大树那里去，将放在那里的武器带到这儿来，那都是射击之后还未装弹药的。很快他就拿来了。于是我将手中的滑膛枪给了他，自己坐下来给所有的空枪装上弹药，并告诉他们要用枪时就到这儿来取。当我正在给这些枪支装弹药时，忽然看见那西班牙人正在和一个野人展开一场猛烈的战斗，那野人手中拿的是把木刀，这正是先前要用来杀这个西班牙人的那种武器，不是我阻止得快，他们早将他杀害了。那西班牙人，虽然虚弱，战斗起来却很勇猛，他已跟那野人交战了好久，而且已将那野人头上砍了两道巨大的伤口。但那野人是个粗大健壮的家伙，当走近那西班牙人之后，一下就将他摔倒在地（由于他已很虚弱），并伸出手来扭夺他的刀子。那西班牙人被压在底下，这时他急中生智，松手放开刀子，从腰带上抽出手枪，还没等我跑近他去帮他的忙，他就一枪将那野人的身子打穿了。

星期五趁这时我没给他交代任务，手里没拿别的武器，只抓起一把短柄小斧，去追赶那些逃窜的家伙。他用斧子将那三个最初受伤倒下来的野人砍死，又将其余他能追上的野人也通通杀掉。那西班牙人也前来问我要枪，我给了他一支鸟枪，他持枪追上两个野人，将他们都打伤。但这时他实在跑不动了，那两个野人便跑进了树林里。星期五又追到树林里，用斧子砍死了其中的一个。另一个虽然受了伤，却还是很灵活，他奋力奔逃，跳入海中，死命朝那两个留在独木舟上的野人泅去。现在在独舟里的这三个人，连同那个还不知道死没死的受伤者，就是这次来的那二十一个野人中从我们手里逃脱的全部人数。其余的全被打死，总计如下：

被我们从树后开第一枪打死的，三名。

被我们开第二枪打死的，两名。

被星期五在船上打死的，两名。

第一次受伤，后又被星期五砍死的，两名。

被星期五在树林中砍死的，一名。

被西班牙人杀死的，三名。

受伤后毙命或被星期五追击杀死的，四名。

乘船逃走的四名，其中一名虽未死，亦重伤。

总共二十一名。

在独木舟上的那几个野人，拼命划船，想急于划出我们枪支的射程范围。虽然星期五曾对他们开了两三枪，但都未击中。星期五很想我驾驶他们的一只独木舟继续追杀他们。我对于他们的逃跑也确实感到十分焦虑，恐他们回去后将这消息传给他们部落的人，这样他们或许会开来两三百只独木舟，仗着人数多将我们吃掉。所以我同意到海上去追他们，同时向他们的一只独木舟跑去。我跳了进去，吩咐星期五跟我一起去。但当我跳进独木舟后，却意外发现里面还有一个没有死的俘虏躺在那儿，手脚都被绑着，跟那个西班牙人一样，等待那些野人来宰杀。他由于无法抬起头来往船外面看，不知道外面发生了什么事，已给吓得半死。他的脖子和脚都被绑得那样紧，又绑了那样久的时间，现在真的只剩一口气了。

我立刻将绑在他身上的菖蒲、灯芯草之类的东西割断，准备帮助他站立起来。但他不能站起来，也不能说话，只是凄惨地呻吟着，我相信他以为替他松绑是要将他杀掉呢。

当星期五来到他面前时，我吩咐他跟这个人说话，告诉他他得救了，同时我又掏出酒瓶来，叫他让这可怜的家伙喝上一口。这野人听说自己已经得救，精神一下恢复过来，并且从船上坐起。星期五听到他说话的声音，又看到他的脸之后，马上就吻他，拥抱他，跟他紧紧抱在一起，又哭又笑，问这问那，站起来又跳又舞，又唱又闹，接着又放声哭起来，并且扭自己的手，打自己的脸和脑袋，然后又唱起来，跳起来，像个精神失常的人。见了这种情景，任何人都要被感动得流下眼泪的。过了好长一段时间，我才能使他开口说话，告诉我这是怎么回事。他让自己稍稍恢复了一下神情，才告诉我那个人是他父亲。

当我看到这个可怜的野人见到他的父亲，而且见到他已死里逃生时，心里是那样狂喜，那样表现了一个做儿子的孝心，我内心的感动真是难以表述。而且，对他紧跟着表现出来的那种过分的感情，我确实也难以描述。因为他忽而跳上小船，忽而跳下小船，跳进跳出不知有多少次。他上船以后，就挨着他父亲坐着，将胸部的衣服敞开，将父亲的头紧贴着自己的胸膛有半个钟头之久，用这种动作来慰藉他。接着又捧起他父亲的因捆绑过久而麻木、僵硬的手臂和脚踝部分，不停地用手揉摩。我见到这一情况，便从瓶里倒了一些甘蔗酒给他，叫他用酒去揉摩，这样要有效得多。

发生了这件事，就使我们将追独木舟上那几个野人的事作了罢论。他们的船这时已逃离好远，差不多望不见了。我们没有去追真是幸事，因为在他们离开后不到两小时，他们还没走完回去路程的四分之一时，海上就刮起了暴风，而且继续刮了一整夜，风向是从

"吻"、"拥抱"、"哭"、"笑"、"扭"、"打"、"跳"、"唱"等一系列动作描写，把乍同父亲重逢的星期五兴奋狂喜的心情活灵活现地表达了出来。

西北刮来的，正是他们的打头风。我料想他们的船会给风浪打沉，他们到不了自己的海岸。

现在回头来说星期五。他这时正在为他父亲忙个不停，我心里觉得不应该让他离开他父亲。但后来我觉得他可以离开一会儿时，便叫他过来，他边跳边笑地向我走来，高兴到了极点。我问他是不是给了一点面包给他父亲吃，他摇摇头说："没有，我这丢脸的家伙把面包都吃光了。"于是我从自己特意带来的一个随身小袋里拿出一块面包给他，又给了他一点甘蔗酒，叫他自己喝下。但他自己却不肯喝，也将它带给父亲。我袋子里还有两三把葡萄干，我给了他一把，叫他拿给他父亲。我见他将葡萄干一交给他父亲后，就跳出小舟，像是被什么东西迷住心窍似的飞快跑开了。他跑得真快——他是我生平见到的跑得最快的人——眨眼工夫就见不到他的影子了，尽管我在后面大声叫唤他，他还是照样往前跑。不到一刻钟工夫，我见他又回来了，不过没有去的时候那么快。当他走近之后，我才发现他之所以步子迟缓一些，是因为他手里带着东西。

他走到我面前时，我发现他真的跑回家去取了一个泥罐子，为他父亲弄来了一罐淡水，还带来了两块面包。他将面包给了我，将水带给他父亲。然而，这时我也感到很渴，便也就啜了一口。这些水在恢复他父亲的精神方面，比我给他的酒更有作用。因为他正口渴得快要晕倒了。

他父亲喝过水后，我问他罐子里还有没有水。他说还有。我就吩咐他将罐子带给那可怜的西班牙人，现在他跟星期五的父亲一样，也很需要水喝。我又叫星期五将带来的面包送一块给那西班牙人，他确实非常虚弱，正躺在一片树荫下的草地上歇息。他的手脚由于曾经被紧紧地捆绑着，现在变得又硬又肿，我看见星期五给他送水去时，他坐了起来喝水，并接过面包，开始吃起来。我走到他面前，给了他一把葡萄干。他抬头望着我，表现出非常感激的神情。但他太虚弱了，虽然他在战斗中曾那样全力以赴，现在却虚弱得无法站立起来了。他曾试了两三次想站起来，但确实不行，他的脚踝骨那里又肿又痛。我叫他静静地坐着，教星期五给他揉脚踝，并淋上酒揉，像他为他父亲揉脚时一样。

我观察到这个可怜的、感情深厚的家伙，在这里为那西班牙人揉脚的时候，总是隔不到一两分钟就回过头去，看他父亲是不是还按原来自己要他保持的那个姿势坐在那儿。后来他发现见不到父亲了，他便惊跳起来，二话不说，

飞快地朝父亲那里跑去，简直跟脚不沾地一样。跑到那里一看，原来他父亲只是为了舒松一下四肢而躺下去了。他这才马上又回到我这儿来。于是我对那西班牙人说，要是可能的话，我让星期五扶他起来，搀扶他到小船上，然后坐船到我们的住处去，由我来照料他。可是星期五这强壮有力的小伙子，竟将那西班牙人背起来，背到小船那里，轻轻地将他扶坐在船舷上，两脚朝船里。然后又完全将他抱进船里，让他躺在他父亲身旁。接着他又跨出小船，将船推下水，沿着海岸划去。虽然风还是刮得很大，但他划起来还是比我走路快。他就这样将他们两人安全地载到了那条小河里，让他们留在船上，自己从陆地上跑去找另一只独木舟。当他经过我身边时，我问他到哪儿去，他告诉我："还去带一只船回来。"说完就一阵风走了，确实比任何人或任何一匹马都跑得快。等我刚刚从陆地上走到小河边时，他已经将另一只独木舟划进小河了。于是他将我渡过小河，然后又去帮助我们的新客人下了船。可是他俩谁也走不动，这可使得可怜的星期五束手无策了。

为了克服这个困难，我在脑子里想办法。我要星期五叫他们两人待在河边，他到我这边来。很快我就做成了一种简易手推车，将他们两人放在车上，我和星期五一起推着他们往前走。可是当我们将他俩推到我们的围墙外面时，我们比先前更不知道如何办了。因为我们绝不可能将他们运过墙去，而我又坚决不能将围墙拆除。于是我们又工作起来。我和星期五在不到两个钟头的时间内，就做成了一个非常漂亮的帐篷，上面盖着旧帆布，帆布上面又盖上树枝，帐篷就搭在我们的外层围墙外面的空地上，也就是在外层围墙和我栽的那片小树林之间。帐篷里面，我们又用现有的干稻草等东西为他们开了两个铺，每个铺上搁一床毯子做垫被，又各搁一床毯子做盖被。

我的岛上现在住上人了，我自己觉得我有很多的臣民了。我常以一种愉快的心情想到我看起来多么像一个国王。首先，这整块地区都是我个人的财产，因此我具有无可争议的管辖权。其次，我的人民完全臣服于我，我是他们的领主和立法者，我对他们有救命之恩，如有必要，他们都准备为我而献身。还有一点值得注意：我有三个臣民，他们各属于三种不同的宗教。我的星期

> 此处影射出作者笛福所受的时代影响，"三个臣民"的君王场景，体现出18世纪政治和宗教论战的色彩，尤其是本段结尾处"这只是顺便说说而已"，更是具有双关之意，一则指涉当时的鲁滨孙所处的荒岛环境，另外可引申到18世纪的英国社会。

五是个新教徒；他父亲是个邪教徒，是个食人肉者；而那西班牙人则是个天主教徒。但在我的领土之内，我允许信仰自由。这只是顺便说说而已。

我将这两个被我解救出来的虚弱的俘虏安顿好，并为他们弄好庇护之所后，就想到要给他们弄点东西吃。我的第一件事就是叫星期五从我的羊群中抓一只一岁左右、介乎小羊和成年羊之间的嫩羊，将它宰了。我将羊的后半段砍下来，切成小块，叫星期五用文火慢慢炖，做成一道很好的肉汤菜，里面还放了些大麦和大米。这道菜是在围墙外面做的，因为我不在围墙里面生火。菜做好后，我将它全部端到新帐篷里，那里已摆好一张桌子。我坐下来跟他们一同进餐，同时想尽办法同他们说说笑笑，鼓舞他们。星期五就为我当翻译，特别是对他父亲，其实对那西班牙人也一样，因为那西班牙人说野人的话也说得很好。

我们吃完午饭或晚饭后，我吩咐星期五驾一只独木舟，去将那些滑膛枪和别的火器取回来。当时由于救人的时间紧迫，我们还将它们留在战场上。第二天，我又吩咐他去掩埋那些野人的尸体，那些尸体在太阳下暴晒，很快就会臭气熏天。我又要他将那些野人举行野蛮宴会后留下的可怕的遗留物也给埋了。我知道有很多那种东西留在那里，我自己不想去干那种掩埋的活儿；不但如此，就是我路过那里时，连看也不忍看一眼呢。所有这些事情他都按时处理好了，而且，将那些野人曾在那里干过罪恶勾当的一切痕迹都消除了。所以当我再次去那儿时，要不是凭树林的那一角来指向，我简直都分不清那块地方是哪里了。

然后我跟我的两个新臣民进行了一次短短的谈话。首先，我要星期五问他父亲，他对于那几个野人坐独木舟跑掉这件事的看法如何，他们有没有可能还会以我们无法抵御的强大兵力，再来这里攻击我们。他的第一个意见是，坐在船里面的那几个野人，不可能逃过刮了一晚的狂风而幸存下来，他们必然已被淹死，要不就是被风浪向南推逐，到了另外的海岸，那样，他们就会被那里的野人吃掉，正如小船出事后被淹死在大海里一样。至于如果万一他们能平安到达自己的海岸，他们下一步会怎么干他就不知道了。但据他看来，他们这次已被那突如其来的攻击，被攻击时的火光与巨响吓坏了，他相信他们回去后会告诉他们的人，那些被杀死的人是遭雷电击毙的，而不是被人的手杀死的，而他们所见到的那两个，即我和星期五，是两个天神或是复仇之神下来毁灭他们的，而不是两个带着武器的凡人。他说这一点他知道，因为他曾听见他们用自己的语言，将这种意思互相呼喊相告。他们绝不可能想到人会射火、发雷，连手都不举就可以隔很远将人打死。这位年纪大的野人说得不错，因为后来我从其他方面知道，那些野人以后再也不打算越海到这个岛上来了，他们被那四个人（看来他们似乎竟然从风暴中逃脱了，捡回了一条命）回去讲的情况吓得要命，大家都相信，谁要是到那个魔岛上去，谁就会被天神用火毁灭。

然而开始我不知道这一情况，所以担心了好长一段时间，让我跟我所有的臣民经常处于戒备之中。因为我们现在已经有了四个人，任何时候都完全可以跟他们百八十人冒险干一场。

在这段时间内，再也没见独木舟出现了，那种怕他们再来的思想也就渐渐消逝了。这时我又在考虑航行到那边大陆去的问题了。而且星期五的父亲又向我保证，要是我去的话，他们部落的人会因为他的缘故而好好待我的。

但是，当我跟那西班牙人进行了一次认真的谈话之后，我的这种想法又被搁置起来了。我从谈话中了解到，他们那里还有十六个西班牙人和葡萄牙人，在他们的船遇险时，他们乘小艇漂流，逃到那边岛上，跟那里的野人确实也还能和平相处，但在日常需用品方面感到很为难，而且确实连生活下去都很困难了。我又问他关于他们那次航行的详细情况，才知道那是一艘西班牙船，是从拉普拉塔河开往哈瓦那去的，准备去那里卸掉货物（主要是皮货和银器）之后，再找些欧洲货物装回去。他们船上有五个葡萄牙水手，是从另一艘遇险的船上救上去的。后来他们的船下沉时，淹死了五个他们自己的水手。这些逃生的人经过无限的艰难困苦，到快要饿死时才到达那个吃人的海岸。在那里，他们时刻担心会被那些野人吃掉。

他告诉我，他们也曾带有武器，但既无火药，又无枪弹，已变得毫无用处。海水将他们的火药都浸坏了，只剩下一点点还能用，那也在他们初上岸的那些日子为猎取食物而用光了。

我问他，他认为那些人会有什么结局，他们是否也曾有过逃生的计划。他说，他们为这件事也曾商量过多次，但是一来是没有船，二来是没有工具造船，三来是任何种类的粮食都没有，他们的商讨经常都是以眼泪和失望来结束的。

我问他，依他看，我要是给他们提出一个逃生的建议，要他们都到我

> 此处是这部小说极其意味深长的一幕：多年来鲁滨孙一直渴望与外界建立联系，可是每逢他见到荒岛附近出现人影，他就会不自觉地担心生命受到更大的威胁。此处当他获悉西班牙水手的遭遇时，又担心他们会将他交给宗教法庭。

这边来，此事是否可行。我很直爽地告诉他，我最怕的就是在我将生命交到他们手中之后，他们会背信弃义，以怨报德。因为感恩并不是人性中的一种固有的美德，而且人们往往不是根据他们所受到的恩惠来调整他们的行为，更多的时候是根据他们所希望得到的利益来进行调整的。我告诉他，我成为解救他们的工具，而到头来他们却将我作为俘虏送到新西班牙①去，那才令人受不了呢。一个英国人，无论是由于不得已，还是由于偶然的原因被带到那里去，一定都会成为牺牲者。我宁愿让人将我交给野人，让他们把我生吞活剥地吃掉，也不愿被带到宗教法庭②落入那些僧侣们的残酷的魔掌之中。我又补充说，情形若不是这样，那么，要是他们全来到这里，有了那么多人手，我相信我们就可以建造起一艘够大的船，将我们全部都载走，或者往南到巴西，或者往北到西印度群岛或西班牙海岸。但要是我将武器交到他们手里之后，他们对我的报答是用武力将我劫持到他们自己的人那里去，那我就是善心得到了恶报，而且使我的处境比以往更加糟糕了。

他以极大的坦率同时又足智多谋地回答我说，他们目前的处境是如此不幸，他们心里也十分明白这一点。他相信他们对于一个对解救他们做出贡献的人，是不会有那种以怨报德的歹心的。并且还说，要是我愿意，他愿同那位老人一起到他们那边去，跟他们谈谈这个问题，然后带着他们的答复回来。他说他会跟他们谈好条件，要他们做出庄严宣誓，绝对听从我的领导，将我当成指挥官和首

---

① 新西班牙，亦称新西班牙总督辖区，为1535—1821年间的西班牙殖民地，就最大范围来说，包括墨西哥、加勒比海诸岛、巴拿马以北中美洲、委内瑞拉沿海地区、佛罗里达、今美国西南部和菲律宾群岛。但事实上只限于墨西哥中部和南部，其余部分均属独立存在。

② 宗教法庭，又称"宗教裁判所"或"异端裁判所"，为天主教会侦察和审判"异端"的机构，成立于13世纪，主要设置在法国、意大利、西班牙等国。其职能为残酷镇压"异端"和一切揭露教会黑暗、反对封建统治的人，包括一些进步思想家和自然科学家；还查禁和销毁进步书籍，扼杀进步思想和言论。对被害者进行秘密审讯和严刑拷打，然后处以流放、监禁或火刑，并没收其财产。西班牙的宗教法庭尤为猖狂，1483—1498年间，受其迫害者近10万人。

领，还要他们用圣礼①和福音书②宣誓，对我忠实，无论我要到哪个基督教国家去，他们都得去，不能生异心。要完全接受和绝对听从我的命令，直到在我所同意的国家安全登陆为止。他说他还会带一份他们为此事而亲手签订的契约回来。

接着他又告诉我，他愿意第一个向我宣誓，没有我的命令，他今生今世绝不离开我一步；如果他的国人有任何违约不忠的行为，他将站在我这边，为我流尽最后一滴血。

他又告诉我，他们都是很文明的老实人，目前正处于无法想象的危难之中，不但没有武器、没有衣服，而且连食物也没有，完全受野人的支配，没有返回家园的任何希望。因此他深信，只要我愿意着手解救他们，他们死活也会跟在我身边的。

我听了他的这些保证之后，决定如有可能，就冒险去解救他们，并且派那个年纪大的野人和这西班牙人到那边去跟他们交涉。但是当我们一切都准备就绪只等他们动身时，那西班牙人自己却突然对此事提出了异议。他这意见一来是经过慎重考虑才提出来的，二来也是出于一片真诚，叫我无法不对它感到满意。由于他的忠告，我将解救他的同伴的行动推迟了至少半年。情形是这样的：

他跟我们住在一起到现在已有一个月左右。在这段时间中，我曾让他见到我在上帝的帮助下，是以什么方式来维持自己的生活的。同时他也清楚地看到我一共贮藏了多少大麦和大米。这些粮食供我自己吃那是绰绰有余，但要供我们全家吃，若不节约行事，就显得不够，因为现在全家已增加到四口人了。如果他的同乡（据他说还有十四人活着）来到这里，那就更加不够了。要是我们再造一艘船，航行到美洲的任何一个基督教徒侨居地去，那要供给船上所需要的粮食就尤其不够了。所以他告诉我，他认为更为适当的办法是，让他和星期五父子俩再开垦一些土地出来，将我能够省出来的种子全播下去，等再得到一次收成之后，那时他的同乡到这里来就有粮食供应了。因为基本生活需要品的缺乏，可能引发他们产生一些不同的思想，认为他们并未得到解救，所不同

---

① 圣礼，一称"圣事"，为基督教重要礼仪。其形式为借助某种可见的形体，赋予领受者以不可见的基督的宠爱和保佑。凡诚心领受者，均能获得。

② 福音书，即《圣经·新约全书》的第一部分。包括《马太福音》《马可福音》《路迦福音》和《约翰福音》4卷。也可泛指这4卷书中的任何一卷。

的只是从一种困境转入另一种困境而已。"你知道，"他说，"以色列人开始时虽然因被救出埃及而感到高兴，但是，当他们到达旷野以后没有面包吃时，甚至对解救他们的上帝本人也要反叛了。"①

他的谨慎小心很有理由，他的忠告也很好，因此我对他的建议非常喜欢，对他的忠诚也非常满意。于是我们四个人便用我们所有的木头工具去挖地，在大约一个月时间内，我们赶在播种季节的尾期开垦和平整好了可播下二十二蒲式耳大麦和十六罐稻谷的大片土地，总之，可以播下我们必须省出的全部种子。确实，我们留下来的大麦，在盼望着收成的这半年内还不够我们吃的。所谓"半年"，是从我们将要播种的种子分开时算起，不是说这地方的庄稼要半年才成熟。

我们现在已经有了一个够大的团体，我们的人数也足以使我们不怕野人来进攻，除非他们来的人数非常多。所以，只要有必要，我们可以在全岛各处自由走动。由于此刻我们脑子里都在想着逃生和得救的事，所以心里时刻都在想办法，至少我个人是如此。为了这一目的，我将我认为适于造船的几棵树做了记号，并要星期五和他父亲将它们砍倒；我又告诉那西班牙人，要他检查和指导他们工作。我用极大的劳苦做给他们看，将一棵大树劈成一块一块的厚板子，然后叫他照样干。后来他们用上好的橡木劈成了十二块将近二英尺宽、三十五英尺长、二至四英寸厚的木板。这花了多么巨大的劳动是可想而知的。

与此同时，我又设法尽可能多地增加我饲养的羊群。为此目的，我采取轮流出击的办法，叫星期五跟那西班牙人在第一天出去，我和星期五接着又在第二天出去，用这种办法，我们共捉到二十多头小羊，将它们同原有的羊一起饲养。而且我们凡是打到母羊，就将它留下来，放入到饲养的羊群中去。更重要的是，当加工葡萄干的季节来临时，我要大家采了大量的葡萄，挂在太阳下晒。我相信，要是我们在阿利坎特②，现在挂在树上晒制的这些葡萄干可以装上六十或八十大桶。这些葡萄干和面包是我们的主要食品，而且可以使我们的生活过得很讲究，因为它是一种极富营养的食品。

收获季节到了。我们的收成情况良好，虽不是我来岛上所见到的最大的

---

① 据《圣经》故事：以色列人到埃及后，备受虐待。上帝命摩西引他们逃出埃及，走到旷野后，没有面包吃，以色列人便对摩西及上帝发怨言。详情见《圣经·旧约全书·出埃及记》第16章。
② 阿利坎特，西班牙巴伦西亚省的港口城市，临地中海阿利坎特湾，主产葡萄酒和葡萄干。

丰产，但也足以达到我们的目的。我们播种的二十二蒲式耳大麦，现在收回并打出二百二十蒲式耳以上。稻谷的比例也是一样。这么多存粮，就是那十六个西班牙人到我这里来住，也足以吃到下一个收获季节；或者，要是我们准备做一次航行，那也可以让我们的船装载着充足的粮食，将我们载往世界各地，我是说美洲各地。

我们将粮食安全地收藏好之后，就动手编制更多的藤器——就是大的藤筐，用来储存粮食。那个西班牙人对这个工作很在行，编得又敏捷又结实，而且还常怪我没有编出一些藤器来作为防身之用，但我觉得这没有必要。

现在我们有了足够的食物来供应我所期望的那些客人，我就派那西班牙人到那边大陆上去一趟，看他能想出什么办法帮助他那些留在那里的同伴。我还给他下了一道严格的指示：凡是不肯事先在他和这老野人面前发誓，表示来到岛上以后绝不对我进行伤害、战斗或袭击的人，不要将他带到这里来，因为我一片好心地接他们过这边来，是为了救他们脱离险境。而且还要他们发誓，如果有以上情况发生时，他们要站在我这一边，保卫我，并且无论到了哪里，都要完全听从我的命令。这些誓言都得纸载笔写，还要他们亲自签名。他们那里没有笔，也没有墨水，怎么能做到这一点呢，这确实是一个我们没有好好想过的问题。

带着我的这些指示，西班牙人和那个老野人，即星期五的父亲，乘一只独木舟离开了，可以说他们又进入了那种那些野人曾将他们作为俘虏放在里面划到岛上来、准备宰了吃掉的独木舟。

我给了他们每人一支滑膛枪，枪上都带着火炮，又给了他们八份弹药，交代他们要好好地节省使用，非不得已，不要使用。

这是一件使人愉快的工作，这是二十七年来我为了解救自己而采取的第一个措施。我给了他们面包和葡萄干作为粮食，足足可以让他们吃上好多天，还可以让那里的西班牙人也吃上七八天。我祝他们一帆风顺，送他们离开，还和他们商定好他们回来时在船上悬挂的信号，以便我在那时不等他们靠岸，还隔很远就可以知道是他们回来了。

他们走时正赶上顺风。据我计算，那天是十月份月圆的一天。但自从我将日历刻错之后，我再也无法准确地计算日子，甚至连年份都不能保证没错。但以后我检查我的计算时，发现年份还是没错。

他们走后，我等他们等到第八天，忽然插进一桩奇怪的意外事件来，这种事在历史上都很难找到同样的例子。一天早晨,我在我的小棚屋里睡得正酣,星期五突然跑了进来,对我高声喊道:"主人,主人,他们来了,他们来了。"

> "他们"到底是谁?作者制造悬念,吸引读者产生阅读兴趣,也推动了下文解救船长情节的发展。

我一下子跳下床来,也不顾危险,穿好衣服就走了出去,穿过我那片小树林(它现在已成为一片密林)。我说不顾危险,是我不带枪就出来了,而出外带枪是我的习惯。当我将目光转向海面时,令我大吃一惊,因为我见到在一里格半以外的海面上有一只小艇正向这边海岸驶来,挂的是那种"羊肩帆",这时它正好是顺风。我还注意到它并不是从大陆那边海岸驶来,而是从这个岛最南端驶来的。见到这点,我便将星期五叫来,要他待在我身边,因为来者并非我们所等待的人,我们还不知道他们是朋友还是敌人。

然后我便回到屋里去拿望远镜,以便弄清楚他们到底是些什么人。我搭上梯子,爬到山顶上瞭望,像我经常做的那样。平时我发现什么值得担忧的事,想看个明白,而又不想被对方发觉时,总是爬到这山顶上来看。

我刚刚爬上山顶,就清楚地发现在我东南偏南方向约两里格半远的海面上停泊着一艘大船,但它距离海岸则不超过一里格半远。据我观察,那艘大船很明显是一艘英国船;而那只小艇看起来也像一只英国长艇。

当时我内心的那种混乱情绪真是无法表达。我见到了一艘船,而且有理由相信驾船的是我的本国人,是自己人,心里的高兴该是难以描述的;但是,我心头又悬着一种说不出是从哪儿来的神秘的疑心,要我采取戒备态度。首先它让我想到,一艘英国船跑到世界的这个角落来干什么,这里并非英国商船经常往来的要道。同时我又知道,也并没有什么风暴将它刮到这儿来。如果他们真是英国人,那他们到这地方来很可能是抱着什么不好的打算。我最好还是继续照我原来的样子生活,以免落入这班盗贼和杀人犯手中。

> 鲁滨孙的荒岛地处南美洲北岸,鲁滨孙时代南美洲沿岸是西班牙殖民地。英国殖民地主要在北美一带。

有时人们认为事情不可能真会有什么危险,但冥冥中却有一种危险的暗示和警告。切不可忽视这种暗示和警告。我相信,只要对事物作过一些观察的人,都不会否认我们确实常常受到这种暗示和警告。而且,毫无疑问,它们一定是来自一个无形的世界,是一种精神的交往。如果其意向似乎是警告我们注意危险，那我们为什么不应该设想那是一种友好的动因，是为了我们好才给我们暗示的呢？至于它是属于上等的，或是下等的，还是次等的，这都不是问题的症结。

眼前的问题使我确信我的论断是正确的。如果我没有因这种忠告（不管它来自何方）而使自己谨慎起来，我就不可避免地完蛋了，会使自己陷入比以前更糟的境遇。详情如下：

我在小山上这样瞭望他们不久，便见那小艇驶近海岸，似乎在找一条小河，将小艇开进去，以便登陆。然而，他们沿海岸还驶得不够远，还没见到我以前将木排弄上岸的那个小河口，便只好将小艇开到离我约半英里的海滩边上岸。这对我来说真是万幸。要不是这样，我可以说，他们将会正对着我的房子门口上岸，马上就会将我赶出城堡，还可能将我所有的一切都抢走。

他们上岸以后，我完全确信他们是英国人，至少大部分是英国人。有一两个我认为是荷兰人，但后来证明不是。他们一共十一人，我发现其中三个人没带武器，而且我认为是被绑着的。当他们中的第一批约四五个人跳上岸后，便将那三个人当作俘虏，从小艇上押上岸来。我看见三个人中的一个以激动的姿态表示哀求、痛苦和失望，甚至显得有些过分。其余的两个，我看见他们有时也举起手来，确实也显出很担心的样子，但在程度上不如第一个那样厉害。

见到这情景，我被弄糊涂了，不知道究竟是怎么一回事。星期五则尽其所能用英语向我喊："啊，主人！你看英国人也跟野人一样吃俘虏呢！""嗨，"我说，"星期五，你以为他们打算把那几个人吃掉吗？""是的，"星期五说，"他们要吃掉那几个人。""不，不，"我说，"星期五，我恐怕他们会将那几个人杀害，这倒是真实的，但你可以相信，绝不会吃他们。"

整个这段时间我都想不出事情的真相，只是站在那里望着这可怕的景象发抖，料想那三个俘虏时刻都有可能被杀掉。唔，一次我还看到一个坏蛋举起一把水手称为"弯刀"的大刀或是剑，打那三个可怜人中的一个，我料想随时都可能看到他倒下去。看到这种情形，我全身的血似乎都冷了。

我从心坎里希望那西班牙人和同他一道去的那个野人这时还在我身边，我也希望能有办法偷偷走近他们，走到他们在我们射程之内的地方，这样我们就可以将这三个人营救出来。因为我看到那几个家伙都没带火器。但我还是想出了另外的办法收拾他们。

我看到那几个蛮横无理的水手将那三个人残酷虐待了一番之后就散开了,好像要去看看这块地方。我又看到那三个人的行动倒也还自由,可以随意去哪儿,但他们都在地上坐下来,忧心忡忡,看起来样子很是失望。

这使我想起我第一次上岸之后的情景。开始时我举目四望,接着就认为自己完蛋了,慌乱地四处寻找。当时那种忧虑是何等揪心啊!我为了怕被野兽吃掉,竟然在树上待了一整晚。

当天晚上,我完全不知道会得到老天爷给我的供给,不知道他会让风暴将船推送到距海岸很近的地方来。就是靠那些供应的物资,我才生活下来并支撑了这么久。同样,这三个可怜而凄凉的人也一点儿不知道他们定会得到解救和帮助,而这种解救和帮助就近在咫尺;当他们认为自己已经完全完蛋,他们的处境已到了山穷水尽的地步时,他们实际已处于一种有效而真实的安全境遇中。

我们观察世界的眼光实在太短浅,简直看不到什么东西;我们有很多的理由该愉快地信赖伟大的造物主,他绝不会让他创造的生灵如此绝对地穷困潦倒,就是在极其糟糕的环境中,他往往也会为你做些让你感谢他的事情,而且这种解救有时要比你想象的近得多。不但如此,有时甚至他解救你时用的竟是一种似乎是要把你引向毁灭的方式。

这些人上岸时,正是潮水涨到最高点的时候。当时他们一部分人站在那里跟俘虏们谈判,另一部分人在四处漫步,想看看他们来到了一个什么样的地方,这样他们就粗心大意地待得太久,错过了潮汛,以致海水远远地退了下去,将他们的小艇抛在沙地上。

他们也曾留了两个人在小艇上,后来我发现,他们由于白兰地酒喝多了一点,已沉入梦乡,后来其中一个先醒过来,发现小艇早已搁浅在沙地上,怎么也推不动,就向那些四散的人大声叫喊。听到喊声,他们马上都来到小艇旁,但他们怎么使劲也无法将船推到海里去,船太重了,那边的海岸又都是柔性的沙滩,几乎跟流沙一样。

在这种情况下,他们像那些人类中最缺少深谋远虑的真正的水手一样,撂下这事不管,依旧去闲逛去了。我听见其中的一个大声向另外的人说话,叫他们离开小艇。"嗨,别管它了,杰克,行吗?下一次潮水来时它会浮起来的。"听他一说话,我的主要疑点已解决,我完全确信他们是哪国人了。

整个这段时间我都让自己很好地隐蔽着,除了到山顶附近的观察地点去之外,一次也不敢离开我的城堡。一想到我的城堡构筑了那么好的防御工事,我心里就很高兴。我知道要到十个钟头之后那小艇才会再浮起来,那时天也将黑了,我就可以更自由地观察他们的行动、听他们的谈话了(要是他们谈话的话)。

就在这时,我像前次那样,在进行作战的准备,只是我更加谨慎,知道我这次要对付的是与前次不同的另一类敌人。我吩咐星期五也将自己武装起来,他现在已被我训练成为一个极好的枪手。我自己拿了两支鸟枪,给了他三支滑膛枪。这时我的样子看起来的确很可怕:身穿那件令人害怕的羊皮上衣,头戴我以前描述过的那顶大帽,腰悬那把无鞘大刀,皮带上插着两支手枪,每边肩膀上背一支长枪。

如上所述,我的计划是天黑前不采取任何攻击行动。但是在下午两点钟左右,一天最热的时候,我见到他们分散进入林中,我想大概都躺下睡觉去了。那三个可怜的不幸者,对自己的处境十分焦急,根本睡不着觉,只是坐在离我大约四分之一英里的一棵大树的树荫下,据我猜想,其余的人都看不到他们。

在这种情况下,我决定将自己暴露给他们,以了解他们的一些情况。我立即以上面所说的那副样子走了过去,我的星期五远远地跟在我后面,他武装起来的样子也跟我一样可怕,只是没有打扮成我这副完完全全的幽灵般的模样。

我尽可能在不让他们发觉我的情况下走近他们。然后,在他们中任何一个看见之前,用西班牙语高声对他们喊道:"先生们,你们是什么人?"

他们闻声惊起,但当他们见到我那副古怪样子时,更是十倍地惊慌失措起来,一句话也回答不出。我见到他们想从我面前跑开,就用英语跟他们说:"先生们,不必对我感到吃惊,也许在你们身边的是你们所意想不到的朋友呢。""你定是直接从天上派下来的。"其中一个庄重地对我说,同时对着我将帽子脱下来,"因为我们的情况已绝非人力所能救助。""一切救助都是来自天上,先生,"我说,"但是,你们能让中途一个陌生人来帮助你们吗?依

> 神态、动作、语言描写,形象地写出得救俘虏的激动与狂喜。鲁滨孙所说的"一切救助都来自天上"体现出鲁滨孙对上帝的笃信与感恩。

我看来，你们正处在某种极大的危难之中。你们上岸时我就看见你们了。当你们似乎在向那些残暴的家伙请求什么时，我看到他们中的一个家伙举起刀来要杀你们哩。"

那个可怜的人，泪珠滚滚，浑身颤抖，显得很惊异，回答我说："我是在跟神说话呢，还是在跟人说话？你是个真正的人，还是个天使？""这你不必害怕，先生，"我说，"如果上帝派一位天使来解救你们，那他会穿着好一些的衣服和带着好一些的武器来，不会像你现在看到的我这副样子。请别害怕，我是人，是英国人，你知道，我是有意来帮助你们的。我只有一个仆人，我们有武器弹药。请直率地告诉我们，我们能为你们做些什么吗？你们怎么落得这样的下场？"

"我们的情况，"他说，"先生，真是说来话长，而我们的凶手离我们又这样近。简单地说，先生，我就是那艘船的船长，我的人叛变反对我，差点就要杀害我，最后经过我不断说服，他们才同意将我和这两位——一位是我的大副，另一位是乘客——放逐到这个荒无人烟的地方来。我们料想，这次死定了，因为我们相信这里没有人烟，不知道有什么办法可想。"

"那些残暴的家伙，你们的敌人现在在哪儿？"我说，"你们知道他们到哪儿去了吗？""他们就躺在那儿，"他指着一片茂密的树林说，"我的心在发抖，生怕他们看见了我们，听见你说话。要那样，他们一定会将我们全都杀死的。"

"他们有火器吗？"我问。他回答说他们只有两支枪，一支留在小艇里面。"这就好，"我说，"余下的事留给我去办吧。我知道他们这时都睡着了，将他们全部杀掉是很容易的事。但我们是不是还是抓活的好？"他告诉我，他们中间有两个亡命之徒，如果对他们讲仁慈，那就会危及我们的安全。如果将他们两人抓住了，其余的人会回岗位工作的。我问他是哪两个。他说隔这样远他无法指出他们，但他说我指挥他干任何事，他都服从我的命令。"唔，"我说，"那现在就让我们退后一些距离，别让他们看到我们和听到我们的谈话，以免将他们弄醒，然后我们再进一步决定如何行动。"他们很愿意地跟我们一道往回走，一直走到那片树林将我们和那些人隔开的地方。

"请注意，先生，"我说，"要是我冒险解救你们，你们愿意听从我提出的两个条件吗？"他在我提出条件之前就抢先对我说，如果航船能收复回来,他和那艘船在一切方面都完全听我的指挥和命令;如果船不能收复回来,他愿意生死都跟着我,不论我派他到世界的哪一部分去。其他两个人也说了同样的话。

"唔,"我说,"我只有两个条件。第一,你们留在岛上跟我在一起时,不得自命为这里的任何权威;如果我将武器交到你们手上,必要时你们得交还给我,并不得伤害我和我岛上的人;在这期间,要听我的命令,服从我的管理。第二,要是航船收回,你们要免费将我和我的人带回英国。"

他向我提出了许多保证,都是些他想出的表示忠诚的保证,说他愿意答应我这些最合理的要求,此外,还说在他的有生之年,时时都要感谢我对他的救命之恩。

"那好吧,"我说,"现在给你们三支滑膛枪,连同弹药一起。请告诉我你们认为下一步怎么行动才恰当。"他尽力向我表明他对我的感激,并提出完全听从我的指导。我告诉他,我认为现在事情有点难办。我现在能想出的最好办法是,当他们还躺着的时候,马上向他们开火。如果第一排枪射过之后还有没被打死的,提出投降,我们可以保全他们的性命。至于子弹会打着谁,那就全凭上帝的旨意了。

他很有节制地说,只要能帮助他们,他还是不想打死他们。但那其中有两个是不可救药的坏蛋,是船上暴动的头头,如果他们逃脱了,我们还是会倒霉的,因为他们会到船上去,把全船的人都带来,将我们全部消灭。我说:"那么,需要使我的忠告成为合法的举动,因为这是挽救我生命的唯一办法。"然而,我见他还是畏首畏尾,不想造成流血死人的局面。我就对他说,他们只管去,看怎么方便就怎么行事。

在我们谈话时,我们听到他们中有几个醒了,接着就看到有两个站了起来。我问他,这两个人中有没有他所说的那两个暴动头子。他说没有。我说:"那好,你可以让他们逃掉。这似乎是上帝将他们叫醒的,目的是为了要挽救他们。那么,其余的如果你也让他们逃掉,那就是你的过错了。"

在我这番话的激励下,他拿起我给他的那支滑膛枪,又将一支手枪插在皮带上,他的两个同伴跟着他,每人手里也拿着一支枪。那两个同伴走在前面,弄出了一点响声,一个醒了的海员听到声音后,转过身子,看见他们三个人对着自己走来,便向其余的人喊叫起来。但是太晚了,因为在他喊叫的当儿,他们就开枪了。我是说他那两个同伴开枪了,船长却还机智地保留着他的枪没放。他们对那两个他们熟悉的家伙，枪法打得真准，其中一个当场毙命，另一个也被打成重伤，但还不至于死。他惊跳起来，拼命向其他的人呼救。但船长一步跨到他跟前，对他说，这时呼救太晚了，他应该呼求上帝宽恕他的罪恶。说着，他用滑膛枪托一下将他打翻在地，叫他永远也呼叫不出来了。他们那伙还有三人，其中一人也受了轻伤。这时我也赶来了。他们看到了自己的危险处境，知道抵抗已无益，便请求饶命。船长告诉他们，他愿饶恕他们的性命，只要他们能向他保证，痛恨他们所犯的谋反罪行，发誓对他忠实，将船夺回来，然后开到他们出发的地点牙买加去。他们都向他表示了他们的诚意。船长也愿意相信他们，饶恕他们。我不反对他这样做，只是责成他，当那几个人还留在岛上的时候，将他们的手脚都捆起来。

　　他们在办这件事情时，我派星期五和船长的大副到小艇那里去，将它上面的桨和帆拿下来，使它无法开动。不久，别处游荡（算他们走运）的人听到枪声回来了，看见作为俘虏的船长现在成了他们的征服者，便也甘愿受缚。这样我们就获得了全胜。

　　现在我和船长终于有时间来询问彼此的情况了。我首先开始，将我的全部经历都告诉了他。他带着惊异的神情专注地听我讲述，尤其是当我讲到怎样以奇异的方式得到粮食和枪支弹药时。我的故事确实是一连串奇迹的集纳，因此使他深为感动。但是当他从我说的这些想到他自己，想到我被留在这个地方的目的好像就是为了来救他的命时，他感动得泪如雨下，好久说不出一句话来。

　　交谈结束之后，我带他和他的两个同伴到我的住所去，从房子顶上翻进，我拿出所有的东西来招待他们，同时又将我长时间住在这里所做成的一些奇巧的制作物展示给他们看。

　　所有我展示给他们看的，所有我说给他们听的，都完全使他们感到惊异。但使船长最为赞赏的，还是我的城堡。赞赏我用一片树林将我的藏身地点完全掩蔽起来，这片树林已栽种近二十年，由于热带地方的树比英国长得快，这些树现已长成一片森林了。而且这片森林又是这样浓密，除了一边有一条曲径通幽以外，休想从其他地方走进来。我告诉他，这是我的城堡和住宅，像一般皇族一样，我在山区还有一所别墅，作为我有时隐居的场所，我将在另外的时间带他们去看那所别墅，我们的当务之急是考虑如何收复那艘航船。他同意我的意见。但他告诉我，他现在完全不知该采取什么办法，因为现在船上还有二十六个人，由于他们参加了该死的叛变，他们在法律上就已经丧失了生命，目前定会拼命顽抗下去。因为他们知道，如果他们被降伏了，只要一回到英国或任何英国殖民地，就会被带上绞刑架。所以，像我们这样少的人力是不能向他们进攻的。

我将他说的话细细想了一遍，认为他的结论很有道理，所以我们应该很快做出决定，设法将他们引上岸来，使其意想不到地落入圈套，以防止他们上岸来攻打我们，摧毁我们。这时我突然又想到，不久之后，船上的那些水手，由于不见他们的伙伴和小艇回去，不知是怎么回事，一定会乘另一只小艇到这岛上来寻找他们。那时他们可能带着武器来，实力比我们强得多。船长认为我的这个分析很有道理。

有鉴于此，我便告诉他，我们必须做的第一件事，就是将海滩上的那只小艇敲破，让他们再也无法将它开走，并将艇上的所有东西都拿下来，使它再也没有用处。于是我们走上小艇，将留在艇上的那支枪拿下来，又将凡是我们能找到的东西，即一瓶白兰地和一瓶甘蔗酒，一些硬面包，一角筒火药和许多用帆布包着的糖，约有五六磅，这些东西都是我所想要的，特别是白兰地和糖，好几年以前我就吃得不剩一点儿了。

当我们将所有这些东西拿上岸以后（上面说过，船上的桨、桅、帆和舵早已被我们取走），我们就在艇底下打穿了一个大洞，这样，就算他们的力量强，足以征服我们，也无法将小艇开走。

确实，我并不完全认为我们能收复那艘航船。但我认为，如果他们走时不将这小艇带走，我们完全可以将它重新修复，我们可以乘这小艇到背风群岛①去，照我的想法，将我们的那些西班牙朋友也一道带走，因为我心里还记得他们。

我们便依计行事，首先用主要力量将小艇拖到沙滩的最高处，使潮水达到高潮时也不会将它浮起来。此外，又在船底打了一个大洞，大到无法很快堵住，然后坐下来，思考着下一步怎么行动。这时我们听到那艘船上响了一枪，而且看到船上摇动信号旗，作为要小艇回船的信号。不见小艇动静，于是他们又鸣了几枪，并发出了要小艇回去的信号。

最后，当他们见信号和鸣枪都无结果，还是没见小艇行动时，我们通过望远镜见到他们扯下另一只小艇，朝这边海岸划来。当小艇划近一些时，我们

---

① 背风群岛，一般指西印度群岛中小安的列斯群岛北部的岛群，处于东北信风带内，但比南部的向风群岛较为隐蔽，故名。

发现他们不少于十人,而且身边都带有火器。

因为那艘大船停泊的地点离海岸几乎有两里格远,所以当他们从船上到我们这里来时,我们看得清清楚楚,甚至连面孔也看得很清楚。他们划到岸边时,由于潮水将小艇冲到第一只小艇的东边去了,他们便沿海岸划着,要到第一只小艇靠岸和停放的地方上岸。

就这样,我们完全将他们看得一清二楚,船长对船内每个人及其性格都了如指掌。他说,其中有三个是很老实的人,他相信他们是在别人的压制和威胁下参加这次叛变的。

但是,看来作为那些人头目的那个水手长和其余的几个人,则都是全体船员中最残暴而无法无天的,毫无疑问,他们在新的冒险计划中更会不顾死活地拼命干。他十分担心我们遇到的这些对手太强悍了,怕敌不过他们。

我朝他微微一笑,告诉他说,在我们这种处境下的人,已经不知道什么是恐惧,因为我们知道,几乎我们可能得到的每一种境遇,都要比我们现在的处境强,所以我们本就该料想到,不管是死是活,其结果对我们来说都是一种解脱。我问他对我的处境的想法如何,是不是不值得冒险去寻求解脱。我说:"先生,刚才你还认为我被留在这里的目的是为了拯救你的生命,并因此而振作起来,现在你那种信仰到哪儿去了呢?就我来说,我对这件事的预料只有一点不称心。""是什么不称心呢?"他说。"嗨,"我说,"那就是如你所说的,他们中间有三四个老实人,不应该受到伤害;要是他们全是船员中的坏蛋,我就会认为那是上帝有意将他们挑选出来交到你手里来的,因为你可相信,他们中只要有人走上岸来,就都是我们的手中之物,是死还是活,那就得看他们的表现如何。"

我说这些话时音调高昂,神色欢快,我发现这大大地鼓舞了他,所以我们都精神饱满地干自己的事情。我们一开始瞧见他们将小艇从大船开出,就考虑到将俘虏分散的问题,而且确实也已将他们做了有效的、妥善的处置。

俘虏中有两人,船长对他们放心不下,我便派星期五和船长的一个同伴,将他俩送到我的山洞里,那地方离这里很远,不会有被人听到或发现的危险,即使他们能解脱自己,也找不到走出树林的路。星期五他们将这两个家伙捆起来,丢在洞里,但还是给他们吃的,并且答应他们,只要他们安安静静待在那里,一两天内就给他们自由;但要是企图逃跑,那就只有死路一条。他们保证忠实地忍受对他们的监禁,并且非常感谢对他们如此优待,给他们吃的,还给他们照明,因为星期五为了使他们舒适一些,给他们点上了我们自制的蜡烛。他们却不知道他在洞口站岗放哨呢。

其他俘虏受到的待遇要好些。其中有两人一直都被绑着,因为船长还不信任他们;但另外两个则由于他们船长的推荐,也由于他们庄严地保证和我们共生死,我便叫他们来为我们服务。所以,加上他们,连同船长他们三个诚实的人,我们有了七个人,都武装得很好。我毫不怀疑我们完全可以对付那十个就要来这里的人,而且据船长说,他们当中还有三四个老实人。

那些人一到达他们的第一只小艇停船的地点,就将船开到海滩边,全部上了岸,又将小艇拉上海滩。我看见他们这样做时,心里很高兴。因为我就是生怕他们将船在离海岸有一段距离的地方抛锚,留几个人在上面看守。那样我们就无法夺取那只小艇了。

上到岸来,他们的第一件事就是全都向那第一只小艇跑去。我们见到,当他们发现小艇上的东西全被拿走,小艇底下有个大洞时,这一惊非同小可。

他们对此事沉思了片刻,接着就放开嗓子高喊了两三声,想试试他们的同伴能不能听到,但全无结果。于是他们围成一圈,放了一排枪,枪声不仅传入我们的耳朵,而且连树林里面都响起了回音。但结果还是一样得不到消息。我们相信关在山洞里的那两个是听不见的;被我们押在这里的,虽然听得很清楚,但却不敢回答他们。

他们对于这次意外事件感到惊奇万分。正如他们后来所告诉我们的,当时他们决定全部回到他们的船上去,让全船的人都知道,原来那只小艇上的人全都被杀害了,小艇也穿孔了。这时,他们立即将小艇推下水,全部上了船。

船长见此情形,大为吃惊,一时慌得拿不出主意。因为他相信他们会回到那艘船上去,扬帆起航,认为他们的同伴已经死去,再等也无益了。这样一来,他希望我们替他收复的那艘航船就还是会失去。但很快他又以另一种方式显出他的畏惧来。

只见他们的小艇开走不久,又重新划回岸边,但他们这次上岸采取了新办法,似乎是在船上商量好了的,那就是让三个人留在船上,其余的通通上岸,到岛上的腹地去寻找他们的伙伴。

他们采取的这种措施使我们大为失望,感到不知要怎么办才好。因为要是让那只小艇逃跑,我们抓住岸上的这七个人对我们也没有什么好处。艇上那三个人会划回大船去,接着他们就会起锚开船,这样我们收复那艘航船的计划

就要泡汤了。

然而，我们除了等待事情可能出现的结果以外，别无他法。那七个人上岸了。留在船上的那三个人，将小艇划到离岸有一段距离的地方抛了锚，等待上岸的那些人。这样，我们就无法袭击留在小艇上的人了。

上岸来的人挨拢在一起，向小山顶上走去，而我的住处就在这小山下面。我们能清楚地看见他们，但他们却看不到我们。他们要再走近点我们就高兴了，那我们就可以开枪射击；要不他们就走远些也好，好让我们出来。

当他们到达山顶上时（在那里，他们可以望得很远，可以看到向东北方向延伸过去的山谷和森林，那是全岛最低的部分），就使劲地大喊大叫起来，直到叫喊得精疲力竭。他们似乎不想冒险朝腹地进去得太远，也不想互相分开。于是他们在一棵树下坐下来，考虑下一步该怎么办。要是他们跟先前那班人一样，认为在这里睡上一觉比较合适，那倒是为我们做了件好事；可是他们却总是非常担心有危险出现而不敢冒险睡觉，虽然他们到底害怕什么危险，他们也说不出个名堂。

当他们正在一起商量事情时，船长向我提出了一个非常正确的建议，他说他们或许还要开一次排枪，以尽力让他们的同伴听到，我们就该在他们刚放过枪还没来得及再装弹药的当儿，一下子冲上去，来个突然袭击，他们必然只好屈服，我们就可以兵不血刃地俘虏他们。我很喜欢这个建议，只是这个计划要在尽量接近他们的条件下实行，以免他们取得时间重新装上弹药。

但他们并没有再开枪，我们静静地伏在那里等了好久，踌躇不定，不知该采取哪种办法。最后我对我的同伴们说，我认为天黑以前我们将无所作为，如果在天黑时他们还不回小艇，也许我们可以设法插到他们和海岸之间，对小艇上的那几个人施点策略，将他们引上岸来。

我们又等了好久，心里很希望他们离开这里，当他们商量完之后，我们看见他们从地上一跳就站起身来，向海边走去，这可叫我们非常不安起来。他们似乎很担心这地方有危险，所以他们决定回到大船上去，认为他们的同伴既然已经完蛋，他们也就只好放弃寻找他们的打算，扬帆开船，继续他们预定的航程。

我一见他们朝海边走，就推测（事实也是这样）他们已放弃搜索，打算回去了。当我刚把我的看法告诉船长，他对这一情况就担忧得简直支撑不住了。但就在这时，我想出了一条将他们招引回来的策略，结果丝毫不差地达到了我的目的。

我吩咐星期五和船长的大副渡过小河往西去,到前次野人上岸、星期五得救的那块地方去;并吩咐他们,当他们走到大约半英里外的一处小小高地时,就尽量大声叫喊,一直到发现那些水手听见为止。听到水手们答应他们之后,又再喊上几声,然后别让他们瞧见,绕一个圈儿,他们呼唤时也回应他们,将他们尽可能地引入岛里面的森林地带,然后就转到我这里来。我引示他们用以上办法同那些家伙捉迷藏。

那些家伙刚要登上小艇,星期五和那位大副就喊了起来。那些人听到了喊声,一面答应,一面沿着海岸往西朝着他们听到声音的地方跑。不久他们就被小河挡住去路,那时河水已涨上来,他们无法过去,便将小艇叫来,渡他们过去,正如我所料想的那样。

他们过河之后,我注意到那小艇已溯小河往上驶了好一段路,驶向一个类似内陆港口一样的地方,他们又从艇上的三人中叫上去一人,要他跟他们一道去,艇上只留下两人,将小艇系在岸边的一个树桩上。

这正是我所希望的。我让星期五和大副继续跟他们兜圈子,自己则马上带着其余的人偷偷渡过小河,没让那两个人发觉就出其不意地朝他们突袭过去。他们一个躺在岸上,一个在船里,岸上那个正在似睡非睡之间,听到响动正要起身时,走在最前面的船长一个箭步冲到他跟前,一下将他击倒,接着对船里面那个大喝一声,叫他投降,否则就别想活了。

小艇里面的那个人看到五个人一下子向他扑来,而他的同伴又被击倒了,在此情况下,没费多少唇舌就投降了。加之他又似乎是小艇上的三个人中对叛变不那么热心的水手之一,所以我们不仅很容易地说服他投降,而且随后他还忠实地加入了我们。

就在这时,星期五和大副跟其余的人兜圈子的工作也干得很好,他们用呼喊和回答,将那些人从一座小山引向另一座小山,从一片树林引向另一片树林,不但将他们拖得疲惫不堪,而且将他们引得远远的,非到天黑前回不了小艇那里。而且,星期五他们自己回到我们身旁时,也已累得疲惫不堪了。

我们目前没有什么事做,只是暗地里守候着他们,等他们到来时扑过去,将他们一网打尽。

那些人直到星期五他们回来了好几个钟头之后,才回他们的小艇。他们还没走近时,我们就听到他们中走在前面的人催促走在后面的快赶上来,同时也听到后面的人回答和叫苦，说他们脚都走痛了，无法再加快。这对我们来说是非常好的消息。

最后，他们终于走到了小艇那里。可是当他们发现潮水已退，小艇被搁浅在小河滩上，小艇上的两个人已不知去向时，他们的慌乱心情是无法描述的。我们能听到他们用极为悲伤的口气彼此呼唤，彼此相告他们已进入了一个该死的岛，这岛上如果有人居住，他们就会全都被这里住的人杀死；这岛上如住的是魔鬼和妖精，他们就会全部被鬼怪抓走和吃掉。

他们再一次大声喊叫，多次重复呼唤他们两个同伴的名字，但是没人答应。过了一段时间以后，我们从苍茫暮色的微弱光线中看见他们四处跑动，绝望地拧着双手，有时他们走进小艇里，坐下来休息一下，接着又来到岸上，四处走动，如此不断地往返。

我的人这时只想我让他们趁黑夜立即向他们进攻，但我想等候更为有利的时机再进攻，这样就能对他们网开一面，尽量减少杀戮，特别是我不愿冒使我们自己的人遭受杀害的危险，因为我知道对方的武器是精良的。我决定等一下，看他们是不是会分散开来。为了更有保障地打垮他们，我将我的埋伏地点更向他们拉近，并吩咐星期五和船长尽量用手足着地，匍匐前进，以免让他们发现，并要尽量接近敌人之后再开火。

他们没爬行多久，那个水手长就同两个水手朝他们这边走过来。水手长是这次叛变的主要头头，现在表现得比其余的人更为沮丧。船长看到这个主要恶棍已完全在自己的掌握之中，急切得还没等到他们走近以便完全看清楚（船长刚才是通过那个家伙讲话的声音分辨出是他的），只等他们稍稍走近一点，就和星期五一齐飞身跳起，朝他们突然开火。

水手长当场被打死；他后面那个也被打中，正好倒在他身旁，过了一两个钟头才死；那第三个见此情形，转身飞跑。

听到枪声一响，我便立即带领我的全部人马往前冲。我的全部人马现有八个人：我自己，最高统帅；星期五，我的副将；船长和他的两个部下；还有得到我们信任并发给了他们枪支的那三个俘虏。

我们是在黑夜中接近他们的，他们摸不清我们的人数。我要我们在小艇上俘虏的那个人（他现在已是我们的人了）喊他们中间一些人的名字，看能不能用这样的办法使他们同我们谈判，以迫使他们投降（此事结果正如我们所愿，因为不难想象，在当时那种情况下，他们是非常愿意投降的）。于是他便尽量高声叫喊他们中间的一个人:"汤姆·史密斯,汤姆·史密斯!"汤姆·史密斯马上回答说:"谁,是罗宾森吗?"因为对方似乎听出了他的声音。这边回答说:"是的,是的。汤姆·史密斯,看在上帝的分上,你们立刻放下武器投降吧,不然,你们马上会全都没命的。"

"我们向谁投降呢?他们在哪儿?"汤姆·史密斯又问。"他们就在这里,"他说,"我们的船长也在这里,他带着五十个人,在这两个钟头内一直在搜寻你们呢。水手长已被打死,威尔·弗赖伊已负伤,我当了俘虏,如果你们不投降,你们就全部完蛋了。"

"如果我们投降,"汤姆·史密斯说,"他们肯饶恕我们不死吗?""如果你们愿意投降,我就去问问看。"罗宾森说。于是他问船长。这时船长亲自对他喊道:"喂,史密斯,你听得出我的声音,如果你们立即放下武器投降,你们都可以保住性命,只有威尔·阿特金斯除外。"

听了这话,威尔·阿特金斯大叫道:"船长,看在上帝的分上,饶了我吧!我干了什么呢!他们也都跟我一样坏呀!"其实他说的不是真话,因为在他们开始叛变时,就是这个威尔·阿特金斯第一个将船长抓起来,暴虐地对待他,捆住他的双手,用些侮辱性的言辞骂他。然而,船长告诉他,他必须无条件放下武器,相信总督的仁慈。他的意思是指我,因为他们都叫我"总督"。

总而言之,他们通通放下了武器,请求饶命。于是我便派那个同他们谈判过的人,再加上两个人,将他们通通捆了起来。然后,我那支五十人的大军(其实连那三个俘虏总共才八个人)便上船将他们和那只小艇通通扣押起来。只有我和另一个人,由于头领的身份而没露面。

我们的下一步工作是修理那条被我们砸烂的小艇,同时想法夺取那艘航船。船长现在有时间跟他们好好谈判了。他告诫他们,他们对他所施的诡计是多么卑劣,他们的计划更为险恶,他们的罪恶行径结果定会将他们带入不幸和灾难,或许还会将他们带上绞刑架。

他们全部表示非常后悔,苦苦哀求饶他们性命。对于这点,船长告诉他们,他们并非他的俘虏,而是这岛上的总督的俘虏。他说,他们原来以为将他送上了一个无人荒岛,不料上帝却指示他们将他送上了一个有人居住的岛,而且这岛上的总督还是一位英国人。他说,要是总督愿意的话,可以将他们全部在这里吊死。现在总督既然饶了他们,他猜想总督定会送他们回英国去,在当地公正处理。只有威尔·阿特金斯除外,总督已命令他通知威尔·阿特金斯准备受刑，因为明天早晨他就将被吊死。

虽然这些话完全是他自己编造出来的，但却收到了我们所希望的效果。威尔·阿特金斯当即跪下来，求船长替他到总督那里求情，饶他一命。其余的人也都求船长千万别把他们送回英国去。

这时我顿生一念，认为我们得到解救的时机已经来了，因为在这时要这些人去占领那艘航船是极容易的事。于是我便在黑暗中离开他们，以免他们见到一位我这副样子的总督，接着我就叫船长到我这儿来。由于我跟他们之间已隔有一段距离，我便派一个人去叫他。那个人到了那里之后，对船长说："船长，总督叫你。"船长立即回答说："回禀总督阁下，我马上就到。"这更使他们完全相信，总督和他的五十名随从就在附近。

船长过来之后，我就将夺船的计划告诉他。他认为这计划好极了，决定在次日早晨实行。

我告诉船长，为了使计划实行得有策略，更有成功的保障，我们必须将俘虏分开，由他去将威尔·阿特金斯和另外两个比较坏一些的家伙从俘虏中提出来，再派星期五和随船长一同上岸的那两个人将他们送到我们关押另外两个俘虏的那个山洞里去。

他们像押囚犯进监牢一样将那三个人押到山洞里。那确实是一个可怕的地方，特别是对于他们这种处境的人来说。

我命令将其余的俘虏送到我那村舍里去。对于那座村舍，我曾在前面充分描述过。它有围篱围着，而俘虏又是被绑着的，因此那地方够安全，同时他们也会考虑到，他们的生死决定于他们的表现如何。

早晨，我派船长到那些俘虏那里跟他们谈判，也就是去试探他们一下，然后回来告诉我，他认为派他们上船去突袭那艘航船是不是可靠。船长跟他们谈了他们对他的损害，谈了他们当前的处境，并且告诉他们，虽然在目前来说总督是饶了他们的性命，可是，他们要是被送回英国，他们肯定丕是会被用铁链吊死。但他们要是愿意加入这场夺回大船的正义的攻击，他就会去说服总督答应宽恕他们。

谁都可以猜得到，处于他们这种境况下的人会欣然接受这个建议。他们都跪在船长面前，深深地向他乞求，答应对他忠诚，直到流尽最后一滴血，他们还深深感激他的救命之恩，愿意跟随他走遍天下。还说他们有生之日都将把他认作他们的父亲。

"唔,"船长说,"我现在就得回去将你们的话说给总督听,尽我的能力让他答应你们的要求。"于是他回来向我说明了他所察觉到的他们的心情,并且说他完全相信他们会为我们效忠。

然而,我们还得将事情弄得非常牢靠才行。我告诉他,他应该再到他们那里去,从他们中间挑选五个人出来,告诉他们,他们该看得出他并不缺少人手,他现在挑五个人出来是要他们做他的助手。总督要将其余的两个人以及那三个已押送往城堡(我的山洞)的俘虏作为人质留下来,以保证这被挑选的五个人的忠诚。要是他们在执行任务时被证明不忠实,那这五个人质就将被用铁链活活吊死在海岸上。

这个措施看来是很苛刻的,而这也使他们相信,总督这个人办事情是很认真的。他们除了接受这条件,别无他法。这时那两个被押的俘虏也像船长一样,劝那五个人好好地尽其职责。

我们进行讨伐的兵力是这样部署的:第一,船长,他的大副,那位乘客;第二,第一批俘虏中的两名,我从船长那里知道了他们的性格,给了他们自由,信任他们并发给了武器;第三,另外两名捆绑着留在村舍里的俘虏,后来由于船长的请求,将他们释放出来,参加战斗;第四,那五个最后释放的俘虏。这样,他们一共有十二个人。此外,我们身边有两个人,山洞还关押着五个人作为人质。

我问船长是不是愿意冒险跟他们这些人一道上航船去,因为我觉得我和星期五要照管留在岛上的七个俘虏,要将他们加以隔离,供给他们食物,有很多事情要做,不适于离开。

山洞里的那五个俘虏,我决定将他们关押得死死的,星期五每天到那里去两次,给他们供应生活必需品,先由那另外两个俘虏将粮食供应品等送到离山洞不远的地方,再由星期五拿给他们。

我是同船长一起在这两个人质面前露面的。船长对他们说,我是总督派来看守他们的人,总督指示,他们必须听从我的指挥,不得随意到处乱跑,不然,就要被抓到城堡里去,用铁链锁起来。由于我们绝不能让他们将我看成总督,所以我现在就以另外一个人的面目出现,并且还时常跟他们谈到总督、卫戍部队、城堡之类的事情。

船长现在已没有什么困难了,只是还要装备那两只小艇,将一只的大洞堵上,再派人员上去。他要他的那位乘客扮作一只小艇的船长,带四个人;他自己和大副带四个人，上了另一只小艇。他们的事情料理得非常好。约在半夜，他们就划到了那艘大船那里。当他们行驶到能同大船谈话的距离时，船长就要罗宾森跟大船上的人打招呼，说他们已将去岛上的人和船找回来，但找了很久才找到，等等，用这一类的话跟大船上的人闲聊，直到小艇靠近大船。船长和大副首先带着武器上船后，一下就用滑膛枪托将二副和木匠打倒，因为他带的人都忠诚地做他的帮手。接着又降伏了主甲板和后甲板上其余的人。同时开始关上舱口盖，将下面的人关在舱底。这时另一只小艇上的人也从前面的锚链上爬上船来，控制了船首楼内的水手舱和通往厨房的小舱口，俘虏了在那里发现的三个人。

干完这一步，甲板上面的一切都安全了之后，船长就命大副带三个人攻入后甲板舱室，叛变后的新船长就睡在那里面。这时他已被警报惊起，带着两个人和一个小差役在那里防卫着，手里都拿着火器。当大副用一根铁撬将门捅开时，新船长和他的人猛烈地朝他开火，一颗滑膛枪弹将他的胳膊打断了，还打伤了另外两个人，但没有死亡。

大副负伤后，却仍然一面呼救，一面冲进后甲板舱室，用手枪对着新船长的脑袋开枪，子弹从他口里射进，从一只耳朵后面出来，使他永远无法说话了。见此情形，其余的人都投降了。这艘航船就这样迅速地被夺了过来，我方没有任何人死亡。

航船一夺到手，船长就命令连放了七枪，这是他跟我约好的信号，通知我事已成功。大家都知道，听到枪声，我非常高兴。因为我一直都在海岸上等候着这个信号，直等到将近凌晨两点钟。

由于清楚地听到了这个信号，我便躺了下来。我劳累了一整天，睡得很熟，直到被一声突如其来的枪声惊醒，我马上爬起来，听见有人叫"总督，总督！"我立即听出是船长的声音。我爬上小山顶，是他站在那儿，将那艘航船指给我看，将我一把抱在怀里。"我亲爱的朋友和救命恩人，"他说，"那儿的那条船是你的，它的一切都是你的，连我们这些人以及船上的全部东西，都是你的。"我的眼光朝那艘船望过去，只见它已驶近岸边来，离岸不到半英里了。因为他们将船收回之后，见天气很好，便立即起锚，开到这边来，正对着那条小河的口子抛了锚。这时正好涨潮了，船长便将小艇开到离我以前将木排靠岸的地方不远，就在我门口登陆。

这个突如其来的喜讯，开初让我差点晕倒在地上。因为我看到我被解救出去的时机确实已明明白白地掌握在自己手中，一切都很顺利，一艘大船准备将我带

> 请计算一下，为了这一天的到来，鲁滨孙等了多少年？靠自己的不懈努力，把解救自己出岛的机会掌握在自己手中，经过多年的努力终于梦想成真，这种快乐该是一种多么复杂的情绪啊！此处对鲁滨孙情绪的描写，再次展现出作者高超的写作技巧。

到我所愿意去的地方。开初我有一段时间无法回答他一句话，幸好他抱住我时是用手臂紧紧夹住我，不然的话，我早该跌倒在地了。

他看到我这样过分激动，便立刻从口袋里抽出一个瓶子，让我喝了一些甘露酒，这酒是他专门为我带来的。喝过酒后，我坐在地上，虽然酒使我恢复了常态，但又过了好久，我才向他吐出一句话来。

在这段时间内，这位可怜的船长也跟我一样，心里充满了狂喜，只是不像我那样过分激动。他对我说了许许多多亲切温存的话，使我镇定和恢复过来。但是我心中这时有一股欢乐的洪流在翻滚，使得我的精神陷于混乱。最后它化作一股泪泉涌出。又过了一会儿，我才恢复说话的能力。

于是又轮到我将他作为救命恩人而去拥抱他了。我们两人一起欢乐异常。我告诉他，我将他视为上天派来拯救我的人。我说这次的整个事件似乎是一连串的奇迹。这样的事情证明了是上帝用他的神秘的手在治理世界，证明上帝的无限眼力能洞察世界最遥远的角落，只要他乐意，随时可以救助不幸的人。

我没有忘记诚心感谢上帝。什么样的心能不感谢上帝呢？他不仅能以奇迹般的方式为一个处在如此荒野之地、陷于如此孤独处境的人提供生计，而且我每一次遇险时得到的解救，都是从他那儿发出的。

我们谈了一会儿之后，船长告诉我他给我带来了一些小小的点心，说这些东西是那些坏蛋当权时胡乱劫掠一通后剩下来的，船上目前只能拿出这样的东西来。接着他就朝小艇上大声叫唤了一声，吩咐手下人将送给总督的东西搬上岸来。这确实是一份厚礼，好像是送给一个要在岛上继续久居下去的人的，而不像是送给我这个就要跟随他们一起离开的人的，好像他们不打算带我同行似的。

首先，他为我带来了一箱上等的瓶装甘露酒，六大瓶马德拉酒（每瓶有两夸脱[①]），两磅上等烟叶，十二块船上吃的上等牛肉，六块猪肉，一袋豌豆和大约五十多公斤饼干。

他还给我带来一箱糖、一箱面粉、一满袋柠檬、两瓶酸橙汁和许多其他的东西。但除此之外，对我有用得多的是，他带给我六件干干

[①] 夸脱，西方液量单位，等于四分之一加仑，或1.1365升。

净净的新衬衫，六条上好的领饰，两副手套，一双鞋，一顶礼帽，一双长筒袜，以及一套他自己没怎么穿过的很好的衣服。总之，他从头到脚都供给了我穿戴。

任何人都想象得到，对处在我这种境遇的人来说，这是一份非常亲切而又合意的礼物。但是当我刚开始穿上这些衣服时，却觉得世界上再也没有什么事情比穿这身衣服更使人感到不舒服、不灵活、受拘束了。

等送礼仪式过去，他们将所有的东西都搬到我的小小住宅去之后，我们就开始商量如何处置我们的俘虏的问题。因为确实值得考虑，我们是否可以冒险将他们一道带走，尤其是他们中间有两个，我们知道那是不可救药和难以驾驭到了极点的。船长说，他知道他们是这样的坏蛋，无法对他们施恩，即使他将他们带走，也得将他们像罪犯一样用铁链锁起来，等船一开到一个英国殖民地，就将他们送交法办。我发现船长本人对此事也很焦虑。

对于这个问题，我告诉他，如果他不想带他们走，我敢于承担责任，设法让他们自己要求他将他们留在岛上。"能够这样我将从心里感到非常高兴。"船长说。

"那么，"我说，"我就将他们叫来，替你跟他们谈谈这个问题。"于是我叫星期五和那两个人质（由于他们的同伴实践了诺言，现在他俩已被解除监禁）到山洞那里去，将那五个人还是捆绑着带到我那间村舍里去，将他们关在那里，等我去找他们谈。

不久，我穿着新衣到了那里，现在我又以总督的身份出现。到了那里，我跟星期五他们碰了头，船长也同我在一起，我就叫手下人将那五个人带到我面前来，告诉他们：我已得到报告，充分了解他们对待船长的恶劣行径，他们如何劫持航船，准备进一步去干那抢劫的勾当，但上帝让他们作茧自缚，使他们落入了自己设下的陷阱。

我让他们知道，在我的指挥下，那艘航船已经被夺回，现在正停泊在小河口的海面上，不久他们就可以看到，他们的新船长已得到了他的恶劣行径的报应——他将被吊在帆桁的一头。

至于说到他们几个人，我想知道他们还有什么可说的，我何以不能将他们作为当场被抓获的海盗加以处决，他们该不会怀疑，由于我的使命，我有权这样做。

他们当中有一个人代表其余的几个回答说，他们没有别的话说，只是有一点，就是他们受缚时，船长曾答应过饶他们一命，所以现在他们恭顺地乞求我的宽恕。但我告诉他们，我不知如何给他们宽恕才好，因为我本人已决定带着我所有的人离开这个岛，和船长一道搭乘这艘船回英国。至于船长，他不想带他们回英国，而要将他们作为罪犯，戴上脚镣手铐，以叛逆和劫船罪送交当局进行审判。他们应当知道，其结果将是被送上绞刑架。所以，<u>我很难告诉他们什么是最好的办法，除非他们有心在这个岛上留下来，看看命运如何。如果他们愿意这样，我倒没有意见，因为我就要离开这里了。如果他们愿留在这岛上设法谋生，我同意饶过他们的性命。</u>

他们似乎对这办法表示感激，说他们宁可冒险留在这儿，也不愿被带回英国去吊死。于是我就决定这样办。

然而，船长对这个办法似乎显得面有难色，好像不敢将他们留在这岛上。看到这点，我就对船长表示出生气的样子，对船长说，这些人是我的俘虏，不是他的，我既然许了他们这些恩惠，就要说到做到。如果他不同意这么做，我就让他们照原来一样恢复自由。要是他认为这不好，他就可以又将他们抓起来，只要他能抓到他们。

他们几个人对此表示非常感激，于是我叫人给他们松绑，吩咐他们回到树林中原来待的地方去，因为在那里我要留给他们一些枪支弹药，还要给他们一些怎样使生活过得好一些的指示，如果他们认为合适的话。

这样，我就开始做上船的准备工作。但我告诉船长，我为了要做好准备工作，还得在岛上再待上一晚，要他这时先回大船上去，将船上的一切准备工作做好，第二天派小艇来接我。同时交代他适时将那个被打死的新船长的尸体吊在帆桁的一端上，让这些人能看得到。

船长走后，我找人将那几个人叫到我的住所，就他们的处境跟他们进行了一次认真的谈话。我告诉他们，他们所做的选择是对的，如果船长将他们带走，他们就肯定会被吊死。我将吊在船上帆桁一端的新船长指给他们，告诉他们，要是回去以后，也只能是这个下场。

当他们都说愿意留在这里时，我便告诉他们，我要将我在这里生活的故事说给他们听，使他们生活得舒适一些。于是我将这地方的整个历史和我到这里来的经历都说给他们听了。我带他们看了我的城堡，看了我做面包的方法、种粮食的方法和晒葡萄干的方法，总

<u>鲁滨孙为什么不把叛乱的人处死而要把他们留在荒岛呢？根据全文，我们推测，一是鲁滨孙不愿杀戮，二是他的小岛需要人手替他来经营发展，就像他在巴西的种植园一样。</u>

之，让他们过上舒适生活所必需的一切，我都给他们说了。我又告诉他们不久要到来的那十六个西班牙人的故事，我还给那些西班牙人留了一封信，并要他们答应对那些西班牙人要像对自己人一样。

我将我的枪械留给他们：五支滑膛枪、三支鸟枪、三把刀。我还有一桶半以上的火药留给他们。因为除了开始来的那一两年以外，我用火药用得比较少，更没有浪费。我又向他们讲述了管理山羊的办法，并教给他们挤羊奶、催肥和制奶油和干酪的方法。

总之，我将自己故事的每一部分都告诉了他们，并说要劝船长再留两桶火药给他们，又给他们一些我感兴趣的蔬菜种子，还将船长送给我的一袋豌豆也送给他们，交代他们一定拿去好好播种，以便增加产量。

我把这些事情办妥之后，第二天我就离开他们上了大船，因为船马上就准备开了。但是那天晚上却没有起锚。第三天清早，那五个人中的两个泅水来到大船边，哀伤地诉了一大堆委屈，说那三个人对他们俩如何如何不好，请求看在上帝的分上让他们上船，不然就会被他们三人杀害，就是当即被吊死，他们也求船长让他们上船。

对于这个请求，船长装作没有我的允许他无权做主，但在他他们左右为难以及在他俩定会改恶从善的庄严许诺之后，还是允许他们上了船。上船不久，他们每人被狠狠地抽了一顿鞭子，人们还往他们伤痕上抹盐。这之后，他们被证实变成了诚实安分的人。

这以后不久，涨潮了，我就将小艇开到岸边去，将我答应给那几个人的东西送去。在我的说情之下，船长答应将他们的箱子衣物等也一道送去。他们收到后，非常感谢。我又对他们进行了一番鼓励，说如果日后我能设法派船来接他们，我是不会忘记这回事的。

当我离开这个岛时，我将我制作的那顶大羊皮帽、我那把伞和我的鹦鹉都带上船，作为纪念物。我也没忘记带上我前面说过的那笔钱，这些钱在我身边毫无用处地存放了那么久的时间，都已经生了锈或是失去光泽了，要经过一番擦洗和抚弄之后，才能认得出是银币。连我从那艘遇险的西班牙船上找到的那些钱，情形也是如此。

我就这样离开了这个海岛。我从航船上的记事单上发现，这天是1686年12月19日，我在岛上整整住了二十八年两个月零十九天。我

鲁滨孙将大羊皮帽、伞和鹦鹉作为纪念物带走，表现出鲁滨孙对这座荒岛、对自己创造的日常用品的深厚感情。另外，鲁滨孙出海的目的原本就与获得财富有关，所以在他劫后余生、离开荒岛时特别交代了他对钱的处理。

第二次被从囚禁中解救出来的这天，与我第一次从塞拉的摩尔人那里坐长艇逃出来的那天，是同月同日。

专家评析

　　这一章是小说的主体部分，也是最为精彩的部分。

　　在一次惊心动魄的海上航行中，鲁滨孙乘坐的大船意外沉没。他与狂风巨浪拼死搏斗，总算保住了性命。然而，他被抛置到一座荒无人烟的孤岛之上。为了生存，他克服了常人难以克服的种种困难，经历了一次又一次的生存考验。他独自一人建造住所，打造船只，打猎，捕鱼，圈养动物，制作陶器，烘烤面包……这些普普通通的琐碎小事恰是鲁滨孙每天面对的日常生活问题，情景虽虚构，细节却真实无比，无不是在现实生活中可能存在的动作与事物。后来一次偶然的机会，鲁滨孙救出被人追赶的俘虏，收下了忠诚的仆人星期五。

　　在经过很长时间的有星期五陪伴的孤岛生活后，鲁滨孙想陪着星期五回家，并以此为逃离孤岛的第一个跳板。但在他们准备航行的时候，野人来袭。经过一番战斗，鲁滨孙和星期五救下了星期五的父亲和一个西班牙人。为了逃离出孤岛，这四个人一起动手准备，填满了粮仓。直到有一天，一艘英国船意外出现，这成为鲁滨孙逃离荒岛的重要契机。

　　作者在叙述故事时，借助了鲁滨孙的日记来推动故事情节，成功塑造出鲁滨孙这个典型的文学形象。在孤独、绝望、死亡威胁、恶劣的自然环境等重重考验下，鲁滨孙在荒岛上坚持了下来。没有生产工具，他可以用智慧和毅力造出来；许多费心费力的事情看上去是徒劳的，但他从不气馁，从不放弃，很快便能吸取教训重新开始。日复一日，年复一年的艰辛劳作，正是鲁滨孙与自然抗争的反映。鲁滨孙身上那种积极进取、百折不挠、务实肯干、勤于创造、孤身创业的优秀品质和生活态度，至今仍然具有巨大的借鉴意义。

　　经过一段长时间的航行之后，我乘这艘航船于1687年6月11日到达英国。算来我离开我的国家已有三十五年了。

　　当我回到英国时，所有的人都把我当作完完全全的陌生人看待，好像我根本不是那地方的人。幸好我的那位恩人和忠实的管家（我信任她，托她为我保管钱财）还活着，但她也遭到了世上极大的不幸，现在她是第二次成为寡妇，社会地位很低贱。关于她欠我钱的事，我叫她只管安心，我保证不会给她添麻烦；而且相反，为了报答她以前对我的关心和忠诚，我还在我的一点点积蓄中给了她一点力所能及的接济，当时我的能力确实只能如此，对她不能有更多的帮助。但我向她保证，我绝不忘记她以前对我的好处。后来当我有了足够的能力帮助她时，我确实也没有忘记她。这在以后还会提到。

后来我到了约克郡。我老爸早已谢世，母亲和全家人也都已故去。我只找到两个妹妹和一个弟弟的两个儿子。因为好久以前就说我已经死了，家里也就没有为我留财产。总之，我找不到一点接济或是对我的帮助。而我所有的那一点儿钱对于我要安下一个家来说无异于杯水车薪罢了。

没想到就在这时，我受到了别人的一次酬谢。就是那位船长，被我救下性命后，十分高兴，而且他的船和船上的货物也因此而得救了。他将我如何救他们的命和如何收回那艘船的过程，娓娓动听地向别的船主们作了讲述。他们邀请我去跟他们会面，还有些别的商人也参加了。他们对我在难中救人的事大大地恭维了一番，还送给我二百英镑。

但我将我的生活环境反复考虑过之后，认为我要在社会上闯出个名堂来，这点钱实在不够，我便决定到里斯本去，看能不能探听到我原来在巴西经营的种植园和我那合伙人的情况，事隔多年，那位合伙人恐怕以为我早已死去了。

为此目的，我搭上了开往里斯本的船，在开船后的下一个月即四月到达那里。我的星期五诚恳地跟随我到处跑，充分证明他是一个最忠实的仆人。

到里斯本之后，使我特别满意的是，通过打听，我竟然找到了我的那位老朋友，也就是第一次将我从非洲海岸那边的海面上救上来的那位船长。他现在年已老迈，停止了航海工作，让他儿子代替他。他儿子年纪也不轻了，他的船还是跑巴西的航线做生意。那老人已经不认识我了，确实我也难以认出他了，但很快我就记起了他那样子，而当我告诉他我是谁时，他也记起我来了。

在我们进行了一阵故友重逢的热情的交谈之后，我就向他打听我那种植园和那位合伙人的消息。老人家告诉我，他已有将近九年没到巴西去过了，但他可以向我保证，在他离开巴西时，我那合伙人还健在，可是那两位我委托他们跟合伙人一起照管我那部分产权的受托人都已谢世了。然而，他相信我将会收到一份关于我的种植园的增值情况的详细账目。因为当人们都相信我已漂入大海被淹死时，我的两位受托人便将我在种植园的股份内的产品收入账报告了地方财政的检察长，在我不回来认领的情况下，检察长已将它拨作他用。三分之一划归国王，三分之二划归圣奥古斯丁修道院，用于救济穷人和使印第安人改信天主教。但是如果我出场，或任何人申请作为我的继承人，那这笔财产就会返还。只是其增值部分或每年分配作慈善事业用途的，不能返还。但他向我保证，<u>皇家土地税收管理员和修道院的财务管理员一直都对此事给予极大的关注</u>；而我那位合伙人，又义不容辞地每年呈交一份正确可靠的产额账单，他们就根据这账单来收取我的那一半收入。

我问他知不知道种植园扩展到了何种程度，认为我值不值得去照应一下，或者要是我到那里去就我所拥有的那部分行使正当权利，会不会受到阻挠。

他告诉我，他也无法准确地告诉我种植园扩展到了什么程度，但他知道一点，就是我的合伙人虽然只享有种植园的一半产额，可他已变得极为富有。又说，据他仔细回忆，他曾听说，国王从我那部分财产中所得到的三分之一，似乎授予了另一个修道院或宗教团体，这笔数字相当于每年两百多块摩伊多。至于我会平安无事地收回它，那是毫无问题的，我的合伙人还活着，可以证明我的财产所有权资格，而且我的姓名也已经登入国家的注册簿。他还告诉我，我那两位受托人的后代都是非常正派的老实人，又都很富有。他相信我不仅可以得到他们的帮助拥有我的财产，而且还可以从他们手中领到一笔数字相当可观的本属于我的款项。那是我的种植园委托给他们的父亲经管时，也就是还未上交之时的收入，至于上交时间，据他记忆，已经有大约十二年之久了。

我听了他说的这些，表现得有点焦虑和不安。我问这位老船长，他知道我曾经写下了遗嘱，指定他这位葡萄牙船长为我的全权继承人，我的受托人怎么会用那样的方式来处理我的家产呢？

他告诉我说，我说得不错，但关于说我已死亡的事，没有任何证据，在没有得到关于我的死亡的确切说明书之前，他无法成为我的遗嘱执行人。此外，还因为他不大愿意涉足远离本地那么远的一些事务。他还说，他真的已将我的遗嘱在法院进行过登记，并提出

作者笔下提到了几个欧洲人：知恩图报、诚实善良的葡萄牙老船长；诚实可靠的老寡妇；公正诚实的合股人；迅速负责的政府人员，这些人是理想社会理想公民的代表，是作者对诚实可靠等高尚美德的珍视和追求。

了产权要求。如果他以前能提出有关我生或死的任何说明，他就该已取得代理权并行动起来，占有了我的炼糖厂，并叫他现在在巴西的儿子去办理那件事。

"但是，"老人说，"我还告诉你一则消息，这消息或许不像其余的那样令你满意，那就是，因为当时我们相信你已遭难死去（整个社交界的人也相信是如此），你的合伙人和受托人，用你的名义，将你的头六年或八年的红利提交给我，我收下了。但因当时种植园的开支很大，要增加业务、建立炼糖厂、买奴隶等，利润不像后来的那么大。可是，我将交给你一份正确无误的账单，说明我总共收进多少，又是如何安排用项的。"

在和这位故友进一步商谈了几天之后，他交给了我一张关于我的种植园头六年收入的账单，上面有我的合伙人和商业受托人的签名，通常都是交付的货物，如成捆的烟叶、成箱的糖；此外，还有甘蔗酒、糖蜜等之类炼糖厂的副产品。我从账单上发现，每年的收入都有相当数量的增加，但是如上所述，开支也很大，因此开初的数额并不大。可是，老人让我知道，他还欠我四百七十摩伊多。此外，还欠我六十箱糖、十五捆烟叶，这些是在他船上损失掉的，那是在我离开巴西种植园十一年之后，他的船从海外回里斯本时出了事故。

这位好心肠的老人开始向我叙说他的不幸，他是如何的迫不得已才动用我的钱去挽回他的损失，并在一条新船上买了股份。"不过，我的老朋友，"他说，"你需要钱时不会拿不到的，等我儿子一回来，你就可以全部得到那笔款数。"

说着，他拿出一个旧钱包，给了我一百六十葡萄牙摩伊多。同时又将他儿子负责开到巴西去的那艘船的产权契据给了我，他和他儿子对那艘船各占有四分之一的股份，他将这两股产权都交到我手上，作为他剩下的欠款的保证。

这位可怜人的诚恳和厚道深深感动了我，使我不忍再听他说下去了。我回想起了他为我所做的一切，他是怎样将我从海上救上来，他在各种场合待我又是那样慷慨大方，尤其是现在他对我来说是个多么真挚的朋友，我听了他说的这些话，忍不住哭了。我便首先问他，他在目前的境况下，是否能一下子拿出那么多钱来，或是拿出来以后，会不会使他手头感到窘迫。他告诉我，不能说他没有一点窘迫，但这可是我的钱呀，而且这时我可能比他还更需要钱。

这位善良人所说的每一件事都充满了感情，他说这些时我总忍不住流泪。总之，我只拿了他一百摩伊多，并要了钢笔和墨水，给他写了一张收据。然后我将其余的钱退还给他，并告诉他说，要是我拥有了种植园，我将把现在拿到的这些钱也退还给他,这一点后来我果真做到了。至于他在他儿子船上的股份转让契据,我是怎么也不会收下的。如果以后我到了确实需要钱用的时候,他那样的诚实人当然会付给我钱;要是我能收回他说我有理由指望收回的种植园产权,我将永远再不向他要一文钱。

这件事过去之后,老人开始问我,是不是要他设法为我索回我的种植园。我告诉他我想亲自到那边去一趟。他说,要是我想去,也可以去走一趟;要是不想去,也多得是办法可以保证我的权利,而且马上就可将利润拨给我用。而且,眼下里斯本河里正有些准备开往巴西的船,他让我将我的名字登上政府的登记册,加上他的宣誓书,宣誓证明我还活着,并且证明我就是当初取得那片土地始创上述种植园的那个人。

这份宣誓书为一位秘书所证实,他还为我签署了一份委托书。我的朋友指示我将这份委托书连同他的一封亲笔信一起,寄给他所认识的一位当地的商人,然后建议我留在他家里等候消息。

恐怕官府处理任何事情也没有像处理我的委托书这样值得尊敬。因为还不到七个月,我就从我的两位受托人(我是为了他们才去航海的)的后代那里收到一个大包裹,里面包的是如下个人信件和文件。

第一,是我的农场或种植园的产品的流水账,时间从他们的父亲和我的这位老葡萄牙船长结账时起,一共有六年时间,结算余额是应找我一千一百七十四摩伊多。

第二,是在政府宣布接管之前,由他们作为一个失踪(这在法律上称为褫夺公民权)的人的动产来加以保管的四年以上时间内的账目,其余额,由于种植园的价值不断升值,已达到三万八千八百九十二克鲁索罗①,合三千二百四十一摩伊多。

第三,是奥古斯丁修道院长的账单,他已收到十七年以上的利润,除去用于医院的钱不算之外,他很诚实地宣称还有八百七十二摩伊多没作分配,并承认尚在我的账上。至于国王收去的那部分,是不作偿还的。

再就是我的合伙人写给我的一封信。他对我还活在人间表示极其亲切的祝贺,向我作了关于我们种植园的扩充情况以及一年有多少产出的报告,并详细谈了种植园已包含多少英亩土地、如何种植、养了多少奴隶等,并且画上了

---

① 克鲁索罗,巴西货币单位,相当于1比索。

二十二个十字架表示为我祝福。他告诉我说,他为我还活在世上曾念过多少遍"万福玛利亚"以感谢神圣的圣母。他极其热情地邀请我过去取得我的那份产业,同时要我给他指示,要是我不亲自去那儿,他该将我的财产交给谁。信的结尾,他以他本人名义并代表他全家向我表示衷心的、亲切的友谊。同时还送了我七张上等豹皮作为礼物,这些豹皮看样子是他派去的另外一艘船替他从非洲带回的,看来这艘船的航行比起我的航行来要顺利得多。他还送了我五箱绝妙的蜜饯和一百枚非铸造的金币,这种金币比摩伊多稍小一点。

我的两位商业受托人的后代又通过同一批商船,为我运来一千二百箱糖、八百捆烟草,其余还有我账单上所存的全部金币。

现在我可以这么说,我的晚景确实比当初要好得多了。当我看过这些信件,特别是看到放在我周围的所有财富时,我内心的猛烈跳动是无法表述的。巴西商船往往是结队而来,给我带信来的这同一批商船,也带来了我的货物,我的信还没到我手中时,我的财产已经平安地停在里斯本河上了。总之,这喜讯使我一时面色苍白,心头不适,如果不是这位老人及时跑来,为我带来一点儿强心的甘露酒,我相信这突如其来的惊喜会摧毁我的精力,使我当场死去。

而且在这之后,我还是继续感到难受,持续了好几个钟头,直到请来一位医生,知道了我患病的真正原因,给我放了血,才觉得好一些,接着才慢慢好起来。我确实相信,如果我当时的情绪不是用这样的方式使其发泄出来,使我感到舒适一些,我就已经死去了。

我现在突然成了拥有五千英镑货币的主人,在巴西,我还有一份产业(我有理由这样称呼它),每年有一千英镑以上的收入,就像英国的土地产业那样稳妥可靠。总之,我现在已处在一个我自己也不知该如何去理解,或是该怎样安排我自己去享受的环境之中。

在此情况之下,我所做的第一件事就是报答我最初的恩人,我的善良的老船长。当初我在不幸之中时,他待我那么仁慈,可以说是开始对我亲切,后来又对我真诚。我将送给我的这些东西都给他看了。我告诉他,我之所以有今天的结果,除了天意的安排之外,其次就是归功于他了。现在该轮到我来报答他了,我愿百倍地报答他。于是我首先将我从他那里收到的那一百摩伊多退还给他;接着我请了一位书记,要他写出一份字据,将这位老人承认欠我的四百七十摩伊多,以最完备、最稳妥的方式予以全部免除。这之后,我又叫那位书记写了一份委任状,授权老人家做我的种植园的年利收管人,并指定我的合伙人向他说明账目情况，将属于我的年利交由经常往返的船队带给他。委任状后面还附了一条：当老人家在世时，我每年给予他一百摩伊多的补助金，从我的财产中扣除；老人家谢世后，给他儿子每年五十摩伊多，终身补助。这样，我总算报答了我的这位老朋友了。

现在我要考虑我下一步该怎么办，我该怎么处置上帝交到我手上的这份财产。确实，同我在那海岛上的那种沉寂的生活状态相比，我现在需要多动动脑子。在岛上时，除了我所有的，别的什么我一概不要；除了我所需要的，别的什么我一无所有。而现在我却身负重任，我的职责是将它弄得安全而妥帖。我现在没有一个山洞来收藏金钱，也没有一个地方让我将钱放在那里不用上锁，钱上面长了霉变了色也没有人去摸它。相反，我不知道将钱放在哪里，托交给谁为好。只有我的老恩主、老船长，才确实诚实可靠，才是我唯一的庇护者。

另外，我在巴西的利益似乎召唤我到那儿去一趟，但我要是不将我的事务处理好，不将财产托付给安全可靠的人，去巴西的事我是想也无法去想它的。起先我想到我的老朋友，那位寡妇，我知道她是个诚实人，会公正待我的。可是她已年老了，又很贫苦，可能还欠着债，这我也不太清楚。总之，我没有旁的办法，只有带着财产回英国。

可是我还是在好几个月之后才把这事决定下来。我已经充分报答了我以前的恩人，我的老船长，并使他感到满意，所以现在我就想到那位可怜的寡妇，她丈夫是我的第一个恩人，而她，在她的能力范围之内，是我忠实的管家和指导者。所以我做的第一件事就是在里斯本找一个商人给他在伦敦的一家代理店写封信去，除了请他支付一张汇票以外，还要去找到她，将我汇去的一百英镑带给她，并跟她谈谈，在她处于贫困时安慰安慰她，告诉她，只要我活着，她将还会得到补给。与此同时，我又给我的住在乡下的两个妹妹每人寄了一百英镑去，她们虽说不匮乏，但日子也不算很好过。一个已结了婚，却又成了寡妇；另一个的丈夫虽然还在，但对她不好。

可是，在我所有的亲戚或熟人中，我找不出一个人可以大胆将我的全部资本委托他照管，好让我安然无虑地到巴西去。这件事叫我好伤脑筋。

我曾经想过去巴西定居，因我曾经入过巴西国籍。但是对于宗教问题我心里有一点顾虑，因此对这事就冷淡下来，没打算进行了。关于这一点我下面还要说。可是现在我不去那儿却不是由于宗教的缘故，而且我当年曾毫不犹豫地公开加入过他们国家的宗教，那时节我一直和那里的教徒在一起，所以这一点我倒不会有什么顾虑。只是最近我对这问题考虑得比以前多一些，当我开始想到要在他们中间生活，在他们中间死去的时候，我就开始后悔承认自己是个天主教徒，而没有能以一个最好的宗教徒的名义死去。

但是，如我所说，我不到巴西去主要还不是因为这件事，而是因为我真不知道该将我的财产托付给谁照管为好。所以最后我决定带着财产回到英国去。我断定，我回到那里以后该会结交一些熟人或找到一些对我忠诚的亲戚。于是我便准备携带我的全部财富回英国。

为了替回家做好准备，我要将一些未了事宜做好安排，加之这时去巴西的船队就要起航了，所以首先我决定对从巴西那边给我寄来的公正而诚实的情况说明给予恰当的答复。首先写了封信给圣奥古斯丁修道院院长，十分感谢他们对事情的公正处理，对他提到的那还未作处置的八百七十二摩伊多，我想捐献出去，捐五百摩伊多给修道院，余下的三百七十二摩伊多，按院长的指示，捐给穷人，希望善良的神父为我祈祷，如此等等。

其次我给我的两位受托人的后代写了一封感谢信，对他们办事如此公正诚实表示充分的感谢。本来打算送他们一点礼品，但后来又想，他们绝不会稀罕我这点东西。

最后我写信给我的合伙人，感谢他在发展种植园方面所做的勤恳努力，以及他在增加工厂资金方面所表现的诚实正直的精神，我请他以后管理我那部分财产时，按我所赋予的老恩人的权力去办事，希望他将凡应归我所有的部分今后都送给我那老恩人，如有特殊情况，我会通知他。我让他确信，我不仅有意到他那里去拜望他，而且还打算到那里去定居，以度过我的余生。在寄这封信的同时，我还送了一份可观的礼物给他的妻子和两个女儿（因为老船长的儿子告诉我他结了婚，并有了两个女儿），这些礼物是：一些意大利丝绸，两匹高级英国绒面呢（这是里斯本市场上所能买到的最好的货物），五匹黑粗呢，以及一些贵重的佛兰德斯饰带。

我这样处理好我的事务，卖掉我的货物，又将钱财换成可靠的汇票之后，下一步的困难就是由哪条路去英国。我已经习惯于海洋了，但这次我却对走海路到英国去产生了一种奇异的反感，虽然我对为什么会产生反感说不出原因。这种障碍在我思想上又如此强烈，以致有一次我将行李都搬上了船，只等待走了，但突然又改变了主意，像这样不止一次，而是两三次。

确实,我在海上遇到过极大的不幸,这也许就是我产生反感的某种原因。但是,遇到这种时刻,人们却不应忽视自己思想的强烈冲动。我本来选定了两艘准备搭乘的船,我是说,这两艘船是我从那些船只中特意挑选出来的,也就是说,其中一艘我将行李都搬上去了;另一艘船的船长也同意让我搭乘了。后来这两艘船我都没有搭成,而结果这两艘船也都出了问题:一艘被阿尔及利亚人抢去了;另一艘在托尔拜①附近的斯塔特半岛那里失事了,除三人幸免外,其余均遇难。所以,这两艘船我不管乘上了哪一艘,都得遭到不幸,至于乘哪艘船遭到的不幸最厉害,那就很难说了。

我思想上受着这样的折磨,我便将这些情况告知我的老领港员——老船长。他认真地劝说我不要走海路,可以由旱路到格罗内②,横过比斯开湾③到拉罗谢尔④,从那里就可又舒适又安全地由旱路到达巴黎,并由此到加来⑤和多佛尔⑥还可以由这里直到马德里,然后全部由旱路穿过法国。

总之,除了从加来到多佛尔这段水路之外,我对于从海上去完全有一种预先具有的反感,以致我决定全部由陆路旅行去,反正我现在又不是急于要赶路,同时也不计较途中多花几个钱,这样确实是使旅途愉快得多的一种办法。为了使旅途更加愉快,我的老船长又带来了一位英国绅士,他是里斯本一位商人的儿子,他愿意跟我一起旅行。后来,又有两位英国商人和两位年轻的葡萄牙绅士加入我们一行,只是后者只到巴黎。这样,我们一共就有了六个人,再加上五个仆人。那两个商人和两位葡萄牙绅士,为了节省开支,甘愿两人共用一个仆人。至于我,除了我的星期五之外,我又找了一个英国水手跟我同行,作为我的随从,因为星期五是异乡人,对一切太不熟悉,无法在途中担任随从的任务。

我就是这样从里斯本出发了。我们这一群人都骑着好马,带着武器,组

---

① 托尔拜,英国英格兰西南部城市,临英吉利海峡的托尔湾,西距普利茅斯45公里。
② 格罗内,西班牙北部港市。
③ 比斯开湾,西班牙北海岸和法国西海岸之间的一个大海湾,面积有19.4万平方公里,为大西洋的一部分。
④ 拉罗谢尔,法国西海岸城市,夏朗德滨海省首府。14—17世纪时是法国最重要港口之一。
⑤ 加来,法国北部最大的客运港,临多佛尔海峡,与英国多佛尔港相距30余公里,从伦敦到欧洲大陆的旅客多在此登岸。
⑥ 多佛尔,英国英格兰东南部港市,隔多佛尔海峡与法国的加来港市相望,为英国和欧洲大陆间交通和战略要冲。

成了一支小小的队伍,这些人都很尊敬我,叫我做队长,一方面因为我年龄居长;另一方面因为我有两个随从,而且说实在的,我也是这整个旅行的发起人。

前面我没有用我的航海日记让读者烦心,现在也不必用我的陆行日记让读者烦心了。但是,在这次单调而艰难的旅行中,我们偶尔经历的几次冒险却不该略而不谈。

我们来到马德里后,因为我们都没来过西班牙,都愿意在那里待上一些日子,以便能看看西班牙宫廷,以及那些值得一看的地方。但当时已时值夏末,我们要急着离开,便在十月中旬从马德里出发。但当我们到达纳瓦拉①边境时,我们沿途经过几个小城镇都有人向我们报警,说有人讲,法国国境那边的山上已经下了很厚的雪,有几个旅行者企图冒险拼命越过去,但结果都被迫返回潘普洛纳②。

我们到达潘普洛纳时,发现情况确实如此。对我这个习惯了热带气候,在连衣服也很少穿的地方生活惯了的人来说,这种寒冷确实使人消受不了。而且比这种奇怪现象更令人痛苦的是,我们离开旧卡斯蒂利亚③才不过十天,那里的天气不但暖和,而且很热;而突然间感到一股风从比利牛斯山上刮下来,如此凛冽,令人难以忍受,将我们的手指和脚趾都冻僵了,甚至要冻坏了。

可怜的星期五看到满山满岭都盖上一层厚厚的雪,又感到天气这么冷,真的将他吓得要命,因为在他一生中还从没见过雪或感受过寒冷呢。

更加糟糕的是,我们到了潘普洛纳之后,雪还是继续猛烈地、不停地下,当地人说,今年的冬天过早地来到了。道路在下雪前本来就难以行走,现在变得更加难以通行了。因为有的地方积雪太厚,根本无法行走。加上这里又不像北方地区那样,天冷就将雪冻得硬邦邦的,在这里这种情况下,你要还往前走,就每一步都有被活埋的危险。我们在潘普洛纳逗留了不少于二十天。由于眼见冬天已经来临,天气不可能变得更好了,而且据人们记忆,这是整个欧洲一个最寒冷的冬天,于是建议我们都离开这里到丰特拉比亚④去,再从那里坐船到波尔多⑤去,那段航程很短。

---

① 纳瓦拉,中古时代和近代初期西班牙北部和法国南部的一个独立王国。
② 潘普洛纳,原为纳瓦拉王国国都,后为西班牙纳瓦拉省省会。为法国和西班牙两国间交通重地。
③ 旧卡斯蒂利亚,西班牙历史地理区,位于国境中北部。
④ 丰特拉比亚,西班牙北部面临比斯开湾的小城。
⑤ 波尔多,法国西南部城市,为全国重要港口和铁路枢纽。并以出产波尔多葡萄酒闻名于世。

当我们正在考虑这件事的时候，忽然走进四位法国绅士，他们也曾在这条通道的法国那边被雪阻住，正像我们在西班牙这边一样，但他们找了一个向导，他带领他们横穿过挨近朗格多克①上部的地区，走这条路穿过大山，没碰到什么大雪封路，据他们说，就是在雪较厚的地方，雪也冻得很硬，足以让他们的人和马安全地踏过去。

我们也将这位向导请来，他告诉我们说，他愿意带我们走原路过去，不会有被雪阻住的危险，只是我们得充分武装起来，以防备野兽的侵袭。因为他说，这场大雪下过之后，时常有狼在山脚下出没。因为大雪封山，它们找不到吃的，饿得发慌，所以跑下山来觅食。我们告诉他，我们对这类动物已有足够的准备，只是他能不能保证我们不碰到那种"两只脚的狼"，我们听说我们极有碰上这种家伙的危险，尤其是在山那边的法国境内。

他让我们确信，我们走这条路去，绝不会遇到这种危险。于是我们欣然同意跟他走，同时那另外十二位带着随从的绅士，有些是法国人，有些是西班牙人，也愿意跟我们一起走。这些人就是前面说过的那些企图冒险过去、又被迫退回来的人。

于是我们便和向导一起，在11月15日这天离开潘普洛纳。确实令我感到意外的是，他不往前走，而是带领我们朝我们从马德里来的路往回走了大约二十多英里，然后渡过两条河，进入平原地带，这时我们发现气候又重新暖和起来，那地方很舒适，见不到一点儿雪。可是突然他向左一拐，又从另一条路向山区走去。虽然，那山势和悬崖看起来令人害怕，但他带着我们七弯八拐，迂回曲折地走了许多弯路，终于使我们在不知不觉中越过了山的高峰，没有被大雪阻拦。突然他将远处那舒适而富饶的朗格多克省和加斯科涅省指给我们看，我们看到那边一片青葱繁茂，欣欣向荣，只是离我们还有很远的距离，我们到达那儿还有一段艰苦的行程。

然而，当我们看到又下起雪来，而且下了一整天又一整晚，如此连绵不断，我们无法继续我们的旅行时，心里又有一点不安起来。但向导却叫我们放心，说我们很快就可走完这段路程。确实我们也发现我们在开始每天都往山下走，而且更加靠近北方了。于是我们依靠向导带路，继续前进。

大约离天黑还有两个小时的样子，我们的向导走在我们前面，离我们有

---

① 朗格多克，法国古地区名，范围包括东起罗纳河，西到加龙河，北至中央高原，南到地中海的这一片地区。

一段距离,我们有时还看不到他,这时突然从接近一片密林的山谷道上冲出两只恶狼,后面还有一只熊。两只狼朝向导扑去,要是他在我们前面半英里,那在我们赶去救他之前他早已被狼吞食了。且说一只狼紧紧咬着他的马,另一只则凶猛地朝他扑去,这时他来不及,或是没想到去拔出他的手枪,只是拼命向我们呼救。这时星期五正在我身边,我叫他催马去看看是怎么回事。

星期五刚刚看到那向导,便也像他一样高声叫喊起来:"啊,主人!啊,主人!"但他到底是个勇敢的家伙,单枪匹马直冲到那可怜的向导身旁,拿着手枪一枪就打中了咬住他的那只狼的脑袋。

有我的星期五去救他,这位可怜的向导真算是幸运。因为星期五在他生长的地方早就见惯了这一类动物,一点儿也不怕它,而是像上面所说的那样,走近它身旁,一枪将它击毙。要是换上我们中的任何一个人前去,那必定会隔老远就开枪,那样或者就打不中狼,或者就会打中人。

当时的情况足以使一个比我还要胆大的人也感到惊慌,的确,它使我所有的同伴都恐慌起来,因为在星期五的手枪声响过之后,我们听到两边接着就发出一阵可怕的狼嗥,这声音被山上的回声一加强,就使我们觉得好像有多得惊人的狼在嗥叫一样。也许它们真的还不止出来的这么不足以让我担心的几只呢。

星期五将那只狼打死之后,咬住马的另一只狼马上松开口跑开。幸好它咬的是马的头部,笼头上的轴套卡住了它的牙齿,所以它没有将马咬伤得厉害,而那向导却的确被咬伤得很厉害,因为那狂暴的野物咬了他两次,一次咬的手臂,另一次咬的膝盖上面一点点,而当星期五跑来将狼打死时,他又差点被那匹失控的马撂下鞍来。

不难想象,星期五的手枪一响,我们就尽快地在那难走的道路上催马前进,去看看究竟出了什么事。当我们来到原来看不清楚的树林边时,才把情况弄清楚,原来星期五已将那可怜的向导解救出来,虽然我们一下还没辨别出他打死的是哪一类野兽。

但是,接下来星期五和一只熊又展开了一场艰苦而又令人惊异的战斗。开始时我们对于他跟熊作战感到吃惊,并为他捏了一把

回家以后的平静生活再起波澜,气氛又紧张起来。狼的出现让我们为主人公担忧的同时,又成功地调动了我们的好奇心,想要跟着作者的讲述迫不及待地想看与狼搏斗的场景。

汗，但后来却使我们大家都感到想象不到的开心。熊是一种身体粗重的笨手笨脚的野物，不像狼那样跑起来轻快如飞。它的行动规律一般有两个特点：第一，它不把人当作正常的捕食品。我说不把人当作正常的捕食品，是因为我不能断定在眼前这样大雪封山，它处于极度饥饿的情况下，会干出什么事情来。但它对人一般不去主动袭击，除非人首先攻击它。相反，假如你在森林里遇到它，只要你不去干扰它，它也不会干扰你。但你得小心，要礼貌待它，给它让路，因为它是一位高尚的绅士，即使一位王子来到，它也不会让他一步路。唔，要是你真的害怕，最好的办法是眼望别处继续走你的路，因为如果你偶或停下来，站住不动，用眼盯住它，它就认为你这是对它的一种冒犯。但你如果朝它扔东西，打中了它，虽然只是手指粗细那么一根树枝，它也会认为是对它的一种侮辱，它就会将什么事情都丢开来向你报复，因为它要得到荣誉才会满意。这是它的第一个特点。第二，它一旦受到侮辱，就会无论黑夜或白天都死死地缠着你，直到报了仇为止，不管绕多少弯路，也要将你抓住。

  我的星期五救出了那个向导，我们来到他身边时，他正在扶那向导下马，因为那向导既身负重伤，又心怀惊惧，而且确实惊惧还甚于伤痛。突然我们发现那只熊从森林里走了出来，那是非常巨大的熊，是我生平所见到的最大的一只。我们见到它之后，都有些吃惊。但星期五看见它时，脸上却现出欢快和充满勇气的神色。"哦！哦！哦！"他冲着它连叫三声。回头又对我说："啊，主人，你允许我跟它握握手吧，我要让你们大笑一场。"

  我没料到这家伙会这样高兴。"你这傻瓜，"我说，"它会吃掉你的！""吃掉我！吃掉我！"星期五连说了两次，"我要吃掉它，我要叫你们大笑一场。你们都待在这儿，我表演一场好戏给你们看。"于是他坐了下来，很快将皮靴脱掉。换上他袋子里带着的一双浅口轻便鞋，也就是人们所说的那种平底鞋，将马交给我的另一个随从，带着枪，一阵风似的飞快跑开了。

  那熊正在慢慢吞吞地往前走，看样子并不想管别人的事。而星期五却去到它身边，叫唤它，好像那熊能听懂他的话似的。"你听着，你听着，"星期五说，"我跟你说话呢。"我们远远地跟在它后面。我们现在从加斯科涅省那边的山坡走下来之后，已进入一片大森林，那地方平坦开阔，虽然有的地方间或也长着些树木。

  星期五紧跟在那只熊后面追，很快就追上了它。他拿起一块大石头，对它扔过去，正好打中它的脑袋。但这却跟打在墙上一样，一点儿也没有伤着它，可是星期五的目的却达到了。这个淘气的家伙一点儿也不害怕，他这样做纯粹是为了逗引那只熊来追赶他，如他所说的，开个玩笑给我们瞧瞧。

那只熊一感到自己挨了石头，并且看到了星期五，马上转过身追赶他，拖动着脚，迈开巨大的步子，跑得奇快，其速度简直有一匹马小跑那样快。星期五马上跑开，好像是朝我们这边跑过来求救似的。于是我们全都决定马上对那只熊开枪，救我的人。虽然我心里在生他的气，因为他将那只本来走它自己的路到别处去的熊招引过来；特别使我生气的是，他还将熊引过我们这边来，而他自己却又跑开了。因此我朝他喊道："你这个无赖，你就是这样引我们发笑吗？快来牵了你的马离开，我们将开枪打死这家伙。"他听见我说的话之后，连忙喊道："别开枪，别开枪，站在那里别动，有你们好笑的。"这机灵的家伙以熊跑一步他跑两步的飞快的步子，突然从我们旁边转开，往另一边跑去。他看到前面有一株大橡树，正合他意，便朝我们打手势，让我们跟上去，他一面又加快脚步，敏捷地爬上那棵树，把枪留在离树根约有五六码远的地上。

熊很快就到了树下，我们也远远地跟在后面。它到树下以后，第一件事就是在那杆枪旁边停下来，将枪闻了闻，但没动它；接着它也爬上树去，虽然它的身躯又大又重，但它能像猫那样爬树。我对星期五的这种胡闹（我认为他是胡闹）感到吃惊，而且根本看不出他这种行动有什么可笑之处。看见熊爬上了树，我们也全都催马来到了它附近。

我们来到树边时，星期五已爬到了一根大树枝的末端，那只熊则到了离他那儿一半远的地方。等熊一爬到那根树枝比较柔弱的地方，他就对我们说："哈，现在你们瞧我教这只熊跳舞。"说着，他忽然在树枝上跳动起来，并且一面摇动着树枝。这就使得那只熊开始摇摇晃晃起来，只好停住不动，并开始朝后面望，看怎么样往回爬。这时，我们真的一个劲儿地大笑起来。但星期五还没跟它玩够，他看见它停住不动，他再一次向它大声叫喊，好像他料想那熊会说英语似的，"什么，你不往前走？求你再走过来一点吧。"说着，他停止了跳动和摇晃那树枝。而那只熊也仿佛听懂了他说的话似的，又向前走了几步。于是他又一次开始跳动，那只熊也又一次停住不动。

我们认为现在正是好时机，正好对准那熊的头部开枪，于是我叫星期五别动，我们要打熊了。但他却诚心地大喊道："啊，求求你！啊，求求你！别开枪，等下儿让我来打。"他的英语还不到家，将"等会儿"说作"等下儿"了。好，我们还是长话短说吧，且说星期五一个劲儿地跳动，那熊停在那里不住地摇晃，这情形确实叫我们大笑不止，但我们却想象不出星期五这家伙到底要干什么。起先，我们认为他肯定要将熊摇晃下来。可是我又看到那只熊对此也是够老练的，因为它不肯再往前走，以免被摇晃下来，而只是用它那宽大的前后掌紧紧抱住树枝。这样，我们就想象不出这事怎么了结，这场玩笑最后如何收场。

但星期五很快就使我们解除了疑虑。当他看到那只熊紧紧抱住树枝，不肯听劝再前进一步时，就说："好啦，好啦，你不肯再上前来，那我去，我去；你不肯到我这里来，那我到你那里去。"说着，他就到达那树枝最细的顶端，这样，他的重量可将树枝的那一头压弯，自己就可以借助树枝而渐渐让自己往下降，越降越低，最后到离地不远时，他便一松手跳到地上，随即跑到他的那杆枪那里，拿起枪来，静静地站在那里。

"唔，"我对他说，"星期五，你现在打算怎么办？为什么你不开枪打它？""不开枪，"星期五说，"这会儿还不，我现在开枪，我就打不死它。我要停一会儿，叫你们再笑一笑。"他的确是这样做的。那只熊看到它的敌人走了，就从树枝上往回退，后退时极其从容不迫，每退一步都要回头望一下，终于倒退到树干上来。接着，还是用这种倒退的姿态，后脚向前，往树下爬，用脚掌紧紧抱住树，每次移动一只脚，爬得极其从容不迫。就在它的后脚还没着地的这个紧要关头，星期五赶紧走到它身旁，将枪口放进它耳朵里，一枪就将它打死了，倒在地上像一堆石头。

然后，这个淘气的家伙转过身来，看我们是不是笑了。当他看到我们都很高兴时，他自己也高声大笑起来。"在我们那地方就是用这种办法来杀死熊的。"星期五说。"用这种办法杀死熊，"我说，"嗨，你们可没有枪呀。""没有，"他说，"没有枪，是用极好的长箭射死的。"

这对于我们来说的确是一次很好的消遣。但我们仍然在野外，我们的向导又受了重伤，我们真不知道该怎么办。刚才狼嗥的声音还在我头脑里回旋。说实在的，这种声音，除了我以前在非洲海岸时曾听到过一次以外（这一点我在前面已说过），再也没有听到过任何声音使我感到如此恐惧。

由于考虑到以上这些事情，加之天又快黑了，我们便只好离开。要不然，照星期五的想法，我们定会将这头巨兽的皮剥下来，那是很值得保存的一样东西。但我们还要赶三里格的路程，向导又在催我们，于是我们只好抛开它不管，继续赶我们的路。

地上还是盖着一层雪，不过不像山上那么深，那么危险。我们后来听

227

说，那些贪婪的野兽，由于饥饿迫使它们出来觅食，便跑到树林里和平原上来，并且已在村子里造成了大量的灾难，它们突然袭击村民，咬死了许多的羊和马，还咬死了一些人。

我们还要经过一处危险地方。向导告诉我们，如果这地方还有狼的话，我们就会在那里遇到它们。那是一处小小的平原地带，周围都是树林，穿过树林必须走一条狭长的小路，然后才能到达我们要投宿的村子。

我们进入第一片树林时，离太阳下山还有半小时，当我们到达那片平原时，太阳已经下山了。在第一片森林里我们没遇见什么，只是在树林里面的一块空地上，看见五只大狼，一只接一只，飞快地奔跑过去，似乎在追赶某个已经见到的捕猎对象。它们没来理睬我们，很快就在我们眼前消失了。

这时，我们的向导（他原来是个可怜的胆小鬼）吩咐我们做好准备，因为他相信还有更多的狼会来。

我们准备好武器，眼睛注意着周围，但当我们穿过那片将近半里格的树林进入平原地带时，再也没有见到过狼。我们一进入平原地带，就有足够的理由朝周围巡视一圈，我们首先见的就是一匹死马，就是说，一匹被狼咬死的不幸的马，而且至少还有十二只狼在那里动作，我们不能说它们还在吃它的肉，只能说它们还在那里啃它的骨头，因为肉早就被吃光了。

我们认为不宜去打扰它们的美餐，它们也没来注意我们。星期五想要朝它们开枪，但我决不答应他这么做，因为我觉得我们似乎还有比眼前的事更为重要的事情要对付。我们在那块平地上还没走上一半路程，就开始听到我们左边的树林里有可怖的狼嗥声，没有多久，就看见大约有一百只狼直向我们扑来，它们全部出动，大多数跑成单行，整齐得像是受过一位有经验的军官的训练一样。我差点儿想不出办法来对付它们。急中生智，我马上想到我们只能紧紧地站成一排，于是我们立即摆好了阵势。但我们的火力不能中断得太久，于是我下命令，我们开火时只能每隔一个人开枪射击，其余未开枪的人，要等着马上对它们进行第二次射击；如果它们继续向我们冲来的话，开过第一次枪的人，不要急着去填充弹药，而应每人手持手枪做好准备。我们每人都有一杆长枪、两支手枪，用这样的办法，我们就可以连开六轮排枪，每次一半开枪。可是，目前已没有这个必要了，因为在第一次的一排枪放过之后，敌人由于被响声和火光所惊吓，全部停了下来，有四只狼被打中脑袋，倒了下去；另外几只被打伤，淌着血跑开了，我们在雪地上能清楚地看到血迹。我见到它们只是停下来,而没有退却,于是想起有人曾告诉我说,最凶猛的野兽也怕人的声音。我便要同伴们一起用最大的嗓门齐声呐喊。这种说法果然一点儿不假,因为我们一呐喊,它们就开始退缩,并转身逃跑。于是我又下令朝它们背后再开一排枪,这就更使它们飞跑起来,跑进树林去了。

这时,我们才有时间重新填充弹药。但我们不能挨时间,便又接着赶路了。我们刚刚填充好弹药,做好准备,便听到这同一片森林里的左前方的远处,也就是我们要走的这条路的前方,又传来一阵可怕的叫声。

黑夜正在来临,光线开始暗淡,这使我们的情况变得更坏。那可怕的叫声愈来愈大了,我们很容易听出那是那些凶恶的家伙的嗥叫声。突然,我们见到了三群狼,一群在我们左边,一群在我们后面,一群在我们前面,看情形我们已经被它们包围了。不过它们现在还没袭击我们,我们便继续向前赶路,尽量催马快跑。可是那道路又崎岖不平,我们只能催马尽快小跑。就这样跑着,我们看见了前面有一个树林的入口,我们就是要进入这个入口,穿过这片树林,才能到达平原的那一头。但是当我们走近那条林间狭道时,大吃一惊,因为我们看见不知道有多少只狼正站在那入口处。

突然,从树林的另一个口子处,我们听到了一声枪响。我们往那边一瞧,只见一匹披鞍戴辔的马从树林口一阵风似的冲了出来,向前飞奔,后面跟着十六七只全速飞奔的狼。那马确实比那些狼跑得快,但我们估计它不可能长久保持那种速度,最终还是会被狼追上,这是毫无疑问的。

但是,当我们策马走近那匹马冲出来的那个口子边时,我们看到了一幅极其可怕的景象:我们发现另一匹马和两个人的尸骨都是被那些饿极了的狼吃掉的,其中的一个人,毫无疑问就是刚才开枪的那一个,因为他的尸体旁正好摆着一支放过的枪,他的头部和上半身已经给狼吃掉了。

这使我们感到恐惧万分,不知采取什么办法才好。但这些凶恶的野兽使得我们疑团顿解,因为它们现在已聚集在我们周围,要将我们作为猎取对象。我肯定地相信,它们有三百只之多。对我很有利的是,离那入口不远处堆着许多大木料,我推测这是夏天砍伐后放在那里准备运走的。我将我的小小队伍开到那堆木料那里,在一根很长的木料后面排成一行,要大家都下了马,将那根大木料放在前面当作我们的胸墙①,我们站成一个三角形,或是说摆成三角阵

---

① 胸墙,军队作战时临时构筑的、高及胸部的一种工事。

线,将我们的马围在中间。

　　幸好我们采取了这种阵势,因为那群凶兽在这里对我们的进攻是最猛烈不过了。它们咆哮着扑向我们,有些跳上我们当作胸墙的那根长木料,仿佛它们要直取猎物——它们这样凶猛扑来,主要是看到了我身后的那些马匹,这些马匹才是它们主要猎取的目标。我命令我们的人像前次那样,轮流着开枪。他们打得真准,第一次排枪就打死了好几只狼。但我还得继续开火,因为它们跟魔鬼一样,前推后拥,不断扑来。

　　当我们射过第二次排枪后,它们稍稍停了一会儿,我们以为它们要离开了,但它们只停了很短一会儿,便又一次扑上前来。于是我们又射出了两排手枪。这四阵排枪射过之后,我相信已打死了十七八只狼,打瘸了的还要多一倍。但是,它们还是不断地扑上来。

　　我不愿匆忙地打出我们的最后一排枪,便将我的随从叫来,这随从不是星期五,星期五现在担负着更重要的任务:他要以想象不到的敏捷给我和他自己打过的枪填充弹药;我将另一位随从叫来,给了他一角筒火药,吩咐他沿着那根长木料撒成一条长线。他撒完后刚离开,狼群便又向木料那里扑来,有些还跳上了木料。说时迟,那时快,我连忙拿起一支上好药的手枪,贴近撒在地上的火药开了枪,使火药着火燃烧。跳上木料的那些狼全被烧伤了,有六七只又痛又惊,跌到(不如说是跳到)我们中间来,我们迅速处理了它们;其余的被火光吓住(因为现在天已很黑,火光就更加显得可怕),往后退了一点点。

　　见此情况,我便命令我们的最后一排手枪通通开火,然后我们又齐声呐喊。这样就使得狼群掉头逃跑。我们看到有将近二十只狼因脚被打瘸了,跑不动,在地上挣扎着,我们便冲到它们跟前,举刀就砍,这一着果然达到了我们预期的目的,因为这些狼发出的哀鸣和嚎叫声最为它们的同伴所理解,知道出了事儿,便离开我们,全部逃走了。

　　我们自始至终一共打死约有六十只狼。如果在白天,我们会打死得更多。战场上现在不剩一个敌人了,我们便继续前进,因为我们还有一里格的路程要赶。我们行进时,还几次听到林子里饿狼的嚎叫声。有时我们还认为看到了几只,但白雪使我们眼花缭乱,看不准确,不知是否真的是狼。这样,在大约一个钟头多一点点的时间内,我们赶到了要投宿的那个镇子。我们发现这镇上的人全都处于极其恐惧之中,而且全都手持枪械。据说是头一天夜里,狼群还有几只熊,闯进了他们的村子,使他们吓得要命,他们便被迫昼夜防守,特别是在夜晚，以保存他们的牲畜，当然也有居民的安全。

第二天早晨，我们的向导病情转重，他上下肢上的两处伤口已红肿化脓，肿起很高，无法行走。这样我们便只好在那里雇请一个新的向导，领我们到图卢兹①。我们发现那里气候温暖，物产丰富，又没有雪，没有狼或其他为害的野兽。当我们在图卢兹将我们来时路上发生的这段故事说给他们听时，他们告诉我们，在山脚下的大森林里，这是极其平常的事，特别是大雪满地时。他们还特别问到我们雇的是一个什么样的向导，竟敢在这样的严寒季节里，冒险带我们走这条路。他们还告诉我们，我们没有全部被狼吞吃就算很不错了。当我们告诉他们，我们如何安排阵势，如何将马匹放在中间时，他们狠狠地责备我们说，你们没全部送命是极少有的例子，因为正是由于见了马，才使那些狼那样猛烈地去追逐它的猎捕对象。而在别的时候，它们确实还是害怕枪的，但极度的饥饿使它们发狂，一心想吃到马而不顾危险了。他们说，我们若不是不断地开火，并且最后采用火药线的战略制伏它们，想必我们已被它们撕成碎片了。反过来说，如果我们满足于静静地骑在马上，像骑兵那样朝它们开火，它们见马背上坐着人，情况不一样，就不会将你们的马看作它们要捕食的那种马了。最后他们还告诉我们，如果我们站在一起，离开我们的马（它们一心想吞食的对象），那我们就可能安全离开，尤其是我们手上都有武器，人数又这么多。

对我来说，在我一生中从来也没感受过像这样的危险。因为当我看到三百多只魔鬼怒吼着向我们扑来，张开大嘴要吞食我们，而我们又无处躲藏、无处退避，这时我认为这下可完蛋了。而且这就使我认为今后我将再不愿跨越那几座大山了，我认为我宁愿在海里走上一千里格，即使每个星期确定要遇到一次风暴也在所不惜。

我经过法国时没有什么特别的事情值得引起注意。一些事情都是别的旅行家们记述过的，而且比我记述的要好得多。我从图卢兹到巴黎，没作多久的停留，便到了加来，然后于1月14日在多佛尔安全上陆。这次旅行，竟走了一个严寒季节的时间。

现在我已来到我多次旅行的核心地点了。没有多久，我新发现的财产安全地到达了我身边，我身上带的汇票也很顺利地兑到了款。

我的主要指导者和私人顾问是那位善良的老寡妇，她很感激我送给她的

---

① 图卢兹，法国南部大城市，铁路枢纽，有法国现存最大的罗马式教堂，以及建于1229年的图卢兹大学，是法国最古老的文化中心之一。

那些钱，不辞劳苦和不惜一切地来为我工作，我在一切事情上也完全相信她，我把财产都交给她保管，我就完全放心了。我对这位善良的有身份的妇女的高洁正直的品德，自始至终都非常满意。

现在我开始想到将财产交给这位妇人管理，自己起程到里斯本去，然后再去巴西。但我现在又产生了另外一个疑虑，那就是宗教问题。因为当我在国外，特别是在那种孤独状态中时，就曾对罗马天主教产生了怀疑。所以，除非我决定毫无保留地皈依罗马天主教，或者换句话说，除非我决定牺牲我的原则，做一个宗教的殉难者，在宗教法庭上被判处死刑，否则我是不能到巴西去的，更别说在那里定居了。所以，我决定还是留在国内，如果有办法，我就将种植园卖掉。

为了这一目的，我写了封信给我那位里斯本的老朋友。他回信通知我说，他可以很容易地在那里将它卖掉。但如果我认为合适，让他以我的名义将这消息告诉那两个商人，也就是我那两位受托人的后代，他们住在巴西，正住在种植园那一带，必定充分了解那种植园的价值，而且我知道他们又很富有，他相信他们定会很愿意买下它的。他不怀疑我可以从这笔生意中多得四五千西班牙银币。

我同意他的意见，叫他通知他们。他就将这消息告诉他们俩了。八个多月以后，去里斯本的船回来了，他报告我说他们接受了我提出的价钱，而且已汇了三万三千西班牙银币到他们在里斯本的一家代理店，作为付款。

我在那张他们从里斯本寄来的卖约上签了字之后，又寄回给我那位老朋友。他便为我寄来三万两千八百西班牙银币的汇票，作为我卖掉那块地产的收入。我还是维持原来许下的诺言，在他生前，每年给他一百摩伊多，作为他的终身接济；他死后，每年给他儿子五十摩伊多。这些钱原来是由种植园作为租金支付的。

我就这样说出了我的幸福和冒险生活的第一部分。我的生活犹如上帝绘制的一块花样精细的方格板，其交替变换之复杂是世上难以找出其同样的样品来的。开始时有些愚蠢，但结尾却比我所希望的任何一方面都要幸福得多。

无论谁都会认为，在我这种洪福齐天、好运迭来的情况下，是不会再去冒险的了。如果同时又发生了另外的情况，我确实也会这样，但我习惯了流浪生活，又没有家，也没有多少亲属，虽然富有，但是同熟人也没有太多联系。虽然我卖掉了巴西的地产，可我脑子里还是忘不了那个地方，心里很想插上翅膀飞到那儿去看看，特别是我没法阻止想到我那岛上再去看看的那种强烈倾向，想知道那些可怜的西班牙人是不是到了那里，以及我将他们留在那儿的那几个恶棍是如何对待他们的。

我的真心朋友，那位寡妇，真诚地劝阻我去那儿，于是我被说服了，而且几乎有七年时间她都不让我出国。在这段时间里，我将我的两个侄儿（我的一位兄长的儿子）领来照看。大侄儿自己有些家产，我将他教养成一位有身份的上流人士，并且给了他一笔我身后的财产，我死后归他所有。另一个侄儿，我将他送到一个船长那里学本领。五年之后，我发现他已是一个有胆有识、有事业心的青年，就为他置了一艘好船，叫他去航海。以后这小伙子将我这么大一把年纪的人也拉去冒险了。

在这段时间，我算是在这里定居下来了。首先，我结了婚，这对我既没有什么损害，也没有什么不满，而且还有了三个小孩：两个儿子，一个女儿。但我妻子后来却去世了。我侄儿从西班牙航海回来，获得了很大成功。我本来就想出国旅行，加上他硬要劝我去，我便上了他的船，以一个商人的名义去东印度群岛。这是1694年的事。

在这次航行中，我访问了我原来那个岛上的新侨民，见到了我的继承人，即那些西班牙人，知道了他们生活的全部故事，以及我留在那里的那几个坏蛋的情况：开始他们如何攻击那些可怜的西班牙人，后来又同他们有时和平相处，有时又闹不和；有时同他们联合，有时又分裂，最后那些西班牙人被迫用武力对付他们，他们才被制伏，而西班牙人又是如何诚恳地对待他们，等等。这段历史如果开始读起来，将会像我自己的历史那样富于变化多端和充满离奇的偶发事件，特别是他们跟那些加勒比人的战斗（那些野蛮部落曾好几次登上这海岛），还有他们对海岛生活所做的许多改进，以及他们中的五个人曾在某一次攻上大陆时俘获十一个男人和五个女人。由于这样，到我来的时候，我发现岛上有二十来个小孩了。

我在这里停留了约有二十来天，给他们留下了各种日用必需品，特别是武器、弹药、衣服、工具，以及我从英国带来的两个工人：一个木匠、一个铁匠。

此外，我又将海岛替他们划分成若干部分，我自己仍保留全岛的所有权，将土地按他们的意愿每人分一份。我为他们处理好了这些事情，又约束他们不要离开海岛，然后就离开了他们。

从那里出发，我们的船停靠巴西。我在巴西买了一条三桅帆船，又加上一些人，送到岛上去。在船上，除了其他的供应之外，我还送去了七个女人，都是我认为适于在那里工作，或是适于给愿意娶她们的人做妻子的。至于那几个英国人,我答应他们,只要他们在那里好好耕作,我会从英国给他们送去几个妇女和许多日用必需品去。这个诺言我以后也兑现了。那几个人,自从我制伏他们,并分给他们财产之后,证明都很老实勤勉。我还从巴西送给他们五头母牛(其中三头已怀着小牛),一些羊和几头肉猪。后来我再一次到那里去时,这些牲畜已繁殖了好多了。

但是,所有这些事情,以及关于那三百名加勒比野人如何来侵犯他们,毁了他们的种植园,他们又如何两次与那么多野人进行战斗,开始他们打败了,有三个人被杀死;后来一次风暴摧毁了他们敌人的独木舟,岛上其余的野人通通饿死或被消灭了,他们又重新恢复和拥有了种植园,在岛上过起了正常的生活。所有这些事情,以及以后十多年中我个人的几次新的冒险中所遇到的一些非常令人惊异的意外事件,我以后可能还会作进一步的述说。

专家评析

这一章在情节上呼应前文,内容上交代鲁滨孙逃离荒岛的后续生活,形象塑造上是对人物性格的延伸。总体来说,这部分的内容不如第二部分精彩。

第一章我们已经知道了鲁滨孙出海探险的原始动因,为了获得财富和土地的想法一直藏在他的意识之中。鲁滨孙这个人物的真实性不仅体现在他的活动是现实生活中可能会发生的事情,更重要的是表现在这个人物真实地反映了在新的生产力与生产关系下产生的新人物。正如马克思所说的:"他一方面是封建社会诸形态解体的产物;另一方面他又是16世纪以来新发展的生产力的产物。"这一点在本章中得到明显的体现,本章交代出鲁滨孙拥有了财富,包括从西班牙船上取下来的一千二百个金币和卖掉巴西种植园的两万英镑。这是他积极进取梦想的实现;回英国后,鲁滨孙还去视察荒岛,把岛上的土地分租给新的居民,这样就对他付出了那么多时间与心血的荒岛的命运也有了交代。

在人物塑造上,侧重体现鲁滨孙的知恩图报,慷慨仗义。他给曾替他保管财产的老寡妇一笔巨款,接济妹妹,抹掉葡萄牙老船长的债务等,都使得鲁滨孙这个人物形象更加丰满了。

考点精选

1. 【2017·北京中考】

小说《鲁滨孙漂流记》记述了鲁滨孙在自然条件恶劣、人迹罕至的孤岛上的生活经历。他能够在孤岛上艰难地生存28年，靠的是①_____（限4个字以内），这从②_____（限20个字以内）的情节中可以看出来。你由此得到的启示是③_____（限20个字以内）。（3分）

2. 【2015·江苏盐城市】

我先把烟叶放在嘴里嚼，一会儿，我的头便晕起来。因为，烟叶还是半青的，味道很凶，而我又没有吃烟的习惯。……最后，又把一些烟叶放在炭盆里烧，并把鼻子凑上去闻烟叶烧烤出来的味道，尽可能忍受烟熏的气味……

语段中的"我"指_____；"我"采取嚼烟叶、_____、闻烟叶烧烤的味道等三种方法，是为了_____。

3. 【2015·河北省】

我的这些想法实在大大冤枉了这个可怜的老实人。为此，我后来对他感到十分歉意。可是，当时我的疑虑有增无减，一连好几个星期都不能排除。我对他采取了不少防范的措施，对待他也没有像以前那样友好，那样亲热了。这样做，我又大大地错了。其实，他和从前一样，既忠实，又感恩，根本就没有想到这些事情上去。后来的事实证明，他既是一位虔诚的基督徒，又是一位知恩图报的朋友。

（1）上面这段文字节选自《鲁滨孙漂流记》，其作者是（人名）_____；文段中"这个可怜的老实人"名字叫_____。

（2）这部名著中有不少"知恩图报"的情节，请你简要概述其中一个。
_____
_____

4. 【2016·湖南省衡阳卷】

我考虑在我目前的情况下，定居的地点要在几件事情上合乎我的要求：第一，如上所述，要有益于健康和有淡水；第二，要能遮蔽炎日；第三，要能防御贪婪的野人或野兽；第四，要能望见大海，要是上帝让我见到有船只从海上经过，我就不致失去得救的机会，我一直还不愿打消这个希望。

在找合乎这些条件的地点时，我发现在一座山坡旁有一块小小的平地。山坡前面，即对着这块平地的这一面，简直跟墙壁那样直，没有什么东西能从山顶下来。石壁边上，有一个凹进去的缺口，像一个入口或是一个洞门，但实际上这石坡根本没有入口或山洞。

……

①选文选自_____国作家_____的《_____》。
②请结合选段具体内容概括主人公的性格特点。（2分）
答：_____

5.【2016·大兴一模】

被誉为英国第一部现实主义长篇小说的《鲁滨孙漂流记》，着力刻画了主人公鲁滨孙的形象。他在一个荒无人烟的_____上生活了28年。为了生存，他建造房屋，种植稻麦，_____等。在这里的第17年和第26年，两次有野人来到这里，在后一次，他救出了一个俘虏，取名"_____"，后来成为鲁滨孙忠实的仆人和朋友。小说中，主人公的所作所为体现了资产阶级上升时期的_____精神。（4分）

6.【2016丰台二模】

（1）根据《鲁滨孙漂流记》的内容，按照先后为下面情节排序。

①发现野人　②抗争病魔　③重返故乡　④海上冒险

按先后排序为：_____

（2）请从下列名著片段中任选一个，简要概述主要内容，并简要评价主要人物。（5分）

【甲】鲁滨孙搭救"星期五"　　【乙】祥子人生中的一次起落

主要内容：_____

评价人物：_____

7.【2016·怀柔一模】

【甲】当我稍微跑远野人自相残杀的现场后，我还是心有余悸，呆呆地站在原地好一会儿，后来，我慢慢恢复过来，使双手张开仰望天空，内心怀抱着最真挚的情感，满含泪水，感慨着：我的境况远远称不上是最糟糕不幸的，_____。

【乙】又有一条船遇到了和我以前一样的情况，看到这种情景，我内心产生出一种无法言明的、强烈的愿望。因此我突然脱口说道："啊！哪怕有一两个，甚至是一个人能从这条船上逃出来，跑到我这儿来，跑到我这座小岛来，该有多好！"在人类的情感里，常常会存在着某些神秘的、令人激动的力量，这种力量就是_____。

（1）这两段文字，选自_____，作者是_____。

（2）把最符合名著内容的语句，分别填到【甲】和【乙】两段文字的空白处。（只填序号）

A.某种看得见的目标，并会推动着我们的灵魂不断向那个目标前进，努力就会实现目标。

B.一种动力，以我的脾气，一旦决定一件事情，不成功就绝不会放手。

C.如果我们能把自己的处境同处境更糟的人相比，就会对生活心怀感恩，而不会怨天尤人。

8.【2017·北京房山区一模】

阅读下面的连环画，完成（1）-（2）题。（连环画略，请仔细阅读文字，揣摩文意）

①船过了赤道，突然来了一股飓风，一连十二天，我们被狂风卷来卷去，随时面临着船毁人亡的危险。

②别人都葬身海底了，我在海浪中拼命挣扎，最后侥幸抱住一块岩石，死死不放，才保住了性命。

③上岸后，一夜醒来，我发现那艘坏掉搁浅了的大船被冲到离我不到一里的一堆礁石上，我决心把船上的东西找来度日。

④在整理东西的时候，我把塑料口袋里的土随意抖落在围墙边。过了一个月，使我惊奇的是那里竟然长出几棵绿苗，仔细辨认，原来是_____和_____。

⑤为了吃上粮食，我摸清了岛上只有旱季和雨季，从失败中知道了下种的时间。没有工具，我就砍倒了一棵铁树，削成一把木铲，掘地下种。

⑥庄稼成熟了，我用水手用的腰刀代替镰刀收割。我一点都不舍得吃，

全部留作种子,我为总有一天能吃到面包感到高兴。

(1)上面连环画选自《鲁滨孙漂流记》,这是鲁滨孙第_____次航海的经历。第四幅图他在岛上种植了_____和_____,这得益于他曾经有过在巴西做_____的经历。(4分)

(2)从连环画中可以看出鲁滨孙是一个_____的人,书中能体现这一特点的情节还有_____。(3分)

9.【2017·燕山一模】

阅读下面的连环画,完成(1)-(3)题。(连环画略,请仔细阅读文字,揣摩文意)

①A告诉父亲自己要去海外历险。为了全家幸福的生活,父亲不止一次地向他提出忠告,极力反对他要到海外去的危险计划。但他私自从家里逃去了。

②出海不久,A搭乘的船遭遇了风浪,只好抛锚。经历了短暂风浪带来的恐惧后,他又享受起了海上的生活。

③几天后,真正的大风暴来了,大副和水手长只好砍去桅杆,船在风暴中剧烈地摇晃,所有人都陷入了巨大的恐惧之中。

④随后,有人发现船底大量进水了,船只面临倾覆的危险。

⑤绝望的A奋力参与抽水救援。船主鸣枪向经过的船只求救。

⑥一只轻便船只派小艇冒险相救,众人才得以脱险。片刻后,大船沉没。

⑦登岸后,怂恿A上船的朋友因为航海的巨大风险而畏缩,放弃了前行的脚步。

⑧_____

⑨不久,A像绅士一样搭上了一只开往非洲海岸的船。

(1)这组连环画中的人物A是_____(人名)。

(2)请你为第8幅画补写与A相关的内容,使整个故事情节完整、合理。
答:_____

(3)之后的漂流过程中,A又多次遭遇险境,都成功脱险。请简要概述其中的一个经历。
答:_____

10.【2016·北京房山区一模】

（1）下列对《鲁滨孙漂流记》中有关内容的表述，有误的一项是（　　）

A.鲁滨孙渴望航海，一心想去海外见识一番。在一次前往非洲贩卖黑奴的途中，船遇风暴触礁，唯有他幸存下来，只身漂流到无人孤岛。

B.鲁滨孙用简单的工具制作桌、椅等家具，猎野味为食，饮溪里的淡水，克服了最初遇到的困难。

C.为了计算日期，鲁滨孙把柱子做成一个大十字架，在这根柱的四边，每天用刀刻一个凹口，每七天刻一个长一倍的凹口，每月刻一个再长一倍的凹口。

D.鲁滨孙离开自己生活了28年的孤岛后，就再也没有旧地重游，而是派自己的侄子去那里继续垦荒。

（2）<u>任选</u>下面一幅图片，按要求答题。（4分）

图一　　　　　　　　图二

选图一：用第一人称为此图配上简要文字，述清起因、经过和结果。（不超过50字）

答：_____

选图二：用第三人称，夸赞右面人物。（不超过50字）

答：_____

11.【2017·怀柔期末】

阅读下面连环画，回答问题。（连环画略，请仔细阅读文字，揣摩文意）

1.我看到被绑的三个人中，有一个做出种种恳求和失望的姿势，其余两个样子也很苦恼，我简直莫名其妙，不知究竟是怎么回事。

2.那八个水手模样的人，对被绑的三个人拳打脚踢，看到这种情景，我真想冲上去，解救那三个受害者。可是他们人多，我不能贸然行动，需要等待机会。

3.等到下午两点多,这时,天气十分闷热。我趁那帮人在树林里熟睡的时候,和"星期五"带上长短枪支,全副武装向那三个遇难的人走去。

4.那三个人看到我们这副奇形怪状的穿戴,还带着刀枪,都非常惊恐。我尽量平静地说:"先生们,不要害怕,说不定我们就是你们料想不到的朋友,我来搭救你们。"说着,走上前去给他们割断绳索。

5.我把他们带到我的住所,并拿出食品招待他们。我们一边吃一边研究救人的办法,这时,其中一个人对我说:"_____。"

6.我们解救了被水手绑架的无辜者,看着他们和我一样想家的眼神,我真想立刻结束这二十多年的荒岛生活,回到我的祖国去。

(1)连环画讲述的是_____情节,在小说《鲁滨孙漂流记》中,鲁滨孙在孤岛上生活了28年,在本情节前,他还解救了_____和_____。

(2)根据前后的连环画的内容,请你为第5幅画补写一句话。

答:_____

12.【2016·石景山二模】

(1)鲁滨孙在荒岛上凭借自己的生存技能生活了28年,他的哪项生存技能最令你钦佩?说说你钦佩的原因。(2分)

答:_____

(2)《荒野求生》是美国一档电视真人秀节目,由英国冒险家贝尔·格里尔斯主持,他走进沙漠、沼泽、森林等危险的野外境地,在极为恶劣的环境下,设法寻找回到文明社会的路径,被称为"现代鲁滨孙"。结合你的阅读积累,说说贝尔为什么被称为"现代鲁滨孙"。(3分)

答:_____

13.【2017·东城期末】

《鲁滨孙漂流记》的作者是_____。小说主人公鲁滨孙所乘的船在途中遇到风暴触礁,他只身漂流到一个荒无人烟的孤岛上。他想方设法克服了种种困难,比如用简陋的工具搭建房子,_____,尝试用烟叶治好了疟疾……鲁滨孙凭着智慧和努力,在小岛上生活了28年。

14.【2013·河南】

《鲁滨孙漂流记》也被译为《鲁滨孙历险记》,你认为哪种翻译更合适？请结合具体情节简述理由。

答：_____

参考答案

1. 示例一：①辛勤劳动

②为获取粮食，他不辞辛苦，开荒种地

③只有靠辛勤劳动才能改善生活

示例二：①聪明才智

②为制作瓦罐，他反复试验，获得成功

③做事只要动脑筋想办法，就会成功

2. 鲁滨孙　喝用烟叶泡的酒（或读《圣经》）　治病

3. （1）笛福　星期五

（2）示例一：星期五为了报答"我"的救命之恩，始终忠实地跟随着"我"。

示例二：一位英国妇人为"我"代管财产近三十年，后来"我"酬谢了她，并长期接济她。

4. ①英　笛福　《鲁滨孙漂流记》

②一是思维缜密，考虑周全；二是吃苦耐劳，勤奋能干；三是意志坚强，适应能力极强。

5. 孤岛　建造小船（蓄养山羊、烘烤面包等）　星期五　冒险进取

6. （1）④②①③　　(2)答案略。

7. （1）①《鲁滨孙漂流记》②笛福；　（2）【甲】C【乙】A

8. （1）答案示例：①四　②大麦　③水稻　④种植园主（庄园主）

（2）答案示例：⑤充满智慧（机智）　勇敢（勇于和困难做斗争）　不畏艰辛……

⑥答案示例：做瓦罐　做木臼　做木船　用划道的方式计时间　养山羊……

9. （1）鲁滨孙

（2）一番激烈的思想斗争后，爱冒险的天性又驱使他准备踏上新的航程。

（3）答案示例：

第三次：他那种天才般的好冒险的性格又促使他进行了第三次远航，可惜第三次又遭不幸，被摩尔人俘获，当了奴隶。后来他划了主人的小船逃跑，途中被一艘葡萄牙货船救起。

第四次：他第四次出海去非洲贩卖奴隶，却在海上遭遇长时间的飓风，船不幸触礁，而他被巨浪送到了一座荒岛上，但他并没有放弃，而是开始了漫长而艰辛的孤岛生活，终于在28年后被一艘经过的船只搭救回国。

10.（1）D

（2）图一例：为了以后的生活并节省火药，我决心捉一些活羊驯养。我在山羊常出没的地方挖了陷阱，一次捉了三只小羊回来。

图二例：星期五是个诚实、聪明而能干的人，不到一年的时间，他就跟我学会了说英语，学会了种大麦、烤面包和挤牛奶。

11.（1）①解救船长　②星期五　③星期五的父亲（西班牙人）

（2）鲁滨孙先生，谢谢您救了我们，您是这里的主人，是我们的救命恩人，我们愿意听从您的指挥。（体现"感谢，听从"即可）

12.（1）示例：我最钦佩他把葡萄晒成葡萄干来保存，他用这种简单的方法轻而易举地解决了荒岛生存中缺乏食物的问题。

（2）示例：鲁滨孙在荒岛上，身处衣食无着、野兽袭击的困境，凭借自己的智慧和技能，战胜了难以想象的艰难困苦，最终回归人类社会。贝尔与之相似，因此被称为"现代鲁滨孙"。

13.①笛福 ②答案示例：自己伐树造船

14. 示例一：译成《鲁滨孙漂流记》更合适。因为鲁滨孙不甘于过安稳平庸的生活，一生都在四处闯荡，"漂泊不定，命运多舛"。他热衷于冒险，三番五次出海闯天下。多次遭遇海难，被海盗俘虏过，多次遭受野人和野兽的袭击，流落荒岛近28年。"漂流"更符合其四处闯荡的生活经历。

示例二：译成《鲁滨孙历险记》更合适。因为鲁滨孙勇于挑战，一生多次遭遇险境，不管是遇到海难，被海盗俘虏，还是遭受野人和野兽的袭击，他从不放弃希望，用惊人的毅力和智慧使自己一次又一次从险境中挣脱。（若答"他一生中有近28年被困荒岛，没有四处漂流"，能结合情节分析，言之成理亦可。）